KB274735

# 한국 시의 근대성과 반근대성

송기한

지식과교양

현재의 관점에서 지난 날의 한국시문학을 되새겨 보는 매우 흥미로운 일이 아닐 수 없다. 한국의 근대 문학이 출범한지 벌써 100년이 넘는다. 특히나 흥미로운 것은 그때나 지금이나 근대에 대해 고민하는 방식이 매우 똑같다는 것이고, 따라서 그것을 지금 여기의 현실로 투영시켜 현재의 문제점을 진단해볼 수 있다는 데 현대시 연구의 의미가 있을 것이다. 근대 문학을 연구하는 즐거움이란 바로 이런 것이 아닐까 한다.

적지 않은 시간이 흘렀지만, 지난 시기의 문학사를 통해서 우리가 이해할 수 있는 영역이 넓어짐을 느낀다. 그 공통관계가 커질수록 어떤 동질성이라든가 유대감 같은 것이 적지 않게 느껴진다. 그들의 사유방식 속에 과거의 내가 있고, 오늘의 나를 발견할 수 있으며, 또 미래의 나를 예단해 볼 수 있기에 더욱더 큰 황홀감으로 느끼게 된다.

지난 일년간 나는 미국 버클리 대학에서 근대의 제반 현상에 대해 관찰하고 공부하고 이해해보려고 노력했다. 문명의 첨단을 걷는 사회에서 한국의 현실과 비교하고 그 나아갈 방향 같은 것을 모색해보았다. 그 와중에 근대를 이해하는 방식 가운데 어느 것이 옳은 이해 방식인지 곧장 결론을 내기란 쉽지 않은 문제라는 것을 알았다.

그 가운데에서도 한가지 결실이 있다면 근대의 토양 속에 그 부정성과 긍정성을 함께 공유하고 긍정성을 지향하고자 하는 노력이 이곳에서는 보다 표나게 강조되고 있다는 것 정도를 알았다고나 할까. 그 복잡한 사유의 실타래 속에 그 정도의 이해수준만으로도 만족해야 할지도 모르겠다. 연구기간동안 많은 사람들로부터 도움을 받았다. 나를 보다 전향된 사유의 길로 안내한 그들에게 감사의 마음을 전하면서 이 책을 펴낸다.

2012년 봄
UC 버클리에서
**송 기 한**

목차

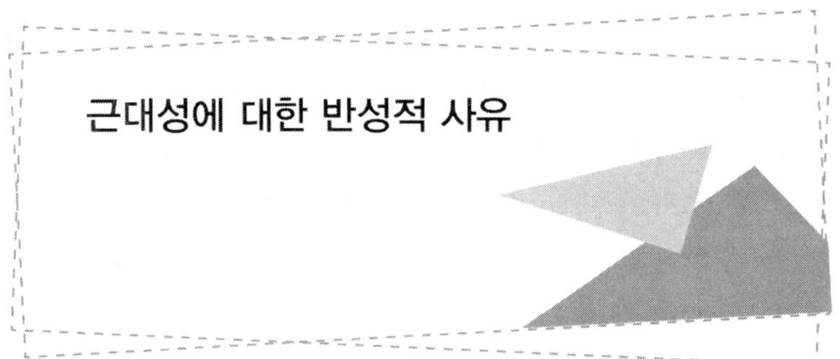

# 근대성에 대한 반성적 사유

문명이 진화함에 따라, 그에 비례해서 인간의 삶이 보다 나은 방향으로 나아갈 때마다 인간은 자신의 존재를 성찰해보고, 그것이 진정 자신이 꿈꾸어온 유토피아인가에 대해 반문하게 된다. 지나온 삶과 현재의 삶이 어떤 면에서 차질되고 개선되어 있는가, 또 어떤 면에서 이전보다 더 뒤떨어졌는가에 대해 항상 되묻게 되는 것이다. 이런 질문 앞에 서게 되면 우리는 과연 무엇이고, 우리를 둘러싼 환경이란 무엇이며, 현재를 이끌어가는 근본 동인은 무엇인가에 대해 곰곰이 생각하게 된다.

물론 이러한 문제제기 배경에는 현재의 삶이 지난 과거의 그것과 비교할 때, 지극히 진보되어있다는 전제가 깔려 있다. 실상 인간의 삶 자체는 태초이후 거듭거듭 나아간 것이 사실이다. 특히 인간의 삶의 조건이 보다 개선된 방향으로 나아갈 수 있다면, 기타의 것들은 모두 그 희생양이 되어도 무방하다는 과감한 사유를 해 온 것이 현실이다.

그러한 사유의 끝에 걸린 것 가운데 하나가 소위 근대에 대한 것이었다. 근대는 개발과 문명 없이는 성립불가능한 것이었고, 그 역 또한 성립하는 것이었다. 근대의 근본토양인 과학이라든가 문명을 무소불위한 전능자로 인식하는 것이 당연하게 받아들여지고 있는 것이 오늘의 현실이고 보면, 과거나 현재의 위기로 인식되었던 것들은 하등 문제될 것이 없어 보인다.

그럼에도 사람들은, 아니 어쩌면 인간의 욕망들은 그 목적지를 알 수 없을만큼 무한대로 확장되어 나가고 있다. 그 끝없는 항해가 어떤 결과로 귀결되었으리라는 것은 현재의 반근대적 정서로 어느 정도 설명할 수 있을 것이다. 이 결과를 통해서 인간들은 작용과 반작용이라는 지극히 뻔한 일들을 하면서 현재의 위기를 타개하려 했고, 그러는 한편으로 자신의 욕망의 부리는 거두어들이려 하지 않았다. 근대성과 반근대성, 매우 다양한 형태로 구현된 모더니즘들, 계몽의 계획에 대한 정합성 논쟁 등등은 바로 그러한 대표적 표징들이었다.

많은 문제점을 내포하고 있는 근대성의 반성에 대해 다양한 경로의 해결책들이 제시된 바 있다. 그 대표적인 것 가운데 하나가 근대성 논쟁이다. 계몽의 계획은 정당한 것이었으며, 그 운용상의 미숙이 현재의 위기를 초래했다는 것이 계몽의 유효성을 여전히 믿는 측의 논리인데, 도구화된 이성을 본래의 합리주의 정신으로 되돌리기만 하면, 과학의 전능성으로 표방되던 근대의 멋진 계획은 아직도 인간의 미래에 빛을 던질 수 있다는 것이다. 이런 주장은 일견 의미있는 것일지도 모른다.

밤하늘의 어두운 곳에서 나아갈 방향을 상실한 인간에게 원인과 결과를 알 수 있게 해주는 것은 일견 혁명이 아닐 수 없었다. 그것은 다음과 같은 이유 때문이다. 소위 인과론에 대해 무지했을 때, 몽매한 민중들에게 신비롭게 느껴질 수밖에 없는 담론 하나를 던지고 사라지는 성직자들의 담론이야말로 공포의 대상일 수밖에 없었을 것이다. 그러나 미신을 추방한 계몽은 더 이상 이런 신비주의를 가능하지 않게 했을 뿐만 아니라 막연한 직관도 허락하지 않았다. 오직 경험에서 얻어지는 확실성만이 그들을 현실의 장으로 이끌리도록 만들었다. 이러한 중세의 미혹을 경험하지 못한 현시대의 인간들이 이전 세대가 맛보았던 황홀경에 대해 알지는 못했을 것이다. 그것은 정말 과학의 매혹이었을 것이다.

그러나 이런 절정의 과정들도 그것이 순간의 짧은 것이었음을 알기까지에는 그리 많은 많은 시간이 걸리지 않았다. 과학의 전능이야말로 또다른 과학의 전능을 불어온 것은 물론이거니와 그것은 지나치게 인간중심적인 측면에서만 이해되었다. 특히 욕망이 결부된 과학이야말로 가장 위험한 것이 되었을 뿐만 아니라 근대성을 위기의 관점으로만 이해하게 되는 근본 원인이 되었다.

계몽의 미덕은 더 이상 아름다움으로만 간주되지 않았다. 인간의 타고난 욕망, 인간만을 위한, 인간의 사회를 위한 과학은 더욱더 많은 진보를 거듭해야 했다. 그 진보된 결과 세상은 이전과 달리 더없이 문명화되었고, 인간 자신만을 위한 고유한 세계들을 만들어갔다. 그런데 이렇게 문명화되고 과학화되면서 오히려 비인간적인 것들은 점점 늘어만 가는 또다른 역설이 펼쳐지게 되는 아이러니를 맞게 된다. 이런 아이러니 속에서 근대성에 대한 반성과 안티테제들이 생겨났음은 잘 알려진 일이다. 과학에 대한 맹신이 가져온 결과에 대해 인간들은 역으로 과학을 불신하는 계기로 이해했다. 물론 과학이라든가 계몽이라든가 하는 것이 잘못되었다거나 부정성을 갖고 있다는 것은 분명 오해에서 빚어진 것일 수 있다. 그것은 지극히 상식에 속하는 것이긴 하지만 운용상의 문제, 인식의 문제에 불과한 것일 수 있기 때문이다. 그러나 그것이 어떤 원인에 의해 기초된 것이든 간에 궁극적으로는 인간의 사유했던 것과는 정반대의 결과를 가져왔다는 데 있다. 그 대표적인 것이 전쟁과 같은 것이 아닌가 한다.

전쟁은 가장 강력한 근대성의 안티테제이다. 그것은 근대성의 가장 위험한 담론이다. 한국 시사에서 전쟁과 그것에 대한 대항담론을 가장 적실하게 직시한 경우로 박봉우를 들 수 있을 것이다. 그는 흔히 말하는 전쟁의 시인이다. 전쟁의 결과와 원인에 대해 그해 그는 역사철학적인 맥락에서 접근했다. 한국전쟁은 일차적으로 근대적 징후와 그 틀 속에서 일어난 성격을 갖는다. 뿐만 아니라 이 전쟁은 냉전체제의 강화에 따른 이데올로기적 성격이 강한 것이기도 했다. 말하자면 한국전쟁은 복합성을 갖는 전쟁이었던 바, 이러한 성격들은 박봉우의 시에서도 고스란히 반영되어 나타난다. 그의 시의 한끝에는 근대성이 있었고, 다른 한끝에는 이데올로기가 있었다. 그는 그러한 한국 내부의 모순과 그로부터 파생된 전쟁의 불합리한 현실에 대해 끊임없이 모색했고, 그것을 자신의 시로 표현해내었다. 이런 내적 담론화과정은 근대성에 대한 이해뿐만 아니라 모더니즘의 발전구조상 당연한 수순으로 인식되었다. 그의 현실비판의 시들은 치열한 자의식의 모색의 결과이며, 이는 모더니즘의 행로와도 정확히 맞아 떨어지는 부분이기도 하다. 그는 전쟁과 그 안티담론을 표현한 훌륭한 모더니스트였다.

현 시대에 있어 전쟁과 같은 극단의 경우뿐만 아니라 다른 사례도 똑같은 위기로 다가오는 것은 마찬가지의 경우이다. 이 시기를 위기로 진단하지 않는 사람은 아무도 없는 것이다. 얼마전에 있었던 일본 지진과 후쿠시마 원전 파괴를 두고 많은 이야기가 오간 적이 있다. 문명을 맹신한 인간들에 대한 지구의 보복으로 이해한 사람도 있고, 지극히 평범한 자연의 섭리로 이해한 사람도 있다. 또 그 이유를 인간들 내부의 복잡한 감정의 결과로 이해한 사람도 있다. 그러나 어떤 방식으로 이해하든 간에 그것은 분명 근대이전에는 상상할 수 없었던 일이라는 점이다. 지진과 같은 것은 이 이전에도 분명 있었을 터인데, 그것이 왜 지금에서 문제가 되고 혼란스럽게 다가오는 것일까. 그것은 아마도 그 원인이 인간의 욕망과 밀접한 관련이 있다는 점 때문일 것이다. 일본 지진의 참상은 인간만을 위한 욕망의 팽창이 얼마나 위험할 수 있다는 것을 잘 보여준 가장 큰 교훈이다.

　진화와 같은 문명의 담론들이 어떻게 자연을 파괴하고 이해했는가는 일부 지역의 역사에서도 확인할 수 있다. 어느 특정 지역에 관한 것이긴 하지만, 아메리카 인디언의 문화가 그 대표적인 아닌가 한다. 오늘날 아메리카 인디언은 거의 소멸된 것으로 알려져 있다. 이들이 어떤 과정을 거쳐서 소멸하게 되었나 하는 문제는 여러 이해관계가 얽혀 있고, 또 필자의 지식 범위를 초월하는 문제여서 자세히 검토될 성질의 것은 아니지만 그 붕괴과정이 쉽게 납득되지 않는 부분이 내재되어 있는 것은 분명한 사실처럼 보인다. 이들이 문명의 희생자이지 않았을까 하는 판단 때문이다.

　아메리카 인디언은 오랜 역사를 가지고 있었다. 그들이 언제 아메리카 땅으로 유입되었는지에 대한 정확한 기록이 알려진 것은 없다. 하긴 이들의 역사를 정확히 아는 것은 불가능한 일인지도 모른다. 그런데 그들에 대한 이해불가능성은 여기서 그치는 것이 아니다. 유럽인들이 처음 아메리카 땅으로 발을 내딛던 15세기전후에 이르기까지 이들이 변변한 통일 국가를 형성하지 못하고 있었다는 사실 또한 불가사의한 일이다. 어떻게 이런 현상이 일어날 수 있단 말인가. 만약 이들이 다른 지역의 민족들처럼 그들만의 고유한 국가를 유지하고 있었다면 이들은 유럽인들의 접근을 쉽게 허락하지 않았을 뿐만 아니라 그들 스스로에게도 명맥을 유지하는 데 별다른 어려움이 없었을 것이다. 그러나 지구의 모든 대륙들에서 강력한 전제국가가 형성되고 소위 문명이라는 것을 발전시키고, 그러한 것들을 그들 나라마다의 고유한 것으로 자기화하고 있을 때, 인디언들은 단지 자연과 더불어 사는 자족적인 삶에서 그치고 있었다.

많은 사람들은 아메리칸 인디언들의 삶이 자연과 더불어 살아간, 자연 그 자체로 이해하고 있다. 자연과 더불어 살았기에 문명도, 국가도 필요 없었다는 것이다. 그러나 소위 문명으로 무장된 서구의 세력이 아메리카 땅으로 밀려 들어왔을 때, 이들에게는 침략자들을 막아낼 힘도 능력도 없었다. 서구의 세력이 팽창할 때마다 그들의 삶 역시 정비례적으로 소멸되었던 것이다. 이들의 소멸은 오늘날 지구가 맞닥뜨리고 있는 문제의 본질을 정확히 보여주고 있다는 점에서 그 의미가 있는 경우이다. 인간의 욕망이 팽창할수록 자연이 파괴되고 소멸한 것처럼, 이들 인디언의 운명도 똑같은 길을 간 것은 아닐까. 자연에 의지하여 자연과 더불어 살았던 이들의 삶이 종언을 고하게 된 것은 오늘날 자연이 겪고 있는 위기와 거의 똑같은 것이라는 점에서 매우 흥미로운 사실이 아닐 수 없다.

근대가 가져온 자연에 대한 횡포는 이와 같은 것이었다. 따라서 근대는 인간만을 위한 것처럼 보였으나 실상은 전연 반인간적인 것이었음이 판명된 것이다. 그러한 근대의 위기를 이해한 철학자들, 문학자들은 일찍이 다양한 형태로의 반성적 과제를 모색하고 제시했다. 근대성 논쟁에서 이해되었던 그들 나름의 해결방식이 그러하고, 인간의 욕망을 보다 바람직한 방향으로 억제하고자하는 다양한 모색들 역시 그 본보기가 될 것이다. 그 다양한 모색들이란 실상 인간적인 것들을 어떻게 축소할 것인가에 대한 것이라 해도 과언이 아닐 정도로 이에 대한 다양한 접근들이 제시돼 온 것이다. 인간이란 무엇이며, 그 유토피아는 어떻게 실현될 수 있을 것인가. 또 어떻게 인간적인 것들의 경계를 허물어 갈 것인가. 그리고 그 끝은 어디에 닿아 있는 것일까. 자연과 인간의 궁극적 관계는 무엇이고, 이 둘의 관계 설정은 어떻게 할 것인가 등등. 이런 다양한 형태의 문제제기에 대해 어떤 특별한 답이 있을 수는 없을 것이다. 각각의 문화와 그 민족이 처한 경우에 따라 다양한 형태의 해결책이 제시될 수 있을 것이기 때문이다.

근대성이란 커다란 주제 속에는 각 문화마다 가지고 있는 다양한 형태의 소주제가 있을 수 있다는 뜻이다. 이를 문화의 차이에서 이해할 수 있을 것이고, 역사의 차이라 해도 좋으며, 각각의 시인마다 가지고 있는 개성의 차이라고 해도 무방할 것이다.

서구의 몇몇 국가들은 반근대성에 대한 정립테제를 주로 역사적인 것에서 찾고 있다. 중세의 천년왕국이나 영국 정교회와 같은 것들이 바로 그것이다. 그러나 실상 이러한 것들은 인간의 욕망과 분리된 자연적인 것들이 아니다. 서구인들이 반근대의 유토피아적 저장소를 문화적인 것에서 이해하는 데에는 몇가지 이유가 있는듯 하다. 그 하나가 종교적인 것이다. 아담과 이브로 표상되는 파라다이스는 서구인들이 가장 이상으로 생각하고 있는 유토피아이다. 종교적인 전통과 그 이해의 심화정도가 다른 어느 지역보다 강하기에 그들이 생각하는 유토피아가 반자연에 가까운 것에서 찾아지는 것이 오히려 당연한 일이 아닐까.

또 하나는 그들의 체험의 영역이다. 인간들에게는 현재의 삶에서 경험하지 못하는 막연한 이상을 가지고 있다. 그런데 그것이 실제로 구현된 것이었다면 이에 대한 향수가 있는 것은 당연한 이치가 될 것이다. 서구인들의 감수성에 남아있는 실제의 유토피아는 흔히 이야기되는 것처럼 그리이스 사회이다. 동양의 경우 유토피아가 주로 무릉도원이나 청산과 같은 관념적인 영역에 위치해 있다면 서구의 경우는 이와 매우 다른 영역에 놓인다. 동양의 유토피아는 그들이 실제로 경험한 세계가 아니다. 따라서 항상 관념 속에서만 구현되고 문학 속에서 비현실적으로 이상화된다. 반면 서구는 이와 정반대의 경우이다. 그들은 계급없는 사회, 모든 시민이 참여하는 참여민주정치를 경험했고, 그러한 사회야말로 그들이 일찍이 경험하지 못한 가장 이상화된, 실제의 사회로 보는 것이다. 이런 관점은 실상 서구 철학에 있어서 하나의 원상으로 자리잡혀 있다. 낭만적 동경의 문제가 철학이나 문학의 주제들로 현현할 때마다 그들은 실재의 이상화된 공간으로 그리이스 사회를 자신의 철학적 주제로 삼았고, 문학적 주제로 구현시켜온 것은 여기에 그 원인이 있다.

반면 한국문학사에서 근대성의 문제가 처음 제기된 것은 1930년대 전후이다. 한국의 근대체험이란 주로 일본을 통해 경험된 것이기에 자생성이 부족한 것이 사실이다. 뿐만 아니라 근대성의 제반 모순이 자본주의의 성숙도와 밀접한 관련을 갖고 있는 것이어서, 한국에서의 근대성에 대한 안티테제가 상당히 불구화된 것으로 인식된 것 또한 사실이다. 그럼에도 한국문학사에서 논의된 근대성의 제반 문제들이 그 역사가 일천하다고 하여 결코 소홀히 취급될 성질의 것은 아니라고 판단된다.

물론 근대의 관한 제반 현상을 시에 담은 것은 이보다 훨씬 앞서서의 일이다. 주로 일본 문화체험을 했던 세대들이 담당했는데, 가령, 최남선과 이광수가 대표적인 경우이다. 최남선은 근대 국가를 만들기 위한 대내외적 인식과 그 영향으로부터 자신이 가졌던 계몽의 계획을 거듭거듭 밀고나갔다. 「해에게서 소녀에게」에서 보여주었던, 미래에 대한 낙관주의가 유토피아적 계몽의 기획이었다면, 조선주의에 대한 새로운 각성은 현실적 계몽의 기획이었다. 그는 근대 국가를 건설하기 위한 조선만의 동질화 전략을 자신의 문학적 과제로 인식해 온 것이다. 그가 문학속에서 구현시킨 조선주의는 그 연장선에서 기획된 것이다. 그가 조선의 혼과 정신을 찾아나서면서 일차적으로 주목한 것이 조선의 국토였다. '태백산'으로 솟아난 조선의 역동성이 그것인 바, 그는 이를 계기로 바다나 소년같은 초기의 초월적 낙관주의로부터 과감하게 벗어나 산으로 표상되는 구체적인 조선을 발견함으로써 그의 계몽의 담론은 형이상학적인 이념을 획득하게 된다. 그 구체적인 노력의 결과가 조선에 대한 여행담론이었다. 그의 여행구조는 두가지 방향으로 진행된다. 열차로의 여행과 산으로 대변되는 새로운 국토에 대한 발견이 그것이다. 전자가 일본에 대한 안티테제로 형성된 조선주의로의 단초적 접근이라면, 후자의 경우는 세계사 속에서 사유한 보편적 접근에 해당된다. 그러나 그 어떤 것이든 간에 이 화두 속에 담겨있는 것은 조선이라는 동질화 의식의 소산이었고, 이를 바탕으로 한 근대 국가의 건설에 있었다.

최남선과 2인문단 시대를 이끌었던 이광수의 사상적 사유구조 역시 계몽주의이다. 계몽주의가 과학과 자본주의와 분리할 수 없는 것임을 감안하면, 이광수의 사상도 이 맥락에서 이해되어야 하기 때문이다. 그러나 이광수는 최남선과 달리 상승하는 역사적 담당층이 아니었다. 계몽의 주체임을 자임하면서 근대를 열어간 부르주아 계층 가운데 하나가 조선의 중인계층이었다. 그러나 이광수는 이런 배경과는 어느 정도 거리를 두고 있었다. 최남선이 중인계층이었고, 그러한 경제적 기반을 토대로 일본 유학을 했으며 거기서 얻은 지식으로 조선을 근대화시키려 했다. 이광수 역시 일본 유학을 경험했고, 이를 토대로 계몽주의자임을 자처한 것은 최남선의 행로와 거의 비슷하다고 할 것이다. 따라서 근대를 바라보는 이광수의 의식 역시 계몽의 계획에 있었음은 익히 짐작되는 바이다.

근대에 대한 이러한 선망적 의식과 달리, 근대는 매우 큰 부정성을 담보로 한다. 그러한 부정성에 대한 안티테제가 자연적인 것과 관련되어 있음은 익히 알려진 일이다. 동양 사회가 모두 그러한 것처럼, 한국의 역사에서 유토피아라고 인식될 만한 경험적 현실이 별반 전무한 까닭이다. 일부 시인들이 특정 역사나 문화에서 근대성에 대한 반성적 과제와 그 대항담론으로서 유토피아를 제시하고 있긴 하지만, 그것이 한국인들의 정서에 하나의 대세라고 인정하기에는 많은 문제점이 있다. 그렇기에 한국 시사에서 유토피아로 구현되는 공간은 주로 역사적인 것에서 찾아지지 않고, 관념적인 것에서 사유된다. 가령, 1920년대 소월이 절창으로 노래했던 '강변'같은 것이나 파인이 그리워했던 '산너머 남촌' 등이 그러하다. 이는 역사적 공간과는 무관할뿐더러 또 실제로 존재하는 공간과도 무관하다. 단지 시인의 의식 속에서 구현된 주관화된 낭만적 공간일 뿐이다.

이런 관념화된 공간 이외에 반근대성의 사유로 제시된 것이 자연이다. 자연이 반근대성의 사유로 인식되게 된 것에 대해서는 다음 몇 가지 이유가 있었을 것이다. 하나는 한국문학사에서 뿌리깊게 자리잡고 있는 자연관이고 다른 하나는 동양철학의 근간을 이루고 있는 노장사상의 영향이다. 잘 알려진 것처럼, 자연이 한국문학사에서 등장한 것은 거의 한국문학이 시작한 초기에서부터이다. 가령, 공무도하가 같은 것, 황조가 같은 것이 그러하지 않은가. 그런 역사적 배경에다가 조선시대부터는 유교철학이 가미되면서 자연은 성리학의 또 다른 뒷면을 구성할정도로 밀접한 연관성을 갖고 있었다. 마치 자연을 알아야만 문학이 형성되는 것처럼 보였고 그 반대의 경우는 예외적인 것처럼 인식되었다.

그리고 또 다른 하나는 노장사상의 영향이다. 노장사상이 하나의 상력한 철학으로 자리하게 된 이유는 그것이 정치적인 담론과 밀접한 상관관계를 갖고 있었기 때문이다. 정치로부터 외면받았던 대부분의 사람들은 그 대안으로 자연을 가까이 했다. 그런데 그러한 자연들은 자연에 대한 예찬이나 완상이 아니라 자신의 정치적 불운을 한탄하는 매개로 기능했다는 사실이다. 그러다보니 자연은 반정치적인 것, 궁극적으로는 반인간적인 것의 상징이 되어 버렸다. 따라서 노장적 자연을 애호한다는 것은 곧 정치로부터 그 스스로가 분리되었다는 것을 의미하며, 궁극에 가서는 인간의 세계로부터 절연되었다는 것을 의미했다.

이러한 자연관을 바탕으로 한 반근대적 사유는 근대의 제반 모순과 더불어 더욱 견고한 철학적 테제가 되어 현대인의 인식론적 사유로 자리잡게 된 것이 근대 이후의 현실이다. 근대란 것이 자연을 딛고 일어섰다는 것, 자연과 모순적 길항관계에 있는 것이었기에 근대의 모순이 제기될 때마다 자연은 상대적인 우월성을 갖고 수면위로 떠오르게 된 것이다. 한국 시사에서 반근대적 자연관의 형성은 이런 맥락에서 이해될 수 있을 것이다.

한국 시사에서 자연을 반근대적 인식의 모델로 처음 시화한 시인은 아마도 정지용인 듯 싶다. 단순히 자연을 인식했다는 의미에서가 아니라 그것을 모더니즘의 세계관과 연결시켜 자연의 철학적 의미를 근대성과 연결시킨 것이 정지용이기 때문이다. 그의 시세계에서 자연의 철학적 의미화는 인간 스스로가 인간적인 영역을 폐쇄시키고 자연의 세계로 자아를 개방시킨데서 찾을 수 있다. 그의 자연은 단순히 모방의 대상이 아니라 시인 스스로를 그 속에 투영시키고 자아가 그 속에 완전히 동화함으로써 하나의 자연으로 거듭 태어난 데에 있다. 그렇다면 자연과 인간은 조화롭게 동화되어, 아니 하나처럼 살수 있는 것이 진정 가능한 일일까. 태초의 이상처럼 서로 갈등하거나 경쟁하지 않고 하나의 운명체로 공존할 수 있는 것일까. 지극히 당연한 것이긴 하지만 이 질문에 자신있게 대답할 수 있는 것은 가능한 일일 것이다. 따라서 이 시대를 사는 시인의 임무가 이런 시대적 요구를 자신있게 반영하고 수행해 나갈 수 있는 것이다. 시대를 고민하고 근대에 대한 반성적 사유를 제시한 시인들의 내면을 들여다보면 이 문제는 그리 어려운 것도 수행되기 힘든 일도 아님을 알 수 있기 때문이다.

그런 고민의 흔적을 찾아보는 것도 예술사적으로 매우 의미있는 일일 것이다. 자연과 하나될 수 있다는 것은 막연히 자연에 기투해서 자연의 일부가 되는 일은 아닐 것이다. 그런 의식의 이면에는 의당 자연의 철학적 의미같은 것이 있을 수 있을 것이다. 한국 근대시사에서 이런 사유 모델을 보여준 시인들을 찾아보는 것은 아려운 일이 아니다. 정지용을 비롯한 30년대 후반의 모더니스트들의 경우에서 이런 사례들은 쉽게 찾아볼 수 있는 까닭이다. 그럼에도 이들에게서는 자연에 대한 막역한 기투만 있을 뿐 자연으로부터 어떤 사유의 모델을 제시하지는 못했다. 그런 한계를 극복하고 등장한 것이 이상화와 유치환의 사례이다. 이들은 동시대를 살았지만 어떤 문학적 교류가 특별히 있었던 것은 아니다. 그러한 단절성에도 불구하고 이들은 그 지향하는 바가 거의 동일했는데, 이는 매우 흥미로운 일이 아닐 수 없다.

이상화의 시의 특징은 근대의 유한한 특장들을 연속체의 감각에서 찾는 데 있다. 연속이란 끊임없이 지향하는 그 무엇이고 어떤 임계점이나 한계점을 내포하지 않는 감각이다. 그는 이를 기반으로 영원의 세계를 더듬어들어간다. 이상화가 탐색해들어간, 인간이 우주의 일부이고, 자연의 일부라는 무한의 감각이야말로 상화 시의 핵심이 되는 것이다. 이런 시사점에 입각할 때, 그의 시에서 표명되는 부활로서의 동굴의 이미지나 관능의 이미지, 그리고 자연과 조국에 관한 이미지가 하나의 일관성 속에서 그 의미를 갖게 된다. 이들은 모두 근원이라는 연속적인 사유의 틀을 갖고 있다. 곧 무한 속에 유한의 감각들을 흡수시키는 것인데. 이럴 경우에만 존재론적 고독이라든가 유한 속에 갇혀있는 인간의 허무 의식을 극복할 수 있는 계기가 되는 것이다. 이상화의 연속체의식은 근대의 일시성, 순간성을 초월할 수 있다는 뜻에서 매우 의미있는 경우이다.

유치환 시의 출발은 절대 무한에서 시작된다. 무한이란 연속의 감각이며, 영원의 또다른 이름이다. 인간이 무한 앞에 높여질 때, 유한에 대한 자의식이 발생한다. 그러한 감각이 유치환에게는 생명에의 열애와 인간의 유한한 감각 중의 하나인 애정에의 희구로 표출되었다. 그리고 유한한 특성을 갖는 생명의식이 그에게는 절대 고독과 허무에의 침잠이었고, 그것으로부터의 승화내지 탈피가 그의 시의 주된 테마였다. 그리하여 그는 무한의 자각에서 시작된 자신의 유한의식을 다시 그 무한으로 되돌림으로써 이를 뛰어넘고자 했다. 그것이 연속체로서의 무한, 곧 새로운 우주의 발견이었다. 청마가 무한으로 되돌아가고자 하는 의지는 크게 두가지 방향에서 시도된다. 하나가 경계의 초월과 연속체의식이라면, 다른 하나는 유기적 전체로서의 자아의식이었다. 전자가 인간적 요소, 곧 유한적 요소를 무한적 요소로 기투하는 데에서 의미를 찾을 수 있다면, 후자는 우주 속에서 합일된 자아의 발견 혹은 체험의식에서 찾아진다. 이른바 정(精)의 포즈를 비정(非情)의 포즈로 바꾸는 일이었고, 분리되지 않는 복합체로서의 우주적인 나를 발견하는 일이었다. 그가 이렇게 절대 고독과 허무를 초월하는 매개로 무한을 인식하게 된 것은 그것이 존재하는 만물의 원천이자 우주의 모태였기 때문이다. 무한한 우주 속에서 인간이 얼마나 작고 유한한 존재임을 인식하는 것, 그리하여 다시 그 무한이라는 절대의 힘 속에서만 존재론적 고독이나 불안을 초월할 수 있다는 것, 그것이 유치환이 자신의 작품에 담아내고자 했던 사변적 주제의 본질이었다.

우주를 하나의 동일체로 인식하는 것은 기존의 자연관에 비해 한 발짝 나아간 사유라 할 수 있다. 인간이 자연의 일부니까 당연히 이에 동화되어 하나의 세계가 되어야 한다는 논리는 지극히 당연한 상식에 속하는 일이다. 그것을 철학적 차원으로 한차원 승화시킬 때 모더니즘의 제반 논리도 한단계 승화될 수 있을뿐더러 문학적 주제로서도 보다 성숙한 것이 되지 않을까 한다.

이제 인간과 자연의 영원한 길항관계에 대해 다시 되돌아볼 때가 되었다. 현재가 위기의 관점에서 받아들여지는 것은 자연과 인간의 조화가 깨어졌기 때문이다. 근대 이전이나 인류 초기에 인간과 자연의 관계가 운위된 적은 없다. 인간이 자연의 일부이고 자연이라는 하나의 유기체 속에 동화될 때, 현재의 위기적 관점이 극복되고 또 승화되리라는 사유는 어디에도 존재하지 않았다. 현재가 위기로 다가오는 이 지점이야말로 자연과 인간의 새로운 정립이 요구되는 시점이 아닐 수 없다.

자연과 인간이란 결코 화해될 수 없는 영원한 타자일까. 이들이 하나의 동일자로서 공존하는 것은 불가능한 일일까. 이런 질문 앞에 설 때, 우리는 결국 우리 자신을 되돌아보게 된다. 결국은 인간 자신이 반성의 주제가 되어야 한다는 것이다. 자연은 스승이고 영원이고 삶의 터전이고 뿌리라는 인식을 가져야만 현재의 위기가 개선될 수 있을 것이다. 그리고 그것은 개인 자신의 내부 문제로서만 국한되는 것도 곤란할 것이다. 이상화의 경우처럼, 또 유치환의 경우처럼 무한을 그리워하고, 연속체로서의 자연을 인식한들 그것이 시인 자신의 문제로만 국한된다면, 그것은 또다른 관념의 반복에 지나지 않을 것이다.

이런 관점에서 본다면, 커다란 문제를 규율할 수 있는 외적 환경의 필요성이 제기될 수밖에 없지 않은가. 인간을 하나의 범주내에서 통어한다는 것은 불가능할 뿐 아니라 이는 또한 대단히 소모적인 일이 될 수밖에 없다. 그것은 단지 공허한 메아리에 불과할 뿐이다. 일탈과 파괴를 규제하는 거대한 힘이 필요한 것은 이 때문일 것이다. 자연에 대한 개인의 유기체적 인식 확산과 더불어 일탈을 제어하는 또 다른 힘만이 현대의 위기를 타개해나갈 수 있지 않을까. 모든 것이 세분화되고 미세한 규칙들이 세상을 지배하고 있는 요즈음에 커다란 규율대를 들이대는 것이 시대착오적 모순으로 인식될지 모르겠다. 그러나 이상은 이상에 지나지 않을 뿐이다. 현실은 전연 엉뚱한 곳으로 흘러가고 있지 않은가.

# 최남선의 계몽의 기획과 글쓰기

한국 시의 근대성과 반근대성

## 1. 중인계층의 역사적 위치

육당 최남선이 태어나던 해가 1890년이니 정확히 120년 전이다. 이때는 구한말이면서 조선이 근대 국가의 모습을 갖추어나가던 시기이다. 근대 국가가 무엇이냐고 물을 때 이에 대해 명쾌한 답을 내리는 것은 대단히 어려운 일이다. 그리고 근대 국가의 이면을 담지하고 있는 사상적 배경이 어떤 것인가에 대해서 몇몇 현상들이나 개념적 어휘를 갖고 설명하는 것 또한 매우 난망한 일이 아닐 수 없다. 18세기 후반 서구에서 시작된 근대의 모습과 그 사상적 변이의 흐름들에 대해 단선화시켜 설명하는 것이 어려운 것처럼, 조선의 경우에 있어서도 이는 마찬가지의 경우였다.

조선의 근대화가 어느 시기부터 시작되었나 하는 기점 문제는 연구자들마다 상이한 시각을 보여 왔다. 연구자 자신의 세계관과 사회 구성체의 분석방법에 따라 다양한 근대 기점론이 제기되어 왔기 때문이다. 가장 일반적으로 영정조 기점론이 근대의 시작점으로서 많은 지지를 받고 있는 것이 사실이긴 하지만, 이는 어디까지나 시작이라는 준거점에서 그러할 뿐이다. 보다 중요한 것은 출발이라는 시기가 아니라 그것이 하나의 이념적 형태를 갖추면서 활성화된 시기일 것이다. 그리고 여기에는 또 하나의 전제가 덧붙여진다. 지금까지의 근대 기점론이 주로 대내적인 문제들의 돌출과 그에 따른 현상들에서만 그것의 문제점들을 분석하고 있었다는 점이다. 문학의 제반 형태나 사회의 구성체 등에서 영정조는 이전의 시기와 차별되는 분기점적인 요소들을 분명 지니고 있었다. 중심의 해체와 같은, 다변적 사회의 제반 모습들이 이때부터 뚜렷하게 나타나고 있었기 때문이다. 그러나 이런 변화의 모습들이 주로 내적인 틀의 것으로 국한되어 있었을 뿐 대외적인 요소들에 대해서는 거의 주목하지 않고 있었던 것이다. 가령, 근대 국가로의 모습으로 가기 위한 주변국과의 관련 양상에 대해서는 거의 이해하지 못한 것이다. 그것이 이 시기에 펼쳐진 개화, 계몽의 연구에 대한 한계였다.

근대 국가가 형성되기 위해서는 내·외적 요소들이 모두 고려되어야 하는 것인데, 이런 면에서 영정조 때 제기되고 진행된 근대화 운동은 어느 정도 한계를 가질 수밖에 없었다. 보다 구체적으로는 동아시아 공동체의 중심이었던 중국에 대한 이해나 대타의식에 대한 분석이 전혀 없었던 것이다.

개화기에 그런 인식을 보인 대표적인 매체로 손꼽을 수 있는 것이 『독립신문』이다. 이 신문에 실린 시가들은 조선국이라는 인식을 분명히 한 바 있고, 연호의 사용이라든가 황제국의 선포 등을 찬양하고 언표화했다. 이는 외적 사유의 확장이라는 대타의식에서 빚어진 것이다. 따라서 기원으로서가 아니라 활성화된 모양새로서 조선의 근대화 운동은 19세기말에서부터 20세기 초에 본격적으로 전개된 것으로 보아야 옳을 것이다.

조선의 근대가 개화기에 본격 시도된 것이라면, 개화주체의 성격과 그들이 추구한 이념에 대해서도 주목하지 않을 수 없게 된다. 개화기에 소위 선각자로 분류될 수 있는 인물들이 다수 배출된 것은 익히 알려진 바 있다. 그리고 이들의 계층적 성격과 개화사상의 층위가 어떤 것이었던가에 대해서도 어느 정도의 검토가 이루어진 바 있다. 이들이 중인층에 속해 있었다는 것이고, 근원적으로는 영정조시대의 개혁을 주도한 북학파에 사상적으로 의존하고 있었다는 것이다[1]. 중인들은 주로 역관의 임무를 담당하고 있어서 세상 물정에 밝았으며, 이를 토대로 경제적인 이해도 역시 넓힐 수 있었다. 이들은 경제활동과 그에 따른 부의 축적을 통해서 근대적 인간형에 필요한 자유에 대한 감정과 개성에 대한 감각을 다른 어느 층보다 굳건히 가질 수 된다[2]. 자유와 개성에 대한 분방한 감각은 중세적 통일성으로부터 일탈하고자 하는, 혹은 그런 획일화된 속박으로부터 벗어나고자 하는 강력한 욕망과 불가분의 관계에 놓인다. 이른바 프로테스탄티즘으로 무장한, 상승하는 부르주아가 출현하게 되는 것이다. 마르크스가 부르주아를 맨 처음의 사실상의 혁명계층으로 파악한 것도 여기에 그 근거를 두고 있다. 생산력의 발전과 이에 기반한 부의 축적은 세상을 변화시킬 역동성으로 발전하게 되는바, 이를 처음으로 실행한 계층이 바로 상승하는 부르주아계층이라는 것이다[3].

육당은 개화기의 선각자였으며, 소위 계몽을 담당하던 부르주아계층이었다. 그는 중인 계층이었던 부친을 두었고, 또 이 배경하에서 성장하고 공부했다. 그는 두 번에 걸쳐 일본 유학을 한 것으로 알려지고 있다. 그러나 그의 유학생활은 순탄치 않았는데, 갖가지 사건에 연루되면서 그의 유학생활은 짧게 끝나고 말았기 때문이다[4]. 어떻든 육당은 이런 체험을 통해서 근대 문물을 보고 익힐 수 있는 기회를 남들보다 먼저 갖게 된다. 이런 것들이 계기가 되어 그는 똑똑한 유

---

**1** 김윤식, 김현, 『한국문학사』, 민음사, 1991, p.107.
**2** 베버(M. Weber), 『프로테스탄티즘의 윤리와자본주의 정신』(박성수역), 문예출판사, 1988, pp.17-33.
**3** 버만(M. Berman), 『현대성의 경험』(윤호병역),현대미학사, 1994, p.431.
**4** 김윤식,『(속)한국근대작가논고』, 일지사, 1981, pp.41-49.

학생으로서의 선각자의식을 갖게 되고, 이를 바탕으로 개화기의 현실을 이끌어나가게 되는 것이다.

## 2. 시대를 이끌어가는 힘으로서의 '바다'와 '소년'

일본 유학을 마치고 최남선이 가장 먼저 한 일은 소위 교양주의의 전파와 확산이었다. 그가 애써 강조한 교양주의란 역사철학적인 맥락에서 보면, 거의 계몽주의와 흡사한 것이다. 계몽주의 본령이 무엇인가에 대해서 한마디로 말하는 것은 쉬운 일이 아니다. 각각의 지역이나 특수성에 맞게 그것은 해석되어야 하는 것이어서 어느 특정 지역을 이해하고 규정짓기에는 여러 가지 고려해야 할 배경이 많기 때문이다. 그럼에도 계몽주의가 탈미신화의 과정이라는 데에는 모두가 동의한다. 이는 과학적 능력과 힘에 의한 결과이고, 그 어떤 신비화의 영역도 거부되는 데 따른 것이다. 교양과 계몽이란 이런 합리주의 정신에서 길러진 것들이다.

일본에서 돌아온 육당이 가장 먼저 관심을 기울인 분야도 탈미신화의 영역이었다. 근대로의 길로 나아가기 위해서는, 곧 조선이 근대국가로 나아가기 위해서는 중세적 미몽의 상태에서 시급히 벗어나야 하는 것임을 그는 누구보다도 잘 알고 있었다. 그러려면 인민 대중을 교양시켜야 하고, 근대사상을 전파시켜야 했다. 그리하여 그가 일차적으로 동원했던 것은 대중을 교화할 매체의 동원이었다. 육당이 『소년』과 『청춘』과 같은 잡지뿐만 아니라 다양한 서적을 출판한 것은 이런 이유 때문이다. 인간의 인식을 확장시키기 위해서는 지식이 필요했고, 그 지식을 보급하기 위한 매개로서 매체만큼 좋은 수단도 없었다. 매체는 최남선에게 무지한 민중을 개화의 장으로 끌어낼 수 있는 훌륭한 장이었고, 자신이 개화이념과 계몽의 이념을 전파시킬 수 있는 좋은 무대였다.

잡지를 비롯한 서적 출판이 계몽을 위한 아우라였다면, 이를 이끌어가는 주체가 무엇일까에 대한 고민도 필연적으로 수반될 터이다. 말하자면 이런 환경을 이끌어나갈 변혁의 주체 또한 당연히 필요했을 것이다. 부르주아가 근대로의 여정에서 사실상 맨 처음의 혁명계층이었다는 사실에 동의한다면, 육당은 아마도 이에 가장 근접한 인물이었을 것이다. 그는 부를 축적한 중인이었고, 이를 바탕으로 시대에 대한 책무와 역할을 이해한 계몽적 주체로서 손색이 없었기 때문이다. 그러한 그의 역동적 의지가 문학적으로 구현된 것이 최초의 신체시인 「해에게서 소년에게」에 나타난 '바다'와 '소년'의 이미지였다.

처-ㄹ썩, 처-ㄹ썩, 척, 쏴-아.
따린다, 부순다, 문허바린다.
태산(泰山) 같은 높은 뫼 집채 같은 바윗돌이나
요것이 무어야, 요게 무어야.
나의 큰 힘 아나냐 모르나냐 호통까지 하면서
따린다, 부순다, 문허바린다.
처-ㄹ썩, 처-ㄹ썩, 척, 튜르릉, 콱.

처-ㄹ썩, 처-ㄹ썩, 척, 쏴-아.

내게는 아모 것 두려움 업서

육상(陸上)에서 아모런 힘과 권(權)을 부리던 자(者)라도,

내 앞에 와서는 꼼짝 못하고

아무리 큰 물건도 내게는 행세하지 못하네.

내게는 내게는 나의 앞에

처-ㄹ썩, 처-ㄹ썩, 척, 쏴-아. 처-ㄹ썩, 처…ㄹ썩, 척, 쏴…아.


나에게, 절하지, 아니한 자가,

지금까지, 없거든, 통기하고 나서 보아라.

진시황, 나팔륜, 너희들이냐,

누구누구누구냐 너희 역시 내게는 굽히도다,

나하고 겨룰 이 있건 오너라.

처…ㄹ썩, 처…ㄹ썩, 척, 튜르릉, 콱.

「해에게서 소년에게」 1-3연


   한국 근대시사에서 인용시만큼 역동성이 느껴지는 시가 있을까 하는 의문이 들 정도로 「해에게서 소년에게」는 매우 강렬한 에너지가 솟구치는 작품이다. 그 힘을 가능케 하는 것은 '바다'의 강력한 이미지에서 나오는 에네르기이다. 육당의 초기 문학에서 '바다'는 두가지 중요한 의미항에 놓인다. 하나는 개혁주체로서의 '바다'의 이미지이고, 다른 하나는 계몽의 통로로서의 '바다'이미지이다. 개혁주체로서의 바다이미지는 '태산같은 높은 뫼'나 '집채같은 바위'를 송두리째 무너뜨리는 힘으로 구현되는데, 여기서 '태산'이나 '바위'가 개화 계몽의 장애가 되는 매개임은 물론이거니와 이런 바다의 이미지가 계

몽의 주체인 최남선 자신인 것 역시 마찬가지의 경우이다. 그리고 바다는 '세계성을 지향하는 문명에 대한 동경'[5]이자 그 문명을 받아들이는 회로라는 의미 또한 지니고 있다.

> 처─ㄹ썩, 처─ㄹ썩, 척, 쏴─아.
>
> 조고만 산(山)모를 의지(依支)하거나
>
> 좁쌀 같은 적은 섬, 손벽만한 땅을 가지고,
>
> 그 속에 있어서 영악한 체를,
>
> 부리면서 나 혼자 거룩하다 하는 자(者) 이리좀 오너라 나를 보아라.
>
> 처─ㄹ썩, 처─ㄹ썩, 척, 쏴─아.
>
> 「해에게서 소년에게」 4연

「해에게서 소년에게」의 4연은 바다의 광대함을 노래한 부분이다. 그러나 그 이면을 꼼꼼히 들여다보면 바다는 문명에 대한 동경과 그것을 받아들이는 통로로서의 의미를 갖고 있다[6]. '조그만 산'과 '좁쌀 같은 적은 섬', 혹은 '손벽만한 땅'은 국수적인 조선의 모습이면서, 폐쇄되어 있는 조선의 현실을 상징한다. 반면, 바다는 그 건너편에 존재하는 원망의 대상과 연결시켜주는 실체이다. 바다의 그러한 개방성이야말로 계몽주의자 최남선에게는 시의적절한 시적 대상이 아닐 수 없었다. 그리고 이런 개방적인 바다와 더불어 등장하는 중요한 이미지 가운데 하나가 '배'이다. 그것은 새소식을 전하는 운반수단이면서 시적 주체를 교양시키는 소통수단으로 기능한다(「가을뜻」).

---

5 정한모, 『한국현대시문학사』, 일지사, 1978, p.205.
6 김용직, 『한국근대시사』, 새문사, 1983, p.106.

새시대 새물결이라는 계몽의 가열찬 기획을 수행하는 육당의 의도는 '바다'의 거침없는 힘과 그것의 개방적 자세를 통해서 잘 이해할 수 있다. '바다'는 육당에게 계몽의 주체이자 힘이며, 계몽의 물질적 국면을 수용하는 매개였던 것이다. 한편, 그의 이러한 계몽의 기획에서 또 하나 주의깊게 보아야 할 것이 소년의 이미지이다. 「해에게서 소년에게」에서 '소년'은 바다와 더불어 긍정적인 이미지로 시화되는데, 이 두 이미지의 긍정적 가치는 마지막 연에서 상호 교통하면서 극적 양상을 띠게 된다. "저 세상 저 사람 모두 미우나,/그 중에서 딱 하나 사랑하는 일이 있으니,/담 크고 순진한 소년배들이/재롱처럼 귀엽게 나의 품에 와서 안김이로다./오너라 소년배 입맞춰 주마"라고 함으로써 소년과 바다는 동일한 차원의 것으로 전화된다. 바다의 전지전능한 힘과 능력이 소년의 그것으로 오버랩되는 것이다.

'소년'이 육당의 문학에서 갖는 이미지는 '바다' 못지않게 매우 중요하다. 그것은 다음 두가지 이유에서 그러한데, 우선 소년이 과도기적 단계에 있는 존재라는 점이다. 소년은 어린이도 아니고 성년도 아닌 중간적 존재이다. 그렇기에 미래의 열린 가능성과 그 역동적인 힘만큼은 다른 어느 계층보다도 앞선 존재이다. 육당이 '소년'을 자신의 시적 테마와 주체로 설정한 것은 이런 뜻에서 대단히 의미있는 것이라 할 수 있다. 그리고 다른 하나는 미미한 형태로나마 소년의 이미지에서 풍겨나는 근대적 의미소에 관한 것이다. 이 이미지는 중세적 맥락에서는 거의 의미화되지 않는 주체이다. 어른과 유아라는 이분법적 도식이 중세를 풍미한 인물군들이었는데, 이런 도식에서는 중간층인 소년의 존재란 큰 의미가 없어 보이는 것이 사실이다. 이 어중간한 층은 어디에도 편입되지 못한 떠돌이적 존재이고, 그리하여 자신의 정체성을 갖지 못하는 층이다.

그렇기에 소년이라는 이 개념화는 정체성의 확보와 그것이 갖는 근대적 의미라는 측면에서 주목의 대상이 된다. 소년은 학교라는 제도와 결부될 수 있다는 점에서 주목을 끈 바 있다[7]. 소년이라는 정체성은 근대식 학교제도와 맞물릴 수 있다는 점, 그리하여 근대가 요구하는 제도를 구현할 수 있는 매개항이 될 수 있다는 이유에서 이 층은 근대 문학의 기원을 논할 때 중요한 인식론적 수단 가운데 하나로 자리 잡아 왔다. 물론 최남선의 작품이나 산문에서 소년의 이미지가 서구식 학교의 이미지와 곧바로 맞물려 나타나는 경우는 거의 없다. 근대식 제도라든가 학교와 같은 거대문법이 육당의 사유구조에 들어오기에는 조선의 발생론적 토대가 매우 열악한 상태에 놓여 있었기 때문이다. 어떻든 소년이라는 정체성의 확보만으로도 그에게 근대로의 길을 열어젖힌 중요한 인식이었다는 점은 부인할 수 없을 것이다.

> 크고도 넓으고도 영원한太極
> 자유의 소년대한 이런덕으로
> 빗나고 뜨거웁고 剛健한태양
> 자유의 대한소년 이런힘으로
> 어두운 이세상에 밝은광채를
> 삐다난 구석없이 더뎌듀어서
> 깨끗한 기운으로 타게하라신

---

7 가라타니 고진, 『일본 근대문학의 기원』(박유하옮김), 민음사, 1997, pp.151-179.

하날의 부틴직분 힘써다하네
바위틈 산ㅅ골중 나무끝까지
자유의 큰소래가 부르딋도록
소매안 듀머니속 가래까디도
자유의 맑은귀운 꼭꼭탸도록

판수야 벙어리야 귀먹어리야
문둥이 절름발이 온갖병신아
우리게 의심말고 나아오너라
딜겨서 어루만뎌 낫게하리라
우리는 너의위해 火鞭가디고
神靈한 「뱁티슴」을 베풀양으로
발감게 딥신으로 일을해가난
하날의 뽑은나라 자유대한의
뽑힌바 少年임을 생각하여라.

「少年大韓」 부분

인용 작품은 계몽주의자 육당의 사유체계가 무엇인가를 잘 보여주는 시이다. 여기서 소년의 함의는 매우 다층적인 의미역으로 짜여져 있다. 우선, 소년은 육당의 계몽의식을 대변하는 매개로 구현된다. 그런데 이 주체는 근대라는 토양에서 교육된 주체가 아니라 천품을 띄고 태어난 선민의식을 가진 자로 이해된다. 육당의 계몽의식이 똑똑한 우등생의식에 있었다는 것은[8] 잘 알려진 일이거니와 이 작품에서도 이런 인식을 확인하는 것은 어려운 일이 아니다. 소년의 임무는 하늘이 준 직분이고, 또 크고도 넓은 영원한 태극과 같은 존재로 격상된다. 길들여진 제도로서의 소년이 아니라 선민의식으로서의 소년의 모습인 것이다. 그리고 다른 하나는 소년이 계몽의 주체임을 이 작품은 분명히 말해주고 있다는 점이다. 계몽의 일차적인 목표가 탈미신화 과정에 있다고 했는데, 이 시에서 그러한 과정은 "문둥이 절름발이 온갖 병신"을 구원하는 형태로 나타난다. 그러한 미몽의 상태를 개화시키는 주체는 다름아닌 소년이다.

근대의 계획이 과학에 의한 것이라면 최남선에게 그러한 과학과 등가관계에 놓여 있는 것이 '소년'이다. 이는 김기림이 해방직후 새로운 민족 국가 건설에서 부른 「새나라송」과 비교하면 쉽게 이해할 수 있는 대목이다. 김기림은 새나라 건설에서 부르주아라든가 프롤레타리아와 같은 이념이 주도하는 국가건설에는 관심이 없었다. 그가 염두에 둔 것은 오직 과학에 의해 미신이 사라지는 계몽의 기획을 충실히 실현하는 것뿐이었다. 즉 과학에 의해 주도되는 문명과 혁신적 세계만을 근대의 중심 사유로 인정했던 것이다. "마마와 미신을 몰아내고" "전기와 모타"(「새나라송」)로 지칭되는 과학적 신기원의 세계만이 계몽의 차질없는 계획이라는 것이다[9]. 김기림의 이런 인식은 근대의 주체로 소년을 내세운 육당의 사유를 이해하는 데 있어서 어느 정도 시사적인 단초를 제공해준다. 소년은 '아프게 앓는 소리'를 그치게 하고, '병든 모양을 금시 소생케'하는 전지전능한 위치에 있는 존재이기 때문이다. 뿐만 아니라 근원적으로 치유 불가능한 절름발이조차도 소년의 힘으로 고칠 수 있다고 했다. 소년은 조선의 성

---

8 김윤식, 앞의 책, p.58.
9 송기한, 『한국 현대시와 근대성 비판』, 제이앤씨, 2009, pp.117-118.

리학을 대신하고 이제 새로운 사회의 지배원리로 우뚝 올라서게 된 것이다. 소년은 생물학적 개체가 아니라 혁명의 주체, 계몽의 주체로서 육당에 의해서 거듭 태어나게 된 것이다.

소년의 의미가 만들어져 가는 역동적 실체가 아니라 이미 선험적으로 부여된 직분을 가진 존재로 묘사되어 있긴 하지만, 계몽의 주체로 소년을 인유한 것은 육당 문학이 갖는 득의의 영역이 아닐 수 없다. 특히 인간의 신념으로 무엇인가를 할 수 있다는 최초의 변혁적 주체가 부르주아였다는 사실에 동의한다면, 그런 역동적 실체를 소년의 이미지로부터 구했다는 것은 매우 의미있는 것이었다고 할 수 있다. 소년이란 현존재의 윤곽 속에 갇힌 존재가 아니라 미래로의 열린 전망을 담지한 존재라는 점에서 더욱 그러하다고 할 수 있다. 그것이 최남선이 이미지화한 소년의 궁극적 실체였다.

## 3. '조선주의'라는 중심화 전략의 이념적 실체

### 1) 대타의식으로서의 일본과 세계

근대 국가가 형성되기 위해서는 어떤 것이 필요한 것일까. 개화 초기 주시경은 근대 국가형성의 요인으로 언어, 민족, 땅 등 세가지 요소를 든 바 있다[10]. 언어학자였던 주시경은 이 가운데 언어를 가장 먼저 우위에 두었다. 그러나 하나의 국가가 근대 국가로의 모습을 갖추기 위해서는 어느 하나의 요소만을 강조한다고 해서 해결될 문제

---

10 주시경, 「국어와 국문의 필요」, 『서우』2, 1907, p.33.

는 아니었다. 모든 것이 하나로 수렴되어 뚜렷한 중심을 만들어내는 것만이 근대 국가로 나아가는 지름길이었다. 이런 맥락에서 보면 개화기의 문학 양상을 율문 중심의 문학이라 단정해도 하나도 틀린 말이 아니다. 노래야말로 집중화된 담론을 전파시킬 수 있는 가장 유효한 매개이기 때문이다. 뿐만 아니라 개화기 이전 시기와 비교해 볼 때, 개화기 소설의 서사구조가 이전 시기에 전반적으로 후퇴했다는 시각 역시 재고되어야 하지 않을까 한다. 봉건 사회가 집중화된 사회, 중심지향적인 사회였다고 한다면, 근대 국가 형성기였던 개화기는 또다른 의미에서 중심을 지향했던 사회였기 때문이다. 특히 조선의 개화기는 근대 국가 형성기라는 보편적 현상에다가 국가 위기라는 애국 계몽의식이 첨가된 사회구성체의 양상을 보이고 있었다. 이런 특수한 양상들이 조선만이 갖는 고유한 개화기의 모습이기에 더욱 그러하다.

근대국가 건설이라는 정언명령, 그리고 국가 위기라는 이중적 특수성이 만들어내는 개화기의 현실은 육당으로 하여금 또 다른 동력을 만들어내는 계기가 되게끔 한다. 역사발전의 주체임을 '바다'와 '소년'의 이미지를 통해서 펼쳐보인 육당은 일본 유학을 통한 견문의 확장을 통해서 조선에 대해 새롭게 인식하기 시작한다. 근대 국가 건설이라는 당위적 요구보다 앞서는 점증하는 일제의 위협에 대한 인식이 바로 그것이다. 그의 이러한 사유는 「해에게서 소년에게」 에서 보여주었던 낙관적, 열정적 세계로부터 멀어지는 계기가 된다. 거침없는 파도의 낙관적 힘이 아니라 냉철한 현실에 대한 사실적 인식으로 돌아오게 된 것이다. 이는 소년의 맹목적인 눈이 아니라 현실의 비판적 시선으로 회귀하게 되는 계기가 된다. 그러한 예를 보여주는 작품이 「경부철도가」이다.

    1. 우렁차게 吐하는 汽笛소리에
       南大門을 등지고 떠나가서
       빨리 부는 바람의 形勢같으니
       날개 가진 새라도 못 따르겠네

    2. 늙은이와 젊은이 섞어 앉았고
       우리 내외 외국인 같이 탔으나
       內外親疎 다같이 익혀 지내니
       조그마한 딴 세상 절로 이뤘네

    3. 關王廟와 蓮花峰 둘러보는 중
       어느 덧에 龍山驛 다달았도다
       새로 이룬 저자는 모두 日本집
       이천여 명 日人이 여기 산다네
       (중략)
   62. 仁川까지 여기서 가는 동안이
       六十時間 걸려야 닿는다는데
       日本馬關 까지는 不過 一時에
       支滯없이 이름을 얻는다하네

   63. 슬프도다 東萊는 東南第一縣
       釜山港은 我國中 둘째큰 港口

> 우리나라 땅같이 아니 보이게
> 저렇 듯한 甚한양 忿痛하도다
>
> 64. 우리들도 어느 때 새 기운 나서
> 곳곳마다 잃은 것 찾아 들이여
> 우리장사 우리가 주장해보고
> 내나라 땅 내 것과 같이 보일가
>
> 65. 오늘 오는 千里에 눈에 띠는 것
> 터진 언덕 붉은산 우리같은 집
> 어느 때나 내 살림 넉넉하여서
> 보기 좋게 집 짓고 잘살아보며
>
> 66. 食前부터 밤까지 타고온 汽車
> 내 것같이 앉아도 實狀 남의 것
> 어느 때나 우리 힘 굳세게되어
> 내 팔뚝을 가지고 굴려볼거나

「경부철도가」 부분

오오와다 타케키(大和田健樹)의 『滿韓鐵道歌』를 모방해서 창작했다는 최남선의 「경부철도노래」 이다[11]. 육당이 이 시가를 만든 이유는 여러 가지가 있었지만, 그 중요한 이유 가운데 하나는 철도에 대

---

11 오오타케 키요미, 「근대 한일 『철도창가』」, 『연구논문집』 38, 성신여자대학교, 2003 참조.

한 예찬 혹은 신비로움 때문이었다. "우렁차게 토해낸 기적소리"라든가 "빨리부는 바람의 형세같으니/날개가진새라도 못따르겠네" 같은 표현은 철도에 대한 예찬 바로 그것이었다. 뿐만 아니라 "어느덧에 용산역 다다렀구나"라는 인식에 이르면, 철도의 속도에 대한 육당의 신비로움은 그 절정에 이르게 된다.

본질이 아니라 현상의 측면에서 이들이 발견한 근대가 '바다'였다면, 근대의 또다른 축은 육당에게 이렇듯 '철도'로 나타난다. 1900년대에 들면서 일제는 침략과 약탈의 수단으로 조선에 철도를 부설하기 시작했다. 경인선이 처음 열리고 경부선이 개통된 것이 이 무렵의 일이다. '바다'가 근대를 받아들이기 위한 통로였다면, 철도는 그러한 근대가 이루어놓은 결과물에 해당된다. 또 '바다'가 근대에 대한 막연한 선망 정도에 그치는 것이라면, '철도'는 그러한 근대를 구체적으로 보이게끔 한 실체였다. '철도'가 근대의 중요한 척도가운데 하나가 되는 것은 이것이 뽐내는 속도 때문이다. 봉건 시대와 산업화 시대를 구분짓는 가장 중요한 특징이 이 속도에 있음은 잘 알려진 일이다. 그렇기에 '철도'로 상징되는 근대의 모습은 과학의 유토피아를 꿈꾸었던, 근대의 이상을 실현코자 했던 계몽주의자들에겐 선망의 대상이 아닐 수 없었다.

그러나 육당이 「경부철도가」를 지은 것은 근대라든가 계몽의 신기한 자의식과 같은 선망의 감수성 때문만은 아니었다. 이는 오오와다 타케키의 『滿韓鐵道歌』와 비교하면 쉽게 확인되는 일이다. 『滿韓鐵道歌』는 노래와 사진을 실어가면서 조선이나 중국동북부의 지리를 익히게끔 만들어진 시가였다. 말하자면 일본의 지식인이나 민중들에게 이들 지역의 전반적인 소개와 이해를 위해서 만든, 다분히 계몽적 의도가 짙게 깔린 시가집이었다. 물론 이러한 창작배경이 무엇을 의미하는지 어느 정도 알 수 있는 대목이기도 하다. 그러나 육당이「경부철도가」를 지은 것은 오오와다의『滿韓鐵道歌』의 창작배경과 매우 다른 것이다. 「경부철도가」에서도『滿韓鐵道歌』처럼, 조선의 명승고적과 지리적 이해를 의도한 측면이 전혀 없는 것은 아니다. 육당은 각각의 연마다 나오는 역과 그 주변 지역에 대해서 상세히 설명하고 있기 때문이다.

그러나 육당은 이런 계몽적 이해 이외에도 이 시가를 통해서 역사에 대한 분노라든가 일본에 대한 노골적인 야유를 보낸다. 가령, 용산역에 이르러서는 "새로 이룬 저자는 모두 日本집 / 이천여 명 日人이 여기 산다네"라고 함으로써, 점증하는 일본에 대한 위협을 우회적으로 비판하고 있는 것이다. 육당의 이러한 인식은 온양온천에 이르러서는 더욱 노골적으로나타나고 있으며, 이 시가의 마지막 부분에서는 그러한 분노들을 우리의 주체적 능력에 대한 실험이나 진단으로까지 이해하고 있다. "우리들도 어느 때 새 기운 나서 / 곳곳마다 잃은 것 찾아 들이여/우리장사 우리가 주장해보고 / 내나라 땅 내 것과 같이 보일가"하는 부국강병의 의지가 있는가 하면, "食前부터 밤까지 타고온 汽車 / 내 것같이 앉아도 實狀 남의 것/어느 때나 우리힘 굳세게되어 / 내 팔뚝을 가지고 굴려볼거나"하는 자조의 인식에까지 이르고 있는 것이다. 특히 이 마지막 부분에서는 근대의 상징인철도 자체에 대해서 아주 회의적인 반응까지 보이고 있다.

육당에게 철도는 근대화를 상징하는 신기원이면서, 다른 한편으로는 조선의 암울한 현실에 대해 새롭게 인식하는 매개로 자리잡는다. 육당의 조선주의가 싹트게 되는 계기는 아이러니컬하게도 근대의 상징이었던 철도에서 비롯된다. 그런데 육당이 인식한 조선주의는 매우 다층적인 함의를 갖는다. 근대국가로 나아가는 것이 어느 정도 국수주의적 양상으로부터 자유로운 것이 아니라면, 조선에 대한 새로운 인식이야말로 자연스런 인식적 소산이라 할 수 있을 것이다. 그리고 여기에 덧붙여지는 것이 일본에 대한 대타의식의로서의 조선주의이다. 이는 현저하게 민족모순에 가까운 것이어서 근대 국가의 형성과는 또다른 형태의 사유를 낳게 하는 대목이 아닐 수 없다. 육당의 조선주의는 이렇듯 계몽의 당면임무인 근대국가로서의 조선주의와 일제의 대타의식으로서의 조선주의라는 이중적 함의를 갖고 있었던 것이다.

육당의 조선주의와 관련하여 또 하나의 빼놓을 수 없는 것이 세계에 대한 인식이다. 막연한 국수주의는 역설적이게도 세계에 대한 인식을 새롭게 하는 계기로 작용한다. 국가적인 옹졸성과 편협성을 극복하고 초월하는 과정에서 세계문학이라든가 외국문학이라고 하는 과정이 자연스럽게 만들어지는 것이다12. 물론 이러한 과정이 하나의 보편성을 갖는 것이라고 해도 육당의 문학적 인식과 창조과정이 현대적 의미의 제3의 문학이라고 할 만한 고유의 인식과 장르적 독립성을 갖는 것이라고 말하는 것은 대단히 어려울 것이다. 그는 근대 초기의 계몽의 기획자이고 소박한 의미로서의 변혁의 주체, 개혁의 주체에 불과한 존재였다. 그럼에도 그가 인식한 세계라든가 그것으로의 육박과정이 중요한 것은 그의 그러한 행위가 조선주의와 불가분의 관계에 놓여 있기 때문이다.

---

12 버만(M. Berman), 앞의 책, p.431.

한양아 잘잇거라 갓다오리라
압길이 질펀하다 수륙십만리
사천년 녯도읍 평양지나니
굉장할사 압록강 큰쇠다리여

칠백리 요동벌을 바로 뚤코서
다다르니 봉천은 녯날 심양성
동복릉 저술박에잠긴 연긔는
이백오십년 동안 꿈자최로다
(중략)
흥안령 뫼부리에 걸닌해보고
바이갈 가람속에 잠긴달보며
저무는날 새는날 들에지내기
몃날이냐 어언간 우랄산이라

「세계일주가」 부분

「경부철도가」보다 좀더 나중에 쓰여진 「세계일주가」이다. 실상 이 작품에서 어떤 세계관적 사유나 그 이해를 읽어내는 것은 매우 어렵다. 이 작품은 세계 곳곳의 지역을 소개하고 이를 단순히 나열하고 있기 때문이다. 뿐만 아니라 시가의 각 장마다 작품의 내용 못지 않은 장황한 내용을 주석형식으로 설명하고 있어서 주객이 전도될 정도로 시의 형식을 벗어나 있기도 하다. 어쩌면 말로 된 지도라고 할 정도로 세계 각 지역의 소개에만 열중하고 있는 것이다. 그럼에도 이 작품이 의미있는 것은 시의 내용이 담고 있는 외적 확장성에 있다.

조선 내부의 협소한 인식이 아니라 보다 넓은 시야를 가짐으로써 조선이라는 나라의 새로운 인식에 그 목적이 있었기 때문이다.

이 작품의 이런 의도는 「해에게서 소년에게」에서 선보인 바다의 개방성과도 통하는 항목이다. 이 작품에서 육당은 '조그만 산'과 '좁쌀 같은 적은 섬', 혹은 '손벽만한 땅'이란 조선의 편협된 모습을 내보이면서, 폐쇄되어 있는 조선의 현실을 이야기한 바 있다. 반면, 바다는 그 건너편에 존재하는 보다 넓은 세계를 연결시켜주는 실체로 묘사한 바 있다. 바다의 그러한 개방성이야말로 계몽주의자 육당에게는 매우 시의적절한 대상이었다. 그런 개방적 인식들의 확대된 결과가 「세계일주가」이다. 육당은 이 작품에서 어떤 특별한 사유나 관념 혹은 세계인식을 보여주지 않았다. 뿐만 아니라 계몽주의자로서 가져야할 최소한의 변혁적 의지도 피력하지 않았다. 그가 관심을 갖고 있는 것은 어떤 형이상학적 이데올로기가 아니라 지리부도를 언어로 풀어헤친 것처럼 세계 여러 나라의 모습을 담담히 기술하고 있을 뿐이다. 이런 나열과 순열조합의 현상들을 모더니즘적 산책자의 세계라 불러도 좋고 풍경을 언어화한 사례라 해도 무방할 것이다. 그러나 「세계일주가」에 나타난 세계상의 단순한 조합에서 육당이 의도한 것은 국수주의라는 좁은 한계, 조선반도라는 협소한 공간 극복에 그 목적이 있었다. 근대 국가임을 우뚝 세우는 길이란 외적 아우라의 경계 내지 테두리에서 형성되는 것이라는 사실에 동의한다면, 육당의 세계일주가 보여주는 독특한 여로구조는 조선을 명확히 인식하는 대표적인 서사가 될 것이다.

'철도'는 근대의 보증수표였다. 그러나 이제 그것은 경이로움의 대상이 아니었고, 근대를 대변하는 매개가 될 수 없었을 뿐만 아니라 제국주의 침략을 위한 도구로만 인식되고 있었다. 철도는 육당의 사유체계에서 계몽의 기획을 만들고 이를 추진할 정도의 동력을 상실하고 만 것이다. 그것은 근대의 이상을 담아내기도 했지만 다른 한편으로는 그 뼈아픈 좌절 역시 내포하고 있었던 것이다. 육당을 비롯한 근대주의자들에게 철도는 이상과 좌절을 동시에 포지하는 아이러니컬한 대상이었을 뿐이었다. 이런 한계들은 육당으로하여금 조선을 경계지우는 '조선주의'의 또다른 강화를 만드는 계기로 작용한다.

## 2) 근대국가를 여는 동질화로서의 조선주의

근대국가를 형성하는 핵심 동력은 끼리끼리의 동질화이다. 이런 세분화 전략은 어느 특정 지역을 하나로 묶는 문화권에 대한 안티담론이자 원심적 세계로 나아가는 단초가 된다. 가령, 라틴 문화에 대한 지방 정권의 수립이나 지방어에 대한 관심, 국수주의 운동은 모두 근대 국가를 형성하는 초기 인식소들이었다. 이런 인식소들이 아시아권이라고 해서 크게 달라지는 것은 아니다. 한자문화권 혹은 중화주의의 궁극이 하나의 중국과 그 변방으로 구성되어 있음은 익히 잘 알려진 일이다. 동아시아에서 탈중심화의 전략, 곧 근대 국가로의 길이란 그 나라만의 고유한 정체성을 확보하고 이를 강화하는 전략임은 너무나 당연한 일일 것이다.

이런 맥락에서 등장한 것이 육당의 '조선주의'이다. 이 이념은 한편으로는 국수주의적 성격을 갖는 것이면서 다른 한편으로는 일본에 대한 대타의식으로서 형성된 이념이다. 전자가 주로 계몽의 기획과 관련된 것이라면, 후자는 주로 저항의 의미와 관련된다. 육당의 조선

주의가 욱일승천하는 낭만이나 거침없는 성장동력으로만 이해될 수
없었던 것은 여기에 그 일차적인 원인이 있다.


한줄기 뻐친맥이 삼천리하야
살지고 아름답고 튼튼하게된
이러한 꽃세계를 이루었으나
우리의 목숨근원 이것이로다
(중략)
억만년 우리 역사는 영예뿐이니
그의눈 아래에서 기록함이오
억만인 우리 동포는 원기찼으니
그의힘 나리받아 생김이로다


그리로 소사나난 신령한물을
마시고 난 큰사람 얼마많으뇨
힘있난 조상의피 길히전하야
현금에 우리혈관 돌아다니네

「태백산과 우리」 부분


근대 국가를 형성하는 동질화 전략이 한데 모아져 나타난 것이 육
당의 '조선주의'이다. 그리하여 이 기운은 삼천리 방방곡곡에 뻗어나
가고 꽃세계를 이루면서 우리의 목숨의 근원을 이루게 된다는 것이
다. 그것은 과거의 시공을 넘나들며 우리 민족에 덧씌워져 있는 것이
고, 그 힘으로 숏아난 신령한 물을 우리는 마시고 있는 것이다. 경우

에 따라서 이 조선의 정기는 힘있는 조상의 피가 되어서 지금 우리의 혈관으로 돌아다니는 전일체적인 것으로 구현된다. 땅과 사람이 합체되어서 솟아난 것이 태백산이고, 그 산의 기운을 다시 받아서 조선의 맥박은 뛴다는 것, 이것이 육당이 말한 조선주의의 실체이다. 따라서 그것은 조선의 얼이며, 심혼에 깊이 박힌 조선의 영혼이라는 것이다.

이런 동질화 전략은 세계의 중심을 조선에 둠으로써 더욱 확대된다. 이는 「세계일주가」에서 펼쳐보인 파노라마식 풍경 관찰과는 사뭇 다른 방식이다. 이때의 관찰방식이 조선을 각성시키는 단순한 매개에 불과했다면 조선의 세계화 전략은 조선이라는 하나의 실체로 동질화하려는 욕망의 절정이라 할 수 있을 것이다.

지구면의 물이 다 말으기까지
정의의 기록은 오직이리라.
그리하여 어두운 세상의 등탑이 되야 사람의 자식의 큰길을 비초여주리라.

태양이 재덩어리 되기까지
정의의 주인은 반다시 이리라
그리하야 어이닭의 날개가 되야 발발떠난 병아리를 덥혀주리라

아아 세계의 대주권은 영원히 이 첨탑---이 팔뚝에 걸닌 노리개로다

하날ㅅ 면은 휘둥그럿코 땅바닥은 펑퍼짐한데

우리님---태백이는 웃둑

「태백산부」 부분

육당은 「해에게서 소년에게」 이후, 그 시적 관심이 바다에서 산으로 옮아오게 된다. 이를 두고 열린 개방성에서 산의 폐쇄성으로의 이동이라 했지만[13], 이러한 변화가 육당의 시세계에서 커다란 의미변동을 뜻하지는 않는다. 더군다나 계몽주의자로서의 계획이나 세계관에 일대 변화가 일어난 것도 아니다. 육당이 전개해나간 계몽의 계획은 초지일관한 것이었다. 그의 시야가 '바다'로 향할 때, 그는 조선의 개화주의자였다. 어떤 장애도 극복하고 앞으로 거침없이 전진해나가는 그의 힘찬 목소리는 소년의 등을 타고 달리는 기관차와 비슷했다. 여기에는 그러한 이념의 기관차를 제어할 어떤 세계관이 놓여 있었던 것도 아니었다. 그저 앞으로 나아가기만 하면 그의 계몽의 기획은 완성되는 것처럼 보였다[14].

그러나 이런 막무가내식 개화의지가 조선의 풍경 속에서 한계를 노정하고 만다. 그 매개항에 놓인 것이 열차였다. 육당은 열차에 의한 여로구조 속에서 조선에 대한 인식을 새롭게 하는 계기를 마련한다. 열차는 육당에게 계몽의 기획에 새로운 방향성을 제공해주는 수단이 되었던 것이다. 그리하여 육당의 세계관 속에 내재하게 된 것이 조선이라는 육체, 곧 땅에의 사유였다. 땅은 조선주의를 인식하는 매개로 육당에게 새롭게 자리잡게 된다. 땅은 육당에게 모성이라든가

---

**13** 정한모, 앞의 책, p.205.
**14** 육당의 조선주의는 단군을 비롯한 우리 역사를 세계사의 중심으로 이해한 역사 연구에서 그 절정을 보인다. 『불함문화론』, 우리역사연구재단, 2008 참조.

대지의 생명성과 같은 보편적 상상력을 뛰어넘는 곳에 위치한다. 그것은 역사와 사회적 의미역을 가져다주는 독특한 알레고리가 되는 것이다. 육당에게 땅은 생명이며, 삶의 터전이며, 조선의 얼이 숨쉬는 공간이다. 나아가 「태백산부」에서 알 수 있는 것처럼, 그것은 조선이라는 틀과 판을 넘는 중심으로 확대되는 양상을 보인다. 이는 분명 육당의 과잉된 조선주의가 빚어낸 것이긴 하지만, 새로운 국가 건설, 즉 조선이라는 근대 국가를 형성하기 위한 중심화 전략으로 이런 정도의 의식과잉은 어쩌면 자연스러운 일이 아니었을까. 조선의 국토가 민족의 삶의 터전이라는 지리적 공간을 넘어서 육당에게는 혼의 세계로 다가오게 되는 것은 이런 이유 때문이다.

조선의 국토는 산하 그대로 조선의 역사며 철학이며 시며 정신입니다. 문자 아닌 채 가장 명료하고 정확하고 또 재미 있는 기록입니다. 조선인의 마음의 그림자와 생활의 자취는 고스란히 똑똑히 이 국토의 위에 박혀 있어 어떠한 풍우라도 마멸시키지 못하는 것이 있음을 나는 믿습니다. 나는 조선 역사의 작은 일학도요 조선정신의 어설픈 일탐구자로, 진실로 남다른 애모, 탄미와 한가지 무한한 궁금스러움을 이 산하 대지에 가지는 자입니다. 자개돌 하나와 마른 나무 밑둥에도 말할 수 없는 감격과 홍미와 또 연상을 자아냅니다[15].

인용글은 육당이 국토 순례를 하고 난 다음 쓴 글이다. 그는 조선의 국토를 산하 그대로 조선의 역사며 철학이며 시며 정신이라고 했

---

15 최남선, 「순례기의 권두에」, 『최남선작품집』(정한모편), 형설출판사, 1977, p.179.

다. 또한 조선인의 마음의 그림자와 생활의 자취가 고스란히 이 국토 위에 박혀 있는 것이라고도 했고, 자개돌 하나와 마른 나무 밑둥에도 말할 수 없는 감격과 흥미와 또 연상을 자아내는 것이라고도 했다. 육당이 국토 순례를 한 것은 조선이라는 역사를 자기화하려는 시도에서 비롯되었다. 나와 국토의 동질성을 발견하기 위한 의도된 동기가 깔려 있었다. 근대국가가 성립되기 위해서는 서로가 하나라는 동질의식이 필요했다[16]. 따라서 다른 나라와 구별되는 우리 나라, 다른 민족과 구별되는 우리 민족을 인식시키는 토대로서 국토만큼 좋은 대상도 없을 것이다. 국토란 그의 표현대로 산하 그대로의 한민족의 역사며 철학이며 시며 정신인 까닭이다.

육당의 이런 인식들은 「경부철도가」에서 보인, 일본에 대한 대타의식 없이는 성립하기 어렵다. 여기에는 중국의 경우도 마찬가지이다. 근대 국가를 건설하기 위해서는 하나의 동질화된 조선만이 전부였다. 그의 신체시나 창가 창작 등은 모두 조선의 계몽과 근대 국가로 나아가는 길과 분리되기 어려운 것이었다. 따라서 육당의 문학에 대해 미학적 함량을 재단하는 행위나 신체시의 리듬여부를 따지는 것은 그리 큰 의미를 갖지 못한다. 육당의 사유 속에 깊이 자리한 것은 조선의 계몽 뿐이었다.

육당의 이러한 생각은 전통적인 문학 양식인 시조에 대한 인식과 그 부흥 논의에서도 그대로 이어진다. 성리학의 토양에서 발생한 시조가 현대에도 가능한가의 여부는 육당에게 그리 중요한 문제가 아니었다. 그것이 조선의 정신과 혼을 일깨우고 하나된 조선을 만드는

---

16 가라타니 고진, 앞의 책, p.287.

계기가 된다면, 시조의 발생론적 토양이 어떤 것인가에 대해서는 크게 의미가 없다는 뜻이다.

> 시조는 조선인의 손으로 인류의 韻律界에 제출된 一詩形이다. 조선의 풍토와 조선의 성정이 음조를 빌어 그 渦動의 一形相을 구현한 것이다.(중략) 조선심의 방사성과 조선어의 섬유조직이 가장 압착된 형태에서 구현된 공든 탑이다.(중략) 또 한 옆으로 조선인 민족생활 ─ 더욱 그 사상적 생활의 발자국을 남겨 가진 것이 불행히 조선에는 다시 보기 어려운데, 이 시조의 고리에 능히 천여년 계속한 약한의 遺珠가 간직되어 있어, 그 絶無僅有의 一物을 지음은 조선생활의 중요한 一淵源을 알려 주므로 많은 감사를 그 앞에 드려야 할 일일 것이다.[17]

시조가 조선의 국민문학이 되어야 하고 될 수밖에 없음을 육당은 세가지 이유에서 찾고 있다. 첫째, 시조는 조선의 정수이고, 둘째는 시조에 표현된 조선어는 조선인들의 공든탑이며, 그럼으로써 조선인의 생활이 들어 있다는 것이다. 조선이라는 중심을 만들어내기 위한 것이라는 관점에서 보면, 육당에게 국토와 시조는 거의 등가관계에 놓인다. 국토라는 물질과 시조라는 정신의 결합이야말로 육당에게 조선이라는 굳건한 동질성을 확인하는 길이었기 때문이다.

---

17 최남선, 「조선 국민문학으로서의 시조」.

## 4. 계몽의 기획과 그 한계

육당 최남선이 태어난 것은 조선에 계몽기가 막 시작되던 시기였다. 이때는 근대 국가 건설이라는 당면과제가 놓여 있었고, 또 일본 제국주의의 점증하는 위협 또한 내재해 있었다. 그런데 이 모두는 계몽의 기획과 불가분의 관계에 놓이는 것이어서 그만큼 조선의 시대적 의무는 이 한가지 노선으로 단선화되었다고 볼 수 있을 것이다. 이런 시대의 욕구에 부응한 것이 육당의 계층적 지위의 한 계기가 되었고 그것이 시대의 의무로 부각되었다. 잘 알려진 대로 육당은 중인 계층이었고, 따라서 근대가 필요로 하는 자본의 축적을 다른 어느 층보다 넉넉히 가질 수가 있었다. 계몽의 필연적 요구라는 시대적 당면 임무와 이를 담당할 상승하는 부르주아 층의 만남, 그것이 육당을 계몽주의자로 나아가게끔 하는 좋은 계기가 되었다.

육당은 두 번에 걸친 일본 유학을 통해서 근대 국가의 요건을 이해하고 그것을 수행해내기 위한 것들에 대해서 아주 정확히 파악하고 있었다. 그는 초기 작품세계에서 그 수행의 주체로서 소년을 발견해냈고, 바다의 무한한 가능성에 주목했다. 바다와 소년을 통한 거침없는 낙관주의는 육당 자신을 최초의 변혁세대로 만들게끔하는 충분한 동인이 되었다. 그러나 역사철학이 결여된 이런 낙관주의는 또다른 역능에 부딪히게 된다. 역설적이기도 근대의 상징이었던 철도는 육당으로 하여금 이런 의식으로부터 벗어나게끔 만들었기 때문이다. 철도를 통한 유랑과 이를 통해 깨닫게 되는 조선의 열악한 현실은 그로 하여금 조선에 대한인식을 새롭게 하는 계기가 된다. 조선주의로의 현저한 경사가 바로 그것인데, 그러나 이러한 조선주의를 두고 국수주의라든가 계몽주의의 후퇴로 보는 것은 어불성설이다. 육당은 개화주의자 내지 계몽주의의 깃발을 높이 올린 이후로 한번도 이 담론을 포기한 적이 없기 때문이다.

육당은 근대 국가를 만들기 위한 대내외적 인식과 그 자장으로부터 자신의 계획을 거듭거듭 밀고나갔다. 「해에게서 소녀에게」에서 보여주었던, 미래에 대한 낙관주의가 유토피아적 계몽의 기획이었다면, 조선주의에 대한 새로운 각성은 현실적 계몽의 기획이었기 때문이다. 육당은 근대 국가를 건설하기 위한 조선만의 동질화 전략을 필생의 과제로 받아들였다. 조선주의는 그 연장선에서 기획된 것이다. 그가 조선의 혼과 정신을 찾아나설때, 일차적으로 주목한 것은 조선의 국토였다. '태백산'으로 솟아난 조선의 역동성이 그것인 바, 그는 이를 계기로 바다나 소년같은 초기의 초월적 낙관주의로부터 과감하게 벗어나게 된다. 산으로 표상되는 구체적인 조선을 발견함으로써 그의 계몽이 낳은 것은 형이상학적인 이념을 획득하게 되는 것이다. 그 구체적인 노력의 결과가 조선으로의 여행담론이었다. 그의 여행구조는 크게 두가지로 나뉠 수 있는바, 열차를 통한 것과 산으로 대변되는 새로운 국토에 대한 발견이 그것이다. 전자의 경우가 일본 제국주의라는 안티테제로 형성된 조선주의로의 단초적 접근이라면, 후자의 경우는 세계사적으로 뻗어나가는 보편적 접근에 해당된다. 그러나 그 어떤 것이든 간에 이 화두 속에 담겨있는 것은 조선이라는 동질화 의식의 소산이며, 이를 바탕으로 한 근대 국가의 건설이었다.

그러나 육당의 자유와 계몽의 담론들은 중세의 보편적 환경과 통일성의 급격한 해체로부터 얻어진 개성과 자유의식의 발로에서 비롯된 것임은 부인할 수 없을 것이다. 너무도 쉽게 얻어진 자유적 개아 의식이 근대 국가 건설에 꼭 필요한 민족적 동일성에로의 필연성 때문에 조선주의라는 또다른 보편주의로 쉽게 빠져들어간 것은 어쩌면 육당의 사유 속에 내재된 최대의 약점 가운데 하나가 아니었나 생각된다. 견고할 것 같은 육당의 조선주의가 일제라는 강력한 힘 앞에 무너졌을 때, 그 사유의 공백을 다시 메꾸어 나가는 사상사적 과제를 어떻게 감당했을까. 조선주의가 빠져나간 보편적 허무주의를 제국주의라는 거대 담론이 메꿀 수 밖에 없었다는 것, 그것이 육당 사유의 근본적 한계가 아니었을까. 조선주의가 송두리째 빠져나갔을 때, 육당에게는 또 다른 거대 담론의 필요성을 느꼈을 것이고, 그 공백을 제국주의의 견고한 담론이 쉽게 밀고 들어올 수 있었던 것은 아닐까. 육당의 친일주의는 여기서그 해법을 찾아야 할 것으로 보인다.

# 춘원 이광수의 시에 나타난 계몽의 의미

한국 시의 근대성과 반근대성

## 1. 춘원문학에서 있어서의 시와 산문

춘원 이광수(1892~1950)에 붙여진 레테르는 매우 다양하다. 그의 이름 앞에 근대 문학의 개척자, 선각자, 도산 사상을 충실하게 구현한 계몽주의자가 붙어있고, 친일주의자라는 부정적 이름표도 달려있다. 한 작가의 생애를 두고 이렇게 많은 이름이 뒤따르는 것은 그만큼 그가 문제적인 사람이었다는 것을 뜻하는 것이 아닐 수 없다.

춘원 자신이 문제적이었던 것처럼, 그의 작품 또한 대단한 반향을 갖고 있었다. 춘원은 매우 많은 작품을 발표했을 뿐만 아니라 시와 소설, 평론, 산문 등 모든 영역에 걸쳐 활발한 문필활동을 했다. 이런 방대한 그의 문학세계를 한 번에 일별하는 것은 매우 어려운 일이거니와 어느 특정부분에 대한 연구도 다른 영역과의 연관성 없이는 쉽게 해명이 되지 않는 구석이 있다. 특히 춘원문학의 보증수표인 계몽사상에 대한 연구는 다른 분야와 달리 다각도로 진행된 바 있다[1]. 그러나 산문에 비해 춘원의 시에 대한 연구는 매우 영성한 편이다[2]. 산문 못지않게 많은 비중을 차지하고 있는 시가 분야에 대한 연구가 미

---

1 신동욱편, 『최남선과 이광수의 문학』 새문사, 1981.
　김윤식, 『이광수와 그의 시대』, 솔출판사, 1999.
　『이광수연구』, 동국대 한국문학연구소편, 태학사, 1984.
　김현주, 『이광수와 문화의 기획』, 태학사, 2005.
2 이광수 시에 대한 주목할만한 연구로는 다음과 같은 것들이 있다.
　최동호, 「춘원 이광수의 시가론」, 『이광수연구』, 동국대 한국문학연구소편, 태학사, 1984.
　최원규, 「춘원시의 불교관」, 『이광수연구』, 동국대 한국문학연구소편, 태학사, 1984.
　송영순, 「춘원시 연구」, 『성신어문학』6집, 1994.
　김유선, 「춘원시의 시간의식에 대하여」, 『경기어문학』5,6집, 1985.

진한 것은 다음 몇 가지 이유에서 그 원인을 찾을 수 있다.

첫째, 춘원시에 드러난 문학성으로서의 가치에 대한 문제이다. 많은 사람들이 지적한 것처럼, 춘원의 시들은 시가 요구하는 문학성을 제대로 갖추지 못한 편에 속한다. 가령, 그의 작품들에는 시의 중요한 방법적 의장들인 이미지나 상징, 은유 등이 잘 구현되지 못하고 있는 것이다. 이런 함량 미달의 시들에 대해 미적 가치나 문학사적 위치를 운위하는 것은 언어도단이다. 둘째는 그의 시와 산문과의 관계이다. 춘원의 산문은 절대 가편으로 알려져 있으며, 특히 근대문학의 장을 화려하게 열어 제친 그의 대표작 『무정』에 대해서 많은 찬사가 쏟아진 바 있다. 뿐만 아니라 다른 산문양식들에 대해서도 이에 못지않은 비평적 의의가 부여되었다. 춘원의 산문에 내려진 많은 가치평가들은 이와 역비례해서 그의 시들을 더욱 초라하게 만드는 계기가 되었다. 이런 상대적 빈약감과 착시효과가 춘원 시를 폄하하게 만들었고, 연구의 영역에서 이를 도외시 하게끔 했다.

그러나 이런 열악한 평가에도 불구하고 춘원시들은 소홀히 넘길 수 없는 면면들을 갖고 있다. 첫째, 그의 시들이 육당의 그것과 더불어 근대시의 맨 앞자리에 놓여 있다는 점이다. 춘원은 육당과 함께 근대 초기부터 시를 창작했는바, 이런 사실은 춘원의 작품이 육당의 그것과 똑같은 반열에서 운위될 수 있는 조건을 갖추고 있다는 뜻이 되기도 한다. 그럼에도 육당의 개화나 계몽사상에 대해서는 연구가 상당히 진행된 편이지만 춘원의 시가에 나타난 계몽사상에 대해서는 상대적으로 소홀한 감이 없지 않다.

둘째는 춘원의 시가와 산문이 갖고 있는 상관관계이다. 춘원은 『무정』, 『흙』을 비롯한 계몽소설과 수많은 역사소설에 이르기까지 근대주의자로서 자신이 갖고 있었던 계몽의 사유를 착실히 개진해 왔다. 반면 소설에 비해서 시가의 경우는 그러한 사상이 상대적으로 소홀히 나타나고 있다. 춘원의 글쓰기가 모두 자신의 개화사상을 전개하고 표명하는 수단으로 기능하고 있음에 비춰볼 때, 시가에서 나타나는 계몽사상의 미달현상에 대한 적절한 해명이 있어야 할 것으로 이해된다. 시와 산문이 갖는 기능상의 차이와 그것이 춘원문학에서 차지하는 차질에 대한 해명이야말로 춘원의 시와 산문이 갖고 있는 특색에 대한 올바른 이해의 지름길이 될 수 있기 때문이다.

서정시가 역사에서 담당할 수 있는 몫은 지극히 한정되어 있다. 시는 산문양식에 비해 작가의 세계관이나 사회적 제반 관계를 담아내기에는 어느 정도 한계가 있는 것이 사실이기 때문이다. 진보적 문학관이 사회의 주도적 담론이 되던 시기에도 시는 산문에 비해 소외되어 왔다. 그리하여 총체성을 구현할 수 있는 유일한 장르로서 산문양식이 거론되었던 것도 그 연장선에서 논의될 성질의 것이다. 서정시는 즉자성과 순간성을 특징으로 하고 서정적 자아의 황홀경을 그 주된 표현으로 하는 양식적 특성을 갖고 있다. 시에서 드러나는 이런 휘발적 속성들은 역사를 배척하게 했고, 사회를 멀리하게끔 만들었다. 오직 서정적 자아의 충일된 감수성만을 즉자적 표현으로 완결시키는 것이 서정적 순간의 최종 목표였던 것이다. 시가 역사를 담아낼 수 없고 사회의 제반 관계를 총체적으로 구현시키는 데 한계가 있다는 것은 작가의 세계관을 고정시키는 데에도 일조를 했다. 서정시인이 시대의 주체로 인식하는데 주저하게끔 한 것도 서정시의 그러한 장르적 특성과 무관하지 않은 것이다.

시와 산문의 장르적 특성과 세계관적 사유의 깊이가 이러한 것이라면, 이 두가지 양식을 함께 공유한 춘원의 경우는 어떻게 설명될 수 있을까. 춘원의 시가는 육당의 그것과 비교할 때, 그 사상적 진보성이 상당히 떨어지는 양상을 보여준다. 반면 춘원은 산문의 양식에서 는 아주 강렬한 시대의식을 담아내었다. 이 시대를 이끌어가는 최대의 진보가 계몽주의 사상이었다면, 춘원은 그러한 사유를 다른 어떤 작가의 경우보다 충실하게 자신의 작품에서 담아내었던 것이다. 문제는 춘원에게 있어 포지된 이 두가지 양식이 가지고 있는 편차이다. 산문이 진보적인 특성을 갖고 있었다면, 시는 상대적으로 보수적인 특성을 갖고 있었다. 아니 보수적이라기보다는 시대를 이끌어가는 사상적 힘들이 산문에 비해 현저히 떨어지는 양상을 보여주었다.

이 두가지 양식에서 드러나는 사상적 차이는 매우 중요한 것임에도 불구하고 그동안 주목의 대상이 되지 못했다. 산문의 우월성에 비해 시가는 상대적으로 뒤지고 있다는 점만 검토되었을 뿐 두 양식이 가지고 있는 위계나 연계성, 그리고 사상적 흐름에 대해서는 검토의 대상이 되지 못한 것이다. 이는 두가지 관점에서 설명이 가능한데, 하나는 우선 장르상의 차이에서 설명될 수 있다. 시는 서정적 순간상태의 황홀을 담아내는 장르라고 했다. 그러다보니 역사라든가 사회와 같은 거대 담론을 시속에서 구현하는 것은 사실상 어려운 일이다. 반면 소설은 서정시가 갖는 이러한 한계를 초월한다. 춘원은 여러 문학 장르에 대해서 실험해왔고, 그것을 담론화했다. 따라서 자신을 사상의 표현하고 표명하는데 있어 산문양식이 보다 적절한 수단으로 작용했음은 이로써 익히 알 수 있는 부분이 아니겠는가.

두 번째는 근대주의자로서 갖는 춘원의 사유이다. 춘원은 역사적으로 상승하는 계층인 부르주아적 토대를 갖지 못하긴 했어도 이러한 의식을 굳건히 자임하는 층이었다. 그가 일본 유학 기간 동안에 독립선언서를 기초한 것도 이런 의식이 있었기에 가능했다. 이 와중에서 춘원은 조선의 암울한 현실에 절망하기도 하고, 여기서부터 벗어나려는 몸부림도 했을 것이다.

춘원의 그러한 두가지 사상적 방향성은 그대로 양식적 특성에 반영되어 나타나는데, 하나는 시라는 양식으로, 다른 하나는 산문이라는 양식으로 나타났다는 것이 필자의 판단이다. 시가 순간의 감수성을 서정화하는 특성을 갖고 있다면, 조선의 현실에 대한 좌절과 소회를 피력하는 데는 주로 서정시를 이용했고, 그 반대의 경우는 주로 소설의 형식에 의지했던 것으로 이해된다. 조선의 불운한 현실을 인식하고 그 좌절을 표출하는데 있어서 정서의 순간적 표출을 특징으로 하는 서정시 양식만큼 좋은 수단도 그에게는 없었을 것이다. 산문 양식에 비해 상대적으로 허약한 춘원시의 계몽성은 여기에 그 원인이 있었던 것으로 이해할 수 있을 것이다.

이런 맥락에서 보면 춘원은 전일적 문학인이었다고 할 수 있다. 그는 계몽이라는 자신의 사상적 구현을 위해서 그 스스로가 할 수 있는 양식적 특성을 모두 동원했다. 그의 시가 양식이 산문양식에 비해 그 문학성이 떨어지는 것을 이해한 뒤에도 끝까지 시 양식을 포기하지 않은 것은 그가 표명했던 사상적 균형감각과 무관하지 않은 것으로 보인다. 시는 소설을 위한 보조 장치였으며, 소설 또한 시를 위한 보조장치였던 셈이다. 이 두 양식의 중간에 계몽사상이라든가 애국주의와 같은 거대 담론이 자리하고 있었던 것이다. 문학성의 여부를 떠나 춘원의 시를 이해하는 기준점은 여기서 시작되어야 한다. 춘원에게 있어 시는 소설 없이는 이해불가능한 것이고, 또 그의 사상적 고뇌에 대한 이해 없이는 그의 시에 대한 본질에 육박할 수 없는 것이다.


## 2. 자아 혹은 국가에 대한 인식


　춘원은 육당과 더불어 한국의 근대문학을 개척한 사람이다. 그는 1910년대 초반 육당 최남선과 이인문단(二人文壇) 시대를 이끌며, 한국문학의 근대화에 앞장섰다. 다른 모든 선각자들이 그러한 것처럼, 근대화의 선두에 서 있었다는 것은 어떤 의미가 있는 것일까.

　춘원의 사상적 사유구조는 계몽주의에서 찾아진다. 계몽주의가 과학과 자본주의와 분리할 수 없는 것임을 감안하면, 춘원의 사상도 이 맥락에서 이해하여야 할 것이다. 그러나 춘원은 육당과 달리 상승하는 역사적 담당층이 아니었다. 계몽의 주체임을 자임하면서 근대를 열어간 부르주아 계층 가운데 하나가 조선의 중인계층이었다고 한다면, 춘원은 이런 배경으로부터 어느 정도 거리를 두고 있었다. 육당이 중인계층[3]이었고, 그러한 경제적 기반을 토대로 일본 유학을 했다. 그리고 그는 거기서 얻은 지식으로 조선을 근대화시키려 했다. 춘원 역시 일본 유학을 경험했고, 이를 토대로 계몽주의자임을 자처한 것은 육당의 행로와 비교할 때, 거의 동일한 것이었다. 그러나 그 사유의 저변에 깔려있는 토대는 육당의 그것과는 판이하게 달랐다.

---

**3** 김윤식, 김현, 『한국문학사』, 민음사, 1991, p.107.

춘원은 육당과 달리 매우 가난한 집에서 태어났다. 게다가 그는 일찍이 부모를 병으로 잃고 철저하게 고아가 됐다. 이 고아의식이 춘원의 작품세계를 지배하고 있는 것은 잘 알려진 일이거니와 이런 토대는 계몽의식을 전개하는데 있어서 육당의 그것과는 매우 다른 영역에서 진행되었다[4].

육당의 계몽의식은 매우 힘차고 강렬했으며, 미래지향적인 정열로 넘쳐흘렀다. '바다'와 같은 우렁찬 이미지로 조선반도의 봉건성을 타파하려 했고, '소년'의 건강한 육성으로 우매한 조선의 백성들을 일깨우려 했다[5]. 그의 가열찬 계몽의 소리와 역사의 전진하는 힘들은 모두 상승하는 중인의식의 발로에서 기인한 것이었다. 그러나 천애의 고아였던 춘원은 육당의 경우와 매우 달랐다. 그의 목소리는 약했고 힘이 없었다. 사회를 향한 춘원의 발언은 육당에 비해 연약한 것이었으며, 지극히 왜소화되는 경향을 보여주었다. 어찌 보면 20년대초 백조파들이 보여주었던 우울한 감성의 전사 비슷한 것으로 인식될 정도로 나약하기 짝이 없는 것이었다. 춘원의 이런 허약한 음성들은 자신의 미약한 토대와 고아의식으로부터 떼어놓고 생각할 수 없음은 물론일 것이다.

이런 고아의식이 춘원에게 가져다 준 것은 무엇일까. 고아란 부성(父性) 없이는 치유가 불가능한 병이다. 춘원이 그리워한 것은 그러한 고아의식을 벗어나게 해 줄 아비로서의 부성이었을 것이다. 그의 이러한 의식은 국가상실이라는 또 다른 부권의 상실과 맞물리면서 식민지 한국 문학의 원형으로 자리잡게 된다. 따라서 춘원에게 무엇

---

4 김윤식, 『한국근대작가논고』, 일지사, 1997, p.20.
5 송기한, 「최남선의 계몽의 기획과 글쓰기 연구」, 『한민족어문학』57, 2010.

보다 중요하게 다가 왔던 것은 국가에 대한 인식이었을 것이다. 그가 아비로서의 부나 국가를 끊임없이 그리워한 것도 여기서 그 원인을 찾을 수 있지 않을까.

또 흐윽! 피바래는 如前하되
다시 받을 氣力은 이미 消盡하여
四肢가 나른해 거꾸러지도다
숨소리만 높이 殺氣는 騰騰하나
고깃몸은 이미 調節을 잃었으니 어찌해 어찌해
심장 속에 끓는 피가 窓□로 퍼붓는 듯
부릅떴든 눈도 次次 가늘어지고
목숨 없는 고깃덩이만 痙攣으로 떨려
이것이 이 英雄의 最後로다 이것이---그러나 저 바윗돌은 依然해(自然은 다아)

다른 動物들은---조그마한 목숨 가진 怪物들은
이것을 보고 비웃으리라 미욱다 하리라
아아, 그 조고마한 목숨이 아까워 自我를 꺾는
너희들 비겁한 동물들아 네가 도로혀 그를 웃어?
네가 비록 네 목숨을 아낀다 한들 그 몇 해나 될까?
無限한 시간에 비길 때에야 五十年이나 百年이나
이와 같은 목숨이 아까와 貴重한 自我를 꺾어?
自我! 自我! 이 곧 없으면 목숨(살음) 아니요 기계라

「곰(熊)」 부분

「곰」은 이광수의 시가 가운데 거의 첫머리에 놓이는 작품이다. 이 작품의 소재는 제목과 마찬가지로 곰으로 되어 있다. 곰이 작품의 소재가 되었다는 사실만으로도 이 작품이 지향하는 의도를 읽을 수 있다. 그것은 강력한 국가의식과 떼어놓고 생각할 수 없다는 것이다. 이 작품은 이외에도 다음 몇 가지 측면에서 그 의미가 있는 시이다. 하나는 산문시 혹은 서사시로서의 가능성이다. 우리나라 최초의 산문시가 주요한의 「불놀이」라든가, 최초의 서사시가 김동환의 「국경의 밤」이라는 사실을 말하는 것은 별로 의미가 없다. 이미 이런 형태의 작품들이 근대 초기에 있어 왔던 까닭이다. 좀 더 깊은 서지적 작업이 선행되어야 하겠지만, 춘원의 「곰」이 산문시나 서사시의 초기 형태를 보이고 있음은 부인할 수 없다. 이 작품은 우선 이런 성격적 특징만으로도 의의가 있다. 다음으로는 이 작품이 담고 있는 내용이다. 앞서 언급대로 이 작품의 소재는 곰이다. 곰이 우리 민족에게 어떤 함의를 갖고 있는지는 굳이 이야기 하지 않아도 이 작품의 의도가 읽혀지는 대목이다. 이처럼 춘원은 작품 활동을 하는 초기부터 국가라는 테두리를 떠나지 않았던 것이다.

춘원이 처음부터 국가를 표방한 것은 육당의 경우와 비교해 볼 때, 매우 예외적인 일이 아닐 수 없다. 육당 시의 출발은 '소년'과 '바다'였다. 물론 소년과 바다라는 이 두가지 이미지는 계몽주의자로서 육당이 가지고 있는 사상을 펼쳐내는 좋은 매개가 되었다. 육당은 '소년'과 '바다'를 거치면서 조선의 산하에 도달했다. 태백산이라든가 금강산을 비롯한 국토예찬을 비롯하여 조선의 문화와 전통을 자신의 작품 속에 담아냄으로써 근대성의 제반 양상을 담아낸 것이다[6]. 근대 문학의 기원이 국가관이나 국가주의에서 비롯되는 것임을 감안하면7, 근대주의자로 육당이 보여준 이러한 행로는 당연한 수순이었다고 할 수 있을 것이다. 육당의 조선주의가 '소년'과 '바다'의 연장선에 온 것이라고 한다면, 춘원의 조선주의는 육당의 그것과는 전연 다른 경우이다. 조선주의로 이른 춘원의 경로는 육당과 달리 매개항이 존재하지 않는다. 춘원에게는 밝고 힘찬 '소년'도 존재하지 않았고, '바다'와 같은 거침없는 야망도 없었다. 춘원의 눈에 들어온 것은 '소년'도 아니었고, '바다'도 아니었다. 오직 조선만이 무매개적으로 춘원의 눈에 비쳐졌다. 이런 즉효성을 설명해줄 근거는 무엇일까. 그리고 그러한 토대가 그의 고아의식과 관련이 있는 것은 아닐까.

근대주의자이면서 계몽주의자였던 춘원의 눈에 조선이 곧바로 들어왔다는 것은 그의 시선이 육당만큼 멀리 뻗어있지 못했다는 반증이 아닐 수 없다. 춘원의 눈 앞에 다가온 것은 암울한 조국, 멸망해가는 조국만이 있었을 뿐이다. 육당과 춘원이 가지고 있는 이런 조국에 대한 현실인식의 차이는 매우 중요한 것이 아닐 수 없다. 육당에게는 상승하는 부르주아적 의식이 강렬했던 반면, 춘원에게는 육당의 그것처럼 욱일승천하는 기세가 존재하지 않았다. 그는 고아였고 이로부터 한치도 벗어나지 못했던 까닭이다. 고아라는 토대가 조국이라는 상부구조와 무매개적으로 연결됨으로써, '소년'이나 '바다'와 같은 관념을 만들어낼 여유가 없었던 것이다. 그러나 그의 이러한 무매개성은 이후『무정』에서 또 다른 근대주의자 이형식을 만들어낸 동인으로 작용하지만, 어떻든 춘원이 응시한 현실인식은 객관적 상황이

---

**6** 송기한, 앞의 논문 참조.

**7** 이에 대해서는 가라타니 고진,『일본 근대문학의 기원』(박유하옮김), 민음사, 1997을 참
　조할 것.

열악한 조국의 현실이었다.

작품 「곰」은 그러한 조국의 현실을 잘 보여준 시이다. 여기서 곰은 자신의 자아를 찾기 위해 여러 가지 노력을 경주한다. 그러나 상황은 여의치가 않다. 그리하여 곰은 이런 불가항력적인 상황을 돌파하기 위해 바위를 계속 들이받으면서 해방의 상태를 얻으려 한다. 그러나 곰은 그 뜻을 이내 이루지 못하고 오히려 그 바위에 치여 죽게 된다. 자유를 향한 곰의 이러한 가열찬 행위가 얼핏 보면 무모한 것이긴 하지만 자신의 잃어버린 자아를 찾기 위한 자구책이었다는 점을 감안할 경우, 이는 어느 정도 긍정적이라 할 수 있을 것이다. 자아가 없으면, 곧 자유가 없으면 자신의 존재이유가 없다는 뜻이기 때문이다. 따라서 여기서 말하는 자아는 조국일 수도 있고, 자유일 수도 있으며, 열악한 현실에서 숨죽이고 있는 조선의 민중일 수도 있다. 그러나 그것이 어떠한 경우이든 곰으로 표상된 자유에의 몸부림은 조국의 현실을 떠나서는 설명될 수 없다는 사실이다.

산아 말 듣거나 웃음이 어인 일고
네니 그님 손에 만지우지 않었던가
그님을 생각하거드란 울짖기야 왜 못하랴
네 무슨 뜻 있으료마는 하 아숩어

물아 말 듣거라 노래가 어인 일고
네니 그님 발을 씻기우지 않었던가
그님을 생각하거드란 느끼기야 왜 못하랴

꽃아 말 듣거라 단장이 어인 일고

네니 그님 입에 입맞추지 않았던가

그님을 생각하거드란 한숨이야 왜 못 쉬랴

네 무슨 속 있으료마는 가슴 쓰려

「말 듣거라」 전문

이 작품은 1913년 9월 『새별』이라는 잡지에 실린 시이다. 조선의 산천을 빌어서 조국 사랑을 절실히 읊어낸 시이다. 여기서 춘원이 조국에 대한 애정을 표현하기 위해 빌어온 매개는 산과 물, 그리고 꽃이다. 조선의 산천을 빌어 조국의 사랑을 등가시키고 있는 경우인데, 이런 비유법이 본격적으로 등장하기 시작한 것은 1920년대 이후이다. 3,1운동이 실패한 다음 그 허무한 현실의 결핍을 조선적인 것으로 메우려 할 때, 그 가장 적절한 수단으로 제시된 것이 조선의 산하였다. 특히 최남선의 『백두산 근참기』, 『심춘순례』와 같은 기행문 등은 전통의 계승과 조선혼의 부활이라는 이중의 목적을 갖고 등장한 대표적 담론이었다.

그런데 그 시초는 이미 1910년대 초부터 싹트고 있었다는 점에서 우리의 주목을 끄는 대목이 아닐 수 없다. 춘원의 조국애가 의미있는 것도 이와 무관하지 않은데, 이는 다음 두가지 측면에서 그 의의를 찾아볼 수 있다. 하나는 근대성의 국면이다. 근대가 원심성의 사유에 있는 것이고, 방언적 언어, 지역중심적인 사회에 토대를 두는 것이라면, 국가에 대한 새로운 발견과 인식은 근대의 한 특색으로 이해할 수 있다는 점이다. 그리고 이렇게 파생된 근대의 모태들은 계몽주의의 양상과 분리될 수 없는 쌍생아의 성격 역시 지니고 있다. 따라서 춘원이 인식한 조국애란 근대성과 맥락으로 따로 떼어놓고 생각할 수 없는 것이라 할 수 있다. 그리고 다른 하나는 대타의식으로서의 조국애다. 한국의 근대는 제국주의의 침략과 더불어 시작되었다. 근대의 맛을 알기도 전에 그 부정적 한 지류인 제국주의의 어두운 그늘을 감내할 수밖에 없는 처지에 놓여있었던 것이 조선의 현실이었다. 이런 모순된 경험은 근대란 부정과 긍정의 양면에서 받아들이고 비판할 수밖에 없는 동시적 경험을 하게 했다. 이러한 경험은 우리에게 제국주의에 맞서는 국면으로서의 조국애를 불러일으켰을 것이다.

그러나 방향이 다른 지점에서 시작되긴 했지만, 이 두가지 사유 모델은 결국 동전의 양면과 같은 것이다. 이 동시성이 어쩌면 한국적 근대성의 특이한 국면일 것이다. 원심적인 사유와 집중적인 사유가 동시에 작동하는 국가에 대한 발견, 이런 상황이 한국적 근대성의 특이한 국면을 형성하고 있었다. 근대성의 특이한 국면의 중앙에 자리하고 있었던 것이 춘원이었다. 그는 그러한 조국을 인식하기 위한 절차로서 조선을 상징하는 '곰'을 상징적인 시적 의장으로 도입했고, 또 근대적 주체를 자각하기 위한 방법적 장치로서 곰의 죽음을 서사적 사건으로 인유했다.

## 3. 근대로 나아가는 계몽의 전략

### 1) 계몽의 대상으로서의 조선

근대 국가로 나아가는 조선의 현실과 민족 모순에 대한 대타의식으로서의 조선의 발견은 춘원으로 하여금 조선을 새롭게 인식하게끔 만들었다. 그의 시선에는 조선이 계몽의 대상으로만 보인 것이다. 근대국가로 나아가기 위해서는 우선 거대담론으로로부터의 탈피라는 과제가 춘원 앞에 놓여 있었고, 제국주의로부터의 독립이라는 또 다른 과제가 그 앞에 놓여 있었던 것이다. 이 둘을 동시에 해결하는 방법은 무엇일까. 이를 위해서는 무엇보다 먼저 조선의 현실에 정확한 인식이 전제됨은 당연한 일일 것이다.

아! 조선아!
왜 너는 남과 같이 크지를 못하였더냐
굳세지를 못하였더냐
왜 남과 같이 슬기롭지를 못하였더냐
어찌하여 남의 웃음 거리가 되었더냐
아아 얼마나 내가 너를 저주하였으랴
네 배에서 나온 것을 저주하였으랴

그러나 아아 내 조선아!나는 너를 사랑한라!
이 어린 논이 오늘에야 떠어
네 가슴 속에 깊이깊이 감추인

　　보물의 빛을 보았노라
　　아아 그 빛을 보았노라

「조선아」 부분

　　춘원의 시야에 비친 조선의 현실이란 상대적 빈약주의와 맞물려 있는 것이었다. 조선에 대해 갖는 열등성은 타 지역과의 대비를 통해서 얻어진 것이었다. 그의 이같은 인식은 두가지 점에서 우리의 주목을 끈다. 하나는 거대담론으로부터 탈피과정이다. 이는 곧 중화주의로 표상되는 동양적 질서와의 관련양상에서 설명할 수 있는 부분이다. 서구의 근대화가 라틴 문화권이라는 거대질서로부터 벗어나는 과정이었다면, 동양의 근대화도 중화권이라는 질서체계로부터 분리되는 과정이라 할 수 있다. 이미 개화기가 노래되었던 애국계몽운동이 이와 관련이 있는 것임은 자명한 사실이거니와 근대국가로 진입하고자 하는 열망은 쉽게 수그러들지 않았다. 춘원의 조선주의가 의미를 갖는 것은 이런 맥락에서이다. 그에게는 거대담론으로부터 일탈된 독립적 기호체계로서의 조선이 머릿속에 담겨 있었던 셈이다.

　　그리고 여기에 새롭게 첨가된 것이 민족주의가 가미된 애국주의이다. 근대국가로의 길에 민족주의와 애국주의가 서로 분리되어 논의될 수 없는 것은 뻔한 일이긴 하지만, 춘원의 시야에는 대타의식으로서의 제국주의가 또다시 자리하고 있었다. 춘원의 대표적 사유체계 가운데 하나였던 민족주의가 바로 그러하다. 조선이 작다는 것, 굳세지 않다는 것, 슬기롭지 않다는 것, 그리하여 남의 웃음거리가 되었다는 것은 거대담론으로서 위치하고 있는 제국주의 일본을 따로 분리해놓기 생각하기 어려운 부분이 아닐 수 없다. 그런데 춘원이 보여준 이러한 힘의 논리는 약육강식에 따른 진화론적 사고에 가까운 것이었다. 힘이 있어야 살아남다는 것, 곧 우승열패의 논리만이 세상을 지배할 수 있다는 것이 바로 그러한데, 춘원이 도산의 준비론 사상에 경도하게 된 것도 강자만이 살아남을 수 있다는 진화론적 사상에 기댄 것이었다.

> 아침에 馬關에 오니 육년만에 보는 바다와 산은 예나 이제나 다름이 없다. 푸른 바다 푸른 산. 옛날에 朴提上 鄭圃隱 같은 우리 선인들이 사신으로 올 때에도 바다와 산은 이와 같았을 것이다.
>
> 역 앞에는 흰옷 입은 노동자의 무리가 오락가락한다. 이번 배에 부산서 온 이들이다. 그들도 이땅에 뿌리를 박고 자자 손손이 번식할 수 있을까.
>
> 「馬關」 부분

> 부산을 떠나는 급행 열차에는 조선 사람은 一, 二, 三등을 통틀어서 六, 七인 밖에 없다. 하도 적기로 세어보았다.
>
> 大邱를 지나더니 열 세 사람이 되었다. 여기가 어딘가, 과연 조선인가.
>
> 「朝鮮列車」 부분

인용된 작품들은 1920년대 중반 전후에 씌어진 것들이다. 모두 여행을 통해서 얻은 조선의 현실과 처지를 읊고 있는데, 그의 이같은 인식은 당시의 다른 작가들의 경우와 크게 다르지 않다. 육당이 「경부철도가」를 통해서 본 조선의 현실과도 다르지 않고, 염상섭이 『만

세전』을 통해서 바라본 조선의 현실과도 대동소이하다. 육당이 조선의 현실을 통해서 강렬한 조국애를 토로한 것은 잘 알려진 일이다. 그는 백두산과 태백산을 자신의 시에 담아내면서 조국의 산하에 대한 애정을 표명했다. 염상섭은 조선의 어두운 현실을 중간자적 시선을 통해 끊임없이 응시하고 죽어있는 하나의 무덤으로 조선을 인식했다. 그러나 그는 더 이상 이 지점에서 한발자국도 나아가지 못했다. 반면 춘원의 경우는 이들과 조금 다른 인식을 보여주었다. 조국애라는 측면에서는 육당의 인식과 비슷했지만, 춘원은 여기서 한걸음 더 나아가 조국을 근대화하고자 했다. 그의 계몽사상이 싹튼 것은 훨씬 이전의 일이긴 하지만, 춘원은 조선의 암울한 현실을 통해서 계속 계몽의 주체로 거듭나고자 했다.

그러나 춘원의 계몽의식은 시에서는 더 이상의 진전을 보이지 못했다. 그는 시가형식을 통해서 조선의 현실에 대해 개탄했을 뿐, 어떤 방향성을 제시해주지는 못한 것이다. 이는 서정양식이 갖는 한계이기도 하지만, 보다 근본적으로는 그의 문학관과도 밀접히 결부된 것이 아닐 수 없다. 이와 관련하여 춘원은 다른 산문에서 이런 말을 한 적이 있다.

나는 일찍, 文士로 自處하기를 즐겨 한 일이 없었다. 내가 「無情」, 「開拓者」를 쓴 것이나, 「再生」, 「革命家의 아내」를 쓴 것이나 文學作品을 쓴다는 의식으로 썼다는 것보다는 대개가 論文代身으로 썼다.(---) 이를테면 이 政治 아래서 自由로 同胞에게 通情할 수 없는 心懷의 一部分을 말하는 方便으로 小說의 붓을 든 것이다. 그러므로 小說을 쓰는 것은 나의 一餘技다. 나는 지금도 文士는 아니다[8].

인용문에 나와 있는 것처럼, 이미 20여년 동안 소설을 비롯한 작품을 춘원이 스스로 문사임을 부정하는 이유는 무엇일까. 그는 문학을 무시하고 논문과 같은 다른 산문양식을 선호했던 것일까. 그가 이렇게 문학을 부정한 것은 두가지 이유가 있었을 것이다. 하나는 춘원이 어느 특정양식을 선호하지 않고 글쓰기를 취했다는 사실이다. 춘원은 문학뿐만 아니라 많은 산문을 써 왔다. 이 산문들을 통해서 그는 자신의 계몽사상을 설파해 온 터이다. 가령, 「자녀중심론」, 「혼인론」 등을 통해서 조선이 나아가야할 계몽의 길과 내용, 의의 등을 표방해 온 것이다. 그런데 그는 문학에서도 똑같은 이념을 전파하는데 주저하지 않았다. 『무정』과 『흙』을 비롯한 계몽소설, 『마의태자』, 『단종애사』, 『원효대사』 등의 역사소설, 각종 시가양식을 통해서 그는 계몽의 필요성에 대해 역설해 온 것이다. 이렇게 보면, 춘원은 사상을 위해서라면, 그것이 문학이든 산문이든, 비평이든 가리지 않고 쓴 것이다. 그가 문학가라고 자처하지 않은 것은 여기에 그 이유가 있다.

그리고 다른 하나는 시가 양식과 산문양식의 관계이다. 춘원은 앞서의 언급에서 알 수 있는 것처럼 시가보다는 산문양식을 선호했다. 그리고 시에서는 계몽의 방향이나 주체 등에 대한 명확한 언급이 없고 단지 현실에 대한 인식이나 그로부터 얻은 정서만이 그대로 나열되어 있을 뿐이다. 이런 양상이 춘원 시의 특색이긴 하지만, 어떻든 춘원은 시가에 대한 위계질서적인 층위를 두었던 것처럼 보인다. 시는 현실에 대한 울분과 정서의 즉자적인 토로에만 응용했던 것은 아

---

8 이광수, 「余의 作家的 態度」, 『이광수전집』16, 삼중당, p.191.

닐까. 이는 시가양식이 갖는 특성이기도 하거니와 이러한 정서의 토로를 통해 현실을 인식한 다음 자신의 사유는 다른 방식으로 개진했던 것은 아닐까. 그 상관관계를 알아보기 위해서는 장르 상호간의 연관성을 검토해야 하는데, 『무정』의 다음과 같은 사유는 그 일단의 실마리를 제공해주는 것이 아닌가 한다.

> 그는 항상 말하기를, 우리 조선 사람이 살아날 유일한 길은, 우리 조선 사람으로 하여금 세계에 가장 문명한 모든 민족 즉 일본 민족만한 문명 정도에 달함에 있다 하고 이러함에는 우리 나라에 크게 공부하는 사람이 많이 생겨야 한다 하였다.
> 그러므로 그가 생각하기를, 이런 줄을 자각한 자기의 책임은 아무쪼록 책을 많이 공부하여 완전히 세계의 문명을 이해하고 이를 조선 사람에게 선전함에 있다 하였다[9].

인용된 부분은 형식이 책을 좋아하고, 그 책에 대한 사랑이 궁극적으로는 조선의 문명개화에 있다는 것을 피력한 부분이다. 이미 지적된 바와 같이 『무정』의 주인공 이형식은 춘원의 분신과 같은 존재이다. 그는 춘원과 마찬가지로 고아일 뿐만 아니라 유학생이며, 스승이라는 직업을 갖고 있는 사람이다. 이를테면 그는 근대가 요구하는 제반 요건을 두루 갖추고 있는 셈인데, 그러한 면들은 춘원의 그것과 거의 대동소이한 것이다. 따라서 이형식을 통해서 언표된 위의 개화 사상은 춘원의 사상의 복제판이라해도 무방한 경우이다. 『무정』에

---

**9** 이광수, 『무정』, 우신사, p. 51-52.

서 나타난 자유연애, 철도의 여로구조, 스승의식을 비롯한 계몽주의는 춘원사상의 핵심요체이다. 이렇듯 그는 산문의 형식을 통해서 자신의 개화사상을 간단없이 토로하고 있는 것이다. 이는 시가양식에서 사유된 개화사상과는 전연 다른 것으로의 의미를 갖는다. 이러한 차질은 시 형식과 산문 형식에서 오는, 춘원의 사유체계를 다르게 보여주는 흥미로운 대목이 아닐 수 없다.

춘원의 계몽주의는 거대담론의 해체과정와 그에 따른 지역주의의 확산 속에서 나타난 사유였다. 그러나 그의 계몽주의는 육당의 그것처럼 힘찬 것도 아니었고, 미래에의 원근적 투시도에 의해 멀리 계획된 것도 아니었다. 그의 이러한 사유는 자신이 고아였다는 이유가 크게 작용했는데, 이는 개인적인 한계를 뛰어넘는 위치에서 춘원 사유의 틀을 조종하고 있었다. 이에 덧붙여서 춘원은 제국주의 일본과 조선을 수평적으로 단순 비교함으로서 거기서 파생된 소박한 민족주의적인 의식을 굳건히 간직하고 있었다. 그러나 이러한 수평비교가 조선적인 것이라든가, 민족주의적인 것의 색채를 짙게 그려내는 데에는 성공했음에도 불구하고, 그 저변에 깔려 있는 또다른 함정에 대해서는 거의 무감각했던 것처럼 보인다. 즉 약육강식이라는 또다른 힘의 논리에 빠져들 수 있는 위험이 내포될 수 있다는 사실을 그는 몰랐던 것으로 보인다. 그럼에도 불구하고 조국에 대한 춘원은 강렬한 열망은 또다른 모양새로 표출하게 된다. 바로 임에 대한 그리움이 바로 그것이다[10].

---

10 최동호, 앞의 논문 참조.

## 2) 님에 대한 그리움

춘원의 시가들이 문학성에는 미달한 듯 보여도 그 숨겨진 면면을 들여다보면, 그 내적 미완성을 뛰어넘는 탁월한 부분들 역시 내재되어 있음을 알게 된다. 그 하나가 바로 '님'에 대한 문제이다. 우리 시가에서 '님'의 문제가 문학사적으로 가장 왕성하게 언표되기 시작한 것은 1920년대 들어서이다. 이 시기를 이른바 님을 상실한 시대로 규정하면서, 님을 조국의 또다른 이름으로 상징화해낸 것이다. 그런데 춘원은 이미 그 이전부터 님의 문제를 자신의 시속에 담아내었다. 그의 시가에서 '님'이 처음 등장한 것은 1913년에 발표된 「말 듣거라」에서이다. 그리고 1915년 「님 나신날」을 『청춘』에 발표함으로써 님을 조국과 일체화시켜 형상화하기 시작한다.

> 닭이 운다 닭이 운다 그 닭이 또 우노나
> 한 옛적 한 힌메에 우리 님 나신던 날
> 그날에 우리 님의 첫소리 듣던 닭이 또 우노나
> 네 부대 맘껏 울어라 잘즈믄 해 내어 울어
> 행여나 네 소리로나 님의 소리 듣과저
>
> 해가 뜬다 해가 뜬다 그 해가 또 뜨노나
> 한 옛적 한 힌메에 우리 님 나시던 날
> 그날에 님의 얼굴 비초이던 해가 또 뜨노나
> 네 부대 맘껏 뜨어라 잘즈믄 해 내어 뜨어
> 행여나 네 얼굴로나 님의 얼굴 보과저

「님 나신날」 부분

인용시는 우리 민족의 기원을 님과 연결시켜 읊은 작품이다. 우선 이 작품의 배경이 되고 있는 것은 태초이다. 조국이 처음 만들어진 날 닭이 울었고 해가 처음 뜬 것으로 묘사함으로써 신비스러운 분위기를 자아내도록 했다. 그러나 그때의 닭소리는 들리고 해도 뜨고 있지만 그때의 님은 존재하지 않는다고 했다. 그래서 시적 화자는 "행여나 네 소리로나 님의 소리"를 듣고 싶어 하고, "행여나 네 얼굴로나 님의 얼굴"을 보고 싶어하는 열망을 드러내게 된다.

그렇다면, 춘원이 그토록 그리워하는 님이란 무엇일까. 그것은 앞서 언급대로 조국임에는 틀림없는 것이지만 그 모습은 단순한 조국이 아니다. 조국으로 표상된 현재의 님은 훼손되어 있어서 본래의 모습을 찾기 힘들다. 조국이 제국주의로부터 압제를 받고 있어 님의 본 모습이 사라진 까닭이다. 춘원이 거대담론 속에서 읽어낸 것은 계몽화된 조국의 모습이었고, 철도를 통한 여로구조를 통해서 얻은 것은 압제에 신음하는 조국의 민중과 산하였다. 그리하여 그 대항담론으로서 그가 모색한 것이 힘에 바탕을 둔 강건한 조국이었고, 제국주의 일본의 대타의식으로부터 얻은 것 역시 강렬한 민족주의였다. 이 조국애와 민족주의가 낳은 산물이 님에 대한 그리움이다. 따라서 님은 단순한 조국이면서 완결성을 갖춘 조국이다. 「님 나신날」이 우리에게 말해주는 것도 이런 조국의 모습이다. 여기서의 님은 훼손되거나 손상받지 않은 조국의 모습이다. 그가 그리워한 조국의 모습은 태어난 때의 온전하고 굳건한 것이었는데, 춘원에게 님으로 표상된 조국의 이러한 모습은 매우 중요한 것이 아닐 수 없다. 태어남이란 유아적인 속성을 갖는 것이기도 하지만 본래의 힘과 능력을 온존하고 있는 완결체이기도 하다. 이른바 전일적 속성을 갖고 있는 것이 님의 속성인데, 이런 완결된 님에 대한 그리움이란 실상 춘원에게는 또다른 힘의 논리에 갇히게 되는 족쇄역할을 하게 된다는 점에서 아이러니컬하지 않을 수 없는 대목이다. 춘원이 그리워한 것은 하나의 흠도 허락되지 않는 완결된 모습의 그것, 곧 힘을 갖춘 조국의 모습이었기 때문이다.

> 실비 오락가락하는 침침한 밤에
> 반짝반짝 가없이도 떠도는 반딧불아!
> 내 마음과도 같아라
>
> 오르락내리락
> 東으로 가락, 西으로 가락, 方向도 없이
> 조그마한 빛이 누구를 찾아 어디로나 가는고
>
> 밤마다 찾아도 못 찾은 님을
> 또 어느 밤에나 찾을 것인고, 그래도---
> 이밤이 새도록 또 찾아나 보자.
>
> 「반딧불」 전문

인용시는 춘원의 의식을 사로잡고 있는 님이 얼마나 강렬한지를 잘 보여준다. 반딧불의 탐색본능을 님에 대한 갈구로 치환시킨 이 작품은 님의 실체를 찾기 위한 끊임없는 노력을 기울이는 시적 자아의 의지가 잘 표현되어 있다. 그의 이러한 의지는 「님네가 그리워」에 이르면 더욱 간절한 기도로 의식이 전환되기도 한다. "형제여 자매여, 무너지는 돌탑 밑에 꿇어 앉어/읊조리는 나의 노랫 소리를 듣는 가---듣는가"로 기원함으로써 그의 의식이 거의 종교적 수준으로 전화되어 있기 때문이다.

춘원에게 님은 20년대의 시인처럼 조국으로 인유된다. 그러나 춘원에게 그 조국은 20년대 시인들의 그것처럼 막연한 그리움의 대상이기 보다는 서정적 자아와 즉자적으로 연결되는 실체로 구현된다. 중화라는 거대 담론과 맞서는 조국이며, 제국주의 일본과 상대되는 힘을 갖춘 조국이다. 또한 자신의 고아의식을 무의식적으로 승화시켜줄 수 있는 대상으로서의 조국이기도 하다. 그의 님이 갖는 성격이란 이러한 것이기에 그것은 소월처럼 단지 과거적으로만 존재하는 님도 아니고 상화처럼 미래에 다가올 님도 아니다. 또한 만해의 경우처럼 과거적이면서도 현재적인 그리고 미래적인 님도 아니다. 춘원의 님은 과거에는 존재했지만 현재에는 존재하지 않는 님이다. 그러나 그 님은 과거의 온전한 모습을 보지한 채 미래에는 반드시 다가올 님, 아니 다가와야 할 님으로 구현된다. 님의 이러한 시간적 구성이라는 측면에서 보면 춘원의 님은 상화의 님과 거의 대등한 것으로 이해될 수 있다. 상화에게 님이란 미래의 어느 시점에 곧바로 다가와서 시인의 불구성을 극복해 줄 수 있는 님이기 때문이다. 그러나 상화의 경우는 그 님의 실체가 정확히 무엇인지는 모르는 경우이다. 현재의 유한성을 극복해주는 무한으로서의 님일 수도 있고, 관능을 갖춘 님일 수도 있기 때문이다[11]. 그러나 춘원의 님은 현재의 유한성을 초월시키는 무한으로서의 님과 같은 형이상학적인 특

---

[11] 송기한, 「우주 동일체로서의 상화 시의 자장」,『어문론총』 50, 한국문학언어학회, 2009 참조.

성을 갖는 것도 아니고 관능성과 정신분석적인 님도 아니다. 그의 님은 오직 조국으로서만 구현된다. 그것도 단순히 조국으로 현현되는 님이 아니라 과거의 강건성과 온전성이 구비된 님인 것이다. 항상 미래에만 존재하는 님, 곧 전일적 조국만이 춘원이 그리워한 님의 궁극적 실체였던 것이다.

## 4. 계몽사상의 한계와 시의 논리

춘원의 사유체계에 깊숙이 자리잡고 있었던 것은 익히 알려진 대로 계몽주의였다. 그는 근대 부르주아 형성기의 지식인 답게 월등한 우월의식을 갖고 미몽의 상태에 있었던 조선을 개화하려 들었다. 그는 조선의 근대를 가로막고 있었던 제반 사유들을 개혁하기 위해서 자신이 할 수 있는 사유체계들을 글쓰기를 통해 표방했다. 그는 그러한 사유의 실천을 위해 수필을 썼고, 소설을 썼으며, 시를 썼다. 뿐만 아니라 논설도 썼고, 비평도 썼다. 말하자면 그는 글로 표현할 수 있는 일이면 무어이든 마다않고 한 것이다. 춘원의 시가 양식은 그러한 글쓰기의 한 축에 놓인 경우이다. 따라서 춘원의 사유체계를 이해하기 위해서는 어느 하나의 양식만을 고려하는 것은 어려운 일이다.

그럼에도 불구하고 춘원에 있어 시가는 그의 계몽사상을 담당한 귀중한 축 가운데 하나였다. 그는 시를 현실인식의 한 수단으로 삼았고, 그 부족한 부분을 소설을 비롯한 산문에서 보족하는 형식을 취했다. 가령, 조선의 현실을 울분으로 인식하고, 그 인식된 감수성을 시로 표현한 다음, 소설과 같은 산문의 형식을 통해서 그 논리적 해결 사유와 실천의 방향성을 탐색한 것이다. 시가 감정의 즉자적 상태를 통해 서정의 황홀을 읊어낸다는 점에서 보면, 이는 매우 적절한 응전이었다고 할 수 있을 것이다.

춘원이 시가 양식을 통해서 주로 사유했던 것 가운데 하나는 힘의 논리였다. 물론 춘원이 시에서 토로했던 정서의 반응은 이외에도 다양한 형태로 나타났다. 조선의 암울한 현실을 인식했는가 하면, 개화의 필요성을 심정적으로나마 피력하기도 했다. 또한 님의 상실에서 보듯 조국의 정체성에 대해서도 이야기 한 바 있다. 그러나 그 저변을 흐르는 강력한 기제는 역시 힘의 논리였다. 그것은 자신의 계몽사상과 연결되는 것이기도 했고, 도산의 준비론 사상과 그 맥이 닿아있는 것이기도 했다. 춘원이 2.8 독립선언이후 상해로 망명했을 때 쓴 시도 역시 힘에 관한 것이었다. 이를 보면 그가 얼마나 힘에 대해서 매력을 느끼고 있었는지를 알게 해 준다.

> 불쌍한 間島同胞들
> 三千名이나 죽고
> 數十年 피땀 흘려 지은 집
> 벌어들인 糧食도 다 잃어버렸다
>
> 尺雪이 쌓인 이 추운 겨울에
> 어떻게나 살아들 가나
> 뻔히 보고도 도와줄 힘이 없는 몸

속절없이 가슴만 아프다


아아 힘!

왜 네게 힘이 없었던고

내게도 없었던고

아아 왜 너와 내게 힘이 없었던고


나라도 잃고

기름진 故園의 福地를 떠나

朔北에 살길을 찾던

그 둥지조차 잃어버렸고나


오늘 밤은 江南도 추운데

長白山 모진 바람이야

오죽이나 추우랴

아아 생각키는 間島의 同胞들

「間島同胞의 慘狀」[12] 전문


　인용시는 1920년 12월 18일 상해 임시정부 기관지『독립신문』에
실린 작품이다. 그러니까 춘원이 망명한 직후에 쓴 작품이 되는 셈이
다. 제목에서 알 수 있는 것처럼 이 시는 간도동포의 참상을 읊은 시
이다. 그런데 춘원이 이 작품에서 간취해내고 있는 것은 동포애만이

---

[12]『문학사상』94, 1980, 9.

아니다. 그 이면에는 힘에 대한 그리움과 예찬이 내포되어 있는 것이다. 간도 동포들이 이렇게 비참한 처지에 이르게 된 것은 나라가 힘이 없었고, 자신에게도 힘이 없었기 때문이라는 것이다. 이 작품의 주된 정조로 작용하고 있는 것이 힘인 셈인데, 실상 이런 사유들은 당시를 풍미하던 인식가운데 하나인 진화론의 사상과 분리하기 어려운 것이라 하겠다. 진화론은 양계초의 사회진화론에 뿌리를 둔 것으로 우승열패라든가 약육강식이라든가 하는 힘의 논리를 받아들이는 것이다. 그런데 이런 입론에 서게 되면, 강자에 의한 지배의 논리가 정당화될 소지가 있다. 강한 힘으로 나라를 찾겠다는 것인데, 겉으로 보면 합당한 논리이지만, 그 이면을 따지고 들어가 보면 그것은 일본 제국주의의 논리를 합리화하는 것이 되기도 한다.

> 힘!
> 오늘의 의는 힘에 있다
> 세련된 예절보다
> 하다면 하는 미더움성
> 인사성 있는 겸양보다
> 제 것을 버티는 뱃심!
> 유한 손을 빨리 들어라!
> 두주먹을 불끈 쥐어라!
> 사람아 오늘은 힘을 찾는다.
>
> 힘!
> 오늘의 영광은 힘에 있다.

기도 올리는 탑을 뭃고
대포를 거는 포대를 쌓아라!
평화의 흰옷은 다 무엇이냐
병대의 붉은 복장을 입고
몸과 맘을 모다 무장하여라
사람아 오늘은 힘을 찾는다.

「힘의 찬미」 부분

1930년대 중후반에 쓰여진 이 작품 역시 춘원이 노골적으로 힘을 찬양하고 있는 경우이다. 그는 "오늘의 의는 힘에 있다"고 전제하면서 힘이야말로 세련된 예절이나 겸양보다 앞에 두고 있다. 또한 기도 대신에 대포를 거는 포대를 숭상하고 평화의 흰옷 대신에 군대의 붉은 옷을 찬미하기도 한다. 그는 겉으로 포장된 허상보다는 실질적으로 무장한 힘을 사회를 이끌어가는 기본 매개로 보는 것이다. 힘에 의존하는 춘원의 사상은 조국독립이 당면과제로 다가왔던 조선의 현실에서 보면, 일면 타당한 면이 있다. 그러나 구체적인 계획이나 실천없이 힘에 대해 막연히 찬양하는 것은 또다른 관념이나 도그마에 빠질 가능성이 크다. 이는 신채호의 경우를 예로 들어보면 금방 이해가 되는 대목이다. 신채호는 역사를 아(我)와 비아(非我)와의 투쟁으로 규정하면서 일본 제국주의와 힘으로 곧바로 맞서자고 주장했다. 그리하여 힘을 바탕으로 한 상대의 제압만이 독립을 쟁취할 수 있다고 믿었다. 신채호의 역사관은 양계초의 사회진화론에 그 뿌리를 둔 것이었다. 그러나 이런 강자의 논리에 서게 되면 모든 약육강식에 의한 지배의 논리가 정당화되게 된다. 신채호가 진화론이 갖는 이런 모순을 깨닫고 크로포트킨의 무정부주의를 받아들인 것은 여기에 그 원인이 있었다[13].

신채호의 사상적 변화는 춘원과 비교하면 많은 시사점을 제공받을 수 있다. 제국주의의 논리를 피해간 것은 신채호이다. 진화론이 갖고 있는 함정을 그는 무정부주의로 우회해 갔다. 반면 춘원의 경우는 어떠한가. 그는 진화론이 갖는 이런 모순에 대해 어떤 사고를 했는지는 알려진 것이 없다. 명확한 것은 진화론이 갖고 있는 논리대로 그는 힘을 쫓아갔고, 그 끝에는 제국주의가 걸려 있었다는 것이다. 춘원은 1937년 수양동우회사건으로 구속되고 이어 병보석으로 풀려난 다음 친일을 결심하게 된다[14]. 그는 자신이 구속되는 상황에서 또다른 힘의 논리를 철저하게 체험한 것이다. 춘원이 종국에 가서 친일의 길로 들어선 것은 결국 이런 사회진화론이 갖는 한계를 고스란히 떠안은 꼴이 된 것이다.

계몽주의가 포기되면서 춘원은 자유시를 포기하고 전통적인 시조 양식으로 많이 편향된 면을 보인다. 이제는 더 이상 계몽에 대해 말할 필요도 없었고, 조선의 현실에 대해 분노할 필요도 느끼지 못한 탓일 것이다. 다만 그의 사상의 변화가 있기 전까지 춘원은 끊임없이 시를 창작해 왔고, 그것이 자신의 인식수단의 한 방편으로 기능해 왔다는 것은 주지의 사실이다. 춘원은 시가를 통해 현실을 인식하고 그에 대한 즉자적인 반응을 보였다. 그러나 그러한 반응이 어떠한 모양새를 갖출 것인가에 대해서는 명확하게 표명한 적은 없다. 이를 대신한 것은 산문의 역할이었다. 계몽의 선도성과 전진을 이야기할 때도

---

13 송기한, 『한국 현대시와 근대성 비판』, 제이앤씨, 2009, p.45.
14 최동호, 앞의 논문, p. 611.

시가 먼저 있었고, 친일의 전초전이 되어버린 힘에 대한 찬미도 시가 양식이 앞장섰다. 춘원에게 시가양식이란 이렇듯 자신의 사상을 개진하기 위한 첫머리에 놓은 수단이었다. 그것은 시가양식이 갖는 즉자성과 무매개성을 적절히 활용한 결과였고, 춘원이 가지고 있었던 문학적 혜안이었다.

# 우주 동일체로서의 상화 시의 자장

한국 시의 근대성과 반근대성

## 1. 상화시를 보는 새로운 겹

길지 않은 삶, 많지 않은 작품을 남긴 상화의 문학세계에 접근하는 것이 쉬워 보이지만, 실상은 전혀 그렇지 않은 것이 그의 시의 특색이다. 『백조』 창간호에 「말세의 희탄」을 발표하며 등단한 상화는 다양한 시적 궤적을 그려왔다. 또한 작품뿐만이 아니라 문단활동도 비교적 활발하게 한 편이어서 『백조』와 같은 낭만적 성향에서부터 카프의 급진적 변혁사상에 이르기까지 왕성한 활동을 펼쳐보였다. 상화의 시들은 자신의 문단활동과 맞물려 그 문단의 성격과 자신의 시세계가 동조되는 성격을 보여왔다. 그의 시들 속에 담긴 내용들이 자신이 활동하던 시기의 사유들과 불가분의 관계에 놓여있기 때문이다. 가령, 『백조』파의 세기말적 사상이나 카프 활동시기의 계급의식 등이 그의 작품에서 쉽게 발견할 수 있음은 이를 증거한다 하겠다.

그동안 상화시를 연구한 방향도 여기서 벗어나지 않는다. 『백조』 시기의 문학적 특색에 관한 것과 카프에 몸담을 시기의 그것이 바로 그러하다. 전자가 주로 세기말적 사상과 관련된 비애와 관능에 관한 연구였다면[1], 후자는 외적 현실과 시의 상동성에 관한 연구[2]로 진행되었다. 작품의 발생론적 관점이나 사회와의 연동관계를 고려하면 이러한 연구들은 일견 타당성이 있어 보인다. 그럼에도 상화시를 관

---

[1] 김학동, 「낭만과 저항의 한계성」, 『이상화』, 서강대출판부, 1996.
[2] 김준오, 「파토와 저항」, 위의책,
　이명재, 「이상화 시의 저항의식 연구」, 『이상화의 서정시와 그 아름다움』, 새문사, 1981.

류하고 있는 양극단, 곧 관능적인 것과 사회적인 것의 상관성이라든가 그 편차에 대한 의미있는 연구는 거의 이루어지지 못했다. 이는 상화 시의 두가지 축인 관능적, 퇴폐적 경향과 사회적 경향이 갖는, 상호 혼융될 수 없는 차질과 맞물려 있는 문제이기도 했다. 지극히 사적이고 주관적인 영역과 보편적이고 객관적인 영역들이 도대체 어떤 연관성을 갖고 있는 것일까 하는 의문들은 명쾌하게 해명되지 못한 채 남아 있었던 것이다.

상화 시에서 드러나는 그러한 단절을 극복하는 하나의 단서를 제공해준 것은 낭만주의적 시각이다[3]. 이는 상화의 시를 저항의식과 같은 외적인 요소에서가 아니라 궁극적인 인간의 내적 문제에서 찾아보자는 시도에서 촉발되었다. 곧 상화의 시들은 모든 인간들 속에 보편적으로 내재하고 있는 조화의 감각이라든가 영원성에의 성취욕망과 무관하지 않다는 것이다. 이에 의거하면, 상화 초기시의 특색인 관능성은 생명의 원활한 공간으로, 후기시의 저항성들은 생명의 원체(元體)를 잃은 데 따른 자의식적 반향으로 해석할 수 있는 근거가 마련된다. 이런 방법적 의장들은 상화 시의 연속성과 일관성을 이해할 수 있다는 점에서 매우 의미깊은 것이라 하지 않을 수 없다.

그럼에도 불구하고 낭만주의적인 분석틀이 상화시를 이해하는 데 있어 모든 의혹들을 불식시켜주는 것은 아니다. 자연과 자아의 교융이 낭만적 사유의 근본틀이긴 하지만, 그것은 어디까지나 주관을 맨 앞에다 두는 인식적 행위이다. 주관이 앞서 있는 것이기에 객관의 절대성들에 대해서는 무감각해지게 되는 것이다. 그것이 낭만주의가

---

3 이태동, 「생명원체로서의 창조」, 『이상화』, 서강대출판부, 1996.

갖는 근본 한계가 아닐 수 없으며, 이는 상화 시를 해석하는 데 있어서도 그대로 적용된다. 가령, 「빼앗긴 들에도 봄은 오는가」는 상화의 시세계에서 저항시의 한 표본으로 인식되어 왔는바, 이를 낭만적 관점에서 바라보면, 초기시의 관능성이나 동굴이미지가 주는 부활의 의미와 연계시키는 것이 어렵게 된다. 절대에 대한 우위가 없다면, 다시 말해 주관을 앞에 두고 나면, 이 시를 저항시의 문맥으로 읽어내기가 쉽지 않다는 뜻이 된다. 물론 이것이 저항시의 범주로부터 벗어나 있다는 뜻은 아니다. 이 작품은 저항시이기는 하되, 상화 시의 문맥에서 벗어난 돌연변이의 시가 된다는 점이다. 그것은 카프 계열의 시로 알려진 상화의 다른 계급주의 시들을 이해하는 데에도 동일한 논리가 적용된다.

상화의 시들이 인간의 내재적인 욕구에 기반을 두고 있긴 하지만, 낭만적 사유에 기초한 물아일체의 사유방식과는 거리가 먼 경우라 할 수 있다. 그의 시들은 존재론적 고독에 뿌리를 두고 있고, 그로부터의 초월의식을 그 인식론적 기반으로 하고 있긴 하지만, 세계를 자아화시키는 주관 만능주의에 기초해 있는 것은 아니기 때문이다. 상화는 자신을 둘러싼 보다 큰 실체에 관심을 기울이고 이를 통해서 자신의 존재론적 한계를 극복하고자 했다. 그러면서 그는 그러한 초월을 내재적인 국면에서 그치지 않고 이를 조국애와 같은 외재적인 문제로까지 확대시켜 인식하려 했다. 이는 그의 시에서 드러나는 관능성이라든가 생명성과 같은 내재적인 문제들이 조국애와 같은 외재적인 문제들과 전혀 별개의 것들이 아니라는 뜻이다. 상화는 자신과 그를 둘러싼 환경을 하나의 거대한 단일체로보고 이를 통해서 자신의 시적 사유를 진행시켜갔다. 그러한 단일체를 만물의 모체인 무한

(infinity) 혹은 영원주의를 통해 풀어가고자 하고 그것이 이글의 목적
이다. 곧, 상화 시에서 드러나는 그러한 연계성의 확대과정을 상화의
인식론적 발전구조를 통해서 살펴보고자 한다.

## 2. 유한의 인식과 영원의 사유

상화의 작품세계가 존재론적 욕구에 기초해 있고, 이를 기반으로
그의 시에서 어떤 일관성을 찾아보려는 시도는 매우 의미있는 작업
이었다. 이런 시각은 상화의 작품들을 시 외적 맥락이나 제반 사회적
관계로부터 자유롭게 해 줄 뿐만 아니라 그의 시의 본령에 이르게 하
는 지름길을 만들어주기도 했다. 상화의 시들은 사회적 맥락에서 시
작된 것이 아니라 내재적인 맥락, 보다 구체적으로는 모든 인간들에
게 내재되어 있는 보편적 욕구에서 비롯된 것이었기 때문이다. 그것
이 바로 존재론적인 고독이다. 인간이라면 누구나 가질 수 밖에 없는
일반화된 욕망이 상화 시의 출발이었던 셈인데, 실상 그는 현재의 순
간들에 대해 사색해 왔고, 또 사람이라면 누구나 예외없이 내재되어
있는 근원적인 욕망들에 대해서도 고민해 왔다. 상화의 그러한 사유
의 편력들은 자신의 전기에서도 잘 나타나 있다. 백기만에 의하면,
상화는 중앙학교 3학년 시절부터 "인생과 우주에 관한 철학적인 문
제를 해결하려고 회의의 바다에서 번민하였다"고 한다4. 그의 그러
한 고민의 일단은 자신의 호를 자신이 처한 상황에 맞게 계속 고쳐온

데에서도 알 수 있다[5]. 이렇듯 인생에 대해 밀려오는 걷잡을 수 없는 좌절과 회의들이 상화로 하여금 젊은 시절 방황으로 이끌었던 것이다. 그가 금강산을 기행한 것도 이와 무관하지 않으며, 좀더 많은 사유의 탐색을 위해 프랑스 유학을 꿈꾸었던 것도 이와 밀접한 관련이 있다[6].

상화 시의 인식론적 출발이 우주에 대한 철학적 고민에서 시작되었음은 이미 지적한 바 있거니와 그 방황의 끝에서 가장 먼저 도달한 곳이 자연이었다. 그런데 이 자연은 우주의 이법이나 질서와 같은 구체적인 형이상학과는 다소 거리가 먼 경우였다. 상화는 자연을 어떤 계기나 질서와 같은 지배원리로 받아들이지 않고 있기 때문이다. 가령, 모더니스트의 경우처럼, 분열된 인식을 완결하기 위한 형이상학적 논리로 수용하지 않은 것이다. 그는 단순히 '나'라는 존재가 자연의 일부, 혹은 그것에 막연히 소속된 것이라는 수준정도만을 인식하고 있었을 뿐이었다.

시인에게는 생활이란 것이 다만 그 자신의 생활만이 아닐 것이다. 우주 속에서 인생 가운데서의 한 생활일 것이다. 모든 생활을 이 근본정신으로써 통솔할 만하여야 한다.(중략) 하나 여기서 시라고 한 것은 문자(文字)의 시만이 아니라 사실의 시 – 보담도 시의 사실을 의미한 것이다. 생명의 본질을 말한 것이다. 그러고 보면 현실에서 나올 시, 곧 현재할

---

4 백기만 편, 『상화시집』(정음사), 이태동, 「생명원체로서의 창조」(김학동편, 『이상화』, 1996,서강대 출판부), p.35. 에서 재인용.

5 위의 책, p.35.

6 정진규, 『이상화』, 문학세계사, 1993, p.233.

시는 반드시 자연과의 종합성을 깨친 것이라야 할 것이다. 나는 사람이면서 자연의 한 성분인 것 – 말하자면 나라는 한 개체가 모든 개체들과 관련 있는 전부로도 된 것이라야 할 것이다. 거기서 진실한 개성의 의식이 나며 철저한 민중의 의식이 날 것이다. 따라서 생명의 진면(眞面)이 날 것이다. 그리하여 찰나에도 침체가 없이 유전하여 가는 자연의 변화를 인식한 데서 얻은 영원한 현실감을 갖게 될 것이다[7].

인용문은 이상화의 정신세계와 그의 문학론의 일단을 이해할 수 있게 해주는 글이다. 문학과 인생에 대해 소박한 정도의 의견이긴 하지만, 상화 시 전반에 대한 하나의 시사점이 된다는 점에서 그 의의가 있다고 하겠다. 상화는 시인으로 살아가는 자신의 생활을 고립적, 분산적으로 보지 않고, 우주의 일부로 사유하고 있다. 그런 다음 인간의 모든 생활이 우주와 인간이 하나라는 이 근본정신으로 통솔되어야 한다고 보았다. 뿐만 아니라 자신의 존재, 곧 인간이라는 존재도 고립적, 분산적인 존재가 아니라 자연의 일부로 존재하는 통합체로 보고 있다. 상화가 인간의 생활을 우주의 한 부분이라고 사유하고 있는 이상, 인간을 자연의 일부로 인식하는 것은 당연한 귀결일 수밖에 없다.

그렇다면, 상화가 그 자신과 통합되어 있다고 생각하고 있는 우주란 무엇인가. 우주는 질서나 이법과 같은 형이상학적 관념으로 인식되는 것은 일반의 이해수준이다. 그러나 우주는 그러한 형이상학에 앞서 끝없이 펼쳐진 무한(無限)의 세계라는 관점도 갖는다. 무한이란

---

7 이상화, 「시의 생활화」, 『시대일보』, 1925. 6. 30.

끝없는 영속이며, 철학적으로는 삶의 모태이자 생의 근원이다. 이러한 무한에 비하면, 인간은 지극히 유한한 존재이다. 따라서 순간을 살아가는 인간이 무한의 일부이고 또 그것과 불가분하게 연속되어 있다는 사유야말로 인간이 꿈꾸어온 영원에 대한 굳건한 믿음이 아닐 수 없다. 무한이야말로 이 세상에 존재하는 만상(萬象)의 원천이고 우주의 모태이기 때문이다[8]. 그 끝없는 연속성에 대한 믿음들은 곧 인간이 꿈꾸어온 영원에 대한 자기인식이 아닐 수가 없는 것이다. 반면 그로부터 떨어져나온, 존재론적 고립에 휩싸인 인간은 시간의 지배를 받는 유한한 존재이다. 상화가 고민한 것은 그 유한의 메카니즘에 관한 것이었다. 그것이 인생과 우주에 대한 고민이었음은 앞서 지적하였거니와 그는 이에 이르는 길을 영원에서 찾고자 했다. 즉 유한의 속성을 어떻게 딛고 무한의 세계로 어떻게 몰입해 들어갈 것인가가 상화의 철학적 주제였던 것이다. 상화가 인용문에서 "찰나에도 침체가 없이 유전하여 가는 자연의 변화를 인식한 데서 얻은 영원함"이란 바로 이를 두고 한 말이다. 그는 찰나와 같은 존재론적 고독을 자연과 같은 영원 속에서 초월하고자 했던 것이다. 자연이야말로 여러 단계의 구분이나 분절이 없는 연속체의 표상이기 때문이다[9].

---

8 F. Monnoyeur외, 『수학의 무한, 철학의 무한』(박수현역), 해나무, 2008, p.18.
9 위의 책, p.19.

## 3. 무한 혹은 영원에 이르는 두가지 길

### 1) 동굴과 무한으로서의 통합 이미지

상화 시를 이끌어가는 동인은 우주에 대한 철학적 고민에서 시작되었음은 이미 지적한 바 있다. 그는 그러한 고민을 해소해줄 실타래가 무엇인가에 대해서 끊임없는 사유의 그물을 펼쳐보였다. 그러한 사유의 일단 가운데 하나가 이른바 통합의 이미지이다. 여기서 통합이란 분절이 없는 연속성의 감각이다. 반면 그 반대편에 있는 분절이란 비연속적이고 고립적이다. 이러한 의식들은 인간으로 하여금 유한이라는 한계상황을 불러일으킨다. 인간이 무한과 단절되어 있다고 감각할 때, 절망과 짙은 페이소스에 젖어드는 것은 여기에 그 원인이 있다. 이를 초월하는 길이 인간에게 주어진 숙명이라고 하면, 무엇보다도 연속감을 회복하는 일이 중요할 것이다. 인간은 유한한 존재가 아니라 무한과 연결되어 있고, 그것과 나란히 할 경우에만 유한의 유폐적 자의식으로부터 해방될 수 있다는 감각이 바로 그것이다. 상화가 자신의 생활을 우주의 생활로 인식한다든가 인간이란 무엇보다 자연의 한 성분임을 말하는 것은 이와 밀접한 연관관계가 있는 것이다.

우주적 삶이 인간적 삶의 일부라든가 인간이 자연의 일부 혹은 그것의 구성성분이라는 사유는 연속의 감각이다. 그런 분절되지 않는 통합의 감수성이야말로 인간을 유한의 감각으로부터 초월케 할 수 있다. 그러한 통합의 감수성 가운데 상화 시에서 가장 의미있게 드러나는 이미지가 동굴이다. 상화의 시에서 동굴의 이미지는 여러 연구자들로부터 다양한 조명을 받아 왔지만, 이를 연속의 감각으로 해석된 사례는 드물었다. 가령, 동굴은 근원이라든가 부활이라든가, 혹은 어떤 모성과 관계된 이미지로 해석하는 사례들이 바로 그 본보기들이다.

저녁의 피묻은 동굴 속으로
아, 밑없는 그 동굴 속으로
끝도 모르고
끝도 모르고
나는 꺼꾸러지련다.
나는 파묻히련다.

가을의 병든 미풍의 품에다
아, 꿈꾸는 미풍의 품에다
낮도 모르고
밤도 모르고
나는 술 취한 몸을 세우련다
나는 속 아픈 웃음을 빚으련다.

「말세의 희탄」 전문

상화의 대표작 가운데 하나인 「말세의 희탄」이다. 이 작품을 『백조』파의 우울이나 세기말의 센티멘탈 사상과 연관시켜 논의하는 것은 어느 정도 타당하지만, 그러나 그것이 이 작품의 전부를 설명해주는 단서는 되지 못한다. 이 시는 비교적 길지 않은 작품세계를 일궈낸 상화의 시들 가운데 초기작에 해당되는데, 두가지 측면에서 그 의미를 짚어볼 수 있는 작품이다. 하나는 그 발표 순서상 초기작인 까닭에 상화시의 방향이 된다는 점이고, 다른 하나는 무한과 유한의 길항관계 속에서 절대의 무한을 추구한 상화시의 원류에 해당된다는 점에서 그러하다.

이 작품에서 "저녁의 피묻은"이나 "아, 밑없는"에서 보듯 동굴 앞에 붙은 레테르에 대해서는 큰 의미를 부여할 필요는 없다고 본다. 뿐만 아니라 "가을의 병든 미풍"이나 "아, 꿈꾸는 미풍" 또한 마찬가지의 경우이다. 중요한 것은 서정적 자아와 동굴이 갖는 관계이다. 서정적 자아는 그 끝을 알 수 없는 '동굴' 속에 꺼꾸러지고 파묻히고자 한다는 사실이다. 그런 다음 "낮도 모르고/밤도 모른" 채 자아는 "술 취한 몸을 세우려고, 속아픈 웃음을 빚어내려" 한다. 말하자면 의식과는 무관한 세계인 무의식의 심연으로 빠져들려 할 뿐이다. 이상의 개략적 줄거리를 통해 알 수 있는 것처럼, 이 시의 핵심은 '동굴'의 이미지와 술취한 자아의 무의식적인 모습이다. '동굴'은 앞서 언급한대로, 부활이나 근원 등 주로 모성적인 것과 관계된다. 그것은 주로 뿌리의식이자 만물의 원천으로 이해되지만, 그러나 무엇보다 중요한 것은 그것이 분리되지 않는 연속체의 감각으로 다가온다는 점이다. 연속이란 분리되지 않은 그 무엇이다. 하나가 다른 하나로부터 떨어져 나올 때, 특히 분리된 곳이 근원이라 할 경우 이로부터 떨어져 나온 개체의 비연속감이란 언어적 표현을 뛰어넘는 그 어떤 것이라 할 수 있다. 이를 두고 존재론적 고독의 시작이라 할 수 있고, 무의식의 억압이 출발하는 지점이라 할 수도 있을 것이다. 뿐만 아니라 종교적으로는 유토피아의 상실이고, 신과 함께해왔던 영원의 상실로도 설명할 수 있을 것이다. 이런 모든 표명들은 실상 근원과 그로부터 떨어져 나온 개체의 간극에서 발생하는 불구화된 감각에 그 원인이 있다. 그렇기에 그 분리된 감각을 초월하기 위해서는 다시 분리되기 이전의 상태로 되돌아가야 한다. 그것이 연속성에 대한 감각, 혹은 그것과 동일화되는 감각이 아닐까.

「말세의 희탄」이 말하고자 하는 부분도 이 지점이다. 근원에서 분리된 시적 자아는 다시 그 합일의 세계로 되돌아가고자 한다. 동굴 속으로 "나는 꺼꾸러지련다./나는 파묻히련다"는 자의식적 몸부림은 분리되지 않은 세계, 곧 연속된 세계로 복귀하고자 하는 서정적 자아의 강렬한 표명이 아닐 수 없다.

그리고 두 번째는 술취한 자아의 무의식적 모습이다. 무의식이란 의식이 전제되지 않는 정서이다. 의식이 마비되었다는 것은 무의식의 세계만이 남는 것인데, 이런 맥락에서 무의식에 도취된 자아의 모습이란 근원과 동일시되는 또 다른 자아의 구현이라 보아도 무방할 것이다. 근원과 분리되지 않는 상태란 의식이 거의 감각되지 않기 때문이다.

상화가 동굴과 같은 부활의 이미지 속에서 연속감을 회복하려한 시도는 그의 대표작인 「나의 침실로」에서도 확인할 수 있다. 이 작품의 중심 주제는 서정적 자아가 근원이자 뿌리인 연속체의 감각을 회복하는 데 있기 때문이다.

마돈나! 지금은 밤도 목거지에 다니노라.
피곤하여 돌아가련도다.
아, 너도, 먼 동이 트기 전으로, 수밀도의 네 가슴에 이슬이 맺도록 달려 오너라.

마돈나! 오려무나,
네 짐에서 눈으로 유전(遺傳)하던 진주는 다 두고 몸만 오너라.
빨리 가자. 우리는 밝음이 오면 어딘지 모르게 숨는 두별이어라.

마돈나! 구석지고도 어둔 마음의 거리에서 나는 두려워 떨며 기다리노라.
아, 어느덧 첫닭이 울고 – 뭇 개가 짖도다. 나의 아씨야, 너도 듣느냐?

마돈나! 지난 밤이 새도록 내 손수 닦아 둔 침실로 가자, 침실로!
낡은 달은 빠지려는데 내 귀가 듣는 발자국--오 너의 것이냐?

마돈나! 짧은 심지를 더우잡고
눈물도 없이 하소연하는 내 마음의 燭ㅅ불을 봐라.
양털 같은 바람결에도 질식이 되어 얄푸른 연기로 꺼지려는 도다.

마돈나! 오너라, 가자. 앞산 그리매가 도깨비처럼 발도 없이 이곳 가까이 오도다.
아, 행여나 누가 볼는지--가슴이 뛰누나. 나의 아씨여, 너를 부른다.

마돈나! 날이 새련다, 빨리 오려무나, 사원의 쇠북이 우리를 비웃기 전에, 네 손이 내 목을 안아라. 우리도 이 밤과 같이 오랜 나라로 가고 말자.

마돈나! 뉘우침과 두려움의 외나무다리 건너 있는 내 침실, 열 이도
없느니!

아! 바람이 불도다. 그와 같이 가볍게 오려무나, 나의 아씨여, 네가 오
느냐.

마돈나! 가엾어라. 나는 미치고 말았는가. 없는 소리를 내 귀가 들음은-
내 몸에 피란 피- 가슴의 샘이 말라 버린 듯 마음과 몸이 타려는도다.

마돈나! 언젠들 안 갈 수 있으랴. 갈 테면 우리가 가자. 끄을려 가지
말고.
너는 내 말을 믿는 「마리아」- 내 침실이 부활의 동굴임을 네야 알련만.

마돈나! 밤이 주는 꿈, 우리가 얽는 꿈, 사람이 안고 궁그는 목숨의 꿈
이 다르지 않으니. 아! 어린애 가슴처럼 세월 모르는 나의 침실로 가자.
아름답고 오랜 거기로.

마돈나! 별들의 웃음도 흐려지려 하고
어둔 밤 물결도 잦아 지려는도다
아! 안개가 사라지기 전으로 와야지 나의 아씨여, 너를 부른다.

「나의 침실로」 전문

상화 초기시의 특색 가운데 하나가 관능이라면, 이 작품은 상화 시
의 그러한 경향을 설명할 때, 단골메뉴로 제시되는 시이다. "가슴에

이슬이 맺히는" 마돈나의 성애적 이미지가 그러하고, 이에 결부된 침실의 이미지들은 그러한 관능성을 배가시키는 역할을 했던 것이다. 그리하여 마돈나를 상화가 좋아했던 이성으로 설명하기도 했다[10]. 그 전기적 사실여부를 떠나서 이 작품은 『백조』파의 퇴폐적 분위기나 세기말 사상 등이 종합적으로 반영된 시로 해석해 온 것이다. 그러나 여기서 마돈나를 이성이나 조국, 혹은 성모 마리아 등 어떤 개별자적인 국면으로 굳이 해석할 필요는 없다고 본다. 특히 상화 시의 전반적인 맥락에서 볼 때, 이 점은 특히 강조되어야 할 것으로 보인다. 이 작품 역시 「말세의 희탄」의 연장선에 놓인 작품이라는 점을 분명히 할 필요가 있다.

「나의 침실로」를 이끌어가는 중심 소재는 '마돈나'와 '침실'이다. 그런데 이 소재들은 그저 작품을 이끌어가는 매개에 그치지 않고, 이 작품의 중심에 접근해 들어가기 위한 통로라는 점에 주의할 필요가 있다. 우선 마돈나는 성모마리아로서의 박애적 모성, 조국, 상화의 연인이었던 유보화 등으로 다양하게 이해되어 왔지만, 상화시의 흐름에서 볼 때는 앞의 작품과 동일한 차원에서 이해할 수 있을 것이다. 우주와 인생에 대한 철학적 고민에서 시작된 상화의 사유가 궁극적으로 지향인 것이 무한과 연속체에 놓인 상태, 혹은 그것을 지향하는 과정에 있는 것이라면, 마돈나에서 유추될 수 있는 개념들이란 결국 동굴이미지와 동일한 것이라 할 수 있기 때문이다. 그럼에도 그 개념적 경계를 좀더 좁히게 되면 마돈나는 성모 마리아의 이미지에 가깝다고 할 수 있다. 신이란 영원성의 표상이고, 또 그러한 신의 성

---

10 김학동, 앞의 글.

격이야말로 유한한 존재가 영원으로 되돌아가기 위한 좋은 수단이 되기 때문이다. 이럴 경우 신은 윤리나 도덕의 차원을 뛰어넘는 비인격적인 신이 된다. 말하자면 이때의 신은 인간에게 윤리적 기준이 되는 신이 아니라 영원을 매개하는 신으로서만 현현하기 때문이다[11].

두 번째는 침실의 이미지이다. 이 침실 역시 「말세의 희탄」에서 보여준 동굴이미지와 동일한 차원에 놓인다. 「나의 침실로」에서 이를 증거하는 수사적 장치는 크게 세가지이다. 하나는 "뉘우침과 두려움의 외나무다리 건너 있는 침실"이고, 다른 하나는 "내 침실이 부활의 동굴"이라는 시적 의장이다. 그리고 마지막으로는 "어린애 가슴처럼 세월 모르는 나의 침실"이다. 시인자신이 이미 "내 침실이 부활의 동굴"이라 했으니, 굳이 두 번째 것을 다시 부연 설명할 필요로 없을 것 같다. 문제는 첫 번째와 세 번째이다. 우선 "뉘우침과 두려움의 외나무 다리 건너에 있는 침실"이다. '뉘우침과 두려움'이란 정서가 침실과는 어떤 상관관계가 있을까. 침실이 부활이고 연속체의 표상이라면, 그러한 연속성에 기투하기 위해서는, 곧 그것과 일체화되기 위해서는 선택의 공리가 필요한 것은 아닐까. 여기서 선택이란 이질적 요인에 대한 배제의 논리가 전제된다[12]. 근원으로부터 분리된 자아가 획득할 수 있는 것은 그러한 근원과는 상관없는 비연속체의 감각뿐이다. 그렇기에 존재론적 고독이나 피투된 자의 자의식적인 고뇌가 발생하는 것이 아니겠는가. 이런 맥락에서 보면, 뉘우침과 두려움이 함의하는 것이 무엇인지를 대번에 알게 된다. 동일화를 위한 비동일적 요소에 대한 서정적 자아의 배제 감각이다. 두 번째는

---

**11** G. Bruno, 『무한자와 우주와 세계』(강영계역), 한길사, 2005, p. 24.
**12** A.D. Aczel, 『무한의 신비』(신현용외 역), 승산, 2002, p. 197.

"어린애 가슴처럼 세월 모르는 나의 침실"이다. 어린애 가슴처럼 세월 모르는 침실이기에, 이를 철없음의 감각으로 연결시키고, 조국과 같은 절대 이성은 되지 않는다라고 이해한 경우도 있다. 그러나 이 역시 연속체의 감각으로 이해하면 논란거리가 되지 못한다고 하겠다. 근원이란 순수하고 자아동일적인 것이다. 이런 감각은 영원의 신이 그러하듯 윤리적, 도덕적 그물망으로부터 자유롭게 된다. 어린애 가슴처럼 세월모르는 침실이란 이런 맥락이 아닐까 한다.

상화의 초기 시를 관류하는 동굴이나 침실은 근원의식과 밀접한 상관관계를 갖고 있다. 근원이란 동일성의 감각 없이는 그 설명이 불가능하다. 인생과 우주에 대한 고민으로부터 자신의 시의 출발을 삼은 상화는 그러한 근원으로부터 불구화된 자신의 자의식을 해방시키려 했다. 그것이 곧 연속체로 설명되는, 끊임없이 연결된 무한에 대한 감각이었고, 영원에 대한 감각이었다. 동굴이나 침실이 부활로서 갖는 이미지는 이런 뜻에서 매우 의미있는 국면이었다고 할 수 있다.

## 2) 비분절과 연속으로서의 자연이미지

동굴과 침실이 갖는 부활의 이미지가 상화 시에서 찾아지는 연속체라면, 자연은 상화시에서 드러나는 또 다른 연속체의 상징이라 할 수 있다. 상화가 질풍노도기의 시기에 자연 기행을 비롯한 방랑의 세월을 보낸 것은 잘 알려진 일이다[13]. 인생과 우주에 대한 헤어나올 수 없는 고민의 늪에서 그는 처절하게 방황했다. 그런데 상화의 고민

---

[13] 정진규, 「이상화평전」, 『이상화』, 문학세계사, 1993, p.224.

정도가 다른 사람들보다 심해서 몇 날 며칠을 자지 않고 드새는 날이 많을 정도로 심했다고 한다. 방황하는 그의 영혼을 잡아줄 그 어떤 것도 발견하지 못했고, 책을 펼쳐도 거리를 방황해도 얻을 수 없었다14. 그러한 방황 속에서 만난 것이 자연의 세계였다.

상화에게서의 자연은 낭만적인 것도 아니었고, 멋스러움의 대상도 아니었다. 자연이란 그에게 오직 사색의 표백이었을 뿐이었다. 상화의 자연시들 속에 인생과 우주에 관한 사유의 고뇌가 고스란히 배어 있는 것도 이 때문이다. 상화는 자연으로부터 우주의 일부로서의 나, 그 구성성분으로서의 나를 발견하고 자신의 인식론적 사유를 발전시켰다. 그것이 상화 시에서 보이는 자연 시의 특색이다.


아침이다.

여름이 웃는다. 한 해 가운데서 가장 힘차게 사는답게 사노라고 꽃불 같은 그 얼굴로 선잠 깬 눈들을 부시게 하면서 조선이란 나라에도 여름이 웃는다.


오 사람아! 변화를 따르기엔 우리의 촉각이 너무도 둔하고 약함을 모르고 사라지기만 하고 있다.


그러나 자연은 지혜를 보여주며 건강을 돌려주려 이 계절로 전신을 했어도 다시 온 줄을 이제야 알 때다.

---

14 위의 글, p.223.

언젠가 우리가 자연의 계시에 충동이 되어서 인생의 의식을 실현한 적이 조선의 기억에 있느냐 없느냐? 두더지 같이 살아온 우리다. 미적지근한 빛에서는 건강을 받기보담 권태증을 얻게 되며 잇닿은 멸망으로 나도 몰래 넘어진다.

살려는 신령들아! 살려는 네 심원도 나무같이 뿌리깊게 땅 속으로 얽어매고 오늘죽고 말지언정 자연과의 큰 조화에 나누이지 말아야만 비로소 내 생명을 가졌다고 할 것이다.

「청량세계」 부분

대상들 사이의 구분을 이야기할 때, 흔히 동원되는 방법 가운데 하나가 이것과 저것이 어떻게 다르고 같은가에 대한 인식이다. 만약 그것을 하나의 동일체로 묶을 수 있다면 그러한 구분은 더 이상 의미가 없게 된다. 분리되지 않는 하나의 완성체를 염두에 둘 때, 우리 주변에서 쉽게 연상되는 것이 자연이라는 대상이다. 자연은 하나의 전체로 현상되는 것이기에 그 내부에서 어떤 개체적 구분이란 더 이상 중요하지 않게 된다. 자연이 여러 단계로 분리되지 않는 연속적 실체로 인식되는 것은 이 때문이라 할 수 있다[15]. 따라서 자아가 자연의 일부가 되거나 혹은 자연의 한 구성성분으로 인식하는 것은 자연과의 완전한 합일을 전제하는 것이다. 이런 모양새에 이르게 되면, 인간이라는 찰나적 존재도 잊고, 또 이로부터 파생되는 존재론적 고독이나 허무의식도 초월하게 된다.

---

15 F. Monnoyeur외, 『수학의 무한, 철학의 무한』,p.19.

이상화가 가장 두렵게 생각한 것은 어떤 것으로부터 떨어져나가는 분리의 감각이었다. 그가 근원이나 뿌리로부터 분리된 자아의식을 허무 그 자체로 받아들인 것도 이 때문이다. 상화에게 분리란 원초적 두려움과 같은 것이었다. 그가 모든 사유의 근원을 연속체로 이해하고자 한 원인 또한 여기서 찾을 수 있다. 심지어 죽음조차도 지금 여기의 세계와, 피안의 세계와의 지속적 연결로 이해했다.

> 죽음일다!
> 성낸 해가 이빨을 갈고
> 입술은 붉으락푸르락 소리없이 훌쩍이며
> 유린당한 계집같이 검은 무릎에 곤두치고 죽음일다.
> (중략)
> 아, 도적놈의 죽일 숨 쉬듯한 미풍에 부딪쳐도
> 설움의 실패꾸리를 풀기 쉬운 나의 마음은
> 하늘 끝과 지평선이 어둔 비밀실에서 입맞추다
> 죽은듯한 그 벌판을 지나려 할 때 누가 알랴.
> 어여쁜 계집의 씹는 말과 같이
>
> 「이중의 사망」 부분

친구 박태원(朴泰元)을 애도하고 있는 인용시는 지금 여기의 세계와 비밀스럽게 감추어진 피안의 세계를 단절된 것으로 보지 않고 있다. 설움과 비애로 만들어진 '실패꾸리'가 "하늘 끝과 지평선이 어둔 비밀실에서 입맞추"는 것처럼 상호 연결되어 있다고 보는 것이다. 따라서 상화에게 죽음이란 더 이상 종말이나 단절로 다가오지 않는다. 그것은 또 다른 내세를 꽃피우는 어떤 것이며, 현세와 고스란히 연결된 그 무엇이다. 상화가 안타까워하고 한결같이 염원한 것은 현실과 영원을 이어주는 형이상학적 죽음이 아니라 이렇듯 현실과 영원을 단절시키는 행위였다[16].

「청량세계」를 관류하고 있는 것도 자연과의 연속감이다. 자연이라는 대상으로부터 분리되지 않고 그것에 소속되어 있다고 생각할 때 비로소 내 생명을 가질 수 있다고 했다. 여기서 조화감이란 연속체에 연결된 나, 곧 자연과 나의 조화이다. 자연과 분리되어 있지 않는 나라든가 자연의 한 구성성분으로서의 자아를 인지할 때, 비로소 생명성을 획득한다는 것이다. 자연과의 연속성을 문제삼는 상화의 철학적 고뇌는 모더니즘에서 흔히 보이는 인식의 완결성과는 어느 정도 거리를 갖고 있는 경우이다. 모더니스트들이 근대의 불안이나 인식의 불완전성을 자연을 통해서 초월하고자 한다면, 이상화는 자연을 자신의 일부, 아니 자연의 일부로서 자신을 인식하고자 했다. 다시 말해 자연을 통해 완결된 인식을 드러내 보이려고 하는 것이 아니라 그 스스로가 자연의 일부가 되고자 하는 우주론적 일원론의 세계를 펼쳐보이고자 한 것이다. 그것이 곧 연속체로서의 자연을 받아들이는 것인데, 자연이 분리되지 않은 연속체의 나열이라면, 서정적 자아 또한 그 연속성에서 벗어나지 않고 곧바로 연결되어 있다고 사유하는 것이다. 끝없이 계속되는 지속 속에서 영원을 획득해나가는 방식이 바로 그러하다. 이것이 곧 무한의 감각이 아닐까 한다.

---

16 이태동, 앞의 글, p. 43.

금강! 아, 조선이란 이름과 얼마나 융화된 네 이름이냐. 이 표현의 배경 의식은 오직 마음의 눈으로만 읽을 수 있도다. 모-든 것이 어둠에 질식되었다가 웃으며 놀라 깨는 曙色의 영화와 麗日의 新粹를 묘사함에서 - 게서 비로소 열정과 미의 원천인 청춘--광명과 지혜의 慈母인 자유 - 생명과 영원의 고향인 黙動을 볼 수 있으니 조선이란 指奧義가 여기 숨었고 금강이란 너는 이 奧義의 집중 통각에서 상징화된 존재이어라.

금강! 나는 꿈 속에서 몇 번이나 보았노라. 자연 가운데의 한 성전인 너를 - 나는 눈으로도 몇 번이나 보았노라. 시인의 노래에서 또는 그림에서 너를 - 하나, 오늘에야 나의 눈 앞에 솟아 있는 것은 조선의 정령이 공간으로 우주 마음에 촉각이 되고 시간으론 무한의 마음에 영상이 되어 경이의 창조로 顯現된 너의 실체이어라.

금강! 너는 나의 寬美로운 미소로써 나를 보고 있는 듯 나의 가슴엔 말래야 말 수 없는 야릇한 친애와 까닭도 모르는 경건한 감사로 언젠지 어느덧 채워지고 채워져 넘치도다. 어제까지 어둔 사리에 울음을 우노라 - 때아닌 늙음에 쭈그러진 나의 가슴이 너의 慈顔과 너의 애무로 다리미질한 듯 자그마한 주름조차 볼 수 없도다.

(중략)

금강! 너는 완미한 物도 虛幻한 精도 아닌 - 물과 정의 혼융체 그것이며, 허수아비의 정도 미쳐다니는 動도 아닌 - 정과 동의 화해가 그것이다. 너의 자신이야말로 千變萬化의 靈慧 가득 찬 계시이어라.

「金剛頌歌」 부분

이 작품은 두가지 측면에서 관심을 끄는 시이다. 하나가 자연에 관련되는 것이라면, 다른 하나는 생활과 관계된다. 그 연장선에서 이 작품의 소재인 '금강' 또한 이러한 전제로부터 자유롭지 못하다. 우선 '금강'을 자연의 일부로 이해하는 경우이다. 이 역시 「청량세계」를 비롯한 상화의 다른 자연시와 마찬가지로 인생과 우주에 관한 사색의 표백으로 다가온다. 상화는 자연으로 표상된 '금강'을 시간과 공간의 두 축으로 설명한다. 그런데 이러한 이해는 상화 시의 흐름인 무한의 감각과 분리되지 않는다. 금강이 공간적으로는 우주로 뻗쳐 있고, 시간적으로 무한의 마음에 뻗쳐있기 때문이다. 금강이란 바로 그러한 경이가 현현된 창조적 실체라고 보는 것이다. 여기서 알 수 있듯이 상화는 금강을 시간의 무한 축과 공간의 무한 축으로 설명한다. 자연을 이러한 형이상학으로 이해하는 것은 상화 시의 독특한 영역이 아닐 수 없을 것이다. 그것은 한국시에서 미흡한 부분이었던 시의 음역의 확장과 관계되는 문제이다. 또한 그 부수되는 결과로 센티멘탈한 국면을 초월했다는 점에서도 그 의의를 찾을 수 있는 작품이다. 그러나 무엇보다 중요한 것은 영원의 감각을 무한이라는 철학적 사유에서 찾았다는 사실일 것이다. 이런 감각은 한국 시에서 인식의 폭과 넓이를 가능케 했음은 물론이거니와 이후 유치환을 비롯한 시인들의 시세계에 다대한 영향을 끼쳤다는 점에서도 중요한 시사적 의의가 있는 경우이다. 유치환의 시들을 이런 무한의 감각을 떠나서 설명할 수 없다는 점을 상기하면, 이런 평가가 과장된 것이라고 볼 수는 없을 것이다.

그리고 다른 하나는 생활로서의 감각이다. 여기서 생활이란 말은 현실이라는 맥락과 불가분의 관계에 놓이는 말이다. 상화가 시를 포함한 자신의 문학 행위를 생활의 일부로 받아들였음은 잘 알려진 일이다. 그러나 생활이 강조된다고 해서 상화의 작품세계가 관념과 무관해지는 것도 아니고 관념이 강조된다고 해서 생활이 희석되지도 않는다. 상화시의 특색은 관념과 생활이 일체화되는 관계를 시의 본령으로 판단하고 있기 때문이다. 자연이 주는 무한의 감각을 읊어낸 「금강송가」에서 생활의 맥락을 찾아내는 것이 그리 어렵지 않음도 이와 무관하지 않다. 상화는 이 작품에서 '금강'을 현실과 동떨어진 형이상학적 절연체로만 인식하지는 않았다. 그는 그것을 조선의 또 다른 이름으로 풀이한다. "금강! 아, 조선이란 이름과 얼마나 융화된 네 이름이냐"는 이 단정적 언급이야말로 상화 시가 지향하는 궁극이 무엇인가를 잘 말해주는 귀절일 것이다. 상화는 인간이 영위하는 생활을 인간들만이 보지하는 고유의 것으로 생각하지 않은 것이다. 인간이 자연의 일 구성부분인 것처럼, 생활 역시 자연의 일부분과 분리할 수 없는 관계로 인식하고 있었기 때문이다. 그것이 '금강'속에 착종되어 나타난 것인데, 이런 맥락에서 보면, '금강'이란 철학적 이념과 생활적 이념이 혼융된 그 어떤 복합체라 할 수 있을 것이다.

## 4. 연속의 일탈로서의 저항시, 혹은 생활시

우주와 인생에 대한 철학적 고민에서 시작된 상화의 시들은 자연을 통해서 무한의 신비를 체험하고, 이에 기투함으로서 영원성을 획득하고자 했다. 그러나 상화는 이 속에서 자유의 궁극을 얻고, 미적 쾌락에 젖어들지 않고, 이를 생활과 연결시킴으로써 식민지 시대 최대 모순인 민족의 문제에 관심을 기울이게 된다. 그는 인간의 삶을 우주적 삶의 일부로만 보지 않고 이를 인간사의 보편적 문제로까지 확대시켜 인식했다. 이 지점이 상화시의 저항시가 탄생하는 곳이 아닐까 한다.

> 시인에게는 생활이란 것이 다만 그 자신의 생활만이 아닐 것이다. 우주 속에서 인생 가운데서의 한 생활일 것이다. 모든 생활을 이 근본정신으로서 통솔할 만하여야 한다. 오직 시학상으로의 사상이란 것은 존재할 수 없는 것이다. 이 시대에 호흡을 같이하는 민중의 심령에 부합이 될 만한 방향을 지시하여야 할 것이다. 그것은 곧 시란 것이 생활이란 속에서 호흡을 계속하여야 한다는 까닭이다. 현실실의 복판에서 발효하여야 한다는 까닭이다. 생활 그것에서 시를 찾아내여야 한다는 까닭이다[17].

문학에 대한 상화의 인식론적 핵심은 통어적인 데 있다. 인간을 자연의 한 구성성분으로 본 것처럼, 그 자신의 생활과 사회의 생활을 분리시켜 놓고 보지 않았을 뿐만 아니라 그것을 우주적 삶의 일부로 보았다. 그런데 그의 이러한 고뇌는 관념론적 초월의 경지에서 머무는 데 그치지 않았다. 가령 시의 경우에 있어서도 그는 시를 생활과의 연속적인 흐름 속에서 찾고자 했다. 이런 통합적 상상력이 시를 내재적인 틀로만 묶어두지 않고, 외재적인 어떤 맥락과 끈끈하게 연

---

17 이상화, 「시의 생활화」, 『이상화』(정진규편저), p.205.

결되어 있는 그 무엇으로 인식하게끔 한 것이다. 상화가 일제 강점기의 현실을 부정하고 이에 저항하게끔 한 근본 동인들은 이렇듯 연속성의 상실에서 찾을 수 있다. 그는 닫힌 현실이 아니라 열린 현실을 열망했다. 일제 강점기는 그러한 열린 현실을 가로막는 장애였기에 그는 그러한 장애를 뚫는 또 다른 연속체를 갈망했다. 그러한 회귀가 그의 저항시들을 낳게 한 근본 동인이다.

지금은 남의 땅 – 빼앗긴 들에도 봄은 오는가?

나는 온몸에 햇살을 받고
푸른 하늘 푸른 들이 맞붙은 곳으로
가르마 같은 논길을 따라 꿈 속을 가듯 걸어만 간다.

입술을 다문 하늘아 들아
내 맘에는 내 혼자 온 것 같지를 않구나.
네가 끌었느냐 누가 부르더냐 답답워라 말을 해다오.

바람은 내 귀에 속삭이며
한자욱도 섰지 마라 옷자락을 흔들고
종다리는 울타리 너머 아가씨같이 구름 뒤에서 반갑다 웃네.

고맙게 잘 자란 보리밭아
간밤 자정이 넘어 내리던 고운 비로
너는 삼단 같은 머리를 감았구나 내 머리조차 가뿐하다.

혼자라도 가쁘게나 가자.

마른 논을 안고 도는 착한 도랑이

젖먹이 달래는 노래를 하고 제 혼자 어깨춤만 추고 가네.


나비 제비야 깝치지 마라

맨드라미 들마꽃에도 인사를 해야지

아주까리 기름을 바른 이가 지심 매던 그들이라 다 보고 싶다.


내 손에 호미를 쥐어다오.

살진 젖가슴과 같은 부드러운 이 흙을

발목이 시도록 밟아도 보고 좋은 땀조차 흘리고 싶다.


강가에 나온 아이와 같이

짬도 모르고 끝도 없이 닫는 이 흙을

무엇을 찾느냐 어디로 가느냐 우스웁다 답을 하려무나.


나는 온 몸에 풋내를 띄고

푸른 웃음 푸른 설움이 어우러진 사이로

다리를 절며 하루를 걷는다 아마도 봄 신명이 잡혔나 보다.

그러나 지금은 들을 빼앗겨 봄조차 빼앗기겠네.

「빼앗긴 들에도 봄은 오는가」 전문


　상화의 대표작인 이 작품에서 저항적 요소를 찾는 것은 어려운 일
이 아니다. 첫 연과 마지막 연의 '빼앗긴 들'이라는 격렬한 어사가 특

히 그러하다. 이를 두고 일부에서는 프롤레타리아 의식으로 설명한 바도 있긴 하다. 그러나 이를 저항시이라고 해도 무리가 없고, 경향시로 해석해도 큰 무리는 없어 보인다. 문제는 이 작품이 어떤 색조를 띠는 작품인가에 있는 것이 아니라 상화 시의 맥락에서 어떤 의미를 갖는 것인가에 있을 것이다.

상화 시의 특색은 우주에 대한 사색과 고민의 결과에서 얻어진 것이다. 그는 인간이란 결국 우주의 한 구성성분, 자연의 한 요소라는 사실을 알고, 이를 실천하는 자의식 속에 영원의 감각을 획득했다. 말하자면 연속체의 감각 속에서 얻어진 자의식을 통해 인간에게 본질적으로 내재되어 있던 유한의 감각을 초월하고자 한 것이다. 「빼앗긴 들에도 봄은 오는가」 역시 이 맥락으로부터 크게 자유롭지 않다. 이 시를 이끌어가는 기본 동인은 일단 단절감에서 시작된다. "지금은 남의 땅 – 빼앗긴 들에도 봄은 오는가"라는 이 선언이야말로 상화 시의 주조인 그러한 연속 의식과는 거리가 먼 것이 아닐까. 상화는 앞의 인용에서 "나는 사람이면서 자연의 한 성분인 것--말하자면 나라는 한 개체가 모든 개체들과 관련있는 전부로도 된 것"[18]이라 한 것처럼, 서정적 자아를 둘러싼 사회, 또 그 뒤를 뛰어넘는 외연과의 완벽한 조화를 인간의 궁극적 삶으로 생각했다. 그런데 인용시의 모두에 드러나 있는 것처럼, 자신의 삶의 근거인 '들'을 빼앗기고, 그 당연한 결과로 그것에 생명의식을 불어넣어줄 '봄'조차 빼앗겼다고 하고 있다. 이런 상실의식이야말로 전체적인 조화를 훼손하는 단절이 아닐 수 없고, 자연과의 완벽한 통일체를 이루고자 한 사색의 고뇌와

---

[18] 이상화, 위의글, p.206.

도 다른 것이라 할 수 있다.

이런 맥락에서 보면 「빼앗긴 들에도 봄은 오는가」는 크게 두가지 주제로 이루어진 것이라 할 수 있다. 하나가 비연속의 감각이라면, 다른 하나는 연속의 감각이다. 전자가 비조화감과 관계되는 것이라면, 후자는 조화감과 관계된다. 이 두가지 대조되는 방향성이 이 시의 근본 주제가 될 것인데, 상화는 그러한 조화감의 상실을 무엇보다 우선시하고 있는 듯하다. 조화의 상실 속에 빚어지는 또다른 조화의 극치를 이 시에서 맛볼 수 있기 때문이다. 가령, "나는 온몸에 햇살을 받고/푸른 하늘 푸른 들이 맞붙은 곳으로/가르마 같은 논길을 따라 꿈 속을 가듯 걸어만 간다"는 이 천지합일의 사상이야말로 이 시의 핵심 모티브이기 때문이다. 그런데 현실은 전혀 그렇지 못하다. 봄 신명에 접한 서정적 자아의 멋들어진 혼조차 현실은 빼앗아 갔기 때문이다.

상화 시의 기본 축인 저항시는 연속체의 상실과 밀접한 상관관계를 갖고 있다. 서정적 자아와 그 외연을 둘러싼 환경과의 비조화감이 저항의 핵심 기제라 할 수 있다. 실상 이러한 비조화감은 그의 경향시들을 설명해주는 데에도 일정한 준거점이 되어 준다. 상화의 경향시들은 그의 시의 전반적인 맥락에서 볼 때, 예외적인 국면으로 해석되고 이해된 바 있다. 그러나 비연속성이라든가 비조화감의 국면에서 보면, 그의 경향시들 역시 동일한 사유구조 속에서 직조된 것임을 알게 된다.

봉창 구멍으로
나른하여 조으노라

깜작이는 호롱불
햇빛을 꺼리는 늙은 눈알처럼
세상 밖에서 앓는다, 앓는다.

아, 나의 마음은,
사람이란 이렇게도
광명을 그리는가---
담조차 못 가진 거적문 앞에를,
이르러 들으니, 울음이 돌더라.

「빈촌의 밤」 전문

상화의 경향시 가운데 하나인 「빈촌의 밤」이다. 이 시를 이끌어가는 기본 힘 역시 일탈의 상상력이다. 세상과 합일되지 못한, 그리하여 세상과 더불어 살아가지 못하는 가난한 삶이란 비연속성의 결과에서 기인하는 것이 아닌가. 이런 감각에 뿌리를 두고 있는 것이 상화의 경향시가 갖는 특색이다. '들'을 빼앗긴 것이 한민족의 비연속적인 삶이라면, '담조차 못 가진 거적문'을 가진 프롤레타리아들의 삶 역시 비연속적인 것이기 때문이다. 이는 인간이 자연의 한 구성부분이고, 이를 통해서 진실한 개성이 나며, 철저한 민중의 의식이 생겨날 것이라는 상화 자신의 언급과도 일맥 상통하는 부분[19]이다. 그의 민중성들은 이렇듯 우주론적인 연속체의식, 범신론적인 조화의 감각에서 생성된 것이라 하겠다.

---

[19] 위의글, p.206.

## 5. 우주론적 조화감각으로서의 상화 시의 의의

상화는 격한 감수성과 함께 저항적 음색으로 일관한 작품세계를 보여주었다. 그의 이러한 시적 특색들은 주로 작품 외재적인 국면과 관련시켜 이해되는 좋은 본보기가 되어 왔다. 문학이 사회적 산물이고, 또 상화가 살다간 시대적 문맥과 연관시켜 놓고 보면, 이러한 해석들이 전혀 무리가 있는 것은 아니다. 그럼에도 상화의 작품세계를 작품 외적인 요소가 관련시켜 해석할 경우, 그의 시의 또 다른 특색인 자연이라든가, 관능성, 동굴로 상징되는 부활의 의미 등을 설명하는 데에는 명쾌한 답을 주지 못한다. 이런 한계들은 문학 내적인 의미 구조와 인간의 존재론적인 문제들을 제대로 이해하지 못한 데 따른 결과들이라 할 수 있다.

상화 시의 출발은 무엇보다 우주와 삶에 대한 철학적 고민에서 시작되었다고 하는 점이 무엇보다도 강조되어야 할 것으로 보인다. 학창시절 시작된 사유의 고민도 여기서 비롯되었고, 그의 시들 또한 이와 밀접한 상관관계를 갖고 있기 때문이다.

상화의 시들은 그러한 사색의 고민들을 통해 발견된 연속체의 감각에서 비롯되었고, 이를 기반으로 영원으로 승화하고자 하는 의지의 표백에서 직조되었다. 따라서 인간이 우주의 일부이고, 자연의 일부라는 무한의 감각이야말로 상화 시의 핵심이 되는 것이다. 이런 시사점에 입각할 때, 부활로서의 동굴의 이미지나 관능의 이미지, 그리고 자연과 조국에 관한 이미지가 하나의 일관성 속에서 그 풀이가 가능해진다. 이들은 모두 근원이라는 연속적인 사유의 틀을 갖고 있는 경우들이다. 곧 무한 속에 유한의 감각들을 흡수시키는 것인데. 이 럴 경우에만 존재론적 고독이라든가 유한 속에서 허우적거리는 인간의 허무 의식을 극복할 수 있는 계기가 되는 것이다.

두번째는 존재론적 고독과 같은 개인적 국면에서 비롯된 것이 상화의 시들인데, 그러한 개인성들이 어떻게 해서 저항과 같은 사회적 국면으로 확산되었는가 하는 점이다. 상화의 시에서 개인성과 사회성은 어찌 보면 동전의 양면과 같은 것이다. 상호통합불가능한 이 요소들이 상화시에서 쉽게 혼융될 수 있었던 것은 연속체의 감각 때문에 가능했다. 인간의 자연의 한 구성성분임을 아는 데서 존재론적 고독을 해소한 것처럼, 그의 개인성과 사회성의 소통 또한 이 틈에서 시작되었기 때문이다. 전일적인 조화가 상실된 근인을 상화는 일제의 억압에서 찾고, 그 모순에 대한 처절한 인식을 표출하는 것, 그것이 그의 저항시의 근간이 되었다. 이런 논리는 상화 시에서 또다른 예외적 국면으로 비춰진 경향시를 설명하는 데에도 좋은 준거점이 되기도 한다. 프롤레타리아들의 억압적인 상황 역시 조화감의 상실이나 연속성의 상실과 불가분의 관계에 놓여 있기 때문이다. 이렇듯 인간과 우주사이의 연속성에서 출발한 상화의 시들은 존재론적인 국면을 치유하는 매개였던 동시에 사회적 통합을 실현하기 위한 매개였던 것이다.

# 신석정 시에서의 근대성과 노장적 자연인식

한국 시의 근대성과 반근대성

## 1. 근대성과 자연미

시문학파의 일원인 신석정이 문단활동을 시작한 때는 1920년대 중반이었다. 그가 처음 작품을 쓰게 된 것은 1924년《조선일보》에 발표한 「기우는 해」를 기점으로 해서이다. 이후《시문학》3호에 「선물」을 발표함으로써 시문학파의 정식 구성원이 된다. 신석정이 시문학파에 참여했다는 것은 그가 이들 동인이 지향했던 문학적 이념에 대해 어느 정도 동조했다는 뜻이 된다. 잘 알려진 것처럼, 시문학파가 표방하고 나섰던 문학이념은 순수문학이었다. 이들은 문학이 내용에 경도되거나 형식에 치우는 것에 대해서 철저하게 경계했다. 시문학파의 구성원들이 카프문학이나 모더니즘이 보여주었던 문학적 극단들에 대해서 거리를 두었던 것은 이런 이유 때문이다.

그러나 이런 합의에도 불구하고 시문학파의 구성원들이 모두 한 목소리를 내고 동일한 문학적 성향을 보인 것은 아니었다. 가령, 김영랑과 박용철은 우리말의 독특한 어감을 살리면서 시의 가락을 추구했던 반면, 시의 이미지 구사에서는 매우 소홀했다. 정지용의 경우는 이미지의 조형적 구사에 있어 다른 동인들과는 많은 대비점을 보여주었다. 반면, 신석정은 이 두 그룹이 가졌던 문학적 지향들을 모두 자신의 작품 속에 담아내었다. 그는 김영랑의 가락도 받아들이면서 정지용의 이미지 구사 수법도 훌륭하게 소화해내었다. 신석정은 시의 방법적 의장에 가락과 심상을 모두 직조해냄으로써 자신만의 고유한 시세계를 만들어내었던 것이다[1].

지금까지 신석정에 대한 연구는 자연의 궁극적 의미에 그 초점이

맞추어져 있었다. 특히 그의 시를 두고 "목신이 조으는 듯한 세계를 조금도 과장하지 않고 노래"[2]했다는 김기림의 평가 이후 목가시라든가 전원시의 의미 혹은 그것의 한국적 가능성에 대해서 많은 논의가 받쳐졌다[3]. 그리고 접근 방식은 다르지만 신석정 시에서 드러나는 자연을 유토피아 의식으로 파악하여 분석한 경우도 있었고[4], 신석정이 도연명의 문학이나 도가에 심취해 있었다는 사실에 착목하여 그의 작품을 도가와의 관련양상으로 해석한 경우도 있었다[5].

이런 분석과 평가들은 자연의 현대적 의미를 염두에 둘 때, 어느 정도 의의가 있는 것이다. 현대 사회에서 사회적인 동기에 의한 것이든, 혹은 자연의 기술적 지배라는 근대적 동기에 의한 것이든 유토피아 의식이 내재되지 않은 자연의 가치란 무의미한 것이기 때문이다. 게다가 신석정이 활동하던 시기가 일제 강점기라는 사실을 감안하면, 자연의 그러한 의미화는 더욱 의미깊은 것이라 하지 않을 수 없다.

그럼에도 이들 연구에는 몇 가지 한계점이 있다. 하나는 신석정 시에 대한 연구가 시대적 맥락 및 문예학적 맥락과 무관하게 해석되었다는 점이다. 김기림의 언급이 없었다고 하더라도 신석정의 시가 모더니즘의 흐름과 불가분의 관계에 놓여있다는 점은 분명해 보인다.

---

1 이에 대한 자세한 논의는 김용직의 「목신의 세계-신석정론」을 참조할 것. 『한국현대시사』, 한국문연,1996.

2 김기림, 「1933년 시단의 회고」, 『시론』, 백양당, 1947.

3 이건청, 「한국전원시연구」, 단국대 대학원, 1985.
  윤여탁, 『신석정』, 건국대출판부, 2000.

4 김경복, 「신석정 시의 유토피아의식 연구」, 『한국현대시인론1』(오세영외편), 새미, 2003.

5 박호영, 「신석정의 문학사상」, 『한국시문학의 비평적 탐구』, 삼지원, 1985.

특히 그의 시에서 방법적 의장으로 구사되고 있는 이미지즘의 수법들은 당대 최고의 이미지스트 가운데 하나인 정지용과 비견된다. 그럼에도 신석정의 시를 근대성의 흐름과 이 사유 속에서 직조된 경우로 이해하지 못했다. 왜 그러한가에 대해서는 여러 가지 이유가 있겠지만 모더니즘에 대한 근본적인 오해가 그 원인 중의 하나가 아닌가 한다. 모더니즘 하면 으레 떠올리는 화두가 도시적 감수성이나 의식의 분열, 혹은 형태 파괴와 같은 극렬한 자의식 등등이다. 이런 자의식들이 없다면 모더니즘의 영역 속에 편입시켜 논의하지 않는 것이 그간의 연구관행이었다. 그런데 신석정의 작품들은 어떠한가. 그의 시들은 지극히 온전한 의식의 흐름으로 점철되어 있다. 그는 극렬한 자의식으로 자아를 훼손하거나 문명의 아픈 곳을 힘주어 고발하지 않았다. 그는 문명의 뒤안길에서 이에 비견할 만한 대상을 조용히 물색하고 있었다. 그것이 그에게는 자연이었던 것인데, 자연의 그러한 의미를 문명의 맥락에서 이해하지 않은 것이다.

두 번째는 신석정이 심취했던 노장사상과 그의 작품과의 관련양상이다. 몇몇 연구자들이 지적한 것처럼 신석정의 시들은 노장사상으로부터 자유롭지 않은 것이 사실이다. 작품도 작품이려니와 첫시집 『촛불』이 나올 무렵, 신석정은 노장철학과 도연명, 그리고 타고르 등으로부터 많은 영향을 받았다고 스스로 언급하고 있기 때문이다[6]. 자연 속에서 생의 기를 모으면서 이와 더불어 살아가는 노장사상의 문학적 전통은 한국문학사에서 오랜 역사적 기원을 갖고 있다. 그렇기에 신석정의 시에서 노장사상의 흐름을 읽어내는 일은 그의 시세

---

6 신석정, 「문학적자전」, 『신석정전집5』, 국학자료원, 2009, p.400.

계나 시사적으로 새로운 의미역을 만들어주는 것은 아니다. 그러나 그 뻔한 도식적 귀결에도 불구하고 신석정의 시세계에서 보이는 노장사상은 매우 중요한 시사적 의미를 갖고 있다. 특히 그의 노장적 사유가 근대성의 맥락과 불가분의 관계에 놓인 것이라는 점을 전제할 경우, 그 사상적 흐름은 더욱 뜻 깊은 것이 된다. 해체된 자의식을 치유하는 인식적 완결성의 세계가 노장적 자연인식임을 감안하면, 이를 철학적 체계로서 작품화한 경우는 신석정이 거의 첫머리에 놓이기 때문이다.

신석정의 작품세계를 모더니즘의 맥락과 노장적 자연인식이라는 두 흐름으로 연관시킬 경우, 첫시집『촛불』과 두 번째 시집『슬픈 목가』에서 보이는 자연의 간극과 현실인식의 차를 설명할 수 있는 실마리를 얻게 된다. 신석정은 1930년대 후반으로 내려갈수록『촛불』의 세계에서 보여주었던 낭만적 전원의 감각을 상실하고 현실에 대한 비애와 어두운 그림자를 드리우게 된다. 이런 문학적 변모를 현실과 꿈의 괴리나, 객관적 상황의 열악함에서 오는 한계로 파악한 사례도 있다7. 즉 신석정이 귀농생활에서 맛본 것은 신산하기 짝이 없는 현실적 상황이었고, 그 낭패스런 상황이 평소 지녔던 전원생활의 낭만적 세계와 모순, 충돌을 일으켰다는 것이다. 그러나 이는 상황논리에서 오는 단순한 비교의 결과일 뿐, 근대의 제반 사유 속에서 일으키는 정신적 흐름과는 무관한 해석이다.

신석정의 시에서 드러나는 모더니즘적 흐름과 노장사장, 그리고 이 두 사유들 사이의 상호 연관성을 밝히는 것이 이 글의 목적이다.

---

7 김용직, 앞의 글, p.189.

이럴 경우 『촛불』의 모더니즘적 의장과 노장적 사유와의 길항관계, 그리고 『슬픈 목가』에서 탐색되었던 현실에 대한 부정적 감수성과 현실비관의 그림자들에 대한 이해의 잣대가 만들어질 것으로 보인다.


## 2. '촛불'의 인위적 세계와 '밤'의 통합적 세계


신석정이 본격적으로 문학 활동을 하던 30년대는 모더니즘이 정착된 시기이면서 활발히 꽃을 피우던 시기이기도 하다. 이때는 다른 어떤 집단보다 모더니즘을 지향한 동인들이 훨씬 많았는데, '구인회' 그룹뿐만 아니라 '3·4문학' 동인도 있었고, 평양 중심의 '단층' 파도 있었다. 마치 모더니즘이 문학의 대세인양 문단의 흐름을 주도하고 있었던 것이다. 신석정 역시 이런 문단적 조류로부터 비껴서 있지 않았다. 신석정의 시가 모더니즘의 영향하에 씌어진 것을 가장 먼저 언표한 사람은 김기림이었다. 그런데 그 자신도 김기림의 그러한 평가에 대해 굳이 부인하지 않았다.


편석촌도 '소음 난조에 찬 현대 문명의 매연을 모르는 다비테의 행복한 고향에, 피폐한 현대인의 영혼을 위하여 한 개의 안식처를 준비하고 있는 그의 목가는 그 자체가 견지에 따라서는 훌륭하게 현대 문명에 대한 간접 비판이기도 하다'고 그의 시론에서 말하고 있는 것을 보았을 때

부정보다는 긍정이라는 편이어서 망국의 민족으로 태어났으되 쓰러지기에 앞서 『촛불』에 담은 작품정신을 내 영원한 인간 수업의 지주로 삼았던 것이다[8].

신석정은 자신의 시가 현대 문명에 대한 간접 비판을 담고 있다는 김기림에 평가에 대해 긍정하는 편이라고 했다. 자연미에 대한 새로운 발견이 문명화된 단계를 말해주는 증거임을 감안하면[9], 신석정이 발견한 목가적 자연은 근대성과 불가분의 관계에 놓이는 것이다.

김기림이나 신석정 자신의 언급이 없다고 하더라도 신석정의 시들은 모더니즘의 경계안에 포섭되는 양식적 특성을 갖고 있다. 그의 시들은 모더니즘 가운데, 특히 이미지즘 계통의 시에 가깝다. 흄(T.E. Hulme)에 의해 제기된 이 사조는 일상의 사물을 새롭게 인식하는 데서 출발하는데, 이는 낭만주의의 몽환적 상상력과 대비되는 방법적 의장이다. 순수 직관을 바탕으로 사물을 괴기적으로 사유하는 낭만주의와는 달리 이미지즘은 대상을 정확하게 인식한다. 즉 몽환성을 벗어나기 위해서 시는 일상의 구체적 사물에서 시작되어야 한다고 보는 것이다. 그러나 사물을 그대로 모사하는, 기존의 고전주의가 보여주었던 단순 인식이어서는 곤란하다고 본다. 따라서 사물은 기존의 인식과 달리 새롭게 묘사되어야 하는데, 그러려면 시가 이미지화되어야 한다는 것이 이들의 논리였다.

흄이 주창한 초기의 이미지즘은 비연속성의 세계에 바탕을 둔 것이었다. 현대 세계가 분열과 자의식적 혼돈에 뿌리를 둔 자율적 인간

---

8 신석정, 「자작시해설」, 『전집5』, 국학자료원, 2009, pp.277-378.

9 Adorno, 『미학이론』(홍승용 역), 문학과 지성사, 1993, p.111.

형이라는 관점에 서면, 흄의 비연속적 세계관은 현대를 해석하기 위한 그 나름의 좋은 객관적 근거를 갖게 된다. 그러나 비유의 참신성이 사유의 깊이라든가 현대 세계를 구휼할 수 있는 내적 근거가 되지 않기에 그의 불연속적 세계관은 근본적인 한계를 가질 수밖에 없었다. 그리하여 흄의 그런 한계를 딛고 나온 것이 엘리어트의 고전론이다. 그는 비연속인 세계 저편의 깊이에서 다시 결합하는 세계를 탐색했다. 그 모색의 결과 그가 찾아낸 것이 영국 정교였다[10]. 그것은 해체와 파편의 세계가 아니라 통합과 구축의 세계였다.

따뜻한 햇볕 물 위에 미끄러지고
흰 물새 동당동당 물에 뜨듯 놀고 싶은 날이네

언덕에는 누런 잔디 헤치는 바람이 있고
흰 염소 그림자 물속에 어지러워

묵은 밭에 까마귀 그 소리 한가하고
오늘도 춤이 잦았다… 하늘에 해오리…

이렇게 나른한 봄날 언덕에 누워
나는 푸른 하늘 바라보는 행복이 있다

「푸른 하늘 바라보는 행복이 있다」 전문

---

10 『T.S. Eliot』(황동규편), 문학과 지성사, 1989, p.26.

인용시는 『촛불』에 실린 신석정의 초기작 가운데 하나이다. 이미지의 선명한 구사가 돋보이는 작품이기에 이 계통의 시에 편입시켜 논의해도 무방한 작품이다. 따라서 김기림의 언급과는 무관하게 신석정의 시들을 현대문명에 바탕을 둔 모더니즘계로 분류해도 크게 잘못된 것은 아니다. 특히 신석정의 시들은 초기 이미지즘보다는 엘리어트 류의 후기 이미지즘적 특성을 보인다. 신석정 시의 보증수표격인 자연미는 통합의 상상력과 불가분의 관계에 놓여있기 때문이다. 또한 그의 시들은 주부와 술부가 완벽하게 갖추어진 모양새를 갖고 있다. 물론 이런 서술형의 문장이나 시작법이 이미지즘에서 표방하는 농축미와 압축미에 위배되는 것은 사실이다[11]. 그러나 구축의 세계, 통합의 세계를 지향하는 것이 이미지즘의 또 다른 속성을 감안하게 되면, 신석정의 이러한 시적 의장들은 일견 의미있는 것이라 할 수 있다. 신석정의 시들은 형식의 참신함이라든가 언어의 조건이나 배열과 같은 방법적 의장에 주안점이 있었던 것은 아니기 때문이다. 그가 관심을 갖고 있었던 것은 김기림의 언급처럼 "현대 문명의 매연을 모르는 다비테의 행복한 고향에, 피폐한 현대인의 영혼을 위하여 한 개의 안식처"에 있었다.

그리고 다른 하나는 모더니즘 시에서 흔히 발견되는 감정의 절제에 관한 것이다. 이 문제는 모더니즘, 특히 이미지즘 계통의 시에서 금기시 하는 요인 가운데 하나이다. 사물을 객관적으로 응시하기 위해서는 감정과 같은 정서의 과잉은 금물이다. 한국 근대 모더니즘 시사에서 대다수를 차지하고 있는 것이 이미지즘이다. 그런데 이 계통

---

11 김용직, 앞의 글, p.176.

의 시를 창작한 시인들이 범했던 일반적 오류 가운데 하나가 감상의 과잉이었다. 도회적 우울이나 근대의 역능을 감안하면, 센티멘탈은 피할 수 없는 걸림돌이긴 하지만, 그 필연적 이유에도 불구하고 이 감수성이 이미지즘의 본령은 아니다. 그런데 흔히 범해졌던 이미지즘의 이런 오류들이 신석정의 시에서는 거의 보이지 않는다. 이런 면들이 모더니즘의 수준을 한 단계 올린 것은 아닌가, 또 그것이 신석정 시의 이미지즘의 의의가 아닌가 한다.

어머니
당신은 그 먼 나라를 알으십니까?

깊은 삼림대를 끼고 돌면
고요한 호수에 흰 물새 날고/좁은 들길에 야장미 열매 붉어

멀리 노루새끼 마음 놓고 뛰어 다니는
아무도 살지 않는 그 먼 나라를 알으십니까?

그 나라에 가실 때에는 부디 잊지 마셔요
나와 같이 그 나라에 가서 비둘기를 키웁시다

어머니
당신은 그 먼 나라를 알으십니까?

산비탈 넌지시 타고 나려오면

양지밭에 흰 염소 한가히 풀 뜯고

길 솟는 옥수수밭에 해는 저물어 저물어

먼 바다 물소리 구슬피 들려오는 아무도 살지 않는 그 먼 나라를 알으
십니까?


어머니 부디 잊지 마셔요

그때 우리는 어린 양을 몰고 돌아옵시다

(---)

양지밭 과수원에 꿀벌이 잉잉거릴 때

나와함께 고 새빨간 능금을 또옥 똑 따지 않으렵니까?

「그 먼 나라를 알으십니까」 부분


잘 알려진 신석정의 명시, 「그 먼 나라를 알으십니까」이다. 여기
서 '먼 나라'란 두말할 필요없이 유토피아이다. 이를 서양적 의미에
서 전원적 이상향으로 해석할 수도 있고, 또 동양적 의미로는 무릉도
원으로 이해할 수도 있다. 그리고 문명과 대척점에 서 있는 반문명적
인 낙원으로 인식할 수도 있을 것이다. 전자의 경우가 근대 이전의
세계, 곧 자연이 기술적으로 지배되기 이전의 세계에서 이루어진 것
임을 감안하면, 신석정 시에서는 후자의 경우에 좀 더 가까워 보인
다. 그러므로 '먼 나라'는 인간에 의해 변형되지 않은 인간 이외의 모
든 현상을 지칭하는 곳이라 할 수 있다. 신석정의 초기 시세계가 노
장사상에 근거를 둔 것이라는 해석은 여기에 그 근거를 두고 있다.
『촛불』이 간행될 무렵, 신석정은 노장사상을 비롯한 동양사상에 대
해 깊은 관심이 있었던 것으로 알려져 있다. 문학청년기를 회상한 다

음의 글이 이를 잘 말해준다.

　　한문 공부를 하는 한편 노장철학을 섭렵해 보려고 무진 애도 써보고
도연명의 소박한 시를 애독하는가 하면 타고르의 세계에 파묻히던 때도
바로 그때였다[12].

　창작에 열중하면서 노장사상에 대해 알려고 무진 애를 썼다는 사
실은 이 사상이 그에게 단지 취미 차원 이상의 것이었음을 알게 해
준다. 신석정에게 노장사상은 단순한 형식의 문제가 아니라 시의 본
질에 속하는 문제였던 것이다. 노장사상이란 자연스러움의 도(道)와
무위를 양축으로 하는 사유체계이다. 도란 자연 혹은 자연과 같은 인
식체계이다. 무위 역시 인위를 거부하는 자연스러움을 뜻한다[13]. 따
라서 자연의 시원적 의미를 밝히고 그 아우라 속에서 안주하는 것이
노장사상의 요체이다[14].

　자연이 질서 속에 편입된다는 것은 인위적인 것의 상실 없이는 불
가능하다. 나와 너를 구분하는 상대적 분포와 구분이야말로 반노장
적 사유인 반면, 너와 나는 둘이 아니고 만물이 서로 연관되어 있다
고 보는 절대적 입장은 노장사상의 핵심이 된다. 즉 자연으로의 절대
적 관계회복, 그러한 회복을 가능케 하는 '되돌아감의 행위', 그리고
모든 것이 상호 연결되어 있다는 관계론적 사유가 노장적 자연인식
의 궁극인 것이다[15].

---

**12** 『전집5』, p.396.
**13** 박이문, 『노장사상』, 문학과지성사, 1992, p.33.
**14** 전동진, 『창조적 존재와 초연한 인간』, 서광사, 2003, p.274.

　이런 맥락에서 보면 '먼 나라'는 노장적 자연인식이 도달할 수 있는 절대 극점이라 할 수 있다. 이곳은 모든 관계론적 연결고리가 갖춰진 곳이다. 이미 '먼 나라'라는 말 속에는 '지금 여기'의 상황이 담겨져 있기 때문이다. 다시 말해 '먼 나라'로 표상되는 자연의 시원적 의미가 '지금 여기'에는 없다는 뜻이 된다. 이런 상대적인 구분에의 지양이 '먼 나라'이고 그곳은 관계론적 질서가 회복되는 곳이다. 그곳에 가기 위해서는 노장적 사유의 역동성인 '도의 되돌아감'이라는 운동이 생기해야 한다. 그것이 곧 근원으로 되돌아가는 행위인데, 인용시에 보이는 "그 나라에 가실 때에는 부디 잊지 마셔요/나와 같이 그 나라에 가서 비둘기를 키웁시다"라는 구절은 '그 나라'로 되돌아가 관계적 세계를 회복하고자 하는 염원의 표백에 해당된다. 한편 앞서 언급대로 신석정의 시들은 주부와 술부가 갖추어진 독특한 방법적 세계를 구축하고 있는 경우이다. 이런 특성이 이미지즘 계통의 시들에서 꼭 필요한 농축의 미라든가 압축의 미를 감소시키는 요소로 지적되었다. 그러나 노장적 자연관을 구현하는 데 있어서 이 역동성은 신석정의 시에서 매우 기능적인 역할을 한다.

"그렇게 **가오리다**/임께서 부르시면" 　　　　　(「임께서 부르시면」),

"아스라한 산너머 그 나라에 나를 담쑥 안고 **가시겠습니까?**"

　　　　　　　　　　　　　　　　　　(「나의 꿈을 엿보시겠습니까」)

"저 밤나무 숲으로 **나아가지 않으렵니까?**" 　　　　(「秋果三題」)

---

15 위의책, pp.297-299.

　몇몇 작품을 무작위로 가려 뽑은 것이긴 하지만, 신석정의 시에서 자연으로 '나아감', 궁극적으로는 절대적 근원으로 '되돌아가는' 담론들은 매우 많이 산견된다. 이런 역동적 행위들이 지향하는 곳은 인간의 참된 삶의 양식이 실현되는 곳이다. 신석정에게는 그곳이 '먼 나라'로 구현됨은 이미 지적한 바 있거니와 이곳은 깊은 산림대와 고요한 호수가 있고, 야장미가 피어 있으며 노루새끼가 마음껏 뛰어다니며, 아무도 살지 않는 나라로 표상된다. 이를테면 문명으로 대표되는 그 어떤 것도 물들어 있지 않은, 자연의 시원적 의미가 되살아나는 곳이다. 이 공간 속에 합일되기 위해서는 '어린 양'과 더불어 와야 하는데, 이때 동물과 인간, 자연과 문명의 평화로운 공존은 상대적 구분을 뛰어넘는 절대적 통일의 세계에 해당된다. 문명적 요소를 상실한 순수 자연의 상태, 곧 상대적 분포나 구분이 없는 순일한 자연인이 되어야만 곧 나와 너의 대립자의식이 무화되어야만[16] 그 '먼 나라'에 입성할 수 있다는 것이다. 이런 관계론적 질서와 완벽한 동일화의 세계야말로 근대 모더니즘이 추구한 비파편화된 세계, 엘리어트가 갈망한 연속의 세계가 아닐까 한다.

　이렇듯 자연과의 동일화는 신석정의 시세계에서 은유 이상의 의미를 갖는다. 자연과의 절대적 관계항의 회복은 근대적 삶의 좌절에 대한 영원한 보상의 심리와 맞물리는 것이다. 신석정은 근대적 우울과 좌절을 자아의 내면 속에 파편화시킨 것이 아니라 자연이라는 거대 질서 속에서 이를 일체화시켰다. 그것이 노장적 자연인식이었음은 이미 언급한 바 있거니와 이런 사유적 흐름과 관련하여 주목해야 할

---

**16** F. Capra, 『현대물리학과 동양사상』, 범양출판사, 1995, p. 131.

것이 '촛불'과 '밤'의 이미지이다. 신석정의 시에서 촛불은 낭만적 속성과 구도자의 기원을 매개하는 장식품 그 이상을 넘지 못하는 것으로 이해되어 왔다. 그러나 그의 시에서 촛불은 구도자의 기원을 상승시키는 수직의 의미도 아니고 낭만적 기원의 센티멘탈한 대상도 아니다. 그것은 석정의 시에서 근대적 파고를 일으키는 거대한 파도이자 인식적 완결성을 와해하는 교란자에 해당된다.

> 저 재를 넘어가는 저녁 해의 엷은 광선들이 섭섭해 합니다
> 어머니 아직 촛불을 켜지 말으셔요
> 그리고 나의 작은 명상의 새 새끼들이
> 지금도 저 푸른 하늘에서 날고 있지 않습니까?
> 이윽고 하늘이 능금처럼 붉어질 때
> 그 새 새끼들은 어둠과 함께 돌아온다 합니다
> 언덕에서는 우리의 어린 양들이 낡은 녹색 침대에 누워서
> 남은 햇볕을 즐기느라고 돌아오지 않고
> 조용한 호수 위에는 인제야 저녁안개가 자욱이 나려오기 시작하였습니다
> 그러나 어머니 아직 촛불을 켤 때가 아닙니다
>
> 「아직 촛불을 켤 때가 아닙니다」 부분

> 일림(一林)아
> 촛불을 꺼라
> 소박한 정원에 강물처럼 흐르는 푸른 달빛을 어서 우리 침실로 맞아와야지---

유리창 하나도 없는 단조한 나의 방---

침실아 -

그러나 푸른 달빛이 풍요히 흘러오면

너는 갑자기 바다가 될 수도 있겠지---

「푸른 침실」 부분

촛불은 램프처럼 개별화된 빛을 의미한다. 그런 까닭에 우주적이고 보편적인 생명에 대립되는 개인의 생명을 상징하는 것으로 알려져 있다[17]. 이런 의미역은 촛불이 지극히 작은 것이면서 구도자의 기원을 보족하는 수단 정도로 인식하는 데서 빚어진 것이다. 그런데 촛불의 이런 일반화된 의미는 신석정의 시 세계에서 약간의 변형을 겪는다. 신석정의 시에서 촛불은 두가지 의미로 해석할 수 있는 바, 하나는 보편적인 것에 대립되는, 개인적인 것의 상징으로 이해된다. 「아직 촛불을 켤 때가 아닙니다」에서 촛불은 자연의 일체화된 감각을 훼손하는 것의 비유로 쓰이고 있다. 황혼이 밀려올 무렵 온갖 생명체들은 그 어둠과 더불어 조화로운 저녁 준비를 한다. 그런데 촛불이 켜짐으로써 그런 자연의 조화로운 관계는 파괴된다. 서정적 자아가 어머니로 하여금 아직 촛불을 켤 때가 아니라고 항변하는 것은 그런 동일화된 세계의 일탈에 대한 두려움 때문이다. 그런 비동일성을 매개하는 촛불의 파괴적 감각은 「푸른 침실」에 오면, 좀 더 심화된 의미로 나타난다. 시적 화자는 일림이라는 자연을 매개로 촛불의 인위성을 제거하려 드는데, 이는 촛불이 "소박한 정원에 강물처럼 흐르는

---

17 이승훈편저,『문학상징사전』, 고려원,1996, p.461.

푸른 달빛"이 우리 침실로 들어오는 것을 방해하는 데 따른 것이다.

촛불의 두 번째 의미는 그것이 상대적 구분의 잣대라든가 문명적인 것의 비유라는 사실이다. 빛은 밝음을 그 기본 속성으로 하는 것이지만, 신석정의 시에서는 그러한 빛의 세계가 이곳과 저곳을 구분시키는 상대적 분포의 잣대로 기능한다. 이는 거의 반노장적인 인위와 가까워 보인다. 밝음이란 오성의 영역에 닿아 있는 상대적 구분의 세계이다. 그것은 모든 것을 무화시켜 하나로 만드는 것이 아니라 경계를 구분짓고 사물의 분별을 촉진시키는 역할을 한다. 우주가 하나라든가 인간이 자연의 일부라든가 하는 형이상학적 초월의 세계는 밝음이라는 냉철한 이성에 의해 산산이 부서진다. 즉 그것은 사리판단의 마지막 단계인 이성의 전능과 동일한 국면에 놓이는 것이다.

신석정의 시에서 촛불이 상대적 구분과 인위적 감각의 잣대가 될 수 있다는 사실을 염두에 둘 경우, 또 하나 우리의 주목을 끄는 것이 어둠의 이미지이다. 어둠은 시대적 암울이나 개인적 우울과 같은 부정적인 이미저리로 쓰이는 것이 보통이다. 그러나 신석정의 시에서는 그런 관습화된 의미와는 전연 반대의 경우로 나타난다.

> 잔인한 촛불에게 추방을 당하면서도
> 나의 침실을 잊지 않은 충실한 어둠이여
>
> 오늘밤 나는 너를 위하여 촛불을 끄고
> 내 작은 침실의 전면적(全面積)을 제공하노니
>
> 「새벽을 기다리는 마음」 부분

해저와 같이 깊은

밤 -

침실은 더욱 조용허이 -


어두운 영창에는 별빛 어리고

아라사 원시림을 거쳐 온 밤바람

침실에는 삼림의 그윽한 내음새가 돈다

성당처럼 조용한 침실에 앉아

깨어진 살림의 내일을 또 생각하노니

밤이여 -

그것은 단조한 비극이 아니다

「밤이여 그것은 단조한 비극이 아니다」 전문

「새벽을 기다리는 마음」에서 밤은 촛불과 상대적 관계에 놓인다. 여기서도 촛불은 상대적 구분이나 인위적 질서를 표상한다. 반면 밤은 그런 인위적 질서를 거부하고 나의 침실과 상호보족하는 관계론적 질서를 매개해주는 수단으로 표상된다. 밤의 그러한 비유는 「밤이여 그것은 단조한 비극이 아니다」에 오면, 좀더 구체화된 의미역을 보인다. 이 작품에서 밤은 두가지 의미를 갖는다. 먼저 자연과 동일한 것으로의 밤의 의미이다. 그것은 아라사 원시림과 함께 하는 존재이고 인간의 침실에 삼림의 그윽한 냄새를 가져오게 하는 매개이다. 이렇듯 신석정의 시에서 밤은 인간과 자연의 구분과 같은 상대적 관계가 아니라 절대적 관계로 변환시켜주는 이미지로 나타난다.

신석정의 시에서 촛불은 인위라든가 상대적 구분의 세계를 표상하며, 이곳과 저곳을 나누고, 인간적인 영역과 자연의 영역을 구별시킨다. 따라서 촛불은 자연과 동화하고 관계론적 질서를 회복시키는 것과는 무관한 인위적인 것의 비유가 된다. 반면 밤은 절대적 관점에 서게 해 주는 매개이다. 그것은 구분이 아니라 만물을 상호 연관시켜 주는 역할을 한다. 밤은 근원을 회복시켜 자연이 갖는 시원적 의미를 되살리는 기제로 작용하고 있는 것이다.


## 3. 절대적 관점의 상실과 현실로의 침윤


1939년『촛불』을 상재한 이후, 신석정은 1947년 두 번째 시집『슬픈 목가』를 펴낸다. 시집은 해방이후에 나왔지만, 여기에 담겨진 시들은 대부분 해방이전에 씌어진 것들이다. 일제강점기의 칼날을 피해 간행된 것이기에 시대적 국면에 맞춰 약간의 수정이 있었을 것으로 판단되긴 하지만, 여기에 실린 대부분의 작품들은『촛불』의 연장선에 놓이는 것들이다. 그러나 이런 유사성에도 불구하고『슬픈 목가』의 시들은『촛불』의 경우보다 상이한 시경향을 보이고 있는 것 또한 사실이다. 가장 큰 변화는 현실인식이 보다 심화되었다는 점일 것이다.

이러한 시의식의 변화를 시대상황과 관련시켜 설명하기도 하고, 시인 자신이 막연히 가졌던 농촌생활에 대한 꿈과 실제 현실과의 괴리에서 찾기도 한다. 신석정은 1930년대에 접어들면서 도시 생활을 포기하기로 작정하고 입산과 귀농의 갈림길에서 방황한다. 그러다가 입산을 포기하고 고향으로 돌아가 농사를 짓기로 마음먹었다. 고향으로 돌아가 청구원을 만들고, 농사를 짓고 서구식 전원생활을 꿈꾸었다. 그러나 그의 귀농은 성공하지 못했고, 이상과 현실 사이에서 그는 대단히 괴로워했다[18]. 이런 좌절과 실패가 그의 시의식의 변화로 연결되었음은 자명한 일일 것이다. 그럼에도 이런 전기적 사실만으로 신석정의 시정신을 모두 설명하는 것은 불가능한 일이 아닐 수 없다. 그것은 보다 근본적으로는 그의 세계관의 변화나 자신이 모색했던 사유의 깊이에서 찾아야 『촛불』과 『슬픈목가』 사이에 내재된 자연의 간극을 명쾌하게 설명해낼 수 있기 때문이다.

신석정이 추구했던 것은 모더니즘이었고 그 가운데에서도 이미지즘 계통의 시세계를 선호했다. 특히 그는 흄의 비연속적 세계관보다는 엘리어트의 통합적 세계관을 자신의 시적 인식으로 받아들였다. 그것이 『촛불』에서 보여주었던 노장적 자연인식이었다. 분열보다는 통합에, 분연속보다는 연속적 세계관에 주목하여 범우주적 질서와 전일적 자연의 생명의식을 받아들였던 것이다. 상대론적 구분보다는 절대적 입장에 서서 우주와 사물이 하나라는 관계론적 세계에 보다 큰 매력을 느끼게 된 것이다. 이런 세계관적 흐름들은 『슬픈 목가』에 이르러서도 크게 달라지지 않았다. 자연을 하나의 동일한 실체로 받아들이는 노장적 자연인식이 『슬픈 목가』에서 완전히 사라진 것은 아니기 때문이다. 자연을 층위적 질서가 아니라 수평적 질서로 받아들이는 인식의 틀은 이 시집에서도 얼마든지 발견된다.

---

18 『전집5』, p.398.

난(蘭)이와 나는

작은 짐승처럼 앉아서 바다를 바라다보는 것이 좋았다

짐승같이 말없이 앉아서

바다같이 말없이 앉아서

바다를 바라보는 것은 기쁜 일이었다


난이와 내가

푸른 바다를 향하고 구름이 자꾸만 놓아 가는

붉은 산호와 흰 대리석 층층계를 거닐며

물오리처럼 떠다니는 청자기 빛 섬을 어루만질 때

떨리는 심장같이 자지러지게 흩어지는 느티나무 잎새가

난이의 머리칼에 매달리는 것을 나는 보았다


난이와 나는

역시 느티나무 아래에 말없이 앉아서

바다를 바라다보는 말 없는 작은 짐승이었다

「작은 짐승」 부분


　신석정은 이 작품을 설명하는 자리에서 "노자의 무위자연설에 미루어볼 때, 인간 역시 한 마리의 짐승으로 보아 무방하다고 보는 도교적 사상"과 관련되어 있음을 말한 적이 있다[19]. 신석정의 이런 언급과는 무관하게 이 작품을 노장적 자연인식과 분리시켜 논의하는

---

19 『전집5』, p.380.

것은 어렵다. 이 작품은 자연을 상대적 구분에서가 아니라 관계론의 입장에서 보고 있기 때문이다. 그의 노장적 자연인식은 두가지 시적 의장에 의해 이루어지고 있는데, 우선 의인법과 비유법이 그 하나이다. 이 작품에서 시적 주체는 난을 의인화시켜 난과 나는 수평적 존재가 되고, 궁극적으로는 작은 짐승으로 비유된다. 자연 속에 편입되기 위해서는 인간적인 속성을 잃어버리거나 아니면 그에 걸맞게 작아져야 한다. 자연의 영역을 고스란히 받아들여 그 범주 안에서 수평화될 때, 범우주적인 자연의 일부가 되기 때문이다.

『슬픈 목가』에서 보이는 신석정의 이런 노장적 자연인식은『촛불』의 그것과 비교할 때, 크게 달라진 것이 없다. 그럼에도『슬픈 목가』의 시세계는 초기시집과는 많은 차질이 있는 것 또한 사실이다. 먼저,『촛불』에서 볼 수 없었던 우울과 같은 센티멘탈한 요소가 짙게 풍겨나온다. 이는 신석정이 초기에 지향했던 이미지즘적 시의 특색과도 상반되는 것이며, 또 이들 시세계가 지향했던 노장적 자연인식의 세계와도 거리가 먼 것이다. 신석정의 시들은『슬픈 목가』에 이르게 되면, 자신이 끝없이 갈구했던 '먼 나라'로 항해하려 들지 않는다. 그의 시들은 그 낙원으로 가는 길을 잃어버리고 지금 여기의 현실 속에서 헤매이게 된다. 낙원의식을 상실하고 방황의 십자로에 서 있는 그의 시선에 들어온 것은 상대적 구분의 세계였다.『슬픈 목가』에서 그러한 시 정신을 극명하게 보여주는 것이「지도」이다.

> 지도에서는 푸른 것을 바다라 하였고
> 얼룩덜룩한 것을 육지라 부르는
> 습관을 길러 왔단다

이제까지 국경이 있어본 일이 없다는
저 하늘을 닮아서 바다는 한결로 푸르고

육지가 석류껍질처럼 울긋불긋한 것은
오로지 색채를 즐긴다는 단조한 이유가 아니란다

오늘 펴보는 이 지도에는
조선과 인도가 왜 이리 많으냐?

시방 나는
똥그란 지구가 유성처럼 화려히 떨어져 갈 날을
생각하는 '외로움'이 있다

도시 지구는 푸른 석류였거니 ---

「지도」 전문

이 작품을 심훈의 「그날이 오면」에 견줄 수도 있고, 이육사의 「광야」와 비교할 수도 있을 것이다. 그만큼 정치적인 색채가 다분히 풍겨나는 시이다. 그러나 정치적인 의도 여부를 떠나서 이 시를 꼼꼼히 들여다보면, 『촛불』의 시세계와 구분되는 몇몇 특징을 발견할 수 있게 된다. 바로 절대적 입장의 상실이다. 울긋불긋한 석류껍질과 푸른 바다의 차질, 그 속에서 확산되는 비동일성의 세계가 그러하다. 『슬픈 목가』의 시들은 『촛불』의 '먼 나라'에서 '지금 여기'로 되돌아왔고, 서정적 자아는 현실의 미묘한 흐름 속에 놓이게 된다. 이제

『촛불』에서 갈망한 절대적 입장이나 관계론적 사유태도는 사라지고 배타적 분별의 세계만이 넘실대고 있다. 현실의 어두운 그림자만이 『슬픈 목가』의 곳곳에 드리워지기 시작한 것이다.

『슬픈 목가』에서 보이는 이런 차질은 현실생활의 실패와 일제라는 거대 담론의 압박에 의한 결과일 수도 있다. 그러나 시인과 그를 둘러싼 환경의 결과로만 해석하면 문학의 자율성은 심하게 훼손받을 수 있고, 세계관의 정신사적 준거점을 잃어버릴 가능성도 있다. 중요한 것은 외부 결정론이 아니라 내적 필연성의 관점을 어떻게 확보하느냐에 달려 있다고 할 수 있다. 이런 시각을 받아들이게 되면, 신석정이 노장적 자연인식을 어떻게 수용했고, 이를 육화했느냐 하는 본질적인 물음에 이르게 된다. 『촛불』에서 이해할 수 있었던 것처럼, 신석정이 자연을 받아들이는 방식은 우주론적 일체화였다. 특히 상호간의 구분이 없는 절대적 입장의 방식을 취하면서 모든 것이 하나로 연결되어 있다는 관계론적 사유를 펼쳐보였다. 그러나 자연에 대한 신석정의 사유태도는 다소 거리화된 것처럼 보인다. 기질적으로는 노장적 자연인식에 가깝긴 했지만 이를 생리적 차원으로 받아들이지 못한 것은 아닐까하는 것이 그것이다. 그러한 사례를 단적으로 보여주는 것이 작품 「난초」이다.

　난초는
　얌전하게 뽑아 올린 듯 갸륵한 잎새가 어여쁘다

　난초는
　건드러지게 처진 청수한 잎새가 더 어여쁘다

난초는
바위틈에서 자랐는지 그윽한 돌 냄새가 난다

난초는
산에서 살던 놈이라 아모래도 산 냄새가 난다

난초는
아운림보다도 고결한 성품을 지니었다

난초는
도연명보다도 청담한 풍모를 갖추었다

그러기에
사철 난초를 보고 살고 싶다

그러기에
사철 난초와 같이 살고 싶다

「난초」 전문

난을 소재로 시를 쓴 사람의 대표적인 경우로 가람 이병기를 들 수 있다. 가람은 『문장』의 상고정신(尙古情神)을 이끌었던 인물이고 난을 예도(藝道)와 오도(悟道)의 국면, 곧 생리적 차원으로 받아들였다[20]. 난의 향기에 취해서 근대를 초월하고자 한 것이 가람의 궁극적이 의도였던 것이다[21]. 가람에게 난이 생리적인 것이었다면, 신석정의 그것은 관조적인 것이었다는 데서 차이가 있다. 신석정은 가람의 경우처럼 난을 예도라든가 오도의 차원에서 받아들이지 않고 멀리서 응시했다. 난초의 냄새를 자연의 냄새로 호흡했을 뿐 자신의 정신 속으로 빨아들이지 않았던 것이다. 또한 난초는 "아운림보다도 고결한 성품을 지닌 존재", "도연명보다도 청담한 풍모를 갖춘 존재" 정도로만 미화했을 뿐 자신 속에 육화시키지 못했다. 이렇게 거리화된 것이기에 서정적 자아는 "사철 난초를 보고 살고 싶"다거나 "사철 난초와 같이 살고 싶"다는 정도의 소망 차원에 머무르고 있을 뿐이다. 난초와 더불어 상호연계되는 관계론적 입장에 까지는 이르지 못하고 있고 있는 것이다. 이는 난초를 생리적 차원으로 받아들인 가람의 경우와는 매우 다르다. 오도(悟道)가 되지 못한 난초의 거리화가 신석정의 노장적 자연인식의 수준을 말해주는 것이 아닐까. 만물의 근원이자 모태인 자연은 신석정에게 이렇듯 육화되지 못하고 생리화되지 못한채 거리화되어 있었다. 이런 간극이 『촛불』에서 보여주었던 목가적 빛을 잃게 하고 현실부정과 비관의 그림자를 낳게 한 것으로 보인다.

신석정은 자연과 동화하고자 했지만, 완벽한 인식의 통일성을 이루어내지 못했다. 그런 심적 상태를 보여주는 것이 회한과 그리움의 정서다. 이 감각은 상대적 구분의 세계에서 촉발되는 감정이다. 이는 중심과 주변이 하나로 통일된 관계론적 질서의 사유에서는 일어나지 않는다. 자연과의 동일화를 꿈꾼 『촛불』의 세계에서는 이 정서

---

**20** 김윤식, 「신석정론」, 『(속)한국근대작가논고』, 일지사, 1990.
**21** 송기한, 「난초 향기의 마취력과 근대적 대응」, 『한국 현대시와 근대성비판』, 제이앤씨, 2009 참조.

가 뚜렷하게 드러나지 않았다. 우주의 중심, 자연이라는 거대 질서 속에 기꺼이 가려는 서정적 자아의 역동성만이 넘실거렸을 뿐이다. 생리적 차원으로 승화되지 않은 상태의 자연이란 거리화된 것으로 다가올 수밖에 없었다. 그렇기에 서정적 자아는 그곳에 가지 못하는 회한에 젖거나 혹은 그곳에 도달하고자 하는 꿈을 피력할 뿐이다.

꽃 한송이 피어낼 지구도 없고
새 한 마리 울어 줄 지구도 없고
노루새끼 한 마리 뛰어다닐 지구도 없다

나와
밤과
무수한 별뿐이로다

밀리고 흐르는 게 밤 뿐이오
흘러도 흘러도 검은 밤 뿐이로다
내 마음 둘 곳은 어느 밤하늘 별이드뇨

「슬픈 구도」 부분

강물 아래로 강물 아래로
못 견디게 어두운 이 강물 아래로
빛나는 태양이
다다를 무렵

이 강물 어느 지류에 조각처럼 서서

나는 다시 푸른 하늘을 우러러 보리---

「슬픈 목가」 부분

인용 시들은 『슬픈 목가』에서 실린 작품들이다. 우선 이 작품들의 특색은 서정적 자아인 '나'가 표나게 강조되어 있다는 점에서 찾을 수 있는데, 이는 '나'가 외부적 환경과 철저히 고립되어 있다는 의미로 받아들여진다. 서정적 자아의 이런 모양새는 자연의 일부분이라는 관계론적 입장에서 벗어나 상대적 구분의 세계에 서 있다는 뜻이 된다. 중심에서 떨어져 나온 곳, 즉 내가 서 있는 곳은 어둠과 암흑으로 뒤덮여 있다. 그런데 어둠이 짙어지면 짙어질수록 이로부터 벗어나려는 의지 또한 강렬히 일어날 수밖에 없다. 그곳으로부터의 초월의지가 그리움의 정서이다. 인용시에서 그러한 정서들은 "밤하늘 가운데의 별"과 "어두운 강물 위에 비치는 푸른 하늘"로 표현된다.

『슬픈 목가』에서 이와 관련하여 주목되는 것이 '밤'의 이미지이다. '밤'은 시대적 상황과 결부되어 어두운 현실을 상징한다. 그러나 『촛불』에서의 밤은 노장적 자연인식을 확인시켜주는 매개였다. 이 시집에서 밤은 사물들과의 관계를 결속시켜주는 매개 역할을 했는데, 그것은 원시림과 함께 하는 존재이기도 했고 인간의 침실에 삼림의 그윽한 냄새를 가져오게 하는 매개이기도 했다. 인간과 자연의 구분과 같은 상대적 관계가 아니라 절대적 관계로 변환시켜준 것이 밤의 이미지였다. 그리고 이 밤과 대척점에 선 것이 촛불이었다. 그의 시에서 촛불은 인위라든가 상대적 구분의 세계를 표상했다. 그것은 이곳과 저곳을 나누고, 인간적인 영역과 자연의 영역을 구별시키는 매개였다. 그러한 까닭에 촛불은 자연과 동화하고 관계론적 질서를 회복시키는 것과는 무관한 인위적인 것의 비유였다. 밤은 촛불과 상대적인 이미지를 구축하고 있었다. 그런데『슬픈 목가』에 오면 밤은 그 고유의 의미역을 회복하기에 이른다.

새해가 흘러와도 새해가 밀려가도
마음은 밤이란다
언제나 밤이란다

때가 이루는 이 작은 분수령을
넘어도 밤이어니
흘러도 밤이어니

막막한 이 밤이 막막한 이 한밤이
천 년을 간다 해도
만 년을 간다 해도

밤에서 살으련다 새벽이 올 때까지
심장처럼 지니고
검은 밤을 지니고---

「밤을 지니고」 전문

인용시에서 보듯 밤은 절대적 입장이나 관계론의 맥락으로 이끌어 주는 매개가 아니다. 통상적인 밤의 이미지로 되돌아오는바, 그것은 만물을 상호 연관시켜주는 아우라가 아니라 상대적 구분의 세계를 일러주는 매개이고 시대적 상황의 인유가 된다. 이렇듯『슬픈 목가』에서 밤은 근원을 회복시켜 자연이 갖는 시원적 의미를 되살리는 기제로서의 노장적 의미를 상실하게 되는 것이다.


## 4. '자연'의 시사적 의미


시문학파의 일원이었던 신석정은 한국 시사에서 드물게 자연을 탐색하고 이를 지속적으로 의미화하는 작업을 보여준 시인이다. 석정의 시에서 드러나는 이런 특성에 주목한 연구자들 역시 그의 작품 세계를 전원시라든가 목가시의 범주로 묶어내어 전원시의 가능성을 열어보인 시인으로 평가했다. 자연이 주된 소재가 되고, 그것의 현대적 의미를 천착해 들어간 신석정의 열정을 고려하면, 이런 해석들은 어느 정도 타당성을 갖고 있다.

그러나 신석정의 시들을 이런 틀에만 묶어 해석하는 것은 그의 탐색해 들어간 자연의 폭깊은 의미들을 단선화하는 오류를 범하게 된다. 무엇보다 그의 시들을 근대성의 맥락으로부터 제외시키는 한계를 빚어내는 것이다. 신석정의 작품을 두고 현대인의 피안을 읊은 시라고 평가한 김기림의 언급이 없었다고해도 그의 시들을 근대성의 사유구조와 분리시켜 생각할 수 있는 것은 아니다. 신석정은 일상의 사물을 참신하게 읽어내는 이미지즘 계통의 시를 썼고, 엘리어트의 고전정신을 받아들였다.

신석정의 시에서 자연은 노장적 의미를 갖는다. 그 스스로가 언급했던 것처럼, 신석정은『촛불』을 간행할 무렵 노장사상에 심취해 있었다. 그런 사유의 깊이가 자신의 작품에 영향을 끼쳤음은 당연한 일이거니와 그것이 현대 문명을 초월하는 자연의 궁극적 함의와 접맥하게 된 것이다. 신석정에게 자연은 현대 물질문명의 열악성을 대신할 꿈이었고 유토피아였다. 자연은 나와 너를 구분시키는 상대적 분포의 세계가 아니라 상호간을 연결시키는 절대적 입장을 대변하는 매개체이다. 범우주론적인 동일체 속에 서정적 자아를 기투시키는 인식적 완결성에 대한 꿈이 자연의 궁극적 의미였던 것이다.

그러나 자연을 자기화하려는 신석정의 꿈은『슬픈 목가』에 이르면『촛불』에서 보여주었던 목가적 이상과 빛을 잃어버리고 만다. 두 시집 사이에서 보이는 이러한 간극은 매우 큰 것이어서 그 원인을 여러 방면에서 찾아진다. 그러나 무엇보다 큰 요인은 자연을 받아들이고 이를 체화하는 서정적 자아의 인식 문제가 아닐까 한다. 시「난초」에서 알 수 있는 것처럼, 신석정은 자연과 서정적 자아의 완벽한 동일성을 확보하는 데 큰 어려움을 겪었다. 그는 가람처럼, 난초로 표상되는 자연의 세계를 예도라든가 오도와 같은 생리적 차원에서 받아들이지 않았다. 자연을 도의 경지까지 끌어올리지 못한 인식의 불구적 사유구조가 자연을 피상적으로 받아들이게 한 것이다.

이런 사유의 한계는『슬픈 목가』에 이르면 보다 분명한 한계를 갖고 나타나게 된다. 여기에 이르면 신석정은 현실에 대해 매우 비관하는 자의식을 보이게 된다.『촛불』의 목가적 이상과 자신을 추동해온 유토피아적인 빛을 잃어버리고 마는 것이다. 그리하여 노장적 자연인식은 사라지게 되고, 어두운 현실을 표상하는 '밤'의 이미지가 등장하는가 하면, '별'과 '하늘'과 같은 낭만적 꿈의 세계를 그리워하게 된다. 이는 우주적 동일체라는 절대적 입장의 상실과 밀접한 연관을 갖고 있다.

신석정의 작품세계는 모더니즘의 통합적 사유를 받아들이고 이를 자연에서 찾았다는 점에서 의의가 큰 것이었다. 또한 그러한 자연의 세계를 노장적 사유체계와 결부시켜 절대적 관점으로 이해하고 이를 한국 근대시사에 처음으로 작품했다는 점에서도 의의가 있는 것이었다. 다만, 그러한 이해의 수준이 생리적인 것이 되지 못하고 장식적 수준에 그친 것이 아쉬운 일이다. 그 결과 『슬픈 목가』의 세계에 이르러 『촛불』에서 가열차게 탐색되던 근대 초월의 통합적 사유구조가 해체된 것은 시사적 한계라 할 수 있다.

# 유치환 시에서의 무한(infinity)의 의미 연구

한국 시의 근대성과 반근대성

## 1. 생명파와 유치환

유치환이 『문예월간』에 시 「정적」을 발표하면서 등단하던 1931년은 여러모로 전환기에 놓여진 시기였다. 진보적 문학을 담당하고 있던 카프가 제1차 검거사건이라는 시련을 맞이한 시기이고, 또 일제의 만주침략이 본격화되던 시기이기도 했다. 이러한 것이 주로 문단 외적인 힘과 강제에 의해 이루어진 것이라면, 문단 내에서도 여러 다양한 변화들이 모색되기 시작했다. 그 대표적인 것 가운데 하나가 서정시의 새로운 방향에 대한 탐색이었다. 청마의 등장은 문단의 이러한 내외적 변화와 무관하지 않다.

유치환이 생명파[1]의 일원임은 익히 알려진 사실이다. 그런데 이유파가 생명을 의식하고 그것의 문학적 구현을 지상목표로 삼았다든가 하는 선언적 의미는 별로 중요하지 않다. 보다 의미있는 것은 이들이 서정시 본연의 위치에 대해 새롭게 감각하기 시작했다는 점이다. 1930년대에 등장한 생명파가 카프의 편내용주의나 모더니즘의 편형식주의를 지양극복했다는 말 또한 이와 무관하지 않다. 이들이 일차적으로 시 속에서 구현하고자 했던 것은 어떤 절대적인 이념이나 형식미의 탐구가 아니라 시 본연의 모습이었다. 그렇기에 생명파란 어떤 집단적 지도 이념이나 그룹화된 이데올로기와는 전연 무관한 집단이다. 따라서 이들에게 생명파라는 레테르를 붙이는 것은 어쩌면 그 자체로 모순처럼 보이는 것이 사실이기도 하다.

---

1 이들을 생명파라 부른 것은 그 일원 가운데 하나였던, 서정주의 회고글에서이다. 서정주, 『한국의 서정시』, 일지사 1973, 23쪽.

시에 대한 이러한 전환 모색은 유치환의 시의 특장에 의해서도 쉽게 찾아볼 수 있다. 익히 알려진 바와 같이 유치환은 남성적인 톤을 바탕으로 서정시의 영역을 개척한 시인이다. 한국 시사에서 남성적인 톤의 울림이란 매우 낯선 영역을 차지한다. 근대시가 개척된 이후 서정시의 주류로 자리 잡은 것은 여성적인 어조와 이에 바탕을 둔 여성적 정감이었다. 특히 여성콤플렉스(female complex)로 통칭되는 시의 여성화 경향은 식민지 시대의 고뇌와 사유를 대변하는 대표적인 아이콘이었다. 이에 비하면 유치환의 경우는 어떠한가. 그는 근대시사에서 찾아보기 힘든 남성적인 어조를 바탕으로 서정시의 영역을 새롭게 개척한 시인이다. 이러한 질적 차별성만으로도 유치환의 시사적 의의는 그 나름의 개별성을 확보하고 있는 경우라 하겠다.

지금까지 유치환에 대한 연구 성과는 대가적[2] 시인답게 많이 이루어진 편이다. 특히 청마탄신 100주년 기념으로 기획된『다시 읽는 유치환』이 2008년에 편찬된 바 있다. 이 책은 기왕의 유치환의 연구 성과를 하나로 묶은 모음집으로서 시인의 시세계를 알 수 있게 해주는 좋은 자료집이다.

우선 청마를 연구한 사람들의 공통된 시각은 그의 시에서 드러나는 모순의 관계에서 설명하고 있다. 곧 정(精)과 비정(非情)을 오가는 모순, 혹은 우주라는 영원성과 생명이라는 일시성을 오가는 모순과 그 지양태에서 찾고 있다. 이들 연구들은 청마의 시세계를 애련과 그것을 초월하고자 하는 의지 혹은 갈등 속에서 바라보기도 하고[3], 혹

---

2 유치환을 그 작품의 질이나 양으로 대가적 반열에 넣을 수 있다고 한 것은 김종길이다. 이 말을 여기서 특히 강조하는 것은 청마가 활동한 시절에 이정도의 문학적 질량을 보여준 시인이 없다는 뜻에서 이는 시사적 맥락에서 충분히 의미있는 일이라 생각된다. 김종길, 「비정의 철학」, 『다시 읽는 유치환』(청마문학회), 2008.

은 그 양자를 지양극복하고자 하는 절대의지[4]를 가진 시인으로 이해하기도 한다. 뿐만 아니라 그 절대적 형이상학에 안주하지 못하고 방황하는 허무의 시인[5]이라는 관점으로도 비춰진다. 그리고 청마 시에서 드러나는 주요개념인 사회, 고독, 자연, 생명 등의 의미를 살피고 이를 보다 큰 통합체인 생명의 영역에서 탐구한 글도 있다[6]. 이를 요약하면, 우주와의 교감, 생명에의 열애, 생명의 구경에서 느끼는 허무와 애련에서의 초탈 등이 청마 시의 특색이 된다.

기왕의 연구에서 알 수 있는 것처럼, 청마의 시를 생명현상에 근거한 역동성의 시로 파악하고 이를 허무나 우주에의 교감으로 연결시킨 것은 타당하다. 그러나 그러한 연결고리가 어디서 기인하는 것이고, 그 유기적 상호관계는 어떻게 맺어지는 것인가, 또 청마가 생각하는 우주란 무엇인가에 대한 탐색은 체계적으로 이루어지지 못했다고 할 수 있다. 다시 말해 그러한 생명 현상에의 집착이 보다 구체적으로는 어떤 자의식으로부터 기반한 것인가에 대해서는 명쾌하게 제시되지 못한 것이다. 다만, 생명의 외경심으로부터 생명에의 의지가 촉발된 것이라는 정도의 언급이 있었을 뿐이다[7]. 그런데 그러한 탐색의 결과도 생명에의 구경적 탐색에서 얻어진 부분적 결과로만 이해되고 있을 뿐이다.

청마의 시들은 우주로 표상된 절대 경지에 대한 자의식과 분리시

---

3 김윤식,『한국현대시론비판』, 일지사, 1986. 박철희,「의지와 애련의 변증」,『다시 읽는 유치환』(청마문학회, 2008).
4 김용직,「절대의지의 미학」,『다시읽는 유치환』(청마문학회, 2008.) 참조.
5 오세영,「실존 그리고 허무의 의지」,『한국현대시인연구』, 월인, 2003.
6 임수만,「청마 유치환의 고독과 생명에의 열애」,『한국시학연구』22, 2008,8, 127~150쪽.
7 오세영,「생명파와 그 시세계」,『20세기 한국시 연구』,새문사, 1989.

켜 논의하기 어렵다. 뿐만 아니라 그 절대 경지란 우주라는 영원주의, 곧 무한의식과 불가분의 관계에 놓인 것이라는 점, 그리고 그 무한의식이 생명에의 열애와 길항관계에 놓인 기제라는 사실이 전제되어야만 할 것이다. 영원으로 표상되는 우주, 그 끝없는 무한에 대한 감수성이야말로 청마 시의 출발이라는 것, 그것이 이 글의 출발 동기이다.


## 2.무한과 유한의 간극 — 생명의지


유치환 시의 본질 가운데 하나가 생명에의 열애에 있음은 잘 알려진 일이다. 청마를 비롯한 서정주, 오장환 등을 생명파라 부른 이유도 실상 청마의 그러한 시세계가 보여준 특징에서 비롯된 것이다. 그만큼 청마가 탐색해 들어간 생명에의 열의는 이 시대를 풍미할 정도로 그 자장과 진폭이 큰 경우였다.

유치환이 생명에 관심을 갖게 된 것은 우선 당시에 전개되었던 시대상황에서 찾을 수 있다. 그는 단재 신채호와 마찬가지로 식민지 시대를 노예의 상태로 규정한다. 그리고 그는 이 상태에서 자신이 나아갈 두가지 길을 제시한다. 하나가 적으나마 겨레로서의 자의식을 잃지 않으며 원수에 대한 가열찬 반항을 하면서 자신의 신명을 내던지는 길이고, 다른 하나는 희망도 의욕도 모두 버리고 한갓 반편으로 그 굴욕에 젖어 살아가는 길이다. 그런데 청마는 비굴하게도 후자의 길을 걸었고, 그러면서 그 비굴한 길에서나마 나름대로 자신의 인생을 값없이 헛되게는 버리지 않으려고 고독한 노력을 기울였다고 했다[8]. 그 결과 원수의 억압에서 견딜 유일한 희망의 길은 이에 굴하지 않고 끝까지 견딜 강인하고 줄기찬 야성적 생명력을 잃지 않아야 했다는 것, 그리고 그 동력으로 겨레를 혹은 자신을 채찍질해야 된다는 것에서 찾았다고 했다[9]. 청마의 이 언표를 여과없이 받아들이게 되면, 그 생명에의 의지란 식민지의 시대 상황에서 기인한 것이고, 그 제도적 억압으로부터 탈출하고자 하는 몸부림에서 얻어진 것이라 할 수 있다. 즉 청마에게 생명에의 열의란 일제 강점기의 상황에서 나약한 지식인이 할 수 있는 최소한의 저항 정도로 이해되고 있는 것이다. 그의 이러한 자기고백이 해방직후에 씌어진 것이어서 액면 그대로 받아들이는 것은 무리가 있긴 하지만, 어떻든 생명에의 천착이 사회적 맥락으로부터 분리된 것이 아님은 분명한 것 같다.

두 번째는 생명에 대한 외경심, 곧 존재론적 차원에서의 생명의지의 구현에 관한 측면이다. 이러한 견해는 문학사적인 맥락과 분리시켜 논의할 수 없는 것인데, 가령 1930년대의 문단적 상황이 모더니즘의 문명의식이나 카프의 사회성, 혹은 순수서정시의 언어기교로 대별된다면, 생명에의 외경심 혹은 생명에의 구경적 문제 등은 이들 문학사조와는 다른 문학이념이 될 수 있었다는 것이다[10]. 이런 문학사적 요구와 더불어 살아있는 존재라면, 당연히 관심을 가질 수밖에 없었던 것이 존재론적 국면에 관한 것이고 그 문학적 구현이 생명파

---

**8** 유치환, 『전집5』, 국학자료원, 2008, p. 284.

**9** 위의책, p. 285.

**10** 오세영, 『20세기 한국시 연구』, 새문사, 1989, 215쪽.

의 본질 혹은 청마 시의 특색이라고 보는 것이다. 그러한 시대적 요구와 존재론적 욕망의 혼융이 청마로 하여금 생명에의 탐색으로 이어지게 했다는 것이다.

존재에의 숙명이 생명의 엄숙한 확인으로 나아가는 것은 일견 자연스러운 일이다. 그리고 이에 기반하여 청마의 생명의지를 이해한 것도 어느 정도 타당성을 갖고 있다. 그런데 문제는 청마가 펼쳐보인 생명에의 자각이나 열의가 문단적 맥락이나, 청마 자신의 언급처럼 사회적 맥락으로 모두 설명될 수 없다는 점이다. 또 존재론적 숙명의 문제가 생명에의 의지나 열애로 표출되었다는 것 역시 일견 타당한 면이 있으나 그 구체적 맥락에 대해서는 정확히 제시되지 못했다. 어떤 자의식적 기반에 의해 청마가 생명에의 열애나 그 안티테제로서 비정의 세계에 몰입하게 되었는지에 대한 체계적 고찰은 거의 없었던 것이다.

존재론적 완성에 대한 열망이나 이에 이르는 길에 대한 탐색은 인간으로서는 어쩌면 피할 수 없는 숙명이다. 특히 그것이 존재내의 문제로 한정될 경우, 인간은 그 완성의 끈을 붙들기 위해 그 외화의 맥락을 계속 탐색하고자 할 것이다. 이른바 내적 열망과 외적 현상의 완벽한 합일 현상이 그러한데, 이러한 변증법적인 초극이야말로 인간 모두가 꿈꾸어보는 이상적인 모델이 아닐까 한다. 자아와 세계의 영원한 합일로 표상되는 그러한 모형이 청마의 경우에도 예외적으로 비껴가는 것은 아니었다. 그러나 문제는 그에 이르는 여정에 있다. 일종의 방법적 선후의 문제인데, 여기서 굳이 이 계열을 문제삼는 것은 그 배열이 청마 시의 중요한 시사점이 된다고 보기 때문이다.

청마 시를 이해하는 주요 핵심어들은 생명, 허무, 의지, 혹은 비정

(非情)과 같은 용어들이다. 그 가운데 중요한 것은 앞서 지적한 것처럼, 생명이고, 또 그것에 대한 열애일 것이다. 그런데 생명이라는 이 조그만 개체적 현상들이 실상은 저 거대한 영원주의, 좀더 구체적으로 우주의 광대함과 곧바로 연결되어 있다는 점이다. 그리고 그러한 광대무변한 세계에 대한 발견이 존재론적 불안에 대한 탐색의 결과가 아니라 선험적이었다는 데 그 방법적 자각의 새로움이 놓여 있는 경우이다. 이를 영원의 발견, 아니 무한에 대한 인식이라고 할 수 있는데, 청마의 시들은 이 영원으로 표상되는 이 무한에 대한 자각에서 시작되었다는 것이 필자의 판단이다.

무한(infinity)이란 영원성의 감각이다. 시간적으로는 순환이며, 종교, 특히 불교의 윤회사상에 가깝다. 자연과 같은 항상성 역시 무한의 영역에서 다루어질 수 있다. 또한 어떤 단절이나 불연속성이 허용되지 않는다는 점에서는 무한 수의 나열이라는 수학적 성격과도 일맥 상통한다. 뿐만 아니라 현상세계에서 흔히 운위되는 무한의 대표적인 사례로 우주를 들 수 있을 것이다. 우주란 그 끝없음의 인식과 사유의 대표적 표상이기 때문이다. 이런 무한에 비추어 보면, 모든 유한한 것은 무(無)로 표상된다[11]. 무한이라는 연속성에 비추어보면, 유한은 단지 한순간에 불과하기 때문이다. 그런데 이런 유한의식은 인간으로 하여금 또다른 철학적 사유를 불러일으킨다. 바로 허무의식이다. 아무것도 아니다라거나 영원하지 못하다는 이 무(無)에 대한 자의식이야말로 허무의 근간이 되기 때문이다.

---

11 F. Monnoyeur외, 『수학의 무한, 철학의 무한』(박수현역), 해나무, 2008, 93쪽.

오오래 내게
오르고 싶은 높으고도 슬픈 山 있노니


내 오늘도 마음속 이를 舜한 채로
부질없이 거리에 나와 헤매이며
벗을 만나 이야기하는 자리에도
좁 그론 푸른 담배 연기 너머 아늑히
그의 峨峨한 슬픈 容姿를 보노라


해 지고
등불 켜인 으스름 길을 돌아오노라면
어디메 또 이 한밤을
그 막막한 어둠 속에 尨然히 막아섰을
오오 나의 山이여
山이여

「山4」 전문

산은 자연의 이법이며 우주를 대변하며, 영원을 표상하는 무한의
세계이다[12]. 산은 나누어지지 않는 연속체로 구성되어 있기 때문이
다. 산에 대한 그러한 속성은 청마에게도 마찬가지로 다가온다. 우
선, 청마에게 산은 오래전부터 자신의 사유 속에 깊이 자리하고 있
었다. 산에 대한 그러한 지속적인 마음가짐은 시인에게 일시적인 현

---

12 파스칼에 의하면, 산과 같은 자연은 여러 단계로의 단절이 용인되지 않는 연속체로서
　인식된다고 한다. 위의책, 19쪽.

상이나 순간의 정서를 바탕으로 하고 있는 것이 아니다. "내 오늘도 마음속 이를 숲한 채로/부질없이 거리에 나와 헤매이며/벗을 만나 이야기하는 자리에도/좀 그론 푸른 담배 연기 너머 아득히/그의 峨峨한 슬픈 容姿를 보노라"에서 보듯 일상화되어 있는 것이다. 이렇게 방연(厖然)히 서 있는 산이란 자연의 일부를 대변하는 단순한 자연물을 넘어서 시인을 인도하고 안내하는 형이상학적 관념으로 다가온다.

산은 무한 감각을 속성으로 한다. 그런 무한을 발견함으로써 무한과 유한의 불연속성에 대한 인식을 보이는 것이 청마시의 요체이다. 그것은 내적 계기의 필연성에 의해 얻어진 것이 아니라 청마에게 선험적으로 각인되어 있어 온 것이다. 그 무한의 절대 앞에서 청마에게 다가온 것은 무엇보다 유한에 대한 뚜렷한 인식이었다. 그것이 무에 대한 인식이었고, 그 아무것도 없다라는 무에 대한 자의식적 절망들이 청마를 자연스럽게 유도했음은 쉽게 짐작할 수 있는 일이 아니었음끼, 그것이 청마 시이 한 특성인 허무의식이 아니었겠는가.

그런데 그 허무란 무한하지 못한 인간의 생명에서 비롯된다. 그렇기에 청마가 허무와 쌍생아의 관계에 있는 생명의 문제에 관심을 갖는 것은 당연한 귀결이었을 것이다. 생명이란 너무도 뻔한 유한한 것이기 때문이다. 덧없는 일시적 현상, 곧 유한으로 존재하는 것이 생명이기에 살아있는 유기체들이 이에 대해 갖는 관심이랄까 집착은 강력해질 수밖에 없다. 따라서 청마에게 생명에의 외경심이나 열애란 바로 그런 심리적 현상의 반증이 아닐 수 없었다.

나의 가는 곳

어디나 白日이 없을소냐


머언 未開적 遺風을 그대로

星辰과 더불어 잠자고


비와 바람을 더불어 근심하고

나의 생명과

생명에 속한 것을 열애하되

삼가 애련에 빠지지 않음은

- 그는 치욕임일레라

「일월」 부분

「일월」은 애증의 늪에서 허우적대는 청마의 시세계를 논할 때, 빠지지 않고 인용되는 작품이다. 특히 청마의 시를 이분법적인 구도로 설명할 때, 비정(非情)에 맞서는 정(精)의 세계를 대표하는 작품으로 이해되어 왔고, 또 생명에의 구경적 탐색을 보인 작품으로도 해석되어 왔다. 그러나 이렇게 여러 갈래로 해석되긴 해도, 이 작품의 중심 모티브는 생명에 있다.

그런데 이 작품은 생명현상을 제시하고 그것의 당위적 의미를 단순히 표방한 시가 아니다. 생명에의 집착과 거기서 얻어지는 형이상학적 사유의 궁극을 노래한 것인데, 그런 면에서 이 작품은 청마 시의 기본 구도인 무한의식과 거기서 파생된 유한의 의미를 이해하는 좋은 본보기가 된다. 여기서 '백일(白日)'이라든가 '머언 미개적 유풍', 그리고 '성신(星辰)' 등은 무한을 표상하는 은유들이다. 시인은 그러한 무한의 사유 앞에서 유한의 궁극에 직면한다. "나의 가는 곳" 어디에나 '백일(白日)'은 늘 뒤따라오는 숙명이기 때문이다. 그러한 숙명 속에서 청마가 발견한 것이 생명이고, 또 그것에의 열애이다. 청마의 생명 감각은 이렇게 탄생한 것이다. 무한 속에서 각인된 생명 의 유한성이야말로 청마 시에서 드러나는 생명 감각의 본령이기 때 문이다. 무한의 절대 앞에서 왜소해진 생명을 보지하고 그것을 연장 하는 일이야말로 유기체의 절대적 소명이 아니었을까. 그러하기에 시인은 "나의 생명과/생명에 속한 것을 열애"할 수밖에 없게 되는 것 이다. 이러한 인식에 이를 때, 생명있는 존재라면 당연히 받아들이고 감각할 수밖에 없는 애련의 문제, 소위 정(情)의 세계에 젖어듦은 당 연한 이치이다. 그렇기 때문에 시인이 생명에 속한 것을 열애하되 삼 가 애련에 빠지지 않는 것을 치욕으로 인식하는 것은 자연스러운 일 이 아니겠는가.

오늘은 바람이 불고

나의 마음은 울고 있다

일찍이 너와 거닐고 바라보던 그 하늘 아래 거리언마는

아무리 찾으려도 없는 얼굴이여

바람 센 오늘은 더욱 너 그리워

진종일 헛되이 나의 마음은

공중의 깃발처럼 울고만 있나니

오오 너는 어디메 꽃같이 숨었느뇨

「그리움」 전문

생명은 정(精)과 불가분의 관계에 놓이는 것이다. 비정(非情)에의 의지를 보인 청마 시가 절대의 허무 앞에서 한편으로는 정(精)으로 몰입한 것이라는 지적은 타당해 보이지 않는다. 유한의 궁극에서 펼쳐지는 생명에의 열의가 있기에 「그리움」같은 세계가 가능했던 것이 아닐까. 생명있는 존재가 가질 수 있는 정서들의 폭과 양을 가늠하는 것은 어려운 일이다. 또 어느 것이 더 비중있는 것이라고 말하기도 어렵다. 저마다의 역할이 상황마다 각각 다른 까닭이다. 그럼에도 가장 앞선 것, 혹은 역동성있는 것을 꼽으라면, 사랑이 아닐까 한다.

> 파도야 어쩌란 말이냐
> 파도야 어쩌란 말이냐
> 임은 물같이 까딱 않는데
> 파도야 어쩌란 말이냐
> 나보고 어쩌란 말이냐

「그리움」전문

어쩌면 생명 현상의 본질 가운데 가장 중요한 것이 사랑일지도 모른다. 그것은 삶의 건강성 혹은 생명에의 약동 없이는 불가능하기 때문이다. 저 멀리서 손짓하며 부르는 임과 그에 미치지 못하는 주체의 평행적 열망이 「그리움」의 주제이다. 그 화해할 수 없는 열망의 간극에서 생에의 의지, 삶에의 의지가 솟아난다. 따라서 유치환에게 있어 사랑의식은 생명에의 열애와 동궤에 놓이는 것이고, 유한자가 누릴 수 있는 축복이라 할 수 있다. 유치환의 생명의식은 이렇듯 절대 무한 앞에 놓여진 인식자의 한계에서 빚어진 것이다. 그것은 영원할 수 없다는 유기체의 유한의식에서 얻어진 유폐적 절망의 결과였다.


## 3. 무한에 이르는 두가지 길

### 1) 경계의 초월과 연속체 의식

유치환을 두고 의지의 시인이라 함은 익히 알려진 바와 같다. '무엇을 하겠다' 혹은 '무엇무엇이 되겠다'고 하는 선언들이 청마의 시에서만큼 강력하게 표출된 경우도 찾아보기 어렵기 때문이다. 문제는 그러한 의지가 지향하는 방향이 무엇이고, 또 그것의 궁극적 의미는 무엇인가에 있을 것이다.

유치환 시의 뿌리는 유한의식에서 출발한 것이고, 그 인식적 표출이 생명에의 열애였다. 생명은 저 영원한 우주의 질서에 비추어보면, 일시적이고 순간적인 찰나에 불과하다. 그 짧은 순간이기에 청마는 그것의 희소성에 집착했다. 순간이기에 영원하고자 한 자의식적인 역설이 생의 구경적 탐색으로 이어지게 한 것이다. 그럼에도 인간은 소멸할 수밖에 없다는 절박함이 생의 구경적 탐색이나 생명에의 열애만으로 무화되는 것은 아닐 것다.


어찌해서 하늘에서 받은 바 목숨을 그것이 어떠한 것이기 간에 제 분수로 알고 순직하게 인생에 바칠 수 없는 것입니까?(중략) 이 영혼의 병은 목숨이 쓰기가 아까와서 보다 실상은 그 필연적인 운명인 죽음 앞에 어쩔 수 없이 느끼는 공포에서 오는 발작임에 틀림없을 것입니다. 아무래도 죽을 것이라는 의식! 죽어야 한다는 쉴 새 없는 협박 앞에서는 어떠한 신념도 열의도 그에게는 가치도 의미도 서지 않기 때문임에 틀림없는 것입니다[13].

하늘에서 준 목숨을 분수로 알고 순직하게 인생에 바칠 수 없는 이유는 어디서 기인하는 것일까. 청마는 그 원인을 필연적인 운명인 죽음 앞에서 어쩔 수 없이 느끼는 공포의 발작에서 찾고 있다. 죽을 수밖에 없을 것이라는, 그런 쉴새없는 협박 앞에서는 어떠한 신념도 열의도 청마에게는 가치도 의미도 서지 않기 때문에 인생의 궁극적 의미를 찾을 수 없다는 것이다. 삶에서 가치를 찾을 수 없다는 태도는 니힐리즘이 추구하는 본령이다. 모든 권위와 가치를 부정하고, 마침내는 자포자기에 이르는 것이 이 사유의 저변에 깔린 페이소스인 것이다. '무엇무엇이 되겠다'고 외치는 청마를 의지의 시인이라고 한다면, 이런 청마의 태도를 허무라 부를 수 있을 것이다.

허무는 생명과 더불어 유한자로서 청마가 인식한 사유의 두가지 축 가운데 하나이다. 무한 속에서 얻어진 유한의 한 축에 생명이 있었다면, 다른 한 축에는 허무가 있었던 것이다. 죽음의 문제를 깊게 인식하면서부터 청마의 중기 시들은 생명의 문제보다는 허무의 문제를 보다 심각히 받아들이기 시작한다. 그것이 청마 시에 있어서 니힐리즘의 본질이며, 다른 한편으로는 생명의 유한성에 대한 허무의 자

---

13 유치환,「구름에 그린다」,『전집5』, 351쪽.

의식에 대해서 자학의 감수성으로 표출시키기도 했다. 생명에의 열애가 삶의 긍정적 태도라면, 자학과 허무는 삶의 부정적 태도이다. 그러나 그것이 어떤 것이든 간에 유한의 심연 속에서 길러진 것이라는 점에서 동일하다고 하겠다.

생명과, 허무, 자학 등은 무한 속에서 얻어진 유한의 감수성들이다. 청마에게 무한은 삶의 여로 속에서 다가온 사유의 끝자락에서 온 것이 아니었다. 그는 처음부터 무한의 광활함을 인식하고 거기서 얻어진 삶의 유한에 대해 몸부림쳤다.

> 마침내 인간이란 이 무량광대한 우주에 첨예한 비길 데 없이 작고 아쉬운 한 존재임을 깨달으므로서 자신의 표표한 허무와 고독의 위치에 깊이 도철하고…14

청마에게 유한의식의 생성은 "인간이 무량광대한 우주에 비해서 작고 아쉬운 존재"임을 깨닫고 나서이다. 무한하지 못한 자의식, 그것이 생명에의 열애와 허무, 자학이었다. 따라서 청마는 그런 자의식적인 한계를 인정하면서 유한의 본질인 생명보다는 그 상대적인 감수성에 깊은 관심을 보이기 시작한다. 대개 중기 이후의 시들이 그러한데, 영원성인 우주와 그 속성인 무한에 대해 깊이 천착하기 시작한 것도 이때부터이다. 특히 북만주 체험 이후 발견한 광야에 대한 인식들은 그의 그러한 의식에 촉매제 역할을 한다. 그는 황량한 광야와 처참한 자학 속에서 비정(非情)의 한봉우리가 됨으로써 생명현상에

---

14 유치환, 『전집5』, 230쪽.

서 빚어진 정(精)의 초월을 통해 그 인식의 완결성을 이루어내려고
했다[15]. 비정이란 인간적인 요소, 곧 생명적인 요소의 탈각과 불가분
의 관계에 놓인다. 비인간적인 것이란 다른 말로 하면, 비정(非情)의
상태 곧 자연의 일부가 되는 것이 아닌가. 청마 자신의 말을 빌면, 그
것은 비정(非情)의 세계로 가는 것이었고, 또 생명을 떠난 그 사유로
서 가혹한 니힐리즘의 고독을 벗어나는 길이기도 했다[16].

　생명을 떠난 비정의 세계로 가는 것은 곧 무한에 이르는 길이다.
청마를 생명에의 열애로 이끌고 또 그로부터 벗어나 비정의 세계로
이끄는 무한의 철학적 사유 혹은 인식론적 사유란 무엇일까. 무한은
연속이라는 수학적 사고를 뛰어넘어 존재하는 만물의 원천이자 우주
의 모태로 인식된다[17]. 끝없는 연속체로 이어져 있어서 모두가 하나
로 현상될 뿐 둘로 갈라지는 세계가 없는 곳이다. 하나의 동일성만이
톱니바퀴처럼 움직이는 동일자의 세계가 무한이다. 청마는 그러한
무한에 이르는 길이야말로 존재론적 한계를 초월하는, 영원의 길 곧
인식의 완결을 이루어내는 방법으로 인식했다. 그 무한세계에 이르
기 위해서는 무엇보다 유한적인 것들인 생명적인 요소, 인간적인 요
소로부터 초월해야 했다.


　　나의 지식이 독한 회의를 구하지 못하고/내 또한 삶의 애증을 다 짐지
　지 못하여/병든 나무처럼 생명이 부대낄 때
　　저 머나먼 아라비아의 사막으로 나는 가자

---

**15** 위의책, 352쪽.
**16** 위의책, 352쪽.
**17** F. Monnoyeur외, 『수학의 무한, 철학의 무한』,18쪽.

거기는 한번 뜬 白日이 불사신같이 작열하고

일체가 모래 속에 사멸한 영겁의 虛寂에

오직 아라-의 신만이/밤마다 고민하고 방황하는 熱沙의 끝


그 열렬한 고독 가운데

옷자락을 나부끼고 호을로 서면

운명처럼 반드시 「나」와 대면케 될지니

하여 「나」란 나의 생명이란

그 원시의 본연한 자태를 다시 배우지 못하거든

차라리 나는 어느 회한에 悔恨 없는 백골을 쪼이리라

「생명의 서 —章」전문


「생명의 서」는 비정의 세계로 나아가고자 하는 청마의 인식론적 사유가 잘 드러난 작품이다. 모두 3연으로 된 이 작품은 무한으로 회귀하고자 하는 청마의 의지가 잘 담겨져 있다. 1연에서는 자신의 지식이 독한 회의를 구하지 못하고, 또 삶의 애증을 다 짐지지 못하여 병든 나무처럼 생명이 부대낄 때, 저 머나먼 아라비아의 사막으로 가자고 했다. 여기서 '회의를 구하지 못한 상황'이나 '삶의 애증', '병든 나무처럼 부대끼는 생명' 등은 모두 유한의 속성들이다. 무한 앞에 선 유한의 한계들인 셈인데, 청마는 그러한 한계를 극복하기 위해 '머나먼 아라비아의 사막'으로 가고자 했다. 그곳을 청마는 '백일이 불사신 같이 작열하고 일체가 모래 속에 사멸한 영겁의 허적이고, 오직 아라의 신만이 밤마다 고민하고 방황하는 열사의 끝'으로 묘사했다. 이렇게 열악한 상황으로 점철된 아라비아의 사막은 흔히 극한 체

험의 장소라든가 인식의 한계를 시험하는 공간으로 이해되어 왔고, 생명현상에 대한 청마의 독한 회의가 뻗쳐나간 열악한 시험대라고 인식했다.

그러나 이 사막의 의미가 청마의 자의식을 시험하는 공간이라는 해석은 무리가 있어 보인다. 사막을 극한의 어떤 공간이라기보다 범우주적인 일부로 보는 것이 옳기 때문이다. 이는 이 무대에서 활동하는 신인 알라 신의 성격을 이해하면 금방 확인할 수 있는 일이다. 여기서 알라 신은 구원의 표상이라 할 수 있는 어떤 절대자나 유일신과는 거리가 먼 것으로 알려져 있다[18]. 이는 무한의 관점에서도 동일한 결론을 얻을 수 있다[19]. 무한에서 보면 신은 우주와 마찬가지로 무량광대한 그 어떤 것이 된다. 또 이 때의 신은 인간을 구원하는 인간적인 신이라든가 도덕이나 윤리에 바탕을 두고 있는 가치판단의 존재도 아니고 어떤 신앙에 토대를 두고 있는 신도 아니다. 이는 청마 자신의 글에서도 확인된다.

神이라 하면 우리는 누구나 얼른 宗敎에서 말하는 신으로 안다. 그러나 우리는 그러한 神의 인식을 종교에서 뺏아와야 한다.(중략) 진실로 至尊한 절대자는 草芥같은 인간 따위의 生死나 善惡의 가치를 넘어 超然히 萬有 위에 군림하는 萬有의 神인 것이다. "宇宙의 永遠한 침묵이 나를 두렵게 한다." 일찍이 파스칼이 絶叫한 이 말. 宇宙의 永遠한 沈默! 이것이 곧 神의 姿勢인 것이다.[20]

---

18 오세영, 『20세기 한국시 연구』, 221쪽.
19 G. Bruno, 『무한자와 우주와 세계』(강영계역), 한길사, 2005, 24쪽.
20 유치환, 『전집 5』, 383쪽.

청마는 신을 특정 종교의 신이나 인간의 길흉화복을 주재하는 가치판단의 신으로 인식하지 않고, 만유 위에 군림하는 만유의 신으로 파악했다. 즉 우주와 동일한 것으로 이해하고 있는 것이다. 따라서 「생명의 서」의 알라의 신 역시 청마의 글처럼 범우주적인 것으로 보아야 된다. 신은 통합된 하나 곧 무한과 가까운 존재이기 때문이다[21].

3연은 절대 무한 공간에 대면하고 있는 나를 발견하는 것으로 시작한다. 여기서 시인이 느끼는 고독은 무한으로부터 떨어져나온 유한자로서의 인식이다. 그 유한적 인식의 표명인 나 혹은 나의 생명이 그 원시의 본연의 자태를 배우지 못하거든 "차라리 나는 어느 회한에 悔恨 없는 백골을 쪼이리라"는 결연한 의지로 끝을 맺고 있다. 이렇듯 사막이라는 한계적 공간은 청마에게 어떤 극한적 의지를 시험하는 공간이 아니다. 알라의 신이 무한인 것처럼, 사막 역시 광대한 우주, 곧 무한으로 인식되기 때문이다. 그 무한에 동화되지 않고 유한의 굴레에 머물러 있게 되면("그 원시의 본연한 자태를 다시 배우지 못하거든"), 스스로 백골이 되겠다고 하는 결의는 그만큼 유한의 단속적 상황을 극복하고 무한에 귀속하려는 청마의 의지를 읽을 수 있는 부분이라 하겠다.

> 내 죽으면 한 개 바위가 되리라
>
> 아예 哀憐에 물들지 않고
>
> 喜怒에 움직이지 않고

---

21 A.D. Aczel, 『무한의 신비』(신현용외 역), 승산, 2002, 49쪽.

비와 바람에 깎이는 대로

億年 비정의 緘默에

안으로 안으로만 채찍질하여

드디어 생명도 망각하고

흐르는 구름

머언 遠雷

꿈꾸어도 노래하지 않고

두 쪽으로 깨뜨려져도

소리하지 않는 바위가 되리라

「바위」 전문

　「바위」는 청마의 절창 가운데 하나이다. 이 작품을 대표작으로 꼽는 이유는 무한과 유한의 궁극적 의미가 무엇인가에 대해서 잘 짚어내고 있기 때문일 것이다. 여기서 바위는 무한의 상징으로 표상된다. 청마는 그 무한으로 몰입하기 위해서, 무한의 절대 앞에서 얻어진 유한의 흔적을 지우고자 한다. 이른바 유한과 무한을 구분짓는 경계지우기가 그것이다.

　애련(哀憐)과 희노(喜怒)는 무한으로의 여정을 가로막는 유한의 잔존물이다. 그것은 생명에 관한 것으로서, 청마는 일찍이 그러한 정서에 물들지 않음을 치욕으로 여긴바 있다. 반면 "億年 비정의 緘黙"이란 무한으로 가는 사유의 중간단계이다. 그 앞에는 애련과 희노와 같은 유한의 단계가 있고, 그 뒤에는 바위로 표상되는 무한의 단계가 있다. 애련에 물들지 않고, 희노에 움직이지 않으면서 궁극적으로는 생명도 망각하는 단계, 그것이 곧 억년 비정의 함묵의 단계이다. 이렇듯 경계를 뚫고 우주라는 연속체, 곧 무한으로 나아가는 것이 「바위」의 궁극적 주제이다.

## 2) 유기적 전체로서의 자아 체험

무한은 복합적(polysynthetic)이어서 분산이 없다. 또 그러한 분리되지 않은 총체성이 하나로 재현되는 곳이 무한이다. 그렇기에 무한(우주)은 삶의 원천이자 뿌리로 인식된다. 이는 인간을 하나의 자율적 주체로 인식하는 근대적 사고와는 대단히 거리가 먼 경우이다. 근대는 인간을 자연이라는 연속체로부터 분리시켜왔다. 자연을 분리되지 않은 유기적 전체, 곧 연속체라고 한다면, 근대는 인간을 그러한 연속성으로부터 떨어져 나오게 했던 것이다. 자연의 기술적 지배라는 근대적 패러다임이야말로 이를 대변하는 반증이 아닐 수 없는 것이다.

첫마의 작품 세계를 근대의 제반 아우라 속에서 해석하는 것은 무리가 따른다. 그의 시들이 근대를 사유하고 그 패러다임 속에서 생산되었다고 하는 근거를 찾아내기란 쉬운 일이 아니기 때문이다. 청마가 인간의 가치가 물질의 세력 앞에 거세되는 현실을 목도하면서 인간 생명의 불변성을 강조[22]했다 해서 그의 작품들을 근대성의 제반 구조 속에 편입시켜 이해하는 것은 어려운 일이다. 그의 작품들은 지극히 존재론적인 것에서 출발했기 때문이다. 특히 절대 무한의 벽에서 얻어진 유한자의 한계와 그것의 극복을 위해 생명 현상들의 구경

---

[22] 유치환, 『전집5』, 228-229쪽.

적 탐색을 시도했음은 이미 보아온 터이다. 또 그 인식적 한계를 딛고 청마가 나아간 세계가 무한으로의 여정이었다. 그 여정을 일종의 영원주의라 할 수도 있고, 신고전주의의 궁극적 정신세계인 구조체 모형으로 이해할 수도 있을 것이다. 그러나 그것이 어떤 모양새를 띠고 이해되든 청마시의 공적은 무한으로서의 우주를 우리 시사에서 처음으로 발견하고 이를 작품 속에 내재화시켰다는 점에서 찾아야 할 것이다. 이를 사변적이라 해도 좋고, 철학적이라 해도 좋다. 중요한 것은 청마가 우리 시에서의 사유의 폭을 한 단계 확장시켰다는 점이다. 그리고 그것이 청마 시가 갖는 독창성이다.

> 저 산악들이 지그시 견디고 있는 것
>
> 無 위에 無, 그 위에 또 無, 또 그 위에 또 無---
> 오늘 靈앵山 連峰 위 重重 九萬里 長天은
> 上帝의 처소 앞 조요로운 댓돌까지 화안히 보이도록
> 으리으리 투철하고 짙푸르러
> 이렇게 우러러보노라도 나는 취한다. 취해온다
> (중략)
> 나를 붙들어다 저 上上峰에 비끄러매어
> 나의 五臟을 쪼아 뜯어먹여다오, 푸로메듀스처럼
> 그 가열한 발톱과 부리의 의지로써
>
> ---아아 나는 취한다
> 취하여 그만 여게 풀섶에 쓰러지것다

「창천에 취하다」 부분

　무한의 관점에서 보면 유한은 순간에 불과하다. 순간은 없음, 곧 무의 세계와 동일하다. 인용시는 그러한 무의 의미를 알 수 있다는 점에서도 흥미로운 작품일 뿐만 아니라 그 순간들을 연속시켜 무한으로 승화시키고 있다는 점에서도 흥미롭다. 이 시가 무한에 이르는 속성은 연속체의식이다. 연속체란 근대 수학에서 발견한 무한의 물리적 속성이었다. 특히 정수의 무한한 나열과 무리수의 발견은 무한에 대한 근대 수학의 최대 공과였다[23]. 수가 연속한다는 사실은 단지 숫자의 나열에 그치는 것이 아니라 중세의 영원주의를 대신할 새로운 패러다임을 만들어내는데 긍정적 영향을 끼쳤다. 바로 무한주의의 확산이다. 합리주의의 발달과 계몽의 성장으로 중세적 의미 혹은 기독교적 의미의 영원성은 더 이상 존재하기 어렵게 되었다. 스스로 규율해나가는 근대적 주체가 탄생한 것도 이 영원주의의 상실과 불가분의 관계에 놓여 있음은 잘 알려진 일이다. 그런데 그 기독교적 영원성을 대신해 줄 영원성, 곧 무한의 사유가 수학과 철학에서 생성된 것이다. 무한의 사고가 갖는 근대적 의미란 바로 여기서 찾을 수 있다.

　인용시에서 무한에 이르는 길은 두가지이다. 하나는 무라는 유한의 끝없는 나열("無 위에 無, 그 위에 또 無, 또 그 위에 또 無…")이고, 다른 하나는 상제의 처소로까지 연결되는 서정적 자아의 심미적 자의식에서이다. 우선 시적 주체는 무한사상의 획득을 유한의 속성인 무를 끝없이 나열시키는 연속체 의식을 통해서 이루어낸다. 그 끝없는 연속체 속에서 시적 주체는 무한이라는 영원 속에 자신을 들여놓게

---

23 연속체가 근대 수학과 철학에 대해 갖는 의미는 A.D. Aczel, 『무한의 신비』(신현용외 역), 승산, 2002.를 참조할 것.

되는 것이다. 그리고 다른 한편으로는 절대적 공간으로 거리화되어 있는 상제와의 간극을 심미적으로 연결시킴으로써 또 다른 무한의식을 이끌어낸다. 평범한 인간조건을 가진 경우라면 상제까지의 거리는 도달할 수 없는 절대적 거리이다. 죽음이나 혹은 형이상학적 초월의 사유없이 그것에 이르는 것은 거의 불가능하기 때문이다. 그런데 청마는 그 영원한 거리를 형이상학적 초월의 사유를 통해서 도달한다. 이른바 영원의 세계로 이끌리는 것이다. 그러한 영원, 곧 무한 속에 기투한 서정적 자아는 "아아 나는 취한다/취하여 그만 여게 풀섶에 쓰러지젓다"에서 보듯 그 세계에 취해버린다. 이러한 인식적 행위는 하나의 동일성으로 묶어냄으로써 자아를 우주와 나의 복합체, 곧 유기적 전체 속에서 바라보는 것이다.

우주란 思惟!
무한대한 그 一角에다
한뼘 은실 그물을 치고
비늘 반짝이는 적은 思想을
가만히 지켜 고기잡이하는 자

「蛛絲」 전문

청마에게 우주란 무한으로 구성된 물질적 실체이면서 형이상학적 사유의 정점이다. 반면 인간이란 지상과 그 무한 공간의 점이지대에서 부유하는 중간자이다. 인용시에서 거미로 상징된 인간은 우주를 구성하는 전(全)사유로부터 떨어져 나와 "작은 사상을 가만히 지켜 고기잡이하는 자"로 표상시킨다. 거미란 지상과 하늘에 떠 있는 중간자로 상징된다. 일찍이 니체는 인간을 이렇게 중간적 성격으로 파악한 적이 있다. 그런 중간자적 존재에서 영원으로 회귀하고자 하는 것이 인간의 존재론적 숙명이라는 것이다. 그렇기에 「蛛絲」는 무한과 유한의 의미, 그리고 그 길항관계 속에 놓여진 인간의 의미를 잘 표현한 작품이라 할 수 있을 것이다.

지상적 요건과 유한을 딛고 나아가는 무한이란 유치환에게는 생의 완결과 같은 것이었다. 생의 구경에서 필연적으로 다가오는 유한성도, 또 절대에의 허무도 이 무한으로부터 분리되기 어려운 것이었다. 서정적 자아가 그러한 유기적 전체, 곧 무한 속에 젖어들 때, 청마에게는 허무도 고독도 삶의 유한성도 무화된다. 그는 무한이라는 끝없는 영원성을 획득하게 된 것이다.

금일 이백 인치의 최대 망원경으로써 20억 광년 거리의 천체를 겨우 관찰한다 하니 그 너머 더욱 몇 천억 광년의 광대(廣大)로서 펼쳐 있을 우주를 어찌 상상인들 하겠는가? 마침내 인간이란 이 무량대한 우주에 참례한 비길 데 없이 작고 아쉬운 한 존재임을 깨달음으로써, 자신의 표표한 허무와 고독의 위치에 깊이 도철하고, 또한 인간의 생명이 끝내 알 수 없데부터 와서 알 수 없는 곳으로 돌아가는 것이라는 거룩한 존귀성을 체득함으로써만, 인간은 차라리 고독하지도 않고 불안하지도 않는 대안심 입명을 차지할 수 있을 것이다[24].

---

24 유치환, 『전집5』, 230쪽.

청마가 인식하는 우주는 경계없는 무한이다. 그 무한 속에서 인간이 작고 아쉬운 존재임을 깨닫고, 허무와 고독의 위치를 이해해야만 이로부터 벗어날 수 있다는 것이다. 또한 인간의 생명 역시 알 수 없는 데서 와서 알 수 없는 곳으로 돌아가는 거룩한 존귀성을 체득해야만 허무와 고독 등을 벗어날 수 있다고 했다. 유한한 인간을 우주의 연속체에 놓고 사유해야만 그러한 절대 고독이나 허무로부터 빠져나올 수 있다고 보는 것이다. 다음 작품들은 그러한 연속성속에 구현된 유기적 전체로서의 자아상들이 어떤 것인가를 잘 보여주는 시들이다.

> 동물성의 땅의 집념을 떠나서
> 모든 愛念과 인연의 煩瑣함을 떠나서
> 사람이 다스리는 세계를 떠나서
> 그는 저만의 삼가고도 放膽한 넋을 타고
> 저 無邊大한 天空을 날아
> 거기 靜思의 닻을 고요히 놓고
> 황홀한 그의 꿈을 白日의 세계 위에 높이 날개 편
> 아아 저 소리개

「소리개」 부분

蒼蒼히 푸른 가지를 들어 공중 높이 뻗고 선 나무의 상념을 알라 언제나 고독한 그 한자리에 서서 가는 자를 쫓지 아니하고 오는 자를 물리치지 아니하고 오직 우주의 섭리에 순응하므로 한결같이 자라기만 염원하여 밤이면은 어두운 하늘에 기도 드리우고 낮에는 햇빛에 노

래하고 한번 분노하면 울울히 風雨를 불러 스스로의 팔죽지를 꺾어
뜨리는 자

「巨人」 전문

「소리개」는 그 인식적 사유가 「바위」의 연장선에 놓인 작품이다.
인간이라는 경계를 뛰어넘어 비정(非情)의 자연으로 합일하고자 하
는 것이 「바위」의 세계라면, 동물성의 표상인 땅의 집념을 떠나 무
한대의 창공으로 나는 것이 「소리개」의 세계이기 때문이다. 이 시에
서 '동물성'이라든가 '愛念' '煩琋', '사람이 다스리는 세계' 등은 모두
유한의 세계들이다. 그러한 유한들이 우주라는 하나의 유기적 전체
가 됨으로써 무한으로 승화되는 모습을 보이는 경우이다.

반면 「거인」은 우주의 섭리에 순응하는 나무라는 자연 그 자체를
의인화하여 읊고 있는 시이다. 대개 자아와 대상의 동일화에 의해 이
루어지는 의인화가 인간적 정서나 감성에 노출되기 쉬운 것이 일반
적이 사실이나 이 작품은 그런 시적 포즈와는 상당한 거리가 있는 경
우이다. 인간적 감성을 포착하기 위한 의인화가 아니라 영원으로 회
귀되는 자아의 포즈를 유추해내기 위해 이 수법이 동원되고 있기 때
문이다. 이 작품에서 거인으로 표상된 서정적 주체는 철저하게 우주
와 동일시되어 있는 존재이다. 서정적 자아는 우주라는 무한의 유기
적 전체로서 체험될 뿐, 그로부터 구분되는 개별자적인 의식은 거의
읽어낼 수가 없다.

통합된 하나, 분리되지 않는 복합적 전체로서 우주가 체득될 때,
인간에게 잔존하는 유한의 의미는 그 존립근거를 잃게 된다. 무량대
한 공간과 끝없는 연속체로서의 우주를 인식하고 그 자락에 놓여진

것이 유한이라는 것을 이해하게 되면, 생명의 열애 속에 필연적으로 수반될 수밖에 없었던 청마의 절대 고독이나 허무 등은 더 이상 의미가 없어지게 된다. 무한한 우주에는 그 광대함 앞에서 느껴지는 외경심에 위안을 주지않을 만한 한계가 전혀 없기 때문이다.


## 4. 사변적 주제로서의 무한


청마의 시들은 한국 시사에서 예외적으로 사변적인 특성을 갖고 있다. 서정시하면 흔히 받아들일 수 있는 낭만적 정서로부터 멀리 비껴서 있었던 것이다. 이러한 거리감은 여성편향의 화자를 특색으로 했던 근대시의 주류와도 무관한 것이다. 청마 시에서 이해되는 이런 국면들은 그의 시들이 문단적, 혹은 사회적 영향으로부터 자유롭지 못했다는 것, 그리고 남성적 톤으로 일관했다는 점과 어느 정도 연관성을 갖고 있는 경우이다.

그러나 청마 시에서 무엇보다 중요한 요인을 꼽으라면, 그의 시에서 드러나는 존재론적 국면들에 대한 물음이라 할 수 있다. 그는 그 과정에서 우리 시의 외연을 확장시켰다. 특히 우주라는 거대한 사유를 자신의 시속에 끌어들임으로써 시의 소재와 주제의 범위를 대단히 넓혀 온 것이다. 이것만으로도 그는 한국 근대시사에서 예외적인 존재로 취급되어도 마땅하다고 할 것이다. 이는 시가 어려워야 하고 사변적이어야 좋다는 뜻은 아니다. 시의 존재성을 문제삼을 경우 청마 이전의 시세계에서 그런 특성을 찾아보기 어려운 것이 사실이다. 감성을 배제하고 인간 존재의 의미를 시에서 본격적으로 탐색해들어 간 것은 청마 시의 득의의 영역이라 할 수 있다.

청마 시의 출발은 절대 무한의 발견에서부터 시작된다. 무한이란 연속체이며, 영원의 또다른 이름이다. 인간이 무한 앞에 높여질 때, 유한의 자의식이 싹튼다. 그러한 자의식이 청마에게는 생명에의 열 애였으며, 애정에의 회구로 표출되었다. 또 그 영원하지 못한 생명이 청마에게는 절대 고독과 허무에의 침잠이었고, 그것으로부터의 승화 내지 탈피가 그의 시에서의 주제였다. 그리하여 청마는 무한에서의 자각에서 시작된 자신의 유한자의식을 다시 그 무한으로 되돌감으로 써 이를 초월하고자 했다. 그것이 연속체로서의 무한, 곧 우주의 발 견이었다. 청마가 무한으로 되돌아가고자 하는 의지는 크게 두가지 방향에서 시도되었는바, 하나가 경계의 초월과 연속체의식에서라면, 다른 하나는 유기적 전체로서의 자아의식이었다. 전자가 인간적 요 소, 곧 유한적 요소를 무한적 요소로 기투하는 태도라면, 후자는 우 주 속에서 합일된 자아의 발견 혹은 체험이었다. 이른바 정(精)의 포 즈를 비정(非情)으로 포즈로 바꾸는 일이었고, 분리되지 않는 복합체 로서의 우주적인 나를 발견하는 일이었다. 청마가 이렇게 절대 고독 과 허무를 초월하는 매개로 무한을 인식한 것은 그것이 존재하는 만 물의 원천이자 우주의 모태로 인식했기 때문이다. 무한한 우주 속에 서 인간이 얼마나 작고 아쉬운 존재임을 깨닫는 것, 그리하여 다시 그 무한이라는 절대의 힘 속에서만 존재론적 고독이나 불안을 초월 할 수 있다는 것, 그것이 청마가 탐색했던 사변적 주제의 본질이다.

# 김광균 시의 전향과 근대성의 문제

한국 시의 근대성과 반근대성

## 1. 김광균시의 뿌리

김광균은 1914년 개성에서 출생했고 그 지역의 개성 상업학교를 졸업했다. 시인의 출생지와 학교를 굳이 언급한 것은 그의 그런 이력이 평생의 삶과 분리하기 어렵게 얽혀있는 까닭이다. 김광균은 시인으로도 명성을 날렸지만, 사업가로도 성공했다. 그가 시인에서 사업가로 변신하게 된 계기가 사업하던 동생의 갑작스런 납북에 의한 것이었지만, 어떻든 사업의 영역에서 그 나름대로 성과를 이루어내었다. 그의 그러한 성공배경에는 개성이라는 지역의 특수성을 떠나서는 이해하기 어려워보인다. 개성은 '개성상인'이라는 고유어가 말해주듯 조선의 3대 상업지역이었다. 그의 사업가 기질이 이런 환경으로부터 영향받았음은 어렵지 않게 짐작할 수 있는 일이다. 그리고 그는 개성 상업학교까지 졸업했다. 상업학교라는 것이 실용학문을 위주로 한 학교라는 점은 익히 알려진 일이다. 이런 지역적 배경과 학교 환경, 그리고 동생의 납북이 가져온 사건 등이 어우러져 김광균으로하여금 자의반 타의반 형식으로 사업의 영역과 뗄 수 없는 관계로 만들었던 것이다.

김광균의 이런 특이한 이력은 그의 시세계에서도 그대로 반영되어 나타난다. 그의 시들에서 흔히 발견되는 일상에 관한 발언들이 바로 그것이다. '시계', '첨탑', '교회당', '필름', '영화', '기차', '광장', '노대'(露臺) 등등에서 보듯, 그의 시들은 생활의 영역이나 일상의 정서들과 불가분의 관계를 이루고 있는 것이다. 심지어 가장 내밀한 정서를 담은 작품들에서조차도 생활의 영역은 비껴가지 못하고 있다. 그의 시들이 일상의 영역과 견고하게 밀착되어 있는 것은 시인 자신의 이런 특이한 전기적 이력 때문이 아닌가 한다.

실상 김광균 시에서 드러나는 이러한 특성을 두고 그를 모더니스트로 분류하는데 주저하지 않았다. 김광균 자신의 세계관이나 시적 특질에 대한 정확한 이해와 분석없이 이런 외피적 특성만을 가지고 그를 모더니스트로 이해한 것이다. 뿐만 아니라 김광균의 시의 주요한 특성 가운데 하나인 이미지적 의장을 근거로 그를 이미지스트로 세분화하여 지칭하기도 했다. 이미지즘이 광의의 모더니즘 가운데 한 지류라는 사실을 감안하면, 어떻든 김광균은 틀림없는 모더니스트로 규정되어 온 것이다[1]. 그런데 김광균을 모더스니스트, 좀더 정확하게는 이미지스트로 단정해버린 다음에 다음과 같은 난점이 생겨났다. 시창작상의 문제와 이미지즘이 지향하는 방법적 특성 간의 차질현상이 발생한 것이다. 그러한 방법상의 차이가 그의 시를 이해하고 정립시키는데 있어서 하나의 모순점으로 자리잡은 것은 아이러니가 아닐 수 없었다.

이미지즘이란 일상의 구체적 사물을 새롭게 그리되 시인의 주관적 정서를 최대한 배제하는 방법적 특징을 갖고 있다. 그것이 이런 의장을 갖게 된 배경에는 낭만주의에 대한 안티의식 때문이다. 전일적 의식을 바탕으로 세계를 하나의 통합적 모델로 인식하는 것이 낭만주의이다. 그러나 합리주의의 발달은 그런 전일적 사고와 통합적 감수성이 더 이상 가능하지 않다는 사실을 알게 했다. 이미지즘은 그런

---

1 문덕수, 『한국 모더니즘 시 연구』, 시문학사, 1981.
　조동민, 「김광균 시의 모더니티」, 『한국현대시사연구』, 일지사, 1983.
　김유중, 『김광균』, 건국대학교출판부, 2000.

과학적 정신을 딛고 일어선 것이기에 몽환을 비롯한 낭만적 정서와
는 거리를 둘 수밖에 없었다.

김광균의 시들은 아주 탁월한 이미지즘의 의장에서 구축된 모양
새를 갖추고 있었다. "소리를 그림으로 만들 줄 안 조형가"[2]였다는
찬사를 들을 정도를 이미지의 조형능력에 있어서는 남다른 역량을
보여준 것이다. 그럼에도 그의 시에서 가장 많이 검출되는 것이 비
애와 같은 주관적 정서이다. 이는 분명 이미지즘이 추구하는 정신과
는 정 반대의 것이 아닐 수 없는데, 김광균의 모더니즘 시를 두고 실
패했다고 말하는 근거가 여기에 있다. 아주 탁월한 조형적 능력을
바탕으로 일상의 사물을 새롭게 인식하는 것이 김광균 시의 가장 큰
특징이기는 하지만, 우울과 비애의 정서는 시인의 그러한 이미지즘
적 특성과는 전연 동떨어진 것이 아닐 수 없었다. 그의 시들에서 모
더니즘과 반모더니즘이 동시에 드러난다는 지적은 이런 이유 때문
일 것이다[3].

김광균의 시의 특색이 이미지즘적인 경향을 보이는 것은 사실이
다. 지나칠정도로 선명하게 구사된 이미지들은 그로하여금 모더니
스트로 부르는 데 주저하지 않게 했다. 그리하여 서구 이미지즘이 추
구하는 방법과 정신에 대비해보고 이 기준에 부합한가 혹은 아닌가
의 여부에 따라서 그의 시의 성패여부를 결정해버렸다. 이런 논의들
은 김광균의 시가 조형적인 이미지의 구사능력이나 형태의 사상성이
라는 국면에서는 성공했지만, 우울과 비애와 같은 센티멘탈한 정서
의 과잉 노출이라는 측면에서는 실패했다는 데로 모아졌다.

---

2 김기림, 「30년대 탁미의 시단 동태」, 『시론』, 백양당, 1947,11.
3 문덕수, 앞의 책, p. 288.

모더니스트로서의 김광균에 대한 부정적인 평가는 이런 기법적인 것이나 정서적인 분야에서 그친 것이 아니라 모더니즘이 지향하는 궁극적인 세계관과의 차질이라는 측면에서도 이루어졌다. 즉 그의 소시민적 생활태도는 그로하여금 현대 세계라는 거대한 괴물의 전반적인 인식에 실패케하여 조그마한 사물들에만 신경을 집중하게 했다는 것이다. 그 결과 그의 시들은 소시민의 호기심의 대상을 이루는 현대 문명의 산물들인 길, 넥타이, 풍속계, 기차들과 그의 깊은 한탄, 탄식의 혼합물로 구성된다고 평가했다4. 근대에 대해 고뇌하는 김광균의 사유가 근대 사회의 큰 틀 속에서 구성되지 않고, 극히 협소화된 일상의 영역에서 이루어짐으로써 문명의 메카니즘을 제대로 이해하지 못하는 한계를 가져 왔다는 것이 이 비판의 요지이다.

그러나 이런 판단들은 그의 시를 탐색하는데 있어서 가장 큰 오류 가운데 하나라는 점에서 재고의 여지가 있다. 청각을 시각화했을 정도로 탁월한 이미지즘의 방법적 능력을 보여주었으므로 모더니스트의 반열에 올려 놓을 수 있다는 논거는 이해의 근거가 매우 희박한 것이라 할 수 있다. 김광균 자신도 말년에 모더니스트가 아니었음을 다음과 같이 말한 적이 있기 때문이다.

나는 모더니스트가 아니다. 굳이 모더니즘이라는 것을 의식하고 시작을 한 적은 없다. 물론 나의 시에는 시각적 회화적인 이미지가 많이 나타나고 있는 것은 사실이다. 그러나 이것은 내가 오랫동안 서울에 거주했기 때문인지도 모르겠다.5

---

4 김윤식, 김현, 『한국문학사』, 민음사, 1991, p. 215.
5 김광균, 「작가의 고향-꿈 속에 가보는 선죽교」, 『월간조선』, 1988,3.

　시인 자신이 말년에 내린 이런 결론은 그의 시세계를 이해하는 데 있어 시사하는 바가 매우 크다. 자신은 모더니스트가 아니었고, 또 굳이 모더니즘이라는 것을 의식하고 시작을 한 적이 없다는 선언이야말로 그를 모더니스트로 간주한 기왕의 판단을 뒤집는 발언이 아닐 수 없기 때문이다. 이런 언급은 김광균의 시가 자신의 서정성을 담보해내기 위해 오히려 이미지즘의 수법을 차용했다는 연구결과를 보다 설득력있게 한다[6].

　그 자신의 언급대로 모더니스트가 아니었다면, 그의 시세계가 보여주는 이미지의 조형성이라든가 우울 등의 센티멘탈한 정서들을 어떻게 설명할 수 있을 것인가 하는 문제가 남게 된다. 또한 그의 시에서 흔히 드러나는 생활의 정서들을 어떻게 이해할 수 있을 것인가하는 것 역시 쉽게 이해되지 않는 대복이다. 그가 일상의 단면들에 대한 작품들을 꾸준히 발표한 것은 잘 알려진 일인데, 이는 상업적 환경을 자신의 성장 배경으로 가진 것과 약간의 상관관계를 갖고 있는 것임은 앞서 지적한 바 있다. 그럼에도 이런 일상사에 대한 관심을 그의 성장 배경으로 모두 돌리는 것에는 어느 정도 한계가 있는 것이 사실이다.

　소시민이 갖는 호기심의 결과로 치부되는 생활에의 관심이라는 것이 어떻게 생겨났는가 하는 문제가 김광균 시를 이해하는 요체라 할 경우, 주목해서 보아야 할 것이 시인이 초기에 쓴 일련의 경향시들이다. 김광균 전집[7]이 간행되면서 알려지기 시작한 그의 경향시들은 그간 주목의 대상이 되지 못했다. 몇몇 연구자들 사시에서 간단한 검

---

<sup></sup>

6 김재홍, 『한국현대시인연구』, 일지사, 1986, p. 250.
7 『김광균 전집』은 김학동 등이 주도해서 2002년 국학자료원에서 편찬되었다.

토가 이루어지긴 했지만[8], 이 작품들이 갖는 경향적 성격과 그것이 이후의 시 세계에 끼친 영향에 대해서는 주목하지 않았다. 단순한 도식을 들이대자면, 김광균은 경향시로부터 출발해서 모더니즘적 경향의 시세계로 나아간 경우인데, 이런 시적 변모가 갖는 사상사적 흐름에 대해서는 한번도 검토의 대상이 되지 못한 것이다. 이는 전향의 문제에서 검토할 수 있는 것이기도 하고, 근대성을 사이에 두고 일어나는 사상적 흐름에서 이해할 수 있는 문제이기도 하다. 한국문학사에서 흔치 않는 이런 사상사적 과제가 해결되지 않고 김광균의 시세계를 제대로 이해하는 것은 불가능한 일이다. 이 입론에 설 경우, 그의 시세계에서 독특한 포오즈를 드러내는 서정적 자아의 내적 흐름과 소시민적 생활에의 관심이라고 하는 것의 근원을 이해할 수 있는 계기가 되지 않을까 한다.


## 2. 원근적 세계와 주체의 완결성


김광균의 시작활동은 1926년 「가신 누님」을 『중외일보』에 발표함으로써 시작된다. 시인보다 세 살 위인 누님의 죽음을 소재로 한 이 작품은 다소 애상적인 분위기를 자아내는데,그러나 이런 센티멘탈한 분위기의 시가 김광균의 초기시를 특징짓는 것은 아니다. 김광

---

8 김용직, 「식물성 도시 감각의 세계-김광균론」, 『한국현대시사』, 한국문연, 1996.
　서덕주, 「정신적 외상과 비애의 정조」, 『김광균연구』(김학동편), 국학자료원, 2002.

균은 이 이후에 소위 경향시 계열로 분류될 수 있는 작품들을 상당수 발표했기 때문이다. 비록 1939년 그의 첫시집 『와사등』에는 수록되지 않았지만, 현실 정향적인 그의 시들 대부분 이 등장한 것은 바로 이때부터이다.

김광균이 경향시를 쓰게 된 배경이 어떤 것인지를 자세히 알게 해주는 흔적이나 기록이 존재하는 것은 아니다. 그럼에도 불구하고 제작된 시만 놓고 본다면, 김광균은 동반자 작가로 분류해도 좋을 만큼 이에 합당한 충분한 세계관과 작품의 양을 확보하고 있다. 동반자 작가란 카프의 집단에는 소속해 있지 않지만, 카프가 지향하는 이념에 동조하는 그룹으로 정의되는데, 여기에 속한 그룹으로는 유진오, 채만식, 이효석 등등의 작가들이 있다. 작가는 문학적 실천을 매개로 사상적 기준이나 세계관의 수준을 문제삼아야 한다. 따라서 김광균의 작품세계나 그 양적 관점에서 볼 때, 그를 동반자 그룹으로 새롭게 추가해도 무방하리라고 본다.

농부야
가을밤이 깊어서
먼 – 곳에 피리소리 흐를 때면
故鄕의 가을밤이 생각나더라
千里의 외로운 곳에 밤 깊어서
나혼자 공연히 쓸쓸할 때면
나는 잠자코 하늘을 치어다 본다
하늘에 깜박이는 수없는 별이
故鄕의 가을 소식을 속삭이더라

그리고 동무야

왼 終日 피곤한 勞役을 마치고

저녁 길을 혼자서 돌아올 때면

공연히 依支할 곳 없는 설움이

가슴에 우러나더라


나는 이럴 때면 고개를 들어

하늘을 치어다 본다

한끝이 없는 雄大한 하늘

億萬年의 興亡을 고요히 나려다 보는 하늘

하늘을 치어다 보면 내 가슴에 피는 뛴다

그리고 부르짖는다 "오냐 앞날이 있다"고

「하늘」 부분

　　인용시는 경향시로 분류할 수 있는 김광균의 최초의 작품이다. 그러나 이 계통의 시로 지칭할만큼 여기에는 어떤 계급적 세계관이나 민중적 이데올로기가 뚜렷이 나타나 있는 것은 아니다. 이 작품의 화자는 노동자이고 공장 근무를 끝내면서 고향의 가을밤을 떠올리는 구성으로 되어 있다. 그는 공장에서 왼 종일 피곤한 노역을 마친 다음 쓸쓸한 감수성에 기대어 공연히 의지할 곳 없는 설움에 젖어든다. 이런 자의식은 잡다한 관념을 하나로 견인할 수 있는 강력한 민중성이나 계급성과는 상관없는 센티멘탈한 감수성에 불과할 뿐이다. 지극히 소박한 경향시, 어쩌면 자연발생적인 신경향파 계열의 시에 가까울 정도로 계급의식은 희석화되어 나타나고 있는 것이다. 그럼에도 이 작품이 갖는 의의를 따진다면, 미래에의 투시도, 곧 원근적 전망에 있을 것이다. "오냐 앞날이 있다"라고 하는 실존적 결단은 반드시 승리할 것이라는 낙관적 전망을 떠나서는 그 설명이 불가능한 부분이다. 매우 소박한 민중의식이나 센티멘탈한 정서가 경향시의 성공여부를 묻는데 장애가 되고 있긴 하지만 미래에의 열린 가능성을 열어제치고 있다는 점에서 초기 경향시의 한 부류로 분류해도 무방한 작품이라 하겠다.

김광균의 이런 신경향파적인 특색의 시들은 그후 「야경꾼」, 「실업자의 오월」을 거치면서 보다 분명한 형식과 내용을 갖추게 된다. 「야경꾼」은 눈내리는 밤의 헤매는 야경꾼의 고단한 모습이 그려져 있고, 「실업자의 오월」은 직업을 상실한 노동자의 울분이 드러나 있다. 특히 이 작품은 실업의 한과 좌절을 "우리들의 젊은 날이 가기 전에는/우리들은 한시도 잊지 않는다/그들의 마지막 날을 복수 붉은 피로 물들일 것을"이라 다짐하면서 신경향파적 특색인 본능의 복수를 다짐하고 있다. 그런데 이런 시적 특색은 카프시 일반이 가지고 있는 이념 전달 위수의 시, 정서 부재의 관념시로부터 전연 벗어나지 못하고 있는 한계를 보이고 있다.

김광균의 이런 어설픈 경향시들은 실상 카프의 그것들과 비교해 볼때, 미학적 측면에서는 별반 다를 것이 없는 것이었다. 카프시들에 내재되었던 시의 정서상의 문제들이 김광균의 작품에서도 그대로 재현되어 나타나 있기 때문이다. 그러나 초기의 이런 한계들은 다음 단계에 이르면 매우 달라지게 된다. 그 대표적인 작품이 1930년 8월에 발표된 「소식」이다.

밤 깊어서 내리는 비소리만이 처마 끝에 끝일줄 모르고

배고파 울던 동생도 이제는 숨소리 고요히 잠들었습니다.

無心히 窓밖을 내어다 보면 캄캄한 어둠 속에

멀-리 조으는 거리의 등불이

온 하로의 고닯은 勞役에 잠들은 이들의 깊어가는 꿈을 지키는 듯이

빤박입니다.

뫼님! 비소리 외로운 밤을 나 혼자 누워 있으려면 내 마음이 아직도

弱해선지 뫼님이 떠나던 날 밤이 생각나 가이없은 예 記憶은 나를 울게

합니다

(중략)

밤마다 조합의 컴컴한 등불 밑에 모이어

모-든 뫼님의 동무들이 버리고 간-뫼님이

남겨놓고 가신 일을 위하여

나와 나의 동무들은 마지막까지 우리들의 XX아래

앞날을 XX하였습니다.

그리고 며칠 후에는 우리들의 손으로

반가운 五月을 맞으렵니다

(중략)

비소리는 아직 끝이지 않고

잠자는 동생의 숨결소리만 높아갑니다.

「消息」 부분

이 작품은 『음악과 시』 1호에 게재되어 있다. 우선 작품의 내용을
떠나서 이 시가 경향적인 특색을 지니고 있음은 이 작품의 게재지가

『음악과 시』라는 사실에서 유추할 수 있을 것이다. 이 잡지를 주관한 것은 양우정(梁雨庭)이었는데, 그는 카프의 조직에 깊숙이 관여한 사람이다. 뿐만 아니라 『음악과 시』는 1930년 말에 이르러 『군기』로 잡지의 제목이 바뀌고 카프의 기관지가 된다. 이런 저변의 사정을 보더라도 「소식」은 작품 배경적인 측면에 있어서 경향적인 색채를 농후히 가질 수밖에 없었다[9].

「소식」은 제작 시기로 비추어볼 때, 임화의 「우리 오빠와 화로」의 후속편 같은 느낌을 줄 정도로 그 형식과 내용이 엇비슷하다. 우선, 단편서사시의 형식을 취하고 있는 점에서도 그러하고 작품의 서술내용이 매우 사실적이고 구체적이라는 점에서도 그러하다. 형님과 오빠가 사라진 서사구조나 감옥에 투옥된 상황 구조가 비슷하고, 남겨진 주체들이 남매와 형제의 관계라는 점이 그러하며, 빈한한 집에서 천연덕스럽게 잠자는 동생들의 모습 또한 그러하다. 이런 서술구조 형식으로 짜여진 시가에 대해서 김팔봉은 단편서사시로 규정하면서 카프의 새로운 단계로 설정한 바 있다. 그는 지금까지의 카프 시가 이념 선날에 두턱한 까닭에 정서의 심연을 맛볼 수 없었는데, 임화의 「우리 오빠와 화로」는 그러한 한계를 딛고 정서의 폭과 사상의 넓이를 동시에 달성한 수작으로 평가했다[10]. 그러나 이러한 칭찬에도 불구하고 창작 당사자인 임화는 투쟁으로서의 무기, 연장으로서의 무기를 포기한 태도라고 팔봉을 맹비난한 것은 잘 알려진 일이다[11].

김광균의 「소식」은 이 논쟁의 테두리에서 벗어나는 작품이 아니

---

9 이에 대한 자세한 분석은 김용직, 앞의 책 pp.346-352 참조.
10 김기림, 「단편 서사시의 길로」, 『조선문예』, 1929, 5.
11 임화, 「탁류에 항하여」, 『조선지광』, 1929, 8.

다. 이 시는 형님을 떠나보낸 뒤에 그 소회를 적은 화자의 편지 형식 혹은 고백형식으로 된 작품이다. 화자는 형님을 떠나 보낸 이후에 동생과 더불어 살면서 떠나간 형님의 뒤를 굳건히 동행하고자 다짐한다. 형님이라는 호칭에서 유추할 수 있는 것처럼, 이 시의 화자는 남성으로 되어 있다. 그런데 이런 화자 설정이야말로 임화의 작품과 구분되는 가장 큰 차이점이 아닌가 한다. 「소식」의 화자가 남성이라는 점에서 「우리 오빠와 화로」의 여성 화자보다 더 강한 역동성을 느끼게 하기 때문이다. 실제로 이 작품에서 드러나는 민중 연대성과 미래에 대한 승리적 관점은 임화의 그것보다 더 극적이고 힘차게 울려퍼지는 것이 사실이다. "동무와 나는 오늘도 햇빛 없는 공장의 지하실에서/돌아가는 로-루 들끓는 遊離가마 속에/XX를 위하여 기름을 짜냅니다"라는 부분과 "그리고 며칠 후에는 우리들의 손으로/반가운 五月을 맞으렵니다"라는 부분에 이르러서는 원근적 전망이 힘차게 느껴지는 것이다.

경향 문학에 대한 관심의 표명은 시뿐만 아니라 그의 산문에서도 잘 드러난다. 김광균의 평론 「작가 연구의 전기」[12]가 그러한데, 일본 문단을 소개하고 있는 이 평론은 일본 신예 문예가의 특질과 경향을 말하고 있지만 실질적으로 일본의 경향작가 고바야시 다키지(小林多喜二)의 죽음과 그것이 한일 문학계에 미칠 전망에 대해 쓴 글이다. 김광균은 고바야시 다키지의 죽음을 "작가동맹 자체에 있어 붕괴의 부표였었는지도 모른다. 더욱이 동경에 있어서 외곽운동이 순전히 객관적 정세의 불리로 원인한 조락한 한에 동경문단의 복사

---

12 「조선중앙일보」, 1934.5.2.~9.

판 논란을 받는 조선 문단에 있어서 이 사실을 벌써 정확한 반영을
전개하고 있다"고 전제한 다음, 이 글을 쓰는 궁극적 동기가 그의 죽
음과 더불어 "문학에 식지(食指)를 움직이기 시작한 초보의 문학청
년 동료에게 참고적으로 이 소묘를 시하는 의도는 여기에 있다"고
밝히고 있다. 일본 경향 문학에 대한 김광균의 이런 관심에 비추어
볼 때, 그가「소식」등의 시를 쓴 것은 경향문학에 대한 일회적인 관
심이나 단발마적인 흥미의 결과가 아니었음을 알 수 있다. 적어도
김광균에게는 기왕에 알려진 동반자 작가 못지 않은 경향적 의식이
있었던 것이다.


## 3. 원근적 세계의 파탄과 주체의 두가지 지향성


김광균이「소식」을 비롯한 경향시 장작은 1930년을 전후하여 일
단락된다. 그는 약 3년간의 공백을 거친 이후에 모더니즘적 성향의
「창백한 구도」를『조선중앙일보』에 발표함으로써 경향적 세계관을
청산하게 되는 것이다. 그가 어떤 동기와 경로로 경향시 창작을 포기
했는가 하는 원인에 대해 밝혀둔 것은 없다. 경향시를 쓰게 된 동기
가 없는 것처럼, 이를 포기하게 된 원인 역시 자세히 나타나 있지 않
는 것이다. 다만 당시의 문단적 상황과 객관적 정세의 추이를 통해
판단하건데 다음 몇 가지가 원인이 되었던 것으로 보인다. 첫째는 객
관적 정세의 악화이다. 일본제국주의 세력들은 1930년대 초에 만주

사변을 일으키면서 제국주의적 속성을 더욱 노골화했다. 이를 계기로 일제는 사상적 탄압을 강화시켜나갔고, 그 여파로 1931년 카프 맹원들에 대한 1차 검거 사건이 일어났다. 다른 하나는 김광균 자신이 갖고 있었던 이념의 허약성이다. 그 자신이 어떤 계기로 경향문학에 관심을 갖게 되었나 하는 문헌적 근거는 거의 없는 편인데, 이는 다른 말로 하면 그만큼 그의 사상적 근거 내지 토대가 명확치 않다는 뜻도 된다. 단지 어떤 유행병적인 멋의 결과로 이 사상을 받아들였을 수도 있고, 식민지 지식인의 막연한 미래지향적 기대치에서 받아들였을 수도 있다. 이는 김광균 자신의 사상의 허구성을 말해주는 것이긴 하지만, 이는 이 시기의 동반자 작가나 카프 작가 모두에게 똑같이 적용되는 사항인지도 모른다.[13]

김광균이 받아들인 경향사상이 유행병적인 것이든 다가올 미래에 대한 단순한 반응에서 기인한 것이든 그가 경향시를 쓴 것은 틀림없는 사실이다. 또한 30년대 초반에 이 사유를 더 진전시키지 못하고 근대의 또다른 사유체계인 모더니즘의 미적 특질을 소박하게나마 받아들인 것 역시 사실이다. 그의 이런 급격한 변화는 단순히 작가 세계의 변모라는 차원에서 다루어질 성질의 문제는 아닌 것으로 판단된다. 하나의 현실을 두고 이념 선택을 해야 했던 사상사의 과제가 김광균 눈앞에 가로 놓여 있었기 때문이다.

진보사상을 가졌던 김광균이 이를 포기하고 새로운 사유를 얻게 된 것은 어떤 함의를 갖고 있었던 것일까. 1930년대 중반을 전후하여 들불처럼 일어나기 시작한 전향의 논리와 어느 정도 상관관계를

---

13 김윤식, 『한국근대문학사상사』, 한길사, 1984, p. 306.

갖고 있는 것은 아닐까. 실상 그가 진보사상을 지니고 또 포기했다는 점에서 김광균의 사상적 흐름을 전향의 문제와 분리시켜 논의하기는 어려워보인다. 그 어떤 계기가 되었던 간에 김광균은 1933년을 전후하여 새로운 시의 세계를 펼친다. 하나의 완결적 의식을 가지고 원근적 전망을 투시하던 시적 자아는 그 전망을 잃어버리고 분열된 양상을 보이게 된다. 원근적 선택의 원리가 무시되고 객관적 현실이 단편화되거나 현실에 대한 정적인 접근 현상만이 그의 작품세계를 지배하게 된 것이다14. 그는 자본주의의 두가지 모습인 자아의 전일적 양상과 해체적 양상을 동시에 체험하고 이를 드러내 보이는 아주 특이한 양상을 보여준 것이다. 이런 모습은 실상 우리 시의 영역에서 매우 낯선 모습이 아닐 수 없다. 이와 동일한 경로로 의식의 사유와 시의 모습을 보여준 사례로 1950년대 박인환 정도를 꼽을 수 있을 것이다. 그는 해방직후에 리얼리즘적 사유에 기반한 시의 양태를 보이다가 전쟁이후에는 모더니즘의 세계로 나아갔다. 역사 발전의 객관적 필연성에 대한 믿음에서 객관적 현실의 파탄된 양상으로 나아간 것이다.

그 변화된 경로만을 단순히 비교해보면, 박인환과 김광균은 동일한 양상을 보여준 것이다. 역사의 주체성에서 단순한 피투성으로 전락하는 모습을 이 두 시인에게서 똑같이 발견할 수 있기 때문이다. 그러나 해방직후 박인환의 시들이 리얼리즘적인 성향을 보인 것은 사실이지만, 정확히 역사의 객관적 필연성에 대한 믿음으로 쓰여졌다고 보기는 어렵다. 이런 면이 김광균과 박인환을 구별시켜주는 지

---

14 G. Lucacs, 『현대리얼리즘론』, 열음사, 1986, pp.34-35.

점이라 할 수 있다. 김광균은 사상의 전환과정, 그 가운데 핵심인 진보적 사유 구조를 포기했다는 점에서 전향의 문제에서 다룰 수 있다는 점이 다른 경우이다. 특히 전일적 자아가 자본주의의 사적 문화에 기초해 있는 분열적 자아로 변이된 모습이야말로 김광균만의 고유한 전향의 양태라 할 수 있을 것이다. 이는 그의 시에서 크게 두가지 모습으로 나타나는데, 하나가 자아의 소멸현상이라면, 다른 하나는 자아의 강화이다. 물론 후자의 자아는 원근적 전망에 기초한 완결된 것이 아니라 경험적 현실과 분리된 객관성의 거부, 곧 주관성에의 굴복이라는 모습으로 현현되는 특징을 갖는다.

## 1) 자아의 해체와 대상의 전면화

김광균 시의 특징 가운데 하나는 풍경화나 인상화의 그림처럼 사물이 객관화되어 있는 점이다[15]. 이런 시적 의장을 두고 이미지즘의 수법으로 설명되어 왔고, 그 연장선에서 사물을 새롭게 인식하는 방법적 국면의 우수성에서 김광균 시의 미학적 특질을 찾기도 했다. 그의 시의 특질이 이미지를 조형하는 탁월한 능력에 있다는 것은 익히 인정되는 바이다. 그리하여 1930년대 가장 훌륭한 이미지즘을 구사한 시인으로 그를 꼽는데 주저하지 않는다. 그는 서구 이미지즘이 요구하는 정신과 기법 등을 훌륭하게 받아들이고 소화함으로서 30년대를 대표하는 이미지스트였던 것이다. 그럼에도 그의 시들은 한편으로는 이미지즘에서 터부시하는 감상성을 지나치게 드러냄으로써 이미지즘

---

**15** 김윤정, 「김광균 시에 나타난 자아정체성 연구」, 『한국시학연구』3호, 2000,11, pp.32-52.

의 본 정신을 제대로 받아들이지 못한 한계를 보였다고 했다. 물론 이런 평가가 전연 근거가 없는 것은 아니다. 낭만주의의 지나친 주관성과 몽환성을 딛고 일어선 것이 이미지즘이었던 까닭이다.

그러나 이런 연구 태도와 시각은 다음 두가지 국면에서 문제점을 갖고 있다. 하나는 작품의 겉면에 드러난 표피적인 모습만을 가지고 판단했다는 점이다. 김광균의 시들에서 이미지즘적인 속성이 드러나니까 그를 이미지스트 혹은 모더니스트로 분류한 다음, 그 시작 태도와 정신을 서구의 이미지즘에 곧바로 들이대는 기계론적 연구 결과의 한계를 드러낸 것이다. 서구의 이 사조가 요구하는 기준에 부합하면 성공한 것이고 그렇지 않으면 실패한 것이라는 단순한 이분법이야말로 김광균 시의 특장으로 이해하는데 있어서 행해진 가장 큰 오류였다. 앞서 언급대로 김광균 자신도 자신이 모더니스트라고 생각한 적도 없도 또 이에 기반해서 시창작을 한 적도 없기 때문이다. 일부에서는 그가 쓴 평론 「서정시의 문제」[16]를 두고 모더니즘에 관한 이해의 깊이를 어느 정도 갖고 있었던 것으로 판단하고 있다. 그러나 이 글은 김광균이 이미 많은 작품을 발표한 이후, 어쩌면 자신의 시세계가 거의 완성된 이후에 작성한 글이어서 자신의 시작과 곧바로 일치한다고 보기는 어렵다. 뿐만 아니라 그가 여기서 밝히고 있는 현대 문명에 대한 비판 등등과 같은 모더니즘의 이데올로기들이 실제 작품에서는 거의 나타나지 않고 있다. 이런 전후의 사정을 감안해보면 그의 작품세계는, 이미지스트라는 기왕의 선입견과는 다른 지점에 놓이는 것이라 하겠다.

---

[16] 김광균, 『인문평론』, 1940. 2.

落葉은 폴 – 란드 亡命政府의 紙幣

砲火에 이즈러진

도룬시의 가을 하늘을 생각케 한다.

길은 한줄기 구겨진 넥타이처럼 풀어져

日光의 폭포 속으로 사라지고

조그만 담배 연기를 내어 뿜으며

새로 두시의 急行車가 들을 달린다.


포플라나무의 筋骨 사이로

공장의 지붕은 흰 이빨을 드러내인채

한가닥 꾸부러진 鐵柵이 바람에 나부끼고

그 우에 세로팡紙로 만든 구름이 하나

자욱-한 풀벌레 소리 발길로 차며

호올로 荒凉한 생각 버릴 곳 없어

허공에 띄우는 돌팔매 하나.

기울어진 風景의 帳幕 저쪽에

고독한 半圓을 긋고 잠기여 간다

「秋日抒情」 전문


　　인용시는 김광균의 대표작 가운데 하나인 「추일서정」이다. 이 작품은 여러 각도에서 설명되어 왔는데, 우선 '낙엽'은 '폴란드 망명정부의 지폐'라든가 '길은 한줄기 구겨진 넥타이'라든가 하는 참신한 이미지화의 수법은 이 작품을 이미지즘의 탁월한 성공 사례로 설명하는데 주저하지 않게 했다. 또한 이 시는 "공장의 지붕은 흰 이빨을 드러내인채"에서 보듯 문명비판적인 요소들이 구사됨으로써 이미지즘의 한계, 혹은 김광균 시의 약점 가운데 하나로 지적된 현대 정신의 부재로부터 벗어나게 한 작품으로 평가되기도 했다.

이런 특징과 더불어 이 작품에서 주목해야 할 부분이 '넥타이', '급행차' '세로광지' 등과 같은 생활의 정서들이다. 김광균의 이런 감각들은 자본주의의 총체적인 메카니즘에서 떨어져 나온 소시민의식의 발로에서 기인한 것일 수도 있고 장사꾼 기질에서 오는, 일상적인 것들에 대한 소소한 관심의 흔적에서 오는 것일 수도 있다. 그러나 그것이 어떤 동기와 계기에서 촉발된 것이든 간에 그의 정신사적 흐름과 사유의 구조와 분리되기 어려운 것이라는 사실은 분명해보인다. 이런 감각을 하나는 문예학적 흐름에서, 다른 하나는 습작기의 경향시와 연관시켜 이해하는 것이 가능하지 않을까 한다. 이렇게 판단한 근거는, 이 두가지 관점이 생활의 토대나 일상의 뿌리를 떠나서는 성립하기 어렵다는 점 때문이다.

이미지즘은 일상의 구체적 사물에 대한 새로운 인식에서 출발한다. 낭만주의의 과도한 주관과 신비주의적 태도가 현실을 몽환적으로 만들거나 괴기적 분위기로 몰아간 까닭에 사물에의 정확한 접근과 인식을 불가능하게 만들었다. 그리하여 그러한 신비주의적 애매성을 극복하기 위해서는 일상에 대한 뚜렷한 인식과 사물에 대해 새롭게 인식할 필요가 있었는데, 시가 이미지가 되어야 한다는 명제는 이런 저간의 사정에서 기인한 것이다. 따라서 김광균의 시에서 '시계'라든가 '성황당', '기차', '낙엽', '넥타이' 같은 일상의 구체적 사물들에 대한 응시와 표명은 이미지즘의 방법적 의장으로부터 크게 벗어나 있는 것은 아니다. 물론 그의 시에서 이미지즘의 수법을 간취해낼 수 있다고 해서 그를 이미지스트로 규정하는 것은 쉽지 않은 일이다. 창작이 이론을 앞서 나갈 수 있는 것이며, 또 창작과 이론이 기묘하게 일치할 수 있다고 하지만, 창작의 주체를 어느 특정 이론의 실천가로 규정하는 것은 그만큼의 신중을 요하는 일이기 때문이다.

그리고 다른 하나는 습작기에 보여주었던 경향시들과의 상관관계이다. 김광균은 1933년을 전후해서 이전의 시세계와는 뚜렷이 구별되는 시정신을 보여주었다. 진보적 세계와 결별되는 이런 급진적인 변화는 사상사의 과제에 속하는 일이어서 주목을 요하는 일이 아닐 수 없다. 1930년대 중반 전향의 빌미가 된 것은 객관적 정세의 악화에 따른 불가피한 선택이었지만, 이 이후 펼쳐진 소위 후일담의 문학들은 작가들마다 많은 편차를 보여주었다. 이들의 사상적 편차를 모두 다 열거하는 것이 이 글의 목표도 아닐뿐더러 또 그 모든 사상의 편력을 전부 기술하는 것 역시 불가능한 일이다[17]. 그럼에도 전향문학으로부터 한가지 공통적으로 추출해낼 수 있는 요인이 있다면, 그것은 다름아닌 일상 생활에의 복귀현상이다. 전향작가 중 그 대표적인 사례가 한설야의 「철로교차점-후미끼리」[18]이다. 전향이후 어떡하든 일상의 영역으로 되돌아가야 한다는 당위성에 젖어든 이 소설의 주인공은 철도건널목의 교통사고에 자의반 타의반으로 끼어들게

---

17 김윤식은 동반자 작가들이 보인 전향문학을 작가마다 분류했는데, 이효석은 센티멘탈리즘으로 회귀했고, 유진오는 경향문학을 했던 자신의 과거를 감추는 데 급급했으며, 채만식은 세상 물정타고 적당히 흘러 넘어가기를 시도했다고 했다. 그러면서 이들의 공통점으로 지적한 것이 사상의 허약성이다. 이들에겐 엄밀한 의미에서의 좌익사상이 없었으며, 그들이 한때 선택했던 사상마저 다분히 시류적인 것이었고, 그러기에 시류가 변할 때 그것을 버리는 것도 자연스러운 것이라는 수준에서 멈추어버리고 만 것으로 이해했다. 김윤식, 앞의 책, p.293.
18 한설야, 『조광』 8, 1936, 6,

든다. 아주 사소한 일이긴 하지만 이 사건은 소설의 주인공에게는 매우 중요한 것이었고, 그는 이 사건의 처리과정에서 자신의 존재감을 드러내고 인정받고 싶어했다. 이렇듯 전향의 허전함은 현실의 영역으로부터 초월하기 어려운 마술적 힘으로 작용하고 있었던 것이다.

　김광균 역시 이런 사상적 과제로부터 전연 자유스럽지 못한 상태에 놓여 있었던 것으로 보인다. '넥타이'같은 생활의 감각으로부터 한 치도 벗어날 수 없었음은 전향자의 공백과 허무의식 없이는 그 설명이 불가능하기 때문이다. 현실의 제반 관계 속에 굳건히 결합되어 있는 총체적 자아는 전향 이후 객관적 현실의 파탄된 인식을 받아들일 수밖에 없었고, 그 인식의 경로와 소통의 과정이 '시계'나 '넥타이'로 표상되는 생활의 감각이었던 것이다. 이런 생활의 감각들은 전향이라는 자아의 해체과정과 다시 그 세계로 회귀하고자 하는 팽팽한 줄다리기 속에서 작가의 시야에 형성된 일상의 단편들이었던 것이다.

　　하이한 暮色속에 피어 있는
　　山峽村의 고독한 그림 속으로
　　파-란 驛燈을 달은 마차가 한 대 잠기어 가고
　　바다를 향한 산마룻길에
　　우두커니 서 있는 電信柱 위엔
　　지나가던 구름이 하나 새빨간 노을에 젖어 있었다.

　　바람에 불리우는 작은 집들이 창을 내리고
　　갈대밭에 묻히인 돌다리 아래선
　　작은 시내가 물방울을 굴리고

안개 자욱-한 花園地의 벤치 위엔
한낮에 少女들이 남기고 간
가벼운 웃음과 시들은 꽃다발이 흩어져 있다.


外人墓地의 어두운 수풀 뒤엔
밤새도록 가느란 별빛이 내리고.

「外人村」 전문

이 작품의 기본 구도나 분위기들 역시 「추일서정」과 별반 다를 것이 없다. '역등'이라든가 '마차', '전신주' 등 생활의 감각을 드러내는 일상의 정서들이 자연스럽게 제시되어 있고, 이미지들 역시 참신하게 구현되어 있는 까닭이다. 이런 유사성에도 불구하고 「외인촌」이 앞의 작품과 현저히 다른 것은 서정적 자아의 태도에서 찾을 수 있다. 「추일서정」의 경우 자아는 대상과 거리화되어 있지 못하고 있으며, 방황하는 자세를 취하고 있다. "자욱 – 한 풀버레 소리 발길로 차며/호올로 荒凉한 생각 버릴 곳 없어/허공에 띄우는 돌팔매 하나./기울어진 風景의 帳幕 저쪽에/고독한 半圓을 긋고 잠기여 간다"에서 보듯 현실에서 소외된 자아의 고독한 모습이 대상과 혼합되어 나타나 있는 것이다. 물론 이런 자아의 모습은 「소식」에서 보여주었던 원근적 전망과는 전연 상관없는 것이다. 이 자아는 외부 현실과의 연결고리로부터 단절되어 있는 특수한 체험 속에 놓여 있기 때문이다. 그 체험이란 다름아닌 고독이다. 선택과 집중이라든가 역사적 전망과는 무관한 유폐된 자아의 모습과 똑같은 모양새를 취하고 있는 것이 이 작품 속의 자아가 보여준 궁극적 모습이다.

 반면 「외인촌」의 자아는 앞의 경우와는 다른 형태를 취하고 있다. 자아의 개입이 사상된채 대상만이 정물화처럼 그려져 있기 때문이다. 현실에 대한 총체적 접근이 없을 뿐만 아니라 그 구조 속에 사유되는 연결고리가 사라진 채, 하나의 장면만이 아무런 가치판단없이 나열되어 있다. 「추일서정」에서 외부의 배경 제시가 고민하는 자아의 모습을 한층 부각시키는 기능을 했던 것에 비하면, 「외인촌」에서는 자아의 방향을 추동시킬만한 어떤 힘도 느껴지지 않는다. 자아가 기각된 이 작품에서 현실에 대한 비판성이나 미래에의 전망을 이야기하는 것은 어불성설이다. 미래에의 밝은 전망이나 전일적인 힘으로 자아를 추동하던 초기 시의 모습은 전연 찾아볼 수가 없다. 현실에 대해 단순히 응시하는 것만이 있을 뿐이고 이에 대한 인식이나 가치평가는 내재되어 있지 않는 것이다.

 자아가 빠진 사물만의 장면제시는 이념적 공백의 표백없이는 그 설명이 불가능한 부분이다. 미래에의 닫힌 전망은 현실을 인식하고 추동할 힘도 상실한 채, 응시의 미학을 낳게 했을 뿐이다. 여기에는 어떤 발전논리도 없고, 선택과 배제를 통해 미래로 추동할만한 판단의 능력도 상실된 상태이다. 현실에 대한 막연한 응시만이 이념의 공백을 메꿔줄 대응테제로 나타나 있을 뿐이다. 인식이 빠진 즉물시야말로 해체된 자아의 또다른 표상이라 할 수 있을 것인데, 거시적 전망의 상실은 이렇듯 김광균으로하여금 바라봄의 미학을 낳게 했다. 그의 작품에서 사물을 막연히 응시하는 인상화의 수법은 이렇게 탄생했고, 그 계기는 역사의 필연성에 대한 방향감각의 상실에 기인한 것이었다.

## 2) 자아의 확대와 대상의 축소화

김광균의 시에서 자아와 대상은 팽팽한 길항관계를 형성하고 있다. 이 둘 사이의 관계는 마치 시소를 타듯 한쪽이 승하면 다른 쪽이 하강하는 모양새를 취하고 있다. 그의 즉물시들은 자아의 해체내지는 축소현상에서 빚어진 것이었으며, 미래에 대한 원근적 전망을 상실한 이후 김광균의 시들은 현실에 대한 본질적 접근보다는 피상적인 접근에 주력했다. 현상만이 전부였고 본질은 그의 시야에서 점점 멀어져 갔던 것이다. 그 외면적 현상에 대한 선호현상이 빚어낸 것이 대상의 전면화 수법, 인상파적인 그림을 만들어냈던 것이다[19]. 그가 실제로 인상파화가들에 대해 관심을 갖고 있었다고 하는 것은 그의 세계관이 만들어낸 것이지 그 그림으로부터 직접적인 영향을 받은 것은 아니다. 우연한 계기로 접한 인상파의 그림과 그의 세계관이 교묘히 만나서 빚어낸 그림이 그의 즉물시였기 때문이다. 이는 수법의 차원이 아니라 사상의 깊이가 빚어낸 역사철학의 문제에 속하는 것이었다.

이런 맥락에서 또 하나 주의깊게 보아야 할 것이 그의 시에서 드러나는 자아의 확대내지는 팽창 현상에 관한 것이다. 만약 김광균이 모더니즘의 사유체계를 충실히 받아들였다고 한다면, 그의 시에서 자아의 팽창은 여기서 요구하는 인식론적 의미망에서 검토되어야 할 것이다. 그러나 아쉽게도 김광균의 시에서 모더니즘의 인식론적 기초를 인유할 수 있는 자아의 팽창은 거의 읽어낼 수 없다. 또한 자아

---

**19** 김윤정, 앞의 논문 참조.

의 무한한 확장에서 빚어지는 인식의 피로감이나 권태감 역시 잘 드러나 있지 않다. 이런 현상은 이미지스트로서 갖는 그의 한계와 맞물리는 것이 아닐 수 없다.

차단-한 등불이 하나 비인 하늘에 걸려 있다.
내 호을로 어딜 가라는 슬픈 信號냐.

긴 - 여름해 황망히 나래를 접고
늘어선 高層 창백한 墓石같이 황혼에 젖어
찬란한 夜景 무성한 雜草인양 헝클어진채
思念 벙어리되어 입을 다물다.
皮膚의 바깥에 스미는 어둠
낯설은 거리의 아우성 소리
까닭도 없이 눈물겹고나

空虛한 群衆의 행렬에 섞어어
내 어디서 그리 무거운 悲哀를 지니고 왔기에
길-게 늘인 그림자 이다지 어두어

내 어디로 어떻게 가라는 슬픈 信號기
차단-한 등불이 하나 비인 하늘에 걸리어 있다.

「瓦斯燈」 전문

인용시는 「추일서정」이나 「외인촌」의 경우와 달리 센티멘탈한 정서가 많이 내재되어 있는 작품이다. 이 작품이 근대성의 제반 사유와 그 구조 속에 놓인 작품이라는 사실은 어렵지 않게 읽어낼 수 있는데, '슬픈 신호'나 '늘어선 고층' 혹은 '찬란한 야경'과 같은 담론들은 근대성의 맥락없이는 그 설명이 불가능하기 때문이다. 또한 '공허한 군중의 행렬' 속에서 느끼는 비애는 보들레르가 파리에서 느꼈던 '군중속의 고독'과 동일하기에 더욱 그러하다.

근대성의 맥락에 대한 「와사등」의 긍정적 읽기에도 불구하고, 이 작품을 이 사유의 연장선에서만 이해하는 것은 난망한 일이 아닐 수 없다. 그의 시들이 자본주의의 거대한 맥락으로부터 사유되지 못하고, 단편화, 파편화되어 있기 때문이다. 이런 정신의 자장들이 '등불' 등과 같은 일상의 사물에 대한 호기심의 차원에 머물게 했음은 물론이거니와 그는 애초부터 모더니즘의 인식론적 사유와는 어느 정도 거리를 두고 있었다. 그의 명편 가운데 하나인 「와사등」 역시 그 연장선에서 이해되어야 하는 이유가 여기에 있다. 역사의 원근적 사유가 가로 막힐 때, 그리하여 또다른 신체제로 자신의 사유구조를 일치시켜야 하는 현실에 직면했을 때, 김광균 앞에 놓인 선택의 대상이 그리 많은 것은 아니었다. 카프의 작가들처럼 위장 전향을 할 수도 없었고, 또 일본 제국주의로의 사상적 전이를 하는 것도 매우 어려웠을 것이다. 따라서 그 앞에 놓인 것은 앞의 사례에서 보듯 궁극적으로 자아의 문제로 귀결되었을 것이다. 앞서 본대로 자아를 소멸시키는 방법이 그 하나였다. 이 수법은 대상을 있는 그대로 응시할 뿐 그 대상으로부터 어떤 본질을 탐색하거나 그 속으로 육박해들어갈 수 없는 응시의 미학이었다. 그의 즉물시란 자아의 해체현상이 가져다

준 공허감의 표백이었던 것이다.

자아를 해체하는 방법이 전향의 한 방법이었다면, 그 역의 방법도 가능하지 않았을까. 십자로에 서서 방황하는 자아야말로 선택을 강요받은 자아가 할 수 있는 또다른 응전의 방식이 아니었을까. 역사 발전을 신뢰하고 그 원근적 전망의 힘찬 도정에 놓여있던 자아가 나아갈 방향을 상실했을 때 자신 앞에 놓여진 선택에는 무엇이 있을까. 오히려 이는 선택의 문제가 아니라 강요의 문제였다는 측면에서, "내 호을로 어딜 가라는 슬픈 信號"로서 다가오는 방황이 그 한가지 길이 아니었을까. 길잡이로서 갖는 등불의 기능적 함의가 시적 자아에게 아무런 위로의 대상이 되지 못하는 것은 나아갈 길을 찾지 못한, 방황하는 자아의 극단적인 모습이라 할 수 있을 것이다.

자아가 대상에 가까워지면 가까워질수록 김광균의 시세계에서 센티멘탈한 감수성은 점점 노골화된다. 이는 대상으로부터 멀어지면 멀어질수록 이 정서가 전연 드러나지 않는 것과는정반대의 경우이다. 「와사등」의 자아는 앞의 작품들과 달리 대상과의 거리가 매우 좁혀져 있다. 시인은 이 대상 속에서 자신의 처지를 탐색하고 자아의 상황을 인지해낸다. 대상과 좁혀진 자아가 그로부터 읽어낸 것은 센티멘탈한 감수성이다. 이 정서에 물들게 되면 그의시의 한 축이었던 인상파적인 아우라의 효과는 매우 반감되고 희석된다.

등불 없는 쏜地에 밤이 내리다.
수없이 퍼붓는 거미줄같이
자욱-한 어둠에 숨이 잦으다.

내 무슨 오지 않는 幸福을 기다리기에
스산한 밤바람에 입술을 적시고
어느 곳 지향 없는 地角을 향하여
한 옛날 情熱의 蹌踉한 자취를 그리는 거냐.

끝없는 어둠 저으기 마음 서글퍼
기인 하품을 씹는다.

아-내 하나의 信賴할 현실도 없이
무수한 年齡을 落葉같이 띄워 보내며
茂盛한 追懷에 그림자마저 갈갈이 찢겨

이 밤 한줄기 凋落한 敗殘兵 되어
주린 이리인 양 비인 空地에 호을로 서서
어느 머언 都市의 上弦에 창망히 서린
腐汚한 달빛에 눈물 지운다.

「空地」 전문

김광균 시에서 드러나는 이런 시적 우울성은 원근적 전망의 상실
과 밀접한 연관성을 갖고 있다. '등불 없는 공지에 밤이 내리는' 공간
이나 '수없이 퍼붓는 거미줄같이 자욱한 어둠'의 시간은 그러한 전망
부재의 상황을 암시해준다. 그런데 시적 자아로 하여금 이런 상황으
로 내몰리게 한 요인은 '하나의 신뢰할 현실'의 상실 때문이다. 신뢰
할 현실을 잃어버리고 '한줄기 조락한 패잔병'처럼 빈 공터에 홀로 앉

아 있는 것은 강요된 현실이 가져다 준 절망의 결과가 아니었겠는가.

김광균의 시에서 패배의식이나 전망의 부재는 자아의 우울이나 비애의 정서를 만들어내는 근본 동인들이다. 비애나 우울의 정서가 지나온 과거의 부재와 미래의 전망 상실에서 기인하는 닫힌 감수성이라고 한다면, 이런 정서들이 시인의 작품세계에서 착색되어 나타나는 것은 오히려 자연스러워보인다. 그의 시를 모더니즘으로 단정해놓고, 그 정합성여부를 물을 때 많이 제기되었던 문제 가운데 하나가 문명비판과 재생에의 의지였다[20]. 그의 작품세계에서 문명비판의 항목들은 어느 정도 산견되지만 새로운 문명사에 대한 예비단계가 전연 드러나 있지 않다는 것이다. 이런 한계가 시인의 소시민의식과 결부되어서 그의 시에서 드러나는 모더니즘의 근본적 한계 내지는 모순점으로 지적되어 온 것이다.

문명사에 대한 새로운 예비단계로서 많이 논의되어 왔던 것이 문명에 대한 재생의지이다. 이는 주로 신고전주의를 신봉하던 모더니스트들이 많이 선택했던 사안이다. 가령, 엘리어트가 영국 정교회로 회귀하여 자아의 완결성을 회복한 것이나 정지용 등이 「백록담」의 세계에서 보여준 자연으로의 회귀현상이 바로 그것이다. 대개 문명사의 새로운 단계나 회복의지를 언급할 경우 흔히 등장하는 것이 인식의 완결성에 대한 문제였다. 분열되고 해체된 감각을 치유하고 회복하는 것으로서의 통일된 사유, 완결된 사유야말로 모더니스트들이 추구해야할 최고의 과제였다. 통상 이 범주로 묶어낼 수 있는 것이 신화라든가, 고향, 아름다운 유년. 이상국가 등과 같은 모델들이다.

---

20 문덕수, 앞의 글, p. 288. 참조.

이는 물론 기억의 지속과 그 현재화에 의해서만 가능한 인식론적 사유라 할 수 있을 것이다.

김광균의 시를 모더니즘의 사유에서 걸러진 것이라 한다면, 앞서 지적한 것처럼, 그에 꼭 부합되는 의식이 있는 것은 아니다. 이는 그의 시에서 드러나는 이미지즘 성격의 시나 신고전주의적 성격의 시 등에서 똑같이 적용된다. 그의 시에서 보이는 이미지즘의 방법과 그 정신적 구조와는 상관없는 센티멘탈한 정서의 표출이 그러하고 또 신고전주의의 특장인 문명사에 대한 인식과 그 예비단계 같은 의식이 잘 드러나지 않는 점이 그러하다. 따라서 문명비판과 그에 따른 회복의지가 존재하지 않는다는 해석은 어느 정도 근거있는 것이라 할 수 있다. 그에게는 현재의 분열된 자아를 인식하고 완결시켜줄만한 건강한 과거의 기억이 존재하지 않은 까닭이다. 그의 시에서 자주 등장하는 고향에 대한 부정적 인식은 그 연장선에서 설명될 수 있는 것이다.

> 바람에 불리우는 서너 줄기의 白楊나무가
> 고요히 凝固한 풍경 속으로
> 황혼이 고독한 半音을 남기고
> 어두운 地面 위에 구을러 떨어진다.
>
> 저녁 안개가 나직이 물결치는 河畔을 넘어
> 슬픈 記憶의 장막 저편에
> 故鄕의 季節은 하이얀 흰 눈을 뒤집어 쓰고.
>
> 「鄕愁의 意匠」 부분

인용시 뿐만 아니라 시인이 보는 고향은 항상 부정적으로 표상된다. 이 작품 말고도 그는 「향수」라는 시에서 고향을 "눈 속에 파묻혀 잠드는 고향"이라 했고, "해마다 가난해가는 고향사람들"로도 묘사했다. 눈이 주는 상징적 의미를 감안할 때, 고향 속에 덧씌어진 눈의 모습이 건강한 모습으로 비춰질 리가 없다. 가변성에 놓인 근대적 주체가 자신의 불완전성을 점검하고 인식 발전의 새로운 단계, 곧 통합적 감수성의 잣대로 인유하는 고향의 모습을 김광균의 시에서는 전연 찾아볼 수 없는 것이다. 시인에게 아름다운 혹은 건강한 고향은 부재하며, 이런 부재가 시인의 불완전한 현재적 자아를 완결시키는 순기능적 역할을 하지 못하는 것은 자명한 일일 것이다. 그에게는 건강한 의미로서의 고향의 실체란 존재하지 않았으며, 상상속의 모습으로도 고향이란 없었던 것이다. 현재의 불완전한 사유를 배가시키는 "어제도 오늘도 고달픈 기억"(「紙燈」)만이 그의 사유 속에 맴돌고 있었던 것이다.

미래의 원근적 역동성을 상실한 김광균의 시야에 남은 것은 이렇듯 고독의 정서뿐이었다. 어떤 사회적 고리와의 연결을 상실한 채, 지금 여기의 순간적 정서들만이 존재의 불안성만을 추동하고 있었다. 시인의 고독은 앞으로 나아가지 못하는 방향감각의 상실과 현재의 불안을 완결시키는 기제로서의 건전한 과거가 없었다. 앞뒤로 막혀있는 십자로에서 시인은 오직 고독의 감수성에 휩싸인 채 일상의 파편들만을 부여잡고 흐느적거리고 있었던 것이다. 이때 그가 응시한 일상적 사물들은 전면화되지 못하고 시인의 자의식 속에 녹아들어오는 부수적 역할만을 수행했다. 이런 면들은 자아가 소멸됨으로써 대상이 전면화되었던 그의 즉물시들과는 전연 다른 것이 아닐 수 없다.

## 4. 근대성의 양면과 그 드러내는 방식의 한계

근대성의 여러 양상을 어느 한가지 특성만으로 설명하는 것은 불가능하고, 또 이 속성을 갖고 그것의 다양성을 이해하는 것 역시 불가능하다. 근대란 여러 가면을 쓰고 상황에 따라 혹은 인식에 따라 새로운 모양새를 띠고 나타나기 때문이다. 생산관계에 기대면 근대란 마르크스주의적인 것에 가깝게 이해될 수 있고, 부르주아적 속성에 기대면 모더니즘적 사유에 가까워지게 된다. 이 두가지 커다란 축 가운데 어느 것이 보다 실현가능한 것이고, 실감있는가 하는 것은 전적으로 시인 자신의 세계관의 문제에 속하는 사항이다.

김광균이 습작기에 쓴 초기시들은 분명 경향적인 속성이 내재되어 있다. 이 방식에 따르면 그가 이해한 근대란 생산관계에서 오는 마르크스주의적인 사유에 가까운 것이었다. 그러나 그의 사유체계는 객관세계의 변화와 더불어 오래 지속되지 못하고 1933년에 이르면 기존의 사상을 포기하고 새로운 관념으로 나아가게 된다. 이는 리얼리스트가 모더니스트로 뒤바뀌는 아주 보기 드문 문학사적 사건이 아닐 수 없다. 한국문학사에서 이와 반대되는 경우는 종종 있어 왔다. 가령, 다다이스트였던 임화가 리얼리스트로 나아간 것이 그것이다. 뿐만 아니라 일제 강점기 모더니스트의 편에 섰던 많은 작가들이 해방 이후 리얼리즘으로 나아간 사례 역시 찾아볼 수 있다. 모더니스트가 리얼리스트로 바뀌어가는, 그러한 보편적인 현상에 비하면, 리얼리스트가 모더니스트로 되는 사례는 매우 예외적인 것이 아닐 수 없다. 한국 문학사에서 이와 동일한 사례를 굳이 든다면, 앞서 지적한대로 박인환의 경우 정도가 있다. 박인환은 해방이전에 리얼리즘 성향을 보이다가 전쟁이후에는 철저한 모더니스트가 되었기 때문이다.

리얼리스트가 모더니스트로 전환하는 이 역사적 사건을 염두에 두고 김광균의 시와 문학을 검토한 사례는 거의 없었다. 이는 사상사적 과제가 던져주는 어려움의 결과일 터인데, 김광균의 그러한 변화도 사상사적으로 보면 일종의 전향에 해당된다. 진보주의적 사상가가 그 사상을 포기하는 단면을 그는 너무도 선명히 보여주었기 때문이다.

전향이란 신체제론으로 나아가든가 혹은 위장으로 나아가든가 하는 선택의 문제가 내재되어 있기에 섣불리 결론내릴 수 없는 위험성을 갖고 있다. 카프 작가들에게 보이는 다양한 전향문학의 갈래를 보면 이는 쉽게 이해될 수 있는 대목이다. 따라서 김광균의 시를 두고 모더니즘적이냐 아니냐 혹은 보다 구체적으로는 이미지즘이냐 아니냐를 굳이 따질 필요가 없는 것은 이런 이유 때문이다.

전향 이후 김광균의 시세계는 크게 두가지 흐름으로 나아간다. 서정적 자아를 놓고 이를 기각할 것인가 아니면 표나게 드러낼 것인가의 문제가 바로 그러하다. 전자에 치중하게 되면 그의 시들은 사물이 전면적으로 드러나는, 즉물시의 경향을 띠게 되고, 후자에 치중하게 되면, 자아가 확대되는 센티멘탈한 시가 된다. 물론 이 둘 사이의 경향에 공통적으로 내재되어 있는 것은 일상 사물에 대한 관심일 것이다. 김광균의 시에서 일상 사물에 대한 관심은 소시민의 정서로 이해될 수 있는 대목인데, 이는 다음 두가지 사유의 결과가 만들어낸 복합적 결과라 할 수 있다. 하나는 이미지즘의 방법적 의장을 자연스럽게 받아들이는 과정에서 형성된 것이고, 다른 하나는 전향의 과정에서 파생되는 일상에의 복귀현상에서 만들어진 것이다. 그의 이미지즘의 수법은 서구적인 것의 수용보다는 후자의 강렬한 정신에서 매개되었기에 가능한 것이었다. 따라서 그의 시의 특색인 생활정서는 일상으로의 복귀과정에서 사물을 새롭게 인식하고 그 일상의 대상을 즉물화하려는 정신의 구조가 이미지즘이 표방하는 수법과 자연스럽게 만나면서 이루어진 과정으로 이해해야 할 것으로 보인다.

그리고 또 하나 우리의 주의를 요하는 대목이 해방직후에 보여준 김광균의 사상적 편력이다. 그 역시 다른 시인들의 경우처럼 해방의 감격과 새나라 건설을 힘차게 노래했지만, 임화를 비롯한 카프계 시인만큼 계급적 정향에 기반한 새나라 건설을 읊지는 않았다. 또한 김기림의 경우처럼 계몽적 사유에 입각한 새나라 송을 노래하지도 않았다. 이들과 달리 해방에 대한 그의 노래는 매우 어정쩡했다. 해방정국이 문학가들에게, 특히 이들의 사상 선택과정에 있어서 매우 중요한 시기였던 것은 이념 선택이 자유로운 때였기 때문이다. 이때의 김광균의 사유를 어느 정도 볼 수 있는 작품이 「날개」이다.

눈물겨웁다
황폐한 고국 낡은 철로와 무너진 다리.

서른 여섯해 비바람이 스쳐간 자취.
애처로웁다.
혼곤한 산과 들에 시내물 소래
나의 부모 동생과 뭇 겨레가 살고 있는 곳

> 이 슬픔 우에
>
> 이 기쁨 우에
>
> 혁명이여, 아름답고나
>
> 피묻은 네 날개 우에
>
> 찬란한 보람 동터 오노나
>
> 잃어진 내 것을 찾아
>
> 거리로 가자 항구로 가자.
>
> 혁명이여
>
> 나에게 장대한 꿈을 주렴아
>
> 날아 가야할 하날 저멀리 가로놓이니
>
> 연약한 날개를 모아 노래 부르자.
>
> 우리 두 팔을 걸고 바위를 밀자.
>
> 가없는 곳에 큰길을 닦자.

「날개」 전문

이 시는 1945년 『해방기념시집』에 실린 작품이다. 시인은 이 작품에서 '혁명'을 이야기 했다. 그러나 그것이 어떤 혁명이어야 하는 것인지를 구체적으로 말하지는 않았다. "혁명이여/나에게 장대한 꿈을 주렴아"라고 함으로써 이를 매우 모호하게 처리하고 있는 것이다. 그러는 한편으로 "우리 두 팔을 걸고 바위를 밀자./가없는 곳에 큰길을 닦자"라고 하여 김기림적인 계몽적 국가건설을 염두에 둔 듯한 표명을 하기도 했다. 김광균이 보여준 해방 직후의 모습은 이렇듯 이것도 저것도 아닌 애매모호한 자세, 어정쩡한 사유태도를 보였던 것이다.

　그의 이런 애매한 사상 선택은 곧 한국 문학의 수준이나 복잡성을 말해주는 것이 아닐 수 없다. 이는 동반자 작가들의 전향 태도를 보면 금방 이해할 수 있는 대목이다. 이들은 전향을 적당한 물타기 혹은 센티멘탈한 감수성으로 적당히 받아 넘겼다. 객관적 정세의 변화에 따라 어물쩍 넘어가는 듯한 포오즈야말로 그들의 이념선택이란 것이 시류적인 유행의 결과 였음을 말해주는 것[21]이 아닐까. 이런 결과는 김광균에게도 똑같이 적용되는 문제이다. 그는 자신의 사상선택과 그 포기를 자아와 대상과의 줄다리기로 넘겨버렸다. 그리하여 자아를 완전히 포기하여 시를 자아가 사상된 풍경화로 만들거나 아니면 그 반대의 경우 속에 이를 가두어버렸다. 이때의 자아란 자본주의의 특수한 환경이 만들어낸 고독의 정서였고, 시의 배경은 이를 추동하는 단순한 매개로 전락되었다. 사상의 그러한 불철저 의식은 해방직후 놓여진 이념선택의 과정에 있어서 김광균이 보여준 애매한 자세와도 분리되기 어려운 것이었다.

---

21 김윤식, 앞의 책, p. 293.

# 김광섭 시의 자연과 그 근대적 의미 연구

한국 시의 근대성과 반근대성

## 1. 김광섭 문학의 출발점

김광섭의 시작 활동은 비교적 늦게 시작되었다. 1935년에『시원』
에「고독」을 발표하면서 등단했으니 이 때 그의 나이가 이미 30을
넘기고 있었다. 이런 연륜은 이 시기 다른 시인들에 비하면 꽤 늦은
편이다. 그렇다고 그의 문학활동 자체가 늦게 시작된 것은 아니다.
그는 일찍이 동경 유학시절부터 습작생활을 한 바 있거니와 귀국후
인 1928년에는 '해외문학연구회'에 가담해서 문학활동에 적극 참여
한 바 있기 때문이다. 통상 '해외문학파'로 불리는 이 단체를 창작집
단이라고 지칭하기는 어렵지만, 어떻든 김광섭의 문학행위는 이 활
동을 통해서 꾸준히 이어져 왔다.

김광섭의 시를 하나의 단선적인 흐름으로 정리해내는 것은 쉬운
일이 아니다. 이는 그의 문학적 다양성에서 오는 것이긴 하지만, 그
의 시 속에 잠재되어 있는 사유의 깊이와도 밀접한 상관관계를 갖고
있다. 김광섭의 시들은 매우 관념적인 것으로 알려져 있다. 그의 시
들에서 드러나는 이러한 특성들은 한국 시사에서 매우 예외적인 일
로 받아들여졌다. 그가 등장하기 이전까지 한국 서정시의 특색은 감
상에 의한 서정성이 지배적인 주조를 이루고 있었다[1]. 이상을 비롯
한 일부 모더니스트들의 지적인 사유가 감상의 공백들을 메우고 있
었긴 했지만, 이 정서가 우리 서정시의 지배소였다는 사실은 아무도
부정하지 못할 것이다. 이런 시사적 흐름을 뒤집은 것이 김광섭이었

---

1 김윤식,「유한공간의 표상」,『근대시와 인식』, 시와시학사, 1992, p.136.

다. 그의 시들은 어떤 구체적인 현실에 토대를 두고 있지 않을 뿐만 아니라 센티멘탈의 감수성에 젖어서 감정의 과잉에 젖어들지 않았다. 시가 구체적인 현실이나 감정에 노출될 경우, 흔히 빠지게 되는 단순성을 김광섭은 적절히 피해가고 있었던 것이다. 김광섭의 시들은 현실 저너머의 세계, 그의 표현대로라면, 추상의 세계에서 만들어진 경우이다[2].

관념이란 사유의 깊이 없이는 성립 불가능하다. 김광섭의 시가 난해하고 이해하기 어려운 이유도 여기서 찾아진다. 그의 시들은 관념에서 시작되어 그 긴 터널을 여백없이 길게 뻗어나가는 형태로 구성되어 있다. 그 긴 길을 차분히 따라가면 금방 붙잡을 것 같은 그의 시들은, 그러나 쉽게 잡혀지지 않는다. 이는 관념이 필연적으로 수반할 수밖에 없는 사유의 다양한 갈래에 그 원인이 있다고 하겠다.

김광섭에 대한 기존의 연구들이 주로 관심을 가졌던 곳도 이 부분이다. 그의 시들에서 관념이 승하다는 사실은 대부분의 경우 동의하고 있는데, 이 세계를 유한공간의 표백으로 이해하기도 했고[3], 개아의 염결성[4]으로 분석하기도 했다. 그리고 그의 시에서 드러나는 전반적인 특색을 시기별로 분석하여 종합적으로 해석한 경우도 있다[5]. 또 드문 경우이긴 하지만, 김광섭의 시들에서 드러나는 사회적인 맥락에 주목하여 이를 외재적 맥락과 연결시켜 해석한 경우도 있다[6].

---

2 김광섭, 『동경발문』, 1938.
3 김윤식, 앞의 글.
4 손종호, 『김광섭 문학 연구』, 충남대학교 출판부, 1992.
5 김재홍, 「이산 김광섭」, 『한국현대시인연구』, 일지사, 1986.
　류근조, 「이산 김광섭 시 연구」, 『인문학연구』25, 중앙대학교, 1996.
6 염무웅, 「한 민족주의자의 정치적 선택과 문학적 귀결」, 『해방전후, 우리 무학의 길 찾기』, 민음사, 2005.

관념 편향으로 직조된 김광섭의 시들이 하나의 주제의식으로 수렴되지 않음을 감안하면 이러한 분석들은 매우 의미 있는 작업들이라 할 수 있다.

그러나 김광섭 시에 대한 이런 의미있는 연구성과에도 불구하고 아쉬운 것은 각 시기마다 드러나는 그의 시세계들이 하나의 일관된 흐름으로 연결되어 분석되지 않은 점일 것이다. 한 시인의 정신사적 흐름이 각 계기마다 순차적으로 발전해나가는 것은 일반적인 경우이다. 김광섭의 시들 역시 하나의 분명한 흐름을 갖고 있긴 하지만, 그 뚜렷한 흐름에 대해서는 애써 외면해 왔다. 그의 시들에서 사회적 맥락을 이해한 경우도 예외는 아니다. 특히 그의 감옥 체험 이후에 씌어진『마음』의 세계나「성북동 비둘기」이후에 씌어진 시들을 통해서 대사회적 의미역을 읽어내려 했다. 김광섭의 시들에서 이런 요소들이 전혀 없는 것은 아니지만, 그것은 단지 부분에 그치는 일면적인 사례에 불과할 뿐이다. 그의 시에서 드러나는 사회적 맥락이란, 그의 필생이 주제였던 관념적 표백의 세탁과정에서 흘러나온 부산물에 불과할 뿐이다. 김광섭은 30년대의 일제 식민지 상황을 외면하지도 않았고, 또 누구에게나 똑같은 하중으로 다가오던 근대에 대해서도 회피하려 들지 않았다. 그는 현실과 근대성이라는 그러한 문제들에 대해서 적극적으로 맞서왔고, 또 여기에 응전해왔다. 그의 일관된 시적 주제였던 관념이란 그 현실과의 길항관계에서 얻어진 필연적 결과였다.

김광섭이 피력했던 관념적 주제 가운데 하나는 자연이었다. 그의 작품세계에서 자연은 그의 시세계를 엮어가는 근본 틀이었는데, 그는 그것을 음풍농월이나 강호가도 같은 낭만적 사유의 대상으로 인식하지도 않았고, 현실도피와 같은 소극적 대상으로 인식하지도 않았다. 김광섭은 자연을 자신의 관념을 만들어가고 그의 사유를 완성해나가는 근본 매개로 인식했다. 그의 시에서 드러나는 유한공간이나 사회성이란 이 자연과의 고리를 어떻게 연결시켜나아가는가에 따라서 얻어진 결과이다. 김광섭의 시세계는 흔히 세시기로 분류된다. 이들 각각의 시기마다 자연은 관조의 대상이기도 하고 적극적으로 받아들여할 대상이기도 했으며, 또 이를 육화해나갈 대상으로 받아들여지기도 했다. 자연은 그의 시세계를 이끌어가는 기본 소재였고 주제였던 것이다. 그러한 자연의 맥락들이 시대의 맥락과 어떻게 교류되면서 변주되는가를 살펴보는 것이 이 글의 의도이다.

## 2. 내면적 고립과 유한의 표상

감상의 과잉을 배제한 자리에서 출발한 김광섭의 시가 처음 자리를 잡은 것은 내면의 문제에서였다. 그는 자신을 둘러싼 현실의 외피에 벽을 치며 자신만의 공간을 마련해나갔다. 물론, 한국 근대시사에서 내면 공간을 마련한 것이 김광섭의 경우가 처음은 아니었다. 그 이전에 이상을 비롯한 모더니스트들이 있었고, 저항과 사변적 사유를 담은 김영랑의 경우도 있었다. 전자의 시세계가 외부와의 연결고리를 차단한 자기고립주의적 성향이 강한 경우였다면, 후자는 자아가 외부와의 연결맥락을 철저히 단절시키는 형이상학적 사유의 고뇌를 보여주었다. 자기 고립의 틀 속에 갇혀 있다는 점에서 보면, 이들 부류와 김광섭은 동일한 위치에 놓여 있다. 그러나 그 관념을 표백해 나가는 과정에 있어서는 매우 상이한 면을 보여주었다.

김광섭은 존재를 해체하지 않았고 또 서정의 윤곽 또한 부수지 않았다. 존재의 목소리를 크게 뱉어내면서 이를 사유의 깊이로 끌어내리기도 했다. 그는 자신을 형이상학의 주제나 대상으로 이해하려 했고, 또 경우에 따라서는 그것을 사회적인 맥락과 결부시키려 했다. 그의 시를 두고 관념적이라 함은 이런 이유 때문인데, 실상 한국 근대시사에서 존재를 규정하려 했던 것 가운데 김광섭의 시세계가 거의 맨 앞에 놓인다 해도 크게 틀린 말은 아니다. 존재에의 고양이란 측면에서 김광섭을 능가하는 시인은 매우 드물었기 때문이다.

내
하나의 생존자로 태어나 여기 누워 있나니

한 간 무덤 그 너머는 무한한 기류의 파동도 있어
바다깊은 그곳 어느 고요한 바위 아래

내
고단한 고기와도 같다.

맑은 性 아름다운 꿈은 멀고
그리운 세계의 단편은 아즐타.

오랜 세기의 地層만이 나를 이끌고 있다.

신경도 없는 밤
시계야 奇異타.
너마저 자려무나.

「고독」 전문

이 작품은 이산의 작품세계가 관념적이라는 단초를 제공한 시이다. 센티멘탈한 감성이 배제된 서정성과 한자를 비롯한 관념어의 등장이 바로 그러하다. 뿐만 아니라 존재를 탐색하고 이를 규정하려는 서정적 자아의 치열한 자기 모색 또한 이 작품을 관념의 테두리에서 벗어나지 못하게 한다.

자아의 궁극적 모습이라든가 존재의 발현양상을 문제 삼을 때, 모더니즘 계통의 시인들만큼 뚜렷하게 보여준 경우는 없다. 외부의 끈과 자연스레 연결되지 못한 자폐적 우울증이야말로 이들 모더니스트들의 가장 큰 특징이었기 때문이다. 게다가 이 병든 자아들은 소통의 길을 찾지 못하고, 계속 내면의 좁은 길로 함몰됨으로써 그러한 유폐성들은 더욱 심화되기에 이른른다. 외부의 벽과 차단시키고 자아를 고립시켜나가는 방식은 김광섭의 경우도 마찬가지이다. 우선, 제목 자체도 '고독'이려거니와 그러한 감각을 현상해주는 중요한 단어가 바로 '내(나)'이다. '나'란 '우리'와 분리된 자리에 있는 것이다. '나'라는 언표가 중요한 것은 그것이 상대적인 것이나 어떤 소통관계를 철저하게 차단하는 고립적 담론이라는 데 있다. 이렇게 분리된 '나'는 '하나의 생존자'가 됨으로써 또다른 개체자로 더욱 각인된다.

‘자아’를 외부와 차단시키는 이런 고립주의는 식민지 현실에 비춰볼 때, 매우 의미깊은 것이 아닐 수 없다. 이는 어찌 보면 부정적 현실인식에서 비롯된 비판적, 저항적 시정신을 은폐하기 위한 장치일 수 있기 때문이다[7]. 이런 예는 동시대에 활동했던 김영랑의 경우에서도 찾아볼 수 있다. 익히 알려진 대로 영랑은 ‘나’와 관련된 시어를 가장 많이 구사한 시인으로 알려져 있다. 영랑의 시 대부분이 ‘나’와 관련된 시들로 구성되어 있다고 해도 과언이 아닐 정도로 이 시어들은 그의 시의 한 특색으로 되어 있다. 그런데 외부 현실과 차단시키는 그러한 ‘나’란 궁극적으로 식민지현실에 동화되지 않겠다는 강한 저항의 메시지를 담고 있는 경우였다[8]. 현실과 차단된 ‘나’야말로 세속의 지저분한 늪으로부터 벗어날 수 있는 준거틀이었기 때문이다. 이렇게 현실과 격리 시킨 ‘나’를 영랑은 맑고 깨끗한 세계와 연결시킴으로써 현실에 대한 저항적 사유를 더욱 일관되게 유지시킬 수 있었다.

서정적 자아를 외부 맥락과 차단시키는 시의 방법적 의장들은 김광섭의 경우도 마찬가지만, 그러나 그 지향하는 방식은 매우 상이했다. 세속과 차단된 ‘나’를 영랑은 자연과 같은 순수 세계와 연결시켜서 식민지 시대에서의 저항이라는 독특한 성채를 만들어내지만, 김광섭은 그러한 저항적 시정신의 은폐뿐만 아니라 존재론적 고독이라는, 인간의 숙명적 본질로까지 연결시키고 있다. 그는 영랑의 경우처럼 외부와 차단된 자아를 어떤 다른 세계와 접맥시키지 않는 것이다. 반면에 그는 ‘하나의 생존자’나 ‘고단한 고기’와 같은 치환비유를 통해 인간 속에 내재되어 있는 존재론적 고독의 의미를 파악해낸다.

---

7 김재홍, 앞의 글, p.163.
8 송기한, 「현실과 순수의 길항관계」, 『관악어문연구』27, 2002.

'맑은 성'과 '아름다운 꿈'과 같은 이상 세계는 저 멀리 떨어져 있을 뿐 시적 자아에게 현재화되어 있는 것은 아니며, '오랜 세기의 지층'과 같은 세속의 역사, 곧 본질적이지 못한 힘만이 무력한 자아를 이끌어나가고 있을 뿐이다. 이런 힘없는 자아가 어떤 것을 감각할 수 있는 신경이 무딘 것은 당연하며, 시간으로 표상된 사유의 흐름이 정지되는 것 또한 자연스러운 일이 된다.

피로한 생활의 윤리에서
묵중한 머리를 들어보나

원래 목표 있는 우수도 아니요
말하여 盡할 비애도 아니려니와
또한 어데서 비롯하여
어데서 끝날 애기랴.

흐르고 쌓여 나려온
온갖 울분을 다하여서도
결국은 돌멩이 하나 움직이지 못할
허망한 사념에 다다를 뿐

드디어 불행을 거느리고
고독의 살림에 들다.

「독백」 전문

인용시는 「고독」과 비슷한 시기에 씌어진 작품이다. 서정적 자아는 시대적 상황으로 인한 울분이 쌓이고 쌓여서 그것이 아무리 강한 것이라해도 역사적 맥락이나 사회적 저항으로 연결시키지 못하고, 결국은 "돌멩이 하나 움직이지 못"한 채 "허망한 사념"에 이르는 나약한 존재로 머무르고 만다. 그리고 서정적 자아가 도달하는 곳은 앞의 작품과 마찬가지로 '고독'이다.

김광섭이 자아와 외부 현실과의 사이에 차단막을 치고 안주한 곳은 이렇듯 내면의 공간이다. 이곳은 미래에 대한 발전사관이나 지나온 과거에 대한 아름다운 기억이 존재하는 곳이 아니라 정지되어 있는 곳이다. 역동성을 상실한 자아가 궁극적으로 도달한 곳은 이렇듯 밝은 미래도 아니고 아름다운 과거도 아니었던 것이다. 시인은 앞뒤 꽉 막힌 이 막다른 곳에서 자신만이 안주할 수 있는 사색의 집을 만들었다. 이곳은 서정적 자아를 규정할 내성의 거울도 부재할 뿐만 아니라 반면교사조차도 없는 암울한 곳이다. 서정적 자아는 자신을 의미화시킬 수 있는 반성적 대상으로부터 철저하게 거리화되어 있는 것이다.

## 3. 유한의 타원 세계에서 영원한 원의 세계로

감상을 배제하고 지적인 영역을 서정시에 도입한 김광섭의 작품세계는 한국 근대시사에서 매우 이례적인 사례를 보여주었다. 이런 유

형의 시들은 모더니스트들에게서 흔히 발견되는 일이긴 하나 순수
서정시인들에겐 드문 경우였다. 김광섭이 추구한 내면에의 경사가
어떤 요인에 의한 것인가 하는 것은 역사철학적인 사유에 걸리는 문
제이긴 하지만, 그 원인은 크게 두가지 각도에서 설명이 가능하다고
본다. 하나는 시대적 맥락과의 관계이다. 관념편향적인 김광섭의 시
들이 부정적 현실에 대한 은폐된 시정신의 하나라는 것은 이미 지적
한 바 있거니와 이런 시적 의장이야말로 열악한 현실에 대응하는 좋
은 수단이었다는 것이다. 김광섭도 그러한 관념의 세계가 가져오는
결과가 무엇인지를 시집『동경』의 발문에 밝혀놓은 바 있다.

> 추상(抽象)된 세계를 가지지 못한 시인의 생명은 의심스러울 것이나
> 이 추상된 세계란 현실을 통하여서의 이상이거나 반역일 것이다. 그러
> 므로, 저 건너에 깃들여 있는 추상된 세계의 거울은 곧 현실이요 현실
> 없는 추상은 없다. 그러므로, 또한 현실이 쓰거운데 추상의 세계만이 감
> 미로울 수도 없다[9].

관념, 곧 시인이 말하는 추상이란 현실을 통한 이상과의 반역이고,
추상된 세계의 거울은 곧 현실이요 현실 없는 추상은 없다고 함으로
써 추상이란 결국 현실과 밀접한 관련이 있는 것임을 말하고 있다.
현실과 추상의 이런 길항관계는 김영랑의 경우에서 보듯 서정적 자
아와 외부 환경의 확실한 단절을 통해 순수한 '나'를 지키기 위한 하
나의 방편이 될 수 있었다는 사유와 동궤에 놓이는 것이다.

---

9 김광섭,『동경』발문,『전집』, p.91, 문지 2005.

그리고 다른 하나는 근대성과의 상관관계이다. 김광섭의 시에서 근대성과 관련된 시적 방법 혹은 내용들을 간취해내는 것은 쉬운 일이 아니다. 그가 표나게 근대주의자를 표방한 적도 없고 또 작품에서도 그러한 경향을 쉽게 발견할 수 없기 때문이다. 그럼에도 그의 작품이나 그가 표방한 정신세계를 꼼꼼히 추적해 들어가다 보면, 근대성의 제반 양상과 밀접히 관련되어 있음을 알게 된다. 가령 다음과 같은 시가 그러하다.

> 회전(回傳) 유전(流轉) 변전(變轉) 역전(逆轉)---
> 나는 시간의 둥이에서 낙하한다.
> 현대는 한 추태였다.
> 나는 바다로 가는 한 방울 물이 되리라.
>
> 「裸想」 전문

인용시는 첫시집 『동경』에 실려 짧은 것이긴 하지만, 근대에 대한 김광섭의 사유구조를 잘 대변해주고 있다는 점에서 흥미있는 작품이다. 우선 시인은 현대의 변화무쌍한 모습을 "회전(回傳) 유전(流轉) 변전(變轉) 역전(逆轉)"으로 이해한다. 근대가 일시성이나 순간성과 같은 변화의 맥락과 분리되기 어려운 것이라면, 이런 상황 인식은 매우 예리한 것이라 할 수 있다. 견고한 모든 것들을 순간적으로 무화시키고 해체시키는 것이 근대의 속성이기 때문이다.

다음은 시간의 문제이다. 흔히 중세를 지배한 시간은 영원이었고 순환적인 것이었다. 그러나 근대는 그 반대이다. 근대적 시간의식은 앞으로 진행하는 선조적 특성을 갖고 있다. 이런 시간의식에 적응하

지 못하면, 이 일탈된 자아들은 근대라는 수레에 동승하기 어렵게 된
다. 서정적 자아는 이미 그런 근대의 속성으로부터 멀리 벗어나 있는
존재이다. 따라서 자아는 그러한 직선적 시간성과 동일화하지 못하
고, 거기서 떨어져 나오게 된다. 이런 휘발성의 현대를 시인은 '추태'
라고 부른다.

　자아와 세계의 분리가 시인의 시세계의 성립요건 가운데 하나이긴
하지만, 어떻든 그러한 분리는 근대성의 제반 원리와 따로 떼어놓고
논의할 수 없다는 사실이다. 문명화된 것의 모든 이면에 자연에 대한
근원적인 향수가 깔려 있는 것이며, 근대의 안티테제는 바로 그 근원
에의 회귀를 영원한 꿈으로 간직하고 있다. 김광섭 초기시의 특징가
운데 하나인 고독이나 관념은 우선 이런 맥락에서 이해되어야 한다
고 본다. 그것은 그의 시의 시도동기이자 에필로그이다. 원상과 모
상의 끊임없는 길항관계야말로 김광섭의 시를 이끌어가는 핵심 주제
이다. "나는 바다로 가는 한 방울 물이 되리라"라는 인식은 그런 물음
에 대한 해답의 단초이다.

　　어데서 온 모습이뇨
　　내 고향 푸르르니
　　유한의 표상인가
　　여백이 무변코나
　　끝없이 깊은 타원
　　하이얀 공백 속에
　　감격된 영원
　　섬광을 날리니

환영을 따라

유랑하는 감정의 고조

천의를 걸치고

너의 심장에 묻힌다


오 푸른 하늘에

옥좌를 이룬

계절 없는 송이야

홍조의 빛을 따라

가을이

입술을 대인다

「O=타원의 표상」 전문

「타원의 표상」은 두 번째 시집 『마음』에 실린 작품이다. 『마음』은 김광섭이 해방 이후에 씌어진 작품을 주로 싣고 있으나 해방 이전의 작품도 상당수 있다. 특히 영어의 체험을 바탕으로 한 시들과 해방의 감격을 읊고 있는 시들이 여러 편 있어서 시인의 시세계의 변모를 알게 해주는 시집이기도 하다. 물론 이러한 변모들은 객관세계의 변화에 따른 전향적 결과로 해석할 수 있는 문제이긴 하나 김광섭의 작품세계에서 질적인 비약을 이룬 어떤 모양새로 이해하는 것은 논리적 착오일 수 있다는 점이다. 앞서 지적한 것처럼 김광섭의 시들은 매 시기마다 약간의 편차가 있긴해도 하나의 일관된 주제와 소재를 갖고 있었다. 내면과 외면의 거리화가 바로 그것이다. 그는 갇힌 내면의 세계에서 자아를 규정하고 이를 이해하려 했다. 「고독」의 '내 하나의 존재자'나 '고단한 고기'란 그러한 사유의 결과였다.

　인용시가 말하고자 하는 것도 '내 하나의 존재자'와 관련된다. 시인은 영(0)을 타원으로 보고 있다. 영은 원으로 인식되는 것이 통상의 예인데, 어째서 타원으로 인식하는 것일까. 타원이란 두 개의 초점을 동시에 갖는다. 신과 인간으로 분리된 마음의 두 초점이 고려될 때 타원이 표상이 성립된다[10]. 타원의 성격이 이러한 것이라면, 거기에는 화해될 수 없는 두 개의 지점이 평행선처럼 놓여져 있다는 말과 같은 것이 된다. 그것은 분리되어 있는 것이기에 영원하지 않으며, 따라서 단지 "유한의 표상"에 불과할 뿐이다. 인간이 영원하지 않다는 것은 신과 같은 중세적 항구성을 잃어버렸다는 것이고, 결과적으로는 근대적 인간형이 되었다는 뜻이다. 이 근대적 인간은 영원으로부터 분리된 존재, 즉 영의 세계로부터 떨어져 나온 존재이다. 타원에 대한 인식은 이와 관련된 사유이다. 영, 곧 영원을 잃어버린 인간은 타원의 한 끝에서 영원의 환영을 따라 끊임없이 유랑의 길을 떠날 수밖에 없게된 존재이다. 그러한 인간형이 근대적 인간의 한 단면이다. 김광섭이 이 작품에서 묘파한 "환영을 따라/유랑하는 감정의 고조/천의를 걸치고/너의 심장에 묻힌다"는 맥락은 여기서 나온 것이다.

　그렇다면, 시인이 간단없이 찾아헤매는 환영이란 무엇일까. 환영은 제어할 수 없는 외상이 주어질 때 일어나는 정신의 한 현상이다. 김광섭에게 있어서 그러한 정신적 모멘트는 물론 근대의 제반 양상에서 오는 외적 충격에 그 원인이 있을 것이다. 그 외상과 치유의 과

---

10 김윤식, 앞의 글, p. 137.

정에서 그가 본 것은 환영이었고, 자연은 그 사색의 결과에서 얻어진 것으로 판단된다. 그가 초기시부터 끊임없이 모색했던 "맑은 성 아름다운 꿈"이란 바로 자연과 같은 통합적 상상력과 분리되기 어려운 것이었다. 「나상」에서 "나는 바다로 가는 한 방울 물이 되리라"한 것도 그 연장선 놓인다. 따라서 타원이란 근대와 화해할 수 없는 자아의 고단한 모습을 표현해낸 사색의 표백이라 할 수 있다.

바람결보다 더 부드러운 은빛 날리는

가을 하늘 현란한 광채가 흘러

양양한 대기에 바다의 무늬가 인다


한 마음에 담을 수 없는 천지의 감동 속에

찬연히 피어난 白日의 환상을 따라

달음치는 하루의 분방한 정념에 헌신된 모습


생의 근원을 향한 아폴로의 호탕한 눈동자같이

황색 꽃잎 금빛 가루로 겹겹이 단장한

아 의욕의 씨 원광에 묻히듯 향기에 익어가니


한 줄기로 지향한 높다란 꼭대기의 환희에서

순간마다 이룩하는 태양의 축복을 받는자

늠름한 잎사귀들 경이를 담아 들고 찬양한다

「해바라기」 전문

이 작품은 세 번째 시집의 표제가 된 「해바라기」이다. 시집 『해바라기』는 자유당 정권에서 공보비서관을 지내고 경희대교수로 재직하던 시절에 주로 씌어진 것들이다. 이 작품들은 시인의 생애에서 절정의 시기에 창작된 것들이기에 이전 시집에서 볼 수 없었던 생의 발랄한 모습들이 담겨져 있다. 문학과 삶이 상동적 흐름 속에 놓여 있는 것은 아니지만, 그 행로는 어느 정도 일치하는 것 또한 사실이다. 삶이 건강할 때, 문학 속에 표현된 내용 또한 힘차고 발랄할 수밖에 없지 않겠는가. 「해바라기」는 그 연장선에 있는 작품이다.

「해바라기」는 두가지 맥락에서 그 의미가 있는 작품이다. 하나는 자연에 관한 시인의 응시와 그것에 담겨져 있는 관념이다. 김광섭은 일찍이 자신의 존재론적 국면과 의의를 고독에 둔 바 있다. 뛰어넘을 수 없는 거대한 벽과 세계내 존재로서 살아가야 하는 인간의 숙명이 자신을 그런 특수자로 규정해버린 것이다. 이런 유폐된 틀에서 그가 모색한 것은 '바다'와 같은 비분리된 세계모형이었다. 그것은 이른바 자연으로 대변되는 우주의 이법이나 질서와 같은 것이었다. 실상 김광섭에게 있어 자연은 그가 평생동안 탐색해온 주제였다. 김광섭은 그러한 자연의 세계와 통합적 관계를 모색해왔고, 「해바라기」는 그 인식의 결과에서 얻어진 작품이다. 따라서 「해바라기」는 대자연의 이법이라는 사유체계를 벗어나서는 아무런 의미도 갖지 못한다고 할 수 있다.

그리고 다른 하나는 「해바라기」가 이른바 원의 세계라는 점이다. 이는 두가지 측면에서 그 의미가 있다. 하나는 앞서 지적한 것처럼, 그것이 자연의 세계라는 점과, 다른 하나는 해바라기가 상징하는 외면적 모습이다. 이 둘은 모두 원의 세계라는 점에서 공통점을 갖고 있다. 자연은 시간 구성상 원의 세계에 속한다. 계절이나 시간은 순환에 속하는 것이고, 이는 원의 표상이다. 그렇기에 자연에 대한 인식만으로도 직선적 세계를 뛰어넘는 순환적 세계인식의 한 방법이라 할 수 있다. 그리고 다른 하나는 해바라기의 외면적 모습이다. 지극히 소박해보이는 이런 모습이 형이상학적 의미역을 가질 수 있는 것은 그것이 원의 모습으로 되어 있다는 점일 것이다. 원이란 순환이며 항구성을 상징한다. 김광섭의 시세계에서 원에 대한 이러한 인식은 매우 중요한 것이다. 그것은 타원의 세계를 뛰어넘는 곳에 위치한다. 두 개의 꼭지점으로 마주선 것이 타원의 세계인데, 그것은 신과 인간을 이원적인 관계항으로 만든다. 인간이 신과 맞선다는 것은 유한한 존재, 곧 영원성을 상실한 존재가 되었다는 뜻이다. 영원을 상실한 근대적 인간이 자율적 존재로 전락하는 것은 여기에 그 원인이 있다. 그런데 원은 그러한 양극점을 무화시킨다. 그것은 유한을 극복하는 영원의 세계이다. 김광섭이 영(0)을 타원이 아닌 원의 세계로 인식했다는 것은 그의 시세계에서 중요한 변화를 예고하는 국면이 아닐 수 없다. 이 원의 단계에 이르러 이산의 시세계는 또 다른 지점으로 나아가는 계기를 마련한다.

## 4. 문명과 자연의 불연속적 초월,
   그리고 형이상학적 영원주의

인생의 절정기를 맞이하던 김광섭은 60년대 들어 삶의 또다른 변화를 겪게 된다. 고혈압으로 쓰러지면서 인생의 전환기를 맞이하게 된 것이다. 이를 계기로 그의 시세계는 이전에 비해 많은 변화를 보인 것으로 이해되어 왔다. 그의 후기 시에서 한자어나 관념어가 사라지고 일상어 등과 같은 쉬운 언어들이 작품세계를 지배함으로써 초기 시의 특징이었던 관념적 성향의 시세계는 볼 수 없게 되었다는 것이다. 병을 얻은 후에 씌어진 『성북동 비둘기』를 비롯한 후기 시집들을 꼼꼼히 살펴보면 이런 변화들에 대해 어느 정도 수긍하게 된다. 한자어를 비롯한 관념어들이 눈에 띠게 많이 줄어들었기 때문이다. 그 자리를 메운 것이 일상어들이었다.

그러나 60년대 들어 변화된 시인의 시세계를 시인 자신의 신체적 변화를 통해서만 이해하는 것은 어느 정도 한계가 있다. 특히 이때부터 시집의 상당부분을 차지하기 시작한 사회시들을 두고 민중적 정서로 이해하려한 것은 감정의 오류라는 혐의를 벗어날 수 없을 것이다. 익히 알려진 것처럼 김광섭은 보수적 민족주의자이다[11]. 해방 이후 그가 걸어온 길을 살펴보면 이런 이해방식은 충분히 납득할 만한 것이다. 김광섭은 해방직후 미 군정청 공무국장을 지냈고, 이승만 정부 때에는 공보비서관을 지냈다. 이런 이력이외에도 그는 해방직후

---

11 염무웅, 앞의 글, p.53.

백가쟁명식으로 논의되던 민족문학 건설에 있어서 좌파적 이념을 되도록 배제한 글들을 써 왔다[12]. 이데올로기가 난만하게 피어오르던 한국 근대사에서 우편향적으로 일관했던 것이 김광섭이었다. 그러던 그가 병을 얻은 직후인 60년대들어 갑자기 민중지향적인 세계관을 지향했다는 것은 이상한 일이 아닐 수 없다. 어느 특정 작가를 추동하는 이데올로기라는 것이 한순간의 정서적 결단에 의해 결정되는 것은 아니기 때문이다. 이러한 논란이 중심에 서 있었던 작품이 「성북동 비둘기」이다.

성북동 산에 번지가 새로 생기면서
본래 살던 성북동 비둘기만이 번지가 없어졌다
새벽부터 돌깨는 산울림에 떨다가
가슴에 금이 갔다
그래도 성북동 비둘기는
하느님의 광장 같은 새파란 아침하늘에
성북동 주민에게 축복의 메시지나 전하듯
성북동 하늘을 한 바퀴 휘 돈다

성북동 메마른 골짜기에는
조용히 앉아 콩알 하나 찍어먹을
널찍한 마당은커녕 가는 데마다
채석장 포성이 메아리쳐서

---

12 「민족문학을 위하여」, 『백민』, 1948. 5. 같은 글이 그 대표적인 본보기이다.

피난하듯 지붕에 올라앉아

아침 구공탄 굴뚝 연기에서 향수를 느끼다가

산 일번지 채석장에 도루 가서

금방 따낸 돌 온기에 입을 닦는다


예전에는 사람을 성자 처럼 보고

사람 가까이

사람과 같이 사랑하고

사람과 같이 평화를 즐기던

사랑과 평화의 새 비둘기는

이제 산도 잃고 사람도 잃고

사랑과 평화의 사상조차

낳지 못하는 쫓기는 새가 되었다.

「성북동 비둘기」 전문


이 작품은 김광섭을 문단의 중심으로 끌어올린 유명한 「성북동 비둘기」이다. 인간과 자연의 대립 속에서 빚어지는 삶의 모순을 구체적인 언어로 쉽게 풀어쓴 것이 이 작품의 특색이다. 이 시는 인간과 자연이 조화롭게 살지 못하고 상호 반목과 질시하는 과정을 매우 실감있게 그리고 있다. 자연으로 표상된 성북동 비둘기가 인간 중심의 개발과정 속에서 적응하지 못하고 자신의 뿌리인 자연세계로부터 분리되는 모습을 사실적으로 표현하고 있는 것이다. 그런데, 자연과 인간의 화해할 수 없는 과정을 그린 「성북동비둘기」는 민중적 세계관에 기초한 작품으로 이해할 수 있는 여지를 남기고 있는 점이 문제이다. 그것이 논란의 소지를 일으켰다. 삶의 보금자리를 잃어버린 비둘기의 모습이 민중들의 소외된 삶과 자연스럽게 겹쳐진다는 것이다[13]. 탐욕스런 개발의 중심에서 주체가 되지 못하고 변두리로 밀려날 수밖에 없는 힘없는 민중들이 바로 비둘기로 상징되었다는 것이다. 이런 이해의 저변에는 김광섭이 이 시기에 들어서 문명비판의 시들을 계속 창작해내었다는 것과 무관하지 않다.

그러나 허술한 개발 논리에 따라 부상하던 이 시대의 사회적 문제점들을 작품화했다고 해서 이를 민중적 세계관과 곧바로 연결시키는 것은 무리가 있다. 앞서 언급한 것처럼, 김광섭은 보수적 민족주의자였다. 그리고 40여년에 걸친 왕성한 창작기간 동안 어느 한 시기에서도 그는 진보적 세계관을 보여준 적도 없었고, 이를 담론화한 적도 없었다. 작품 내외적으로 보아도 그가 민중적 세계관을 가질만한 근거는 전혀 없었던 것이다. 뿐만 아니라 그가 이 시기까지 탐색해온 문학적 여정에 비추어볼 때도 「성북동 비둘기」를 비롯한 일련의 시들이 진보주의적 관점을 유지했다고 보기는 어려워 보인다.

「성북동 비둘기」는 자연과 인간의 조화를 꿈꾸었던 시인의 지난한 시적 여정 속에서 얻어진 소산이다. 시인은 초기시의 특성인 유한의 공간 속에서 언제나 이로부터 벗어날 희망을 꿈꾸어왔다. 그 희망의 나래는 '바다'로 흘러가는 것이기도 했고, '산'으로 올라가는 것이기도 했다. 이런 자연 동경은 나와 자연을 하나의 관계틀로 사유했던 반근대주의자 김광섭에게는 당연한 귀결이었을 것이다. 그 노력의 결과가 「해바라기」와 같은 원의 세계로의 회귀였음은 앞서 지적한

---

13 김영무, 「김광섭의 시세계」, 『성북동비둘기』, 미래사, 1991.

바 있거니와 「성북동비둘기」는 그 연장선에 놓인 작품이다. 1960년대는 저돌적인 경제개발논리에 따라 산업화가 급격히 진행되던 시기였다. 도시와 농촌의 격차는 물론이거니와 개발에 따른 자연의 파괴 또한 이전 시기와는 비교가 되지 않을 정도로 심화되고 있었다. 전체적인 유기적 질서를 평생의 시적 주제로 인식하고 있었던 김광섭에게 이런 현실은 자신과 조화될 수 없는 파행적인 어떤 것으로 받아들여졌다.

'성북동'은 어떤 구체적인 지명이기에 앞서 개발논리가 지배하는 이 땅의 불구화된 현실을 대변하는 공간이다. 이곳에 개발과 문명의 진군이 시작되면서, 자연으로 표상된 비둘기만의 고유한 공간인 번지가 없어지게 된다. 자연을 잃은 비둘기는 그 영원한 본향을 그리워하며 하늘을 날기도 하고, 궁극적으로는 그와 인간이 공존하며 살던 공간에 '축복의 메시지'를 전하며 상호 합일의 꿈을 드러내기도 한다. 그럼에도 비둘기가 뛰어놀던 성북동의 광장은 삶의 최소공간을 보장해주는 '콩하나 먹을만한' 여유조차 허용하지 않는다. 자연은 인간에게 궁극적 삶의 근원인 모성적 공간을 제공했지만, 인간의 욕망은 그 태생적 삶의 공간, 근원적 공간을 무참히 파괴함으로써, 자연과 인간의 조화를 해체시켜버렸다. 그리하여 비둘기는 이제 "사랑와 평화의 사상조차 낳지 못하는 쫓기는 새"가 되고 마는 것이다.

이 작품은 비둘기의 삶의 공간이 해체되는 과정을 통해서 인간의 탐욕스런 욕망의 확산을 통해서 보여준 시이다. 그리고 그 궁극에는 자연과의 영원한 합일과 그 세계로의 편입이라는 비원을 담고 있는 작품이기도 하다. 그렇기에 유기적 통일과 일체적 사유에의 강조라는 노장적 자연인식 없이 이 작품을 이해하는 것은 불가능하다. 자연과 인간의 유기론적 관계틀을 매우 강조하는 것이 노장의 세계이다. 인간이 자연의 일부이고, 궁극적으로 그것과 완전한 전체라는 것이 노장적 자연인식의 궁극이다[14]. 현실이 없는 추상이란 허위이고, 그 추상이란 궁극적으로 현실에 대한 긍정 혹은 반역으로 이해한 것이 김광섭이 표방한 시적 방법이었다. 현실에의 구체적인 반역이 추상이라는 관념의 사유 틀을 과감히 벗어던지게 했던 것인데, 시인의 시들이 60년대 들어 현실적인 모양새를 갖추었다는 것은 이런 변화에 그 원인이 있었던 것이다.

관념의 껍질을 벗은 김광섭은 이후 시세계에서 자연과 인간이 하나되는 관계틀을 계속 탐색해들어갔다. 물론 이러한 방법론의 모색이 60년대 들어 처음 시도된 것은 아니었다. 그의 작품세계에 관념이라는 덫이 씌어지던 초기 시세계에서도 자연과의 통합적 상상력은 언제나 희구되었던 사유체계였다. 그것이 좀더 구체적인 모습을 띠고 나타난 것이 60년대 이후의 시세계의 변화에서였다. 그는 자연과의 통합적 관계틀을 유지하는 방법으로 자연과의 거리 좁힘에서 탐색했다. 인간과 자연의 거리란 형이상학적인 소외의 근간이 되었던 것이고, 그 소외에 대한 극복내지 회복은 자연과의 일체화된 관계 없이는 불가능한 일이었다[15]. 사실 「성북동비둘기」에서 펼쳐보인 사유의 근간도 자연과 인간의 거리화에서 찾을 수 있다. 인간으로부터 점점 멀어져가는 비둘기의 생존공간에 대한 파괴를 그는 그 거리화에 대한 불안내지 소외에서 기인한 것으로 보고 있다.

---

14 박이문, 『노장사상』, 문학과 지성사, 1992, p.101.
15 위의 책, p.103.

차츰 지붕이 겨울 짐을 부릴 때도 되고
집 사이에 쌓은 울타리를 헐 때도 된다
사람들이 그 이야기를
가장 먼 데서부터 시작할 때도 온다

그래서 봄은 사랑의 계절
모든 距離가 풀리면서
멀리 간 것이 다 돌아온다
서운하게 갈라진 것까지도 돌아온다
모든 처음이 그 근원에서 돌아선다

나무는 나무로
꽃은 꽃으로
버들강아지는 버들가지로
사람은 사람에게로
산은 산으로
죽은 것과 산 것이 서로 돌아서서
그 근원에서 상견례를 이룬다

「봄」 부분

계절의 순환을 읊고 있는 이 시는 김광섭의 사유구조에서 매우 중요한 부분을 차지 하고 있는 작품이다. 「성북동비둘기」에서 볼 수 있었던 것처럼, 시인은 인간의 욕망과 자연의 화해할 수 없는 간극을 인식해낸다. 이미 그는 이러한 거리화들이 자연을 파괴하고 궁극적으로는 인간의 삶의 조건을 파괴할 것이라는 사실을 암시한 바 있다. 자연과 인간의 부조화는 일단 인간의 욕망에 그 일차적인 원인이 있다. 이 탐욕스런 욕망이 자연으로부터 인간을 분리시켰고, 궁극적으로는 서로 다가갈 수 없는 거리를 만들었다. 따라서 인간 본연의 삶이 회복되기 위해서는 무엇보다 자연과 인간의 거리가 무화되어야 한다. 무의 세계야말로 인간의 욕망의 거세된 노장적 자연인식의 구경이기 때문이다. 「봄」은 그러한 희망을 담은 시이다. 여기서 봄은 단순히 계절의 변화에 따른 시간의 움직임을 말하는 것이 아니다. 그것은 그 계절의 특성답게 모든 것을 녹여서 모이게 하는, 즉 거리화된 모든 것들을 하나로 모이게 하는 기능적 역할을 한다. 나무는 다시 나무가 되게 하고 사람은 사람이 되며 산은 다시 산이 되게 하는 것이다. 모든 것이 제 자리를 잡은 다음 이들은 "그 근원에서 상견례를 이루게" 된다. 그 근원이란 태초의 모습과 같다. 이 시공간에서 모든 사물들은 하나의 동일체로 어우러져서 조화로운 삶의 관계를 유지하며 살아가게 된다.

모든 것이 관계론적 질서에 묶여있다는 김광섭의 사유는 노장의 세계와 분리되기 어려운 것이다. 분열된 인식체계가 하나의 완결된 사유로 나아가는 지름길은 하나의 전체 속에 묶여 있다는 인식에 의해서만 가능하다. 이럴 경우 인간과 자연은 하나의 통합체로 묶이게 된다. 이런 통합적 상상력은 근대의 충격에 노출된 모든 시인들에게서 볼 수 있는 일반화된 사유 가운데 하나이다. 김광섭을 근대의 충격과 그에 따른 해체적 사유를 보이는 모더니스트라고 규정하기에는 어려운 점이 있다.

그러나 그를 이런 문예학적 흐름 속에 편입시키지 않아도 그가 근대의 충격으로부터 자유롭지 못했던 것은 사실이다. 근대로부터 얻은 고뇌의 사유가 김광섭으로하여금 자연이라는 통합적 실체에 끊임없이 매달리게 했기 때문이다. 그러한 길로 가는 여정을 김광섭은 주체의 무화라는, 모더니스트들이 흔히 보여주었던 방법적 의장에서 탐색해내었다. 그럼에도 그의 그러한 시적 방법은 기존의 시인들이 뛰어넘으려했던 근대의 초극방식과는 몇가지 다른 점이 있다. 한국 근대시사에서 근대를 초극하는 방식가운데 하나는 인간의 자연화였다. 인간적인 요소를 어떻게 말소해가면서 자연이라는 관념적 실체를 완결성있게 받아들이냐 하는 것이 이들의 최대 시적 주제 가운데 하나였기 때문이다. 이런 도정들은 김광섭에게도 물론 예외가 아니다.

저렇게 많은 중에서
별 하나가 나를 내려다본다
이렇게 많은 사람 중에서
그 별 하나를 쳐다본다

밤이 깊을수록
별은 맑음 속에 사라지고
나는 어둠 속에 사라진다

이렇게 정다운
너 하나 나 하나는
어디서 무엇이 되어

다시 만나랴

「저녁에」 전문

　김광섭의 명시 가운데 하나인 이 작품은 두가지 면에서 시사하는 바가 크다. 첫째는 개별적 주체들의 소멸화 과정이다. 이런 멸각 과정을 통해서 하나의 전체로 전변하는 인용시의 사유는 모더니즘적 인식적 태도와 거의 동일하다. "저렇게 많은 것들 가운데 별 하나가 나를 내려다보고, 이렇게 많은 사람 중에서 그 별 하나를 쳐다보는 것"은 개체화된 국면들의 일상, 파편화된 물상들의 군상들이다. 근대는 이렇게 모든 것을 소외된 개체들로 해체시켰다. 이런 불구화된 자의식들은 2연에 이르면 자연의 거대한 흐름 속에 하나의 유기적 전체로 묶이게 되는데, "밤이 깊을수록/별은 맑음 속에 사라지고/나는 어둠 속에 사라진다"가 바로 그것이다. 별은 맑음 속에서 사라지고 나는 어둠 속에 사라짐으로써 하나의 유기체적인 전체로서 체험되는 것이다. 이 관계론적 질서야말로 해체된 군상들을 하나로 모으는 통합적 인식의 궁극이 아닐까 한다.

　그리고 다른 하나는 형이상학적인 영원주의의 탐색이다. 김광섭은 정적 통합주의에서 그치지 않고 이를 또 다른 영원주의로 승화시키고 있는데, 이런 면들은 이 작품이 지향하는 주제를 더욱 크게 부각시키는 요인이 된다. 하나의 실체로 통합된 '우리'(정다운 너 하나 나 하나)는 어디서 무엇이 되어 다시 만날까하는 소명을 피력함으로써 그러한 만남의 과정이 영원할 것이라는 암시를 일깨워주고 있기 때문이다. 이는 전체를 체험함으로써 인식에의 완결을 보여주었던 기존의 방식과는 매우 다른 모양이다. 이 사유는 자연이라는 커다란 실체 속에서 하나가 되는 정적인 상태로 그치는 것이 아니기 때문이다. 그것은 주체와 객체가 흩어졌다가 다시 모이는 그러한 이합집산의 과정들이 영원히 반복되는 역동적 과정임을 암시해준다. 자연의 영원주의와 더불어 끊임없이 순환반복되는 이러한 형이상학적 영원주의는 김광섭만이 탐색해낸 득의의 방법이라해도 과언이 아니다.


## 5. 초월적 자연의 시사적 의미


김광섭의 시는 지극히 관념적인 성향을 갖고 시작되었다. 이런 시적 방법은 센티멘탈한 감수성이나 여성적 어조가 지배하던 한국 근대시사에 비춰볼 때, 매우 이례적인 것이 아닐 수 없었다. 그의 시에서 드러나는 그러한 관념성은 객관적 현실의 열악성이나 존재론적 숙명에서 이해되기도 하지만, 근대의 제반 국면에서 이해되기도 한다. 그러한 연결고리 가운데 하나가 그의 시에서 끊임없이 드러나는 자연과의 관련성이다. 그는 유한의 공간 속에 침잠해있던 초기시부터 맑고 투명한 자연세계를 끊임없이 탐색해 왔다. 유한 속에 갇힌 존재론적 한계의 세계를 그는 타원의 세계로 인식했다. 타원이란 두 개의 극점을 갖는 유한의 세계이다. 김광섭은 그러한 유한의 두 극점을 초월하는 원의 세계를 평생의 시적 과제로 받아들였다. 그는 그러한 원의 세계로 가는 도정을 자연과의 합일로 생각한 듯하다. 고립된 인식과 유한 공간에의 인식이 궁극적으로는 자연과의 거리에서 기인한 것으로 인식하고 있었던 것이다. 그 거리화에 대한 초월의 한 가운데 있었던 것이「해바라기」의 세계였다.

이해의 편차가 있는「성북동 비둘기」도 결국은 자연과의 거리를 어떻게 좁혀나갈 것인가하는 시적 인식과 맞물려 있는 작품이다. 일부 연구자들은 이 작품에서 민중적 세계관을 읽어내기도 하지만, 시인의 개인적 이력이나 작품 세계에 비춰볼 때, 이런 진보적 사유를 이끌어내는 것은 무리가 있어 보인다. 그는 문학적 글에서나 일상적 활동에서 진보주의적 입장을 견지한 적이 없는 보수적 민족주의자였기 때문이다. 이는 작품에서도 마찬가지로 드러나는 인식이다. 이 시는 비둘기의 삶의 공간이 해체되는 과정을 통해서 인간의 탐욕스런 욕망이 어떻게 자연을 파괴하는가 하는 것을 매우 구체적이고 사실적으로 그린 작품이다. 이는 자연과 인간의 유기론적 관계틀을 강조하는 노장적 세계인식의 결과이다. 따라서 인간이 자연의 일부이며 결국 이둘은 완전한 전체라는 노장적 사유없이 이 작품을 이해하는 것은 불가능하다. 김광섭이 자연을 소재로 자신의 사유를 전개해나가는 방식은 모더니즘의 그것과 거의 동일하다. 근대는 모든 것을 개별화시키는 기능을 보여왔다. 근대인의 특성인 이러한 불구화는 개별화된 의식에서 발생한다. 이런 불구화된 자의식들은 자연의 거대한 흐름 속에 하나의 유기적 전체로 묶이게 하는 사유의 고뇌가 김광섭의 시적 방법이었다.

그리고 기존 모더니스트나 통합적 사유를 추구한 시인들과 달리 김광섭이 펼쳐보였던 시적 방법은 형이상학적인 영원주의의 탐색이다. 김광섭은 자연에 귀의하는 정적 통합주의에서 그치지 않고 이를 또다른 영원주의로 승화시키고 있다.「저녁에」라는 시에서 보여준 순환적 사유가 바로 그것이다. 그는 여기서 하나로 통합된 '정다운 너 하나 나 하나'가 어디서 무엇이 되어 다시 만날까하는 소명을 피력함으로써 그러한 만남의 과정이 영원할 것이라는 암시를 일깨워준다. 이는 전체를 체험함으로써 인식에의 완결을 보여주었던 기존의 방식과는 매우 다른 모양이다. 이 사유는 자연이라는 통합의 실체 속에서 하나가 되는 정적인 상태로 그치는 것이 아니다. 그것은 주체와 객체가 흩어졌다가 다시 모이는 이합집산의 과정들이 계속 반복되는 역동적 과정임을 암시해주고 있다. 자연의 영원주의와 함께 끊임없이 순환되는 이러한 형이상학적 영원주의는 일탈된 근대적 사유체계를 뛰어넘는 김광섭만의 시적 의장이었다는 점에서 의미가 있는 것이었다.

# 박용철 시의 순수성과 그 한계 연구

한국 시의 근대성과 반근대성

## 1. 내용과 형식의 갈라진 틈에서 솟아난 순수

박용철은 1904년 전남 광산에서 태어나 1938년 사망할 때까지 34년의 짧은 생애를 살았다. 길지 않은 시인의 삶과 문학적 궤적의 모습은 그가 죽은 2년 뒤에 전집으로 간행되어 비로소 박용철은 문학가로서의 전 면모가 밝혀지게 되었다. 많은 연구자들이 지적한 것처럼 박용철의 문학세계는 크게 창작분야와 비평분야로 나누어진다. 그런데 이 두 부분 가운데 시분야보다는 비평 분야가 박용철 연구에서 더 큰 비중을 차지해왔다. 이런 편중된 연구는 비평의 영역에서 차지하는 박용철의 비중이 좀 더 크다는 판단 때문이었을 것이다. 물론 이런 편향된 연구시각과 접근방식이 전연 근거없는 것은 아니다. 1930년대에 전개된 박용철의 순수시론은 그의 창작 역량을 뛰어넘는 것이었고, 또 비평사적으로도 대단히 의미있는 것이었기 때문이다.

비평이란 창작평이라는 단순한 인상비평의 차원을 넘어서서 창작의 지도지침이라는 원론적 성격을 갖고 있다. 따라서 하나의 주조비평이 성립될 경우 그것은 개인의 세계관이나 문학관이라는 소박한 국면을 초월하게 된다. 박용철의 순수시론이 주목되는 이유도 여기서 찾아진다. 1930년대의 문학적 특징을 어떻게 규정하느냐 하는 것은 세계관의 측면에서 이해될 성질의 것이긴 하지만, 대체로 전형기에 해당된다는 것이고, 또 이것에 대해서는 대부분의 연구자들이 동의하고 있다. 이런 이해태도는 다음 두가지 측면에서 설명될 수 있을 것이다. 하나는 이 시기가 근대시의 형성과 모색 과정이 어느 정도 마무리되는 때였다는 점이다. 개항이후 한국 근대시는 근대성에 대한 새로운 모색과 탐색을 거듭거듭 해 오던 터였다. 그 일환으로 자유시 정착을 위한 형식실험이 계속 시도되었고, 새로운 리듬의 모색과 그 창출과정이 이어졌다. 그리고 다른 하나는 근대시의 계승 문제였다. 이는 주로 세계관의 문제와 일정 정도 겹치는 것이었는데, 그 계승의 축을 한편에서는 모더니즘의 정신에서 찾았고, 다른 한편에서는 리얼리즘의 계통에서 모색했다. 근대시에 대한 다양한 탐색의 과정에서 얻어진 것은 시의 양적인 팽창과 질적인 승화의 문제도 있긴 하지만, 시에 대한 도구성이라든가 기능성의 문제 역시 내포되어 있었다. 형식과 내용 어느 한 부면에 대한 지나친 편중현상이 그것이었는데, 박용철을 비롯한 '순수문학파'가 그 나름의 이론적 근거를 제시할 수 있었던 배경도 여기서 찾아진다.

박용철을 필두로 김영랑, 신석정, 이하윤 등이 중심이 된 '시문학파'가 형성된 것은 1930년대 초반이었다. 이들은 잡지 『시문학』(1930, 3)을 발간함으로써 그들 자신만의 독자적인 문학세계를 만들게 된다. 이른바 '순수문학'의 표방이 바로 그것이다. 이들이 말한 순수란 카프의 편내용주의도, 모더니즘의 편형식주의도 아닌, 문학의 비도구성이었다. 이들의 순수란 예술의 합목적성을 그 특징으로 하는 근대 예술의 일반적 특징과는 거리가 있는 것이긴 했지만, 그 반향은 매우 큰 것이었다. 첫째는 본격적인 의미에서의 시의 자율성에 관한 모색과 시도였다는 점이다. 문학의 자율성은 근대 문학이 추구해야할 최고의 가치라는 잘 알려진 사실이다. 이는 근대성과 관련된 문제이기도 하면서 창작 시론에 있어서는 본격시론에 해당하는 것이었다. 그런데 우리 근대문학의 경우 이 시론에 대한 탐색과 전개는 여타의 장르에 비해 매우 늦게 시도되었다. 소설의 경우 순수문학이 이야기된 사례는 김동인에서 시작되었고, 그 시기는 이미 1920년대 초반이었다. 이광수의 계몽주의 문학 비판과 그 대안적 담론으로 내세운 것이 김동인의 순수소설론이었다. 이에 비하면 시의 경우는 소설에 비해 10년이 늦어진 셈이다. 본격 문학을 운위하고 추구하는 데 있어 동일한 문학장르임에도 불구하고 시와 소설은 이렇게 많은 시차를 갖고 있었던 것이다. 두 번째는 제대로 된 시론 혹은 시 원론에 관한 문제이다. 시론에 관한 논의가 박용철에 이르러 처음 등장한 것은 아니지만, 시에 대한 본격논의와 정의에 있어서 순수시론만큼 체계적이고 문학 본래의 영역에 다가간 경우는 시문학파의 경우가 거의 처음이다. 시에 대한 문학내적인 논의가 비로소 시작된 것이다.

그리고 마지막 세 번째의 경우는 객관적 시대상황과의 관계성과 순수의 관계항이다. 1930년대는 시대 상황이 매우 열악한 시기였다. 특히 진보의 이념을 앞세운 리얼리즘 문학의 경우 더 이상 나아갈 출구를 상실하고 있었다. 문학의 외재적 국면을 문제삼는 방법적 의장들은 그것이 창작이든 비평이든 탈줄구를 상실하고 있었던 것이다. 이런 상황속에서 순수문학파의 내재적 비평관이나 창작관 등은 그 틈을 비집고 들어갈 수 있는 좋은 계기가 되었다. 어쩌면 순수문학파의 문학사적 의의는 여기서 찾아도 크게 잘못된 것은 아니라고 판단된다. 객관적 상황에서 차단될지도 모를 식민지 시대의 문학사적 공백을 이들 순수문학파들의 문학적 이념이 충실히 메워주었기 때문이다.

순수문학파들의 이런 다양한 문학사적 의의에도 불구하고 이 그룹을 실질적으로 이끌었던 박용철에 대한 연구는 제대로 많이 이루어진 편이 아니다. 물론 그가 소개했던 하우스만의 순수시론과 그것의 한국적 적용에 대해서는 자세한 연구가 있어 왔다[1]. 그러나 창작쪽은 매우 미미한 실정이다. 박용철에 대한 대부분의 연구들은 주로 그의 비평적 업적에 그 초점이 맞추어져 왔다. 이에 대한 문제점과 원인에 대해서는 몇몇 사람들이 지적해 온 것이 있다. 첫째는 시론에 비해 그의 창작시가 질적으로 우수하지 못하다는 점이다. 앞서 지적한 것처럼, 박용철이 소개하고 발전시킨 순수시론은 문학사적으로 대단히 의미있는 것이었다. 그럼에도 시창작에 있어서는 시론과 비교할 때, 그 가치가 상당히 미달한다는 것이다[2]. 두 번째는 그의 순수시론의 이념과 창작시의 성과를 비교 평가할 때, 창작시가 순수시의 이념과는 상당한 차질이 있다는 점이다[3]. 이러한 차이들이 그의 창작시의 성과를 실패로 보게끔 만든다는 것이다. 셋째는 박용철의 시에서 드러나는 일관된 세계관의 부재이다. 박용철의 시들은 센티멘탈한 감수성이 넘쳐남으로써 그가 시론에서 전개한 순수성들이 제대로 구현되지 않고 있다고 본다. 이런 면들은 곧바로 그의 시들을 문학사적으로 폄하하게 하는 결과를 가져왔다[4].

박용철의 시에서 표출되는 이런 부정적인 면들은 그의 창작시에 대한 연구를 외면케 한 근본 요인들이 되었다. 뿐만 아니라 그의 시들을 가치평가 하게끔 한 원인이기도 했다. 실상 그의 시들에서는 밝은 면보다는 어두운 면들이 많이 드러나 있고, 또 감상에 지나치게 함몰된 측면 역시 발견된다. 그러나 그런 한계에도 불구하고 그의 시

---

1 한계전,『한국현대시론연구』, 일지사, 1983.
2 김윤식,『근대한국문학연구』, 일지사, 1973, p. 404.
3 유성호,「박용철시연구」,『근대시의 모더니티와 종교적 상상력』, 소명, 2008.
  김명인,「밀실과 절망의 순수의식」,『떠나가는 배』, 미래사, 1991.
4 김명인, 위의 글.

세계가 일관된 시정신의 부재하에서 씌어진 것은 아니다.

그리고 다음에는 순수의 정체에 관한 것이다. 박용철이 말하는 순수의 정체는 하우스만의 그것에서 차용한 것처럼, 시의 제작에 있어서의 형식적인 요건에서 비롯된다. 또 경험세계와 시를 차단하려는 시도에서 이루어진 것이다[5]. 말하자면 시란 정신의 고처(高處)에서 제작된다는 것인데, 이 고처란 현실의 제반 관계와 차단된 상태를 의미한다. 대부분의 연구자들은 이 고처를 순수의 극점으로 이해했고 또 그의 순수를 현실관계의 맥락에서 차단된 개념으로 생각했다. 그리하여 그 순수의 개념을 박용철의 시에 기계적으로 대입하여 여기에 미달했다든가 혹은 초과했다고 판단했다. 이에 근거하여 연구자들은 그의 작품 세계 전반을 실패로 규정하고 있는 것이다. 그러나 순수의 궁극적 실체가 무엇이고, 또 그것이 현실과 맺고 있는 관계라든가 그것이 지향하는 세계에 대해서는 연구가 제대로 이루지지 못했다. 특히 순수문학파의 두 축이었던 김영랑 시와의 관계에 대한 검토는 미완인 채로 남아있는 것이다. 단지 김영랑의 시는 밝은 면을 지향했다는 것이고, 박용철은 어두운 면을 지향했다는 정도의 비교 언급[6]만이 있을 뿐이다.

이에 근거하면 박용철의 시들은 다음 세가지 국면에서 새롭게 바라보아야 한다는 결론이 얻어진다. 하나는 시론과 별개로 존재하는 그의 시에 대한 독자성에 대한 연구이다. 여기에는 다음 두가지 전제가 요구된다. 첫째는 시론에 대한 압도적인 우위가 그의 시에 대한 폄하현상과 더 이상 맞물려서는 안된다는 뜻이다. 이는 그의 시세계

---

**5** 김명인, 위의 글.

**6** 김용직, 「깊고 높은 차원의 모색」,『한국현대시사』, 한국문연, 1996.

가 하나의 일관된 정신세계를 갖고 있다는 의미도 된다. 둘째는 그가 규정한 순수의 의미이다. 시론에서의 순수에 대한 연구는 많이 있어 왔지만, 정작 그의 창작시에서의 순수에 대한 연구는 거의 이루어지지 못했다[7]. 이는 박용철 시의 주조적 특징 가운데 하나인 비애의 의미와 밀접한 상관관계를 갖고 있는 문제이기도 하다. 그리고 마지막은 김영랑 시와의 상관성이다. 박용철과 김영랑은 순수문학파를 이끈 두 축이다. 이들의 세계관에 대한 탐색은 순수의 정체뿐만 아니라 우리 시문학의 시사적 문제와도 밀접한 상관관계를 갖는 문제이기에 매우 중요한 사안이라고 할 수 있다. 이들이 추구한 순수의 의미가 어떻게 다르고 일치하는가 하는 것은 두사람의 기질차이 뿐만 아니라 1930년대 우리 시문학의 수준을 가늠하는 시금석과도 같은 것이 된다고 할 수 있다.

## 2. 경험적 현실세계의 초월

박용철 시에서의 현실 초월은 주로 '떠남'이라는 이미지를 통해서 드러난다. 그의 시에서 가장 많이 등장하는 시어 가운데 하나가 '간다'라든가 '떠난다', '보낸다'와 같은 단어들이다. 이런 역동적인 시어들은 하나의 지점에서 다른 지점으로의 이동이라는 움직임이기도 하

---

[7] 유성호, 앞의 글. 이 글에서 비로소 박용철의 시에 대한 전반적인 연구와 미학적인 검토가 이루어졌다.

지만 궁극적으로는 지금 여기의 현실적 조건으로부터 탈피하고자 하는 강한 열망의 표현에서 나온 것들이라 할 수 있다. 가령 그의 대표작 가운데 하나인 「떠나가는 배」의 경우를 보자.

나 두 야 간다
나의 이 젊은 나이를
눈물로야 보낼거냐
나 두 야 가련다

아늑한 이 항군 — ㄴ들 손쉽게야 버릴 거냐
안개같이 물 어린 눈에도 비치나니
골짜기마다 발에 익은 묏부리모양
주름살도 눈에 익은 아-사랑하던 사람들

버리고 가는 이도 못 잊는 마음
쫓겨가는 마음인들 무어 다를 거냐
돌아다보는 구름에는 바람이 회살짓는다
앞 대일 언덕인들 마련이나 있을 거냐

나 두 야 간다
나의 이 젊은 나이를
눈물로야 보낼 거냐
나 두 야 간다

「떠나가는 배」 전문

이 작품의 의미를 전기적 사실에 바탕을 두고 해석하는 경우, 막연한 탈향의식으로 이해될 가능성이 있는 시이다. 위 시는 박용철이 1930년대 향리생활을 접고 올라올 무렵 씌어졌는데, 그 동기는 대략 두가지였다고 한다. 하나는 누이의 교육이었고, 다른 하나는 『시문학』의 발간 때문이었다는 것이다[8]. 그러나 이런 관점으로 해석할 경우 이 작품은 매우 긍정적인 시각으로 이해되어야 한다. 누이의 교육이라는 전향적 목표라든가 그가 희원했던 잡지의 발간이야말로 박용철 자신이 원했던 어떤 꿈과 같은 역할을 하는 것이었기 때문이다. 그러나 이 작품은 그의 전기적 사실에 견주어볼 때 그렇게 밝거나 긍정적으로 읽혀지는 작품이 아니다. 작품 곳곳에서 드러나는 센티멘탈한 감수성도 문제이거니와 "앞 대일 언덕인들 마련이나 있을 거냐"에서 보듯 미래에 대한 부정적 시각이 깔려 있기 때문이다. 쫓겨가지 않는 이향의 과정이란 보통 전향적인 가치가 담보되지 않으면 이뤄지지 않는 것은 상식에 속하는 문제이다.

따라서 이 작품은 객관 세계와의 조응없이 이해하는 것은 불가능하다고 할 수 있다. 그는 외부와의 차단막을 치고 이로부터 탈출하고자 하는 강력한 의지를 갖고 있었던 것으로 보인다. "버리고 가는 이도 못 잊는 마음"과 "쫓겨가는 마음"이 다르지 않다는 것, 그리고 그 공통의 지대가 눈물로 수렴된다는 것이야말로 경험세계의 열악한 현실없이는 가능하지 않은 감수성이기 때문이다.

---

8 김윤식, 『한국근대작가논고』, 일지사, 1985, p. 127.

설만들 이대로 가기야 하랴마는

이대로 간단들 못 간다 하랴마는


바람도 없이 고이 떨어지는 꽃잎같이

파란 하늘에 사라져버리는 구름쪽같이


조그만 열로 지금 수떠리는 피가 멈추고

가는 숨길이 여기서 끝맺는다면---

아--- 얇은 빛 들어오는 영창 아래서

차마 흐르지 못하는 눈물이 온 가슴에 젖어나리네

「이대로 가랴마는」 전문


　이 작품은 「떠나가는 배」와 비슷한 시기에 창작된 작품이다. 이 시의 화자 역시 지금 여기의 현실로부터 탈출하고자 하는 강한 열망을 갖고 있다. 그럼에도 가야된다는 당위론과 가지 않을 수도 있다는 머뭇거림이 '바람'과 '구름'과 같은 유농적 이미지를 통해서 긴장관계를 형성하고 있다. 그러나 이 작품의 궁극적 의도는 현실로부터의 탈출이 좌절되는 상황이다. "가는 숨길이 여기서 끝맺어지는" 상황이 그러한데, 만약 그렇게 된다면, "얇은 빛 들어오는 영창 아래서/차마 흐르지 못하는 눈물이 온 가슴에 젖어나리는" 비통한 상황을 맞이하게 된다는 것이다. 이런 한계 상황에 대한 설정은 자아가 처해 있는 현실을 떠나서 설명하기 어렵다. 그만큼 서정적 자아는 현실의 열악성이라든가 부정성 등에 매우 침윤되어 있는 것이다.

　박용철의 시에서 '떠나가는' 인식소들은 현실과의 대응관계 없이는 그 이해가 어려울 정도로 대단히 밀착되어 있다. 그는 역설적으로 현실을 냉철히 응시하고 이로부터 벗어나고자 하는 강렬한 열망을 갖고 있었다. 아직까지 그가 지향하고자 했던 이상세계나 초현실의 영역이 어떤 것인가하는 것은 잘 드러나 있진 않지만, 경험적 현실에 대한 안티의식만큼은 매우 강했던 것으로 보인다. 그런데 이 경험세계로부터의 단절의식이라든가 현실초월 양상은 그가 시론에서 펼쳐보인 순수에의 열망으로부터 멀리 벗어난 것이 아니라는 점에서 주목을 요하는 대목이다. 이런 초월적 의식들이 카프의 편내용주의를 극복하는 하나의 기제가 되었다는 사실은 앞서 지적한 바 있거니와 이 의식은 그의 시론의 중추를 차지했던 순수시론의 세계로부터도 크게 벗어나지 않는 것이었다.

박용철이 전개한 순수시론의 요체는 창작과정으로의 순수서정시, 존재론의 입장에서 본 순수서정시, 기능적 측면에서 본 순수서정시 등으로 나눌 수 있다[9]. 창작과정으로서의 순수서정시는 시인을 창조자로 인식하는 것으로 이는 서구 낭만주의의 세계관과 닿아 있는 것이다. 존재론의 입장에서 본 순수서정시는 시를 하나의 존재, 곧 자족적 실체로서 시를 인식하는 것이다. 이러한 순수시론 가운데 우리의 주목을 끄는 부분은 하우스만의 시론을 소개하는 자리에서 언급한 시의 형식에 관한 사항이다. 하우스만은 시를 정의하면서 "시는 말해진 내용이 아니요, 그것을 말하는 방식이다"[10]고 했다. 시문학파의 주된 화두가 내용이 아니었고, 또 순수의식의 시적 구현에 있다고

---

**9** 정효구, 「1930년대 순수서정시 운동의 시대적 의미」, 『한국현대시사의 쟁점』, 시와시학사, 1991.

**10** A. 하우스만, 「시의 명칭과 성질」, 『박용철 전집』 1권, 1940.

했다. 시가 말해진 내용이 아니라 말하는 방식에 있다는 것이야말로 내용을 초월한 그 무엇에 시의 궁극적 가치가 있음을 말해주는 것이 아닐 수 없다.

박용철은 하우스만의 시론 가운데 "시는 말해진 내용이 아니라 그 것을 말하는 방식"에 있다는 이 말에 크게 고무된 듯하다. 말하는 방식은 형식적인 측면, 특히 시의 제작과 관련되는 말이다. 물론 그가 여기서 형식적인 측면을 강조했다고해서 그것이 곧바로 1920년대 말의 모더니스트들이 말한 형식적 국면과 같은 것은 아니라 할 수 있다. 모더니스트들의 형식적 지향성은 현대인의 분열된 자의식의 표현이었지만, 하우스만이 말하는 형식은 어떤 이념적 정향이 배제된 시제작 그 자체의 문제로 한정되는 문제였기 때문이다. 시를 생산하는 데 있어 말하는 방식에 그 주안점을 두어야 한다는 인식은 순수의 또 다른 표현이라 할 수 있다. 문학이 내용에 종속되지 않는다는 것, 그것은 곧 문학이 어떤 도구성이나 기능성으로부터 멀리 벗어나 있다는 뜻으로 이해된다. 그렇기에 그것은 문학이 외재적 접근이나 반영론석 사고로부터 어느 정노 거리를 두는 효과를 가져오게 된다. 이는 곧 외부현실이 차단된 순수 그 자체라는 의미로 해석되는 것이다.

박용철이 형식적 요건에 주목하여 자신의 창작시를 만들었다는 점에 착안하여 자세히 검토된 경우는 지금까지 없었다. 그러나 그 성공 여부를 떠나서 박용철은 시의 제작이라는 측면에 있어서 다른 어느 시인보다도 심혈을 기울였던 것으로 판단된다. 이는 박용철이 시창작을 하는 데 있어 모더니스트들이 시도했던 형식적 실험을 했다는 뜻은 결코 아니다. 그는 오히려 20년대 김소월이 시도했던 시작법에 가까운 행보를 보였고, 더 나아가서는 최남선의 시풍에 근접한 특색을 보여왔다. 최남선이 개화기의 시가 펼쳐보인 리듬의 한계를 절감하고 「해에게서 소년에게」와 같은 새로운 형태의 정형시를 시도했음은 잘 알려진 일이다. 소월 또한 안서류의 기계적인 리듬의식을 극복하고 그만의 고유한 7·5조 등을 시제작에 도입해서 근대시의 새로운 지평을 개척했다.

그런데 이들이 시도했던 것은 시 속에 표현된 내용의 참신성이 아니라 시 제작상의 새로움이었다. 하우스만의 말을 빌면 이들 시인들은 '시를 말하는 방식'에 특히 주력한 경우들이다. 그 방법적 의장을 빌어온 것이 박용철이다. 그가 시의 형식적 제작요건에 대해 얼마나 많은 공을 들였나 하는 것은 그의 대표작인 「떠나가는 배」를 보면 금방 알 수 있다. 이 작품은 4연으로 된 자유시이긴 하지만 그 구성법은 전통적인 소월류의 시풍에 상당히 가까운 모습을 보여준다. 특히 1연과 4연에서 시도된 수미쌍관법 구조가 그러하고 1,2연과 3,4연의 대구법 역시 소월의 「산유화」와 거의 닮아 있는 구조로 되어있다. 그리고 "나 두 야 간다"에서 보이는 시법도 마찬가지이다. 박용철은 여기서 띄어쓰기라는 어법을 철저히 무시하고 있고, 시각적 효과를 강조한 표현법을 쓰고 있다. 이는 떠나가기는 싫지만 떠날 수밖에 없는 상황, 아니 떠나야만 하는 필연적 상황을 "나V두V야V간다"라는 시각적 효과를 통해서 효과적으로 구현하고 있는 것이다.


1

온전한 어둠 가운데 사라져버리는
　　한낱 촛불이여.

이 눈보라 속에 그대 보내고 돌아서 오는

　　　나의 가슴이여.

쓰린 듯 비인 듯한데 뿌리는 눈은

　　　들어 안겨서

발마다 미끄러지기 쉬운 걸음은

　　　자취 남겨서.

머지도 않은 앞이 그저 아득하여라


　2

밖을 내어다보려고, 무척 애쓰는

　　　그대도 설으렷다.

유리창 검은 밖에 제 얼굴만 비쳐 눈물은

　　　그렁그렁하렷다.

내 방에 들면 구석구석이 숨겨진 그 눈은

　　　내게 웃으렷다.

목소리 들리는 듯 성그리는 듯 내 살은

　　　부대끼렷다.

가는 그대 보내는 나 그저 아득하여라.


　3

얼어붙은 바다에 쇄빙선같이 어둠을

　　　헤쳐나가는 너.

약한 정 뿌리쳐 떼고 다만 밝음을

　　　찾아가는 그대.

부서진다 놀래랴 두 줄기 궤도를
　　타고 달리는 너.
죽음이 무서우랴 힘있게 사는 길을
　　바로 닫는 그대.
실어가는 너 실려가는 그대 그저 아득하여라.

「밤기차에 그대를 보내고」 부분

이 시 역시 박용철이 자신의 시창작에 있어 제작이라는 측면에 얼마나 고심했는가 하는 것을 알게 해 주는 작품이다. 총 4연으로 구성되어 있는 「밤기차에 그대를 보내고」는 각각의 연들이 균형있게 조응하고 있다. 즉 박용철이 형태적 국면에 매우 신경을 쓴 흔적이 드러나 있는 것이다. 뿐만 아니라 이 시의 특색은 연의 구성뿐만 아니라 행의 배열에서도 특이한 국면을 보여준다. 둘째행에서 두 칸을 들여쓰기함으로써 형태시의 모습을 갖추고 있으며, 또 되도록이면 5자 내외에서 음보를 맞추고 있다. 그리고 각행의 마지막을 '~는'으로 처리하여 운을 맞추고 있으며, 각 연의 마지막행은 '~(하여)라'로 끝맺음으로써 정형적 율조에 가까운 시제작을 하고 있는 것이다.

물론 박용철이 이런 류의 형태시나 정형시에 근접한 시형식을 제작했다고 해서 새로운 의미의 정형률에 대해 모색했다고 생각되지는 않는다. 박용철이 관심을 가지고 있었던 것은 이미 1920년대에 실험이 끝난 정형률에 대한 모색이 아니라 시 제작상의 문제였다. 하우스만이 자신의 시론에서 특히 강조했던 것처럼 그는 시제작의 문제에 대해 이해의 폭을 넓히고자 했던 것이다. 박용철은 이 제작상의 기술 문제에 대한 천착이 시의 순수성에 대한 새로운 시도라고 믿었던 것이다. 형태상에서 드러나는 이런 방법적 의장들은 그의 많은 시에서 드러나는데, 가령, 「절망에서」라든가 「나는 네 것 아니라」 등이 그러하다. 박용철의 형식상의 모험, 곧 순수시의 시도는 이렇듯 시 제작상의 다양한 모색 속에서 이루어지고 있었다.

박용철의 순수시에 대한 지향은 이렇듯 경험세계로의 초월의식과 시 제작상의 문제에서 비롯되었다. 그는 한편으로는 열악한 현실을 초월하고 다른 한편으로는 시의 형식상의 문제에 관심을 기울임으로써 시에서의 순수성을 구현해내고자 했던 것이다. 박용철은 내용의 배제된 형식의 문제, 그것을 시에서의 순수로 이해했던 것이다.


## 3. 순수의 극점인 그리움의 세계


카프와 모더니즘에서 시도되었던 문학의 기능적 역할에 반대하고 문학의 순수성을 지향했던 박용철은 이를 바탕으로 고고한 세계들을 시의 내용 속에 담아내고자 했다. 그가 『시문학』 창간사에서 밝힌 것처럼, 시란 좀 더 높은 세계에서 만들어져야 하고, 또 이 세계를 담아내야 한다는 것이 바로 그것이다. 그는 이 높은 세계에의 도달을 통해서 시제작상의 문제에서 촉발된 순수의식과 연계하고자 했다.

그러나 그것이 어떠한 방향이든 시란 한갓 고처이다. 물은 높은 데서 낮은 데로 흘러 내려온다. 시의 심경은 우리 일상생활의 수평 정서보다 더 고상하거나 더 우아하거나 더 섬세하거나 더 장대하거나 더 격월하거나 어떻든 〈더〉를 요구한다. 거기서 우리에게까지 〈무엇〉이 흘러 〈내려와〉야만 한다(그 〈무엇〉까지를 세밀하게 규정하려면 다만 편협에 빠지고 말 뿐이다). 우리 평상인보다 남달리 고귀하고 예민한 심정이 더욱이 어떠한 순간에 감득한 희귀한 심경을 표현시킨 것이 우리에게 〈무엇〉을 흘려주는 자양이 되는 좋은 시일 것이니 여기에 감상이 창작에서 내리지 않는 중요성을 갖게 되는 것이다.[11]

박용철이 인용글에서 말하고 있는 "시란 한갓 고처"란 의미가 정확히 무엇을 일컫는지 확실하지는 않다. 문맥을 통해 유추해보면 "보통의 정서보다 좀더 위에 있는 것으로서 어떻든 〈더〉" 높은 상태의 것이 시가 된다는 것이다. 그는 이 글에서 현실이라든가 반영이라든가 하는 문학 외재적인 이야기는 전혀 하지 않았다. 뿐만 아니라 기교와 같은 형식적인 국면에 대해서도 언급하지 않았다. 오직 정서의 순일하고 높은 상태가 시를 만들어내는 자양분이 된다는 것만 이야기 하고 있다. 박용철은 깨끗하게 걸러진 정서를 시의 제작조건 가운데 첫 번째 꼽고 있는 것이다.

그리고 다른 하나는 낭만적 이상에 관한 것이다[12]. 박용철은 하우스만의 시론이나 자신의 시론을 통해서 낭만주의적 태도나 관념을 이해했다. 낭만주의는 시를 감정의 자연스런 분출로 볼 뿐만 아니라

---

11 박용철, 「시문학의 창간에 대하여」, 『박용철 전집』 1권, 1940.
12 이런 관점에서 분석한 글이 유성호의 앞의 논문이다.

시인을 영감의 지배를 받는 자로 규정한다. 이런 맥락에서 하우스만
은 시인을 하나의 창조자로 생각했다. 시인은 기술자가 아니라 창조
자이고 시는 영감에 의해 창조된다고 본 것이다[13]. 박용철이 하우스
만의 이런 세계관에서 자유롭지 않았음은 당연한 일인데, 실제로 그
의 작품세계는 이런 낭만적 동경과 꿈의 세계가 여과없이 표출되고
있다.


더 높아져라, 닿을 길 없이 높아지거라……
머언 하늘 푸른 자리 그윽히 빛나거라.
내 맘의 맑은 샘에 네 얼굴 잠기나니……
별같이 차신 님을 그려봄만 자랑이리.


그러나, 가슴 깊이 떨리는 두려움은---
산기슭 히야신스 목동의 발에 맡겨
맑은 샘 던지는 돌 흙장을 일으킬까---
오, 영원한 이 거울이 산산이 부서지면!


높아져라, 더 높아지거라 닿을 길 없이
별같이 차신 님을 그려봄만 자랑이리.

「Be nobler!」 전문

---

13 하우스만, 앞의 글.

　인용시 역시 앞서 지적한 시의 제작에 대한 박용철의 고민이 드러나 있는 작품이다. 시행의 시각적 배치와 말줄임표, 쉼표의 계속된 배열은 그가 시의 형식적 제작요건에 얼마나 관심을 기울였나 하는 것을 알 수 있는 대목이기 때문이다. 이런 요건 외에 이 시에서 주목해야 할 부분이 바로 낭만적 태도이다. 이 작품은 서정적 자아가 님과 쉽게 이룰 수 없는 사랑을 노래한 시이다. 시인의 님은 더 없이 높아져 머언 하늘 푸른 자리에 존재하고 거기서 빛나고 있다. 그리하여 그 님은 "내 맘의 맑은 샘에 네 얼굴이 잠기는" 환각을 통해서 느껴지고 있을 뿐이다. 그러나 시인은 님과의 화해되지 않는 그러한 거리에 대해 좌절하지 않는다. "별같이 차신 님을 그려보는 것"만으로도 자랑스러워 하기 때문이다.

　이 작품에서 드러나는 이런 그리움은 낭만적 동경으로 설명 가능한 부분이다. 전지전능한 시인과 인간의 불완전한 요소 사이에서 발생하는 낭만적 결핍의 감정을 이 작품에서 쉽게 읽어낼 수 있는 까닭이다. 그러나 이런 동경의 자세가 의미있는 것은 그것이 어떤 높은 곳 혹은 초월적 이상과 관계되기 때문이다. 시의 순수성을 주장한 박용철의 근본 의도는 시를 어떤 도구성에서 구해내는 것이었다. 그는 형식적인 부분이든 내용적인 부분이든 시가 어떤 요소들에 기능적으로 구속되어있는 것이야말로 시의 순수성을 훼손하는 위험한 적으로 간주했다. 시를 그러한 도구적 질곡으로부터 탈출시키는 길은 순화된 정서 없이는 불가능하다고 생각했다. 가령, 총체성의 전일적 구현이라든가 분열된 자의식과 같은 해체적 사고로부터 벗어나는 길뿐이었던데, 박용철은 그러한 길을 정서의 순화된 상태에서 찾았다. 시의 최고경지인 〈고처〉란 이런 상태를 두고 한 말일 것이다. 그리고 여

기에 덧붙여진 것이 낭만적 이상이었다. 이 감수성은 현재의 결핍의
식이 그 저변에 깔려있다. 따라서 이 핍진한 상황에 대한 대타적 구
현이 낭만적 이상이었을 것이다. 이런 맥락에서 「Be nobler!」에서
보이는 시의 제작에 관한 의식과 낭만적 태도는 똑같은 동기와 감수
성이 낳은 결과라 할 수 있을 것이다.

> 큰 어둠 가운데 홀로 밝은 불 켜고 앉아 있으면 모두 빼앗기는 듯한
> 외로움
> 한 포기 산꽃이라도 있으면 얼마나한 외롬이랴
>
> 모두 빼앗기는 듯 눈덮개 고이 나리면 환한 온몸은 새파란 불 붙어 있
> 는 燐光
> 까만 귀또리 하나라도 있으면 얼마나한 기쁨이랴
>
> 파란 불에 몸을 사르면 싸늘한 이마 맑게 트이어 기어가는 신경의 간
> 지러움
> 기리는 별이라도 맘에 있다면 얼마나한 즐검이랴
>
> 「싸늘한 이마」 전문

　　낭만적 태도라는 관점에서 보면, 「싸늘한 이마」도 마찬가지의 경
우이다. 이 작품을 지배하고 있는 기본 정서 역시 앞의 작품처럼 그
리움이다. 시인은 현재를 '큰 어둠', '눈 덮인 대지', '파란 불에 몸을
사르는 상황'으로 표현하고 있다. 그런 정황 속에서 '한 포기 산꽃'이
나 '까만 귀또리', '기리는 별'이라도 자신 곁에 있으면 '위로'와 '기쁨'

과 '즐거움'을 받을 수 있을 것으로 판단하고 있다. 이렇듯 시인은 현재의 결핍된 상황속에서 이를 타개해 나가고자 하는 어떤 갈망의식을 드러낸다. 자아와 현실의 궁극적 화해가 낭만적 태도의 지향하는 최종 목표라고 한다면, 시인은 '한포기 산꽃'과 같은 동일성의 세계를 현재화시키려는 욕망을 드러내고 있는 것이다.

> 나는 이제 절망의 흙 속에
> 파묻혀 엎드린 한 개의 씨
> 아 – 한없는 어둠……
> 과 고요……
> 그러나 그러나
> 천 천 히 천 천 히
> 그러나 힘있게 우으로
> 나는 머리를 밀어올린다…
> 나는 숨을 쉬었다 지구를 나는 뚫었다---
> 나는 팔을 뻗친다---
> 나는 다리를 뻗친다---
> 아 – 나는 이제 아침해 비췬 언덕 위에
> 두 팔 쳐들어 온몸 훨씬 펴고 서 있는
> 오 – 서 있는 사람이로라

「絕望에서」 전문

제목은 절망이지만 이 작품이 읊고 있는 것은 그런 어두운 인식이 아니다. 시적 자아는 자신을 절망의 흙 속에 파묻힌 한 개의 씨로 비유했다. 이 씨를 뒤덮고 있는 것은 어둠과 고요이다. 그러나 시인은 그런 환경적 요인들에 대해 철저하게 거부의 몸짓을 보낸다. "천 천 히 천 천 히/그러나 힘있게 위로" 솟구쳐 나오려는 내적 동력이 있었기 때문이다. 이는 현재의 결핍된 상황이나 한계상황을 돌파하려는 미래에의 희망과 꿈이 있기에 가능한 것이었다. 곧 앞으로 추동해 나아가고자 하는 '동경'과 순수에 대한 가열찬 열정이 시인을 '절망'에서 '희망'으로 바꾸어 버린 것이다.

'동경'의 문제는 박용철 시에서 핵심적 요소 가운데 하나이다. 그것은 현재의 결핍된 의식과 억압을 초월하는 기제이기도 하고, 또 순수시의 이상을 구현하고자 한 박용철의 내적 동기에 의해 촉발된 것이기도 하다. 어느 요소가 더 역동적이고 적극적인가 하는 것은 별도의 대답을 요하는 문제이긴 하지만, 어떻든 궁극적인 목적은 순수의 이상을 달성하기 위한 시적 노력에서 야기된 것임에는 틀림없는 사실이다. 현재의 결핍을 초월하고자 하는 낭만적 태도와 시의 도구성을 초월하고자 하는 순수의 결합, 그것이 그리움의 정서로 표출된 것이다. 따라서 박용철에게 그리움의 정서는 순수에 대한 갈망의식 바로 그것이었다고 할 수 있다.

# 4. 현실과 유리된 '내 마음'의 좌절

박용철의 순수가 시의 제작과 관련된 문제라는 것, 그리고 그의 이념적 지향이 낭만적 태도에서 온 것이라는 사실을 이해했다. 시의 제작이라는 국면과 낭만적 동경은 궁극적으로 순수의 테두리에서 묶여지는 것이었다. 그런데 박용철 시의 근간은 이런 순수의식이나 동경보다는 비애, 우울 등 센티멘탈한 정조로 휩싸여 있다고 알려져 왔다. 순수 혹은 이상과 센티멘탈한 감수성은 어떻게 연관되어 있고, 시인 자신은 이것을 어떻게 이해했는지가 자못 궁금해지지 않을 수 없다.

이상을 동경한 자가 그에 이르지 못할 때, 좌절과 절망에 젖어드는 것은 자연스런 일이라 하겠으나 박용철의 그것은 같은 시문학파 일원이었던 영랑의 그것과 비교했을 때 너무 크게 차질되는 것이었다. 그의 이같은 좌절의식은 어디서 기인하는 것일까. 우선 다음의 작품을 보도록 하자.

내 마음은 어디로 가야 옳으리까
쉬임없이 궂은비는 나려오고
지나간 날 괴로움의 쓰린 기억
내게 어둔 구름 되어 덮이는데.

바라지 않으리라던 새론 희망
생각지 않으리라던 그대 생각

번개같이 어둠을 깨친다마는

그대는 닿을 길 없이 높은 데 계시오니


아 – 내 마음은 어디로 가야 옳으리까.

「어디로」 전문

이 시는 박용철의 그러한 혼란된 정신세계를 단적으로 담고 있는 작품이어서 관심을 끈다. 내마음은 현재 방황하고 있고, 그리하여 나아가야 할 방향감을 상실하고 있다. 나아가야 할 대상이나 지향해야 할 목적이 없기 때문이다. 박용철이 시의 가치를 둔 것은 〈고처〉에 있었다. 그곳은 서정시의 고고한 영역이 다다를 수 있는 최고의 높이이다. 이는 경험적 현실에서는 존재하지 않는, 서정적 자아가 도달하기에는 너무 먼 거리에 위치해 있는 곳이기도 하다. 이상이 높을수록 좌절은 커질 수밖에 없는 것이 보통의 상식이다. 박용철에게 이상이 커지면 커질수록 거리는 멀어지게 되고 마침내는 그 높이조차 자아에게는 좌절감의 근서가 되고 있는 것이나[14]. 시인이 "그대는 낳을 길 없이 높은 데 계시오니"라고 한 뜻은 여기에 그 원인이 있었다.

그리고 다른 하나는 '내 마음'에 관한 것이다. 이 의식은 외부와 차단된 나만의 고립된 정서이다. 외부에 기능적으로 노출된 자아가 아니라면, 또 열악한 현실과 섞이지 않으려면, 현실과 격리시키는 '내 마음'만큼 좋은 의식도 없을 것이다. 이는 시문학파 동료였던 김영랑의 시세계와 비교해보면 쉽게 확인되는 일이다. '나'나 '내'와 관련된

---

14 김명인, 앞의 글, p. 131.

단어를 영랑만큼 사용한 시인도 드물다15. 영랑 시의 대부분이 '나'와 관련된 의식에서 비롯된다 해도 과언이 아닐만큼 영랑시에서 이 단어는 매우 많이 등장한다. 그런데 이 '내 마음'이란 것이 실상은 현실과 차단시키려는, 곧 일제의 열악한 현실과 일정한 거리를 두고자 하는 시적 자의식에서 비롯된 것이었다16. 세속화와 친일의 칼날을 피하기 위한 이데올로기적 실천이 영랑으로 하여금 '내마음'이라는 고립주의를 탄생시킨 것이다. 영랑은 이 '내 마음'을 맑고 고운 세계, 순수한 자연의 세계에 기투시킴으로써, 순수라는 자신만의 이념을 달성했다. 현실과 타협하지 않는 순수, 현실과 무관한 순수를 지켜냄으로써 내선일체라는 저 악명높은 친일의 길을 회피할 수 있었던 것이다. '시문학파'가 펼쳐낸 순수의 본령이란 이런 이념적 함의가 있었던 것이다.

반면, 박용철의 경우는 어떠한가. 문학이 이념이나 관념으로부터 도구화되는 현실을 반대한 것이 그였다. 그의 순수란 예술에서 객관적 외피의 어떤 흔적도 지우려는 시도에서 비롯되었다. 따라서 인용시의 '내 마음'이란 인식도 그 연장선에서 비롯된 것으로 이해된다. 박용철의 시세계에서 내 마음과 관련된 시들이 영랑만큼 드러나는 것은 아니지만 일정 부분 자리하고 있는 것은 사실이다. 그런데 그의 '내 마음'의식은 영랑의 그것과는 사뭇 다르다. 영랑은 '내 마음'을 구획지우고, 그 갇혀진 정서를 청아한 세계와 연결시킴으로써 순수의 본질에 다가갈 수 있었다. 그러나 박용철의 '내 마음'이 이른 곳은 영랑이 추구한 그 순일한 세계와는 매우 다른 것이었다.

---

15 정한모, 「김영랑론」, 『문학춘추』 1권 9호.
16 송기한, 『현실과 순수의 길항관계』, 『관악어문연구』 27집, 2002 참조.

저녁때 개구리 울더니
마침내 밤을 타서 비가 나리네

여름이 와도 오히려 쓸쓸한 우리집 뜰 우에
소리도 그윽하게 비가 나리네

그러나 이것은 또 어인 일가 어데선지
한 마리 벌레소리 이따금 들리노나

지금은 아니 우는 개구리같이
내 마음 그지없이 그윽하여라 고적하여라

「어느 밤」 전문

앞서 인용한 「어디로」가 정착하지 못하고 방황하는 시적 자아의 모습을 담고 있다면, 「어느 밤」은 떠도는 자아의 고독한 상태를 읊고 있는 작품이다. 이 작품의 주된 화두도 '내 마음'에서 시작된다. 시적 자아는 지금 한여름의 장맛비 속에 노출되어 있다. 비내리는 소리와 벌레 소리가 어우러져 시적 자아의 고적한 상태는 더욱 확대된다. 이런 적막한 분위기 속에서 자아는 어떤 건강성과 연결되지 못하고, "그지 없이 고적한" 상태에 이르게 된다. 이상을 지향했던 자아가 아무런 연결고리 없이 맥없이 추락하고 있는 형국이다. 이런 모습은 김영랑의 경우와 전연 다른 모습이다. 영랑의 '내 마음'에는 맑고 푸른 하늘이 연결지어져 있었고, 그 속에서 순수의 이상을 실현시키고 있었다.

　　반면 박용철의 경우는 영랑과 달리 자아의 끝에 거치른 절벽 내지 고적한 상태가 맞닿아 있었다. 현실 속에서 고립된 자아가 밝고 건강한 환경과 만나지 못하고 절망의식이나 한계 상황 등에 직면하고 있었다. 박용철의 '내 마음'은 맑고 순수한 높이에 이르지 못하고 추락하고 만 것이다. 그의 비애와 우울은 여기서 비롯된다. 현실과 유리된 자아가 건강한 환경으로 빠져나갈 출구를 찾지 못한 채, 또 다른 한계 속에 갇혀 버린 것이다. 센티멘탈한 감수성은 외부와의 소통구조를 상실한 자폐적 환경에서 발생한다. 박용철은 자아를 현실과 유리시켜 순수로의 머나먼 항해를 시도했지만, 그 항해는 목적을 달성하지 못했다. 닫혀진 전망이 현실과 유리된 자아를 견고하게 가로막고 있었기 때문이다.

　　새파란 하늘 아득히 높고
　　개아미 무리 다만 부지런하다.
　　나래든 솔개 훨씬 잡아두르고
　　닭의 무리 울밑에 몸을 숨기다.

　　아득함에 질리어 동그랗던 내 눈은
　　그만 앗지르르 내어둘리다.
　　「있으나마나!」 내 맘은 다만
　　절망에 가라……가라앉는다.

　　까만 바위낭 아래 푸른 소
　　모든 그림자를 늘름 삼키다.

조건 가지 끝에 감츠름한 새
그래도 제 그림자를 노래하고 있다.


이 크고 넓은 놈이 덮개 같아여
나는 벗어날 수 없이 붙들리어.
이만 악물면 겨우겨우 물러나는 듯하다.
숨만 늦추면 가슴살까지 도로 죄어들어.


눈감은 채 몸을 부르르 떨면
내어젓는 팔길까지 얽히었나니.
푸른 소 밑에 헐은 머리가 나를
절망에 잡아……잡아들인다.

「솔개와 푸른 소」 전문

　이 작품은 서정적 자아와 고고한 이상간의 거리가 어떤 상태에 놓여 있는지를 잘 보여수고 있다. 서정적 자아의 시선에 들어온 '새파란 하늘'은 아득히 높은 것이다. 반면 감촉할 수 있는 지상적 세계인 개미의 무리는 손에 잡힐 듯 가까이 느껴진다. 문제는 아득히 높은 '새파란 하늘'이 시적 자아가 도달해야 할 이상적 목표이긴 하지만, 그러나 경험적 현실과동떨어진 그곳은 다다르기 어려운 절대적 거리를 형성하고 있었다. 그런 먼 거리는 "아득함에 질리어 동그랗던 내 눈은/그만 앗지르르 내어둘림"으로써 현실화된다. 그러한 까닭에 시적 자아가 '내 맘'을 '있으나마나 한 것'으로 표현한 것은 어쩌면 자연스러워 보인다.

　지나치게 높이 상정해 놓은 이상이란 경험적인 현실에서는 성취되기 어려운 비현실적인 것이었고, 시적 자아는 그런 절대적 거리에 또다시 절망해버리는 것이다. 그의 이런 절망감은 인식의 가장 완벽한 통일을 가져다주는 고향에 대한 부정에서도 찾아볼 수 있다.

고향은 찾아 무얼 하리
일가 흩어지고 집 흐너진데
저녁 까마귀 가을 풀에 울고
마을 앞 시내도 엤자리 바뀌었을라.

어린 때 꿈을 엄마 무덤 우에
남겨두고 떠도는 구름 따라
멈추는 듯 불려온 지 여남은 해
고향은 이제 찾아 무얼 하리.

하늘가에 새 기쁨을 그리어보랴
남겨둔 무엇일래 못 잊히우랴
모진 바람아 마음껏 불어쳐라
흩어진 꽃잎 쉬임 어디 찾는다냐.

험한 발에 짓밟힌 고향 생각
－아득한 꿈엔 달려가는 길이언만－
서로의 굳은 뜻을 남께 앗긴
옛사랑의 생각 같은 쓰린 심사여라.

「고향」 전문

박용철이 그린 이상이 천상적인 것이었다면, 고향은 지상적인 것이었다. '내 마음'이 그리워한 절대적 거리를 극복하지 못한 시인은 자신의 뿌리에 대해서도 정착하지 못했다. "어릴때 꾸었던 꿈조차 어머니의 무덤 우에" 남겨놓고 떠나온 터였다. 그가 그리워야 할 곳은 위에도 없었고 아래에도 존재하지 않았다. '내 마음'을 붙들어줄 수 있는 것은 천상에서도 지상에서도 존재하지 않았다. 시인은 거의 완벽하게 뿌리뽑힌 자가 되어 버린 것이다.

박용철의 순수의식은 도구적, 기능적 문학관을 극복하고자 한 의도에서 나온 것이다. 이는 자신의 세계관과 관련되는 문제이기도 하지만, 다른 한편으로는 일제 식민지라는 외적 아우라 또한 전연 도외시된 것도 아니었다. 그는 영랑처럼 서정적 자아인 '나'를 격리시키는 데는 성공했지만, 그것이 밝은 세계로 연결되지는 못했다. 그의 우울과 같은 센티멘탈리즘의 정서는 이와 밀접한 상관관계를 갖고 있다. 서정적 자아가 맑고 푸른 세계, 곧 순수의 세계와 동일화되지 않음으로써 비애와 같은 우울의 정서가 생겨난 것이다. 영랑은 '내 마음'을 투명한 세계에 곧바로 연결시켜 이에 동화한 반면, 박용철은 그 세계의 본질 속에 틈입해 들어가지 못했다. 오히려 박용철은 높게 설정된 그 먼거리 때문에 순수에서 촉발된, 현실과 유리된 '내 마음'은 또 다시 갇히게 되는 결과를 낳고 만 것이다. 박용철 시의 센티멘탈리즘은 '서정적 자아'가 맑고 투명한 세계에 동화되지 않음으로써 발생한 정신적 한계에서 기인한 것이었다. 그는 높은 이상을 설정해 놓고 그 세계로 틈입할 수 있는 매개를 갖지 못함으로써 비애의 깊은 함정으로 빠져들어간 것이다.

## 5. 박용철 시에서의 순수의 한계

시에 대한, 그리고 문학에 대한 새로운 방법적 의장을 들고 1930년대 초 혜성같이 등장한 박용철은 한국 시사에서 많은 의미를 던져주었다. 문학에서 내용과 형식의 치열한 혼돈과 갈등이 어느 정도 정리되던 시기에 박용철이 펼쳐보인 순수 문학관은 문단의 새길을 열어준 것이면서 방법적 부재에 시달리던 한국 시문학사에 새로운 활력소가 되었다.

순수란 회색적인 것이어서 어느 시기에나 그것이 고운 시각으로 받아들여진 것은 아니다. 부정적으로 보면, 순수는 진보적 이데올로기의 회피로 비춰질 수도 있고, 부르주아 이데올로기로의 막연한 편승으로 이해될 수도 있었기 때문이다. 그렇기에 순수가 환영받은 적은 별로 없었다. 그러나 '시문학파'가 등장한 1930년대는 상황이 매우 달랐다. 내용에 경도된 편내용주의에도 지쳐 있었고, 검증되지 않은 다양한 실험의식에 의해 시도된 편형식주의에도 피로해진 것이 1930년대의 문학이었다. 이 갈증의 시대에 박용철 등이 개진한 순수는 문학의 새로운 활력소가 되었다.

이런 상황 속에서 등장한 박용철의 문학은 극단적인 평가를 받았다. 비평에서의 찬란한 성공과 창작쪽의 빈한한 실패라는 좋은 대조가 그에 문학에 덧씌어진 것이다. 특히 그의 시에서 드러나는 우울과 같은 센티멘탈한 정서들에 대해서는 비판의 포문이 집중되었다. 좌절과 비애의 감수성으로 점철된 시를 두고 긍정적인 시사적 평가를 내린다는 것은 대단히 어려운 일이었을 것이다.

　박용철의 시에서 표출되는 어두운 정서에는 대부분 동감하고 있으면서도 그 정서가 어떤 요인에서 발생하는지 대해서는 거의 눈을 돌리지 않았다. 뿐만 아니라 그의 시들이 시문학파의 구성원들과 어떻게 차질되는지에 대해서도 외면했다. '시문학파'의 성과를 논하면서 창작 쪽에는 김영랑이 있었고, 비평 쪽에는 박용철이 있었다는 정도의 이분법적인 언급만이 있었을 뿐이다.

　박용철과 김영랑은 동일한 시적 자의식에서 출발했다. 그것을 단적으로 보여주는 것이 '내 마음'이란 사유이다. 이는 '나'를 현실과 격리시키는 유효한 시적 기제였고, 또 그것이 순수를 기능적으로 표방할 수 있는 매개도 되었다. 그런데 똑같이 순수를 지향했으면서도 영랑은 맑고 아름다운 세계를 노래했고, 박용철은 우울과 같은 비애의 센티멘탈한 감수성을 읊었다. 경험적인 세계를 차단하는 데에는 똑같이 성공했음에도, 어떻게 이런 상이한 작품세계로 이어진 것일까하는 의문은 계속 꼬리를 물었다. 이는 이들이 설정해 놓은 이상의 목표가 상이한 데서 발생한 세계관의 차이에 그 원인이 있었다. 하나는 '내 마음'을 밝고 깨끗한 세계에 곧바로 연결시켜 이에 농화한 반면, 다른 하나는 그 세계로 육박해들어가지 못했다. 박용철은 오히려 그 높아진 거리 때문에 한계지워진 '내 마음' 속에 다시 갇히게 되는 결과를 가져온다. 그의 센티멘탈리즘은 '서정적 자아'가 맑고 투명한 세계에 동화되지 않음으로써 발생한 정신적 한계에서 비롯된 것이다. 그는 높은 이상을 설정해놓고 그 세계로 틈입할 수 있는 매개를 갖지 못함으로써 비애의 깊은 계곡으로 빠져들어간 것이다. 이것이 그의 창작시에서 드러나는 순수의 한계이자 그의 세계관의 한계이다.

# 김현승 시에서의 성과 속의 길항관계

한국 시의 근대성과 반근대성

## 1. 김현승의 시를 보는 한 시각

평생 다(茶)를 좋아하여 다형(茶兄)이라 불리었던 김현승은 그 아호가 주는 의미처럼 그 다(茶)로 표현되는 자연의 세계와 분리시켜 논의하는 것은 어려울 것이다. 물론 여기서 다(茶)의 세계는 김현승을 논함에 있어서 취미의 차원을 뛰어넘는 어떤 것이다. 김현승은 익히 알려진 대로 「쓸쓸한 겨울 저녁이 올 때 당신들은」과 「어린 새벽은 우리를 찾아오다 합니다」를 동아일보 1934년 5월 25일자에 발표하면서 등단했다. 다소 격정적이고 센티멘탈한 그의 등단작들이 이후 시인의 시세계와 불가분의 상관관계를 갖는 것이라고 단언하기 어렵지만, 그 영향으로부터 자유롭지 못한 것 또한 사실이다. 일제 강점기라는 외적 요인들이 민족적 센티멘탈리즘을 환기시키는 데에 좋은 매개가 되었을 것이기 때문이다. 이런 페이소스 짙은 감수성들은 특히 그의 '가을' 연작시들과 연계되면서 더욱 공고히 되는 결과를 낳는 계기가 된다.

김현승을 낭만의 시인으로 규정한 까닭도 여기서 기인한다. 뿐만 아니라 기독교라는 아우라 속에 철저하게 갇혀있었던 그의 전기적 사실이 시인의 시세계에 덧씌워지면서, 김현승을 종교의 시인, 혹은 기독교 세계의 철저한 구현자로 불리게끔 만들기도 했다. 김현승의 시들이 기독교의 세계로부터 멀리 벗어나 있지 않다는 것을 감안하면, 이러한 규정들이 크게 잘못된 것이라고는 생각되지 않는다.

이런 판단과 해석들은 김현승의 전기적 사실에서 유추할 수 있는 것이어서 사유의 깊이와 폭을 크게 요구하지 않는다. 문제는 그의 시에서 들어나는 존재론적 국면에 관한 것들이다. 특히 '고독'과 같은 내적 자의식과 관련된 양상들은 철저한 검증과 인식의 깊이를 요구하는 문제이다. 그렇기에 김현승에 대한 기왕의 연구들은 주로 이 부분에 집중되어 왔다. 가령 '고독'과 전일적 사상인 기독교와의 상관성에 관한 연구들이 그러한데, 이러한 그 상위된 관계를 기질의 문제로 보기도 하고[17], 기독교 정신에 뿌리를 둔 성(聖)과 속(俗)의 갈등 양상으로 보기도 한다[18]. 그러나 그것이 어떠한 경우이든 '고독'과 기독교 사상은 근본적으로 합치되지 않는다는 점에서는 대부분 동의하고 있다. 다만 김현승이 기독교의 정신을 부정하기보다는 그의 정신적 기질이 이러한 결과에 이르게 했다는 것이다. 이 부분에 대해서는 김현승 자신도 부정하지 않는다[19]. 그는 자신의 고독을 기질상의 문제로 보면서, 그 고독의 뿌리가 구원이 전제된 것이 아니라 고독을 위한 고독, 절망을 위한 절망에서 온 것으로 파악하고 있는 것이다.

김현승의 시를 '고독'과 '신앙'의 길항관계에 놓고 그 변증법적 발전 구조를 살핀 기왕의 연구들이 어느 정도의 타당성이 있는 것은 사실이긴 하지만, 가장 큰 한계는 일관성의 문제이다. '고독'과 '신앙' 사이에 구원이 매개되지 않았다는 점에 착목하여 김현승이 기독교에 무지했다거나 자신의 근원적 사유공간을 빈 여백으로 놓아두었다고 하는 언급들은 크게 중요하지 않다는 뜻이다. 그런데 왜 그러한 결과

---

**17** 김윤식, 「신앙과 고독의 분리 문제」, 『한국현대시론비판』, 일지사, 1986.
**18** 권오만, 「김현승과 성·속의 갈등」, 『한국현대시사연구』, 일지사, 1981.
**19** 김현승, 「굽이쳐가는 물굽이와 같이」, 『김현승』(이운용편저), 문학세계사, 1993, p. 91.

에 이르게 되었는가하는 도정의 문제라든가 초기시부터 일관성있게 사유된 김현승의 시들에 대한 검토들이 제대로 이루어지지 않았다는 데에 있다. 김현승의 시들은 '고독'의 문제에 지나치게 집착되어 있거나 혹은 기독교에 과도하게 덧씌워진 채 해석되어 왔을 뿐, 이들을 꿰뚫는 잣대나 해석의 틀은 거의 제시하지 못하는 한계를 보여왔던 것이다.

김현승의 시들은 일관성을 갖고 있다. 어찌 보면 하나의 긴 서사 구조를 형성하고 있는 산문의 경우처럼 의미론적 연속성이 뚜렷하게 검출된다. 식민지라는 외적 토양이 가져다 준 센티멘탈한 감수성이 그의 시를 이끌어가는 키워드가 되고 있는데, 이러한 기조는 초기시부터 일관되게 유지된다. 김현승의 시에 있어서 센티멘탈한 감수성의 대상은 무엇보다도 '자연'에 대한 서정적 자아의 인식에서 비롯된다. 김현승에게 자연은 선비적 풍류의 대상과 같은 고전의 감각을 뛰어넘는 것이고, 또 자연의 기술적 지배라는 근대적 사유를 초월하는 곳에 자리한다. 자연이라는 낭만적 대상은 김현승에게 영원한 본향과 같은 것이었고, 그 자연과의 합일된 인식이야말로 그의 시세계를 이끌어가는 근본 동인이었다. 말하자면 자연이란 그의 시에 있어서 시작과 끝 같은 것이었는데, 이 자연에 대한 의미 추적이야말로 김현승 의 시를 일관성 있게 의미화할 수 있는 고리가 될 수 있을 것이다.

## 2. 에덴동산으로서의 자연

자연을 하나의 독립된 실체로 놓고 생각할 경우, 그곳에서 어떤 심오한 철학을 만나는 것은 어려운 일이다. 그것이 의미화되기 위해서는 인간적인 어떤 요소가 비평적으로 개입되어야 한다. 즉 자연과 인간의 끈끈한 길항관계가 있어야만 자연은 독립된 실체가 되면서 존재론적 의미 또한 갖게 될 것이다. 그런데 자연과 인간의 이런 피할 수 없는 관계는 사실 상당한 모순관계라 하지 않을 수 없다. 가령 근대의 사유구조 속에 편입된 자연의 의미구조를 짚어보자. 이럴 경우에 이 모순관계는 더욱 깊어지지 않을 수 없는데, 자연을 지배대상으로 사유하든 혹은 그렇지 않든 인간적 요소의 개입 없이 자연을 의미화하는 것은 거의 불가능하기 때문이다. 자연의 인간화가 그러하듯 인간의 자연화 또한 그 불가분성을 해명해주기에는 역부족이다.

이런 사례에서 보듯 자연이란 그 대항관계에 있는 인간적인 요소를 배제해서는 그 의미화가 쉽지 않다. 그럼에도 자연을 인간으로부터 분리시키려는 노력은 계속되어 왔고, 또 앞으로도 이러한 노력들은 지속될 것이다. 자연만이 갖는 고유한 특성과 그로부터 사유되는 철학적 순수성들은 인간의 영역이 팽창되어 갈수록 더 의미있는 것이 될 수밖에 없기 때문이다.

김현승 자신의 고백에서도 알 수 있는 것처럼, 그의 초기시에서 자연를 노래한 시들이 대부분을 차지한다. 김현승은 그런 이유를 다음과 같이 밝혀놓은 바 있다.

그 무렵 나의 시에는 自然美에 대한 예찬과 동경이 짙게 풍기고 있었다. 이 점 또한 그 당시의 한 경향이었다. 불행한 현실과 고초의 현실에 처한 시인들에게 저들의 국토에서 자유로이 바라볼 수 있는 곳은 아무도 거기서는 주권을 행사하지 않는 자연뿐이었다. 그야말로 이상화의 표현마따나 「빼앗긴 들에도 봄은 오는가」이었다. 그러므로 그 당시 자연을 사랑한다는 것을 흉악한 인간 - 日人들과 같은 인간의 때가 묻지 않은, 깨끗하고 아름다운 세계를 지향하는 의미가 포함되어 있었고 지상에서 빼앗긴 자유를 광대무변한 천상에서 찾는다는 의미도 함축되어 있었다. 또 검열에 걸릴 위험도 별로 없었다.[20]

인용글에서 볼 수 있는, 자연에 대한 김현승의 인식은 지극히 현실적인 데서 찾아진다. 자연미에 대한 예찬과 동경이 자신의 초기시의 주류였는데, 그것은 일제강점기의 억압으로부터 자유로운 지대는 자연뿐이었다는 것이다. 그렇기에 그러한 자연을 사랑한다는 것은 깨끗하고 아름다운 세계를 지향한다는 의미도 있었고, 지상에서 빼앗긴 자유를 광대무변한 천상에서 찾는다는 뜻도 있었으며 검열의 위험도 피할 수 있었다는 것이다. 자연을 현실도피의 수단으로 인식했다는 것인데, 실상 이런 태도들은 김현승의 말처럼 그리 낯선 방식은 아니었다. 끊임없이 새로운 자연을 찾아나선 박두진의 경우가 있었고 가공의 자연 속에 안주해들어간 박목월의 경우도 있었기 때문이다. 범박하게 넓히면 조지훈도 여기에 포함시킬 수가 있고, 유랑 속에 토속적 자연을 찾은 백석도 여기서 예외는 아닐 것이다. 그럼에도

---

[20] 김현승, 위의글, p. 83.

여기서 자연의 의미화에 대한 김현승의 언급을 전부 수용하기는 어려워 보인다. 그것은 객관적 현실의 변모에 따른, 지나온 과거에 대한 자기 변명으로 비춰질 수 있기 때문이다. 이러한 변명들이 궁색해 보이는 것은 시간의 차이에 그 원인이 있을 것인데, 그러나 그것이 어떤 것이든 간에 김현승의 시세계를 이해하는 데 있어서는 좋은 실마리를 제공해주는 것이 사실이다. 자연에 대한 김현승의 사유의 폭과 깊이에 표명은 그러한 외적 환경보다는 내밀한 자의식과 보다 밀접하게 관련되어 있기에 그러하다.

수탉의 울음소리 고요한 하늘에 오르고
집 위와, 공중과, 먼 산에 선명한 침묵이 안개와 같이 기어다릴 때
당신은 일찍이 아침을 아름다워하였습니까?
산 봉우리에 피어 오르는 처녀광과 함께 이슬을 몰고 날아가며, 서며,
혹은 놓여 있는
투명한 아침의 모든 족속들이.

그러나, 침실을 암시하는 곳--낮은 하늘과 초지와 머언 인가와 또한
황토 언덕과 삼림과 강 건너는 늙은 나룻배 위에
진달래빛과 그윽한 심호흡이 흘러갈 때
황혼은 또한 아름답지 않습니까?
노을을 입고 깃들이며, 누우며, 혹은 사라지는 하늘
땅의 젊음의 모든 표정들이.

나의 왼편 팔에

또한 나의 오른편 팔에.

황혼과 아침을 가벼이 데리고

기차 가는 플랫포옴과 포석의 도로들과 또한 주막을 지나

푸른 하늘 아래 빛나는 평야를

천리나 만리 끝없이 갈 수 있다면

아아 자연은 왜 이다지 아름답습니까?

「아침과 황혼을 데리고 갈 수 있다면」 전문

비교적 초기작에 속하는 「아침과 황혼을 데리고 갈 수 있다면」이다. 이 작품에는 습작기를 갓 지난 데에서 오는 어리숙함이 있는가하면 언어의 엑조티시즘이라든가 이미지의 사용법 등에서 보듯 모더니즘의 세례로부터도 자유롭지 않음 또한 발견된다. 그러나 이 작품을 비롯한 초기시에서 그 형식적 요건들에 대해 깊이 의논할 필요는 없다. 중요한 것은 정신사적 흐름내지 의미이다. 김현승의 고백에서 알 수 있는 것처럼, 이 작품의 주제는 자연미의 예찬과 동경 등이다. 그러한 황홀들은 평화와 안식을 주는 아침이라든가 황혼의 모습이 아름답지 않느냐하는 의문형을 통해서 환기된다.

자연에 대한 예찬과 동경이 "인간의 때가 묻지 않은, 깨끗하고 아름다운 세계를 지향하는 의미가 포함되어 있었고, 지상에서 빼앗긴 자유를 광대무변한 천상에서 찾는다는 의미도 함축되어 있었다"는 김현승의 언급처럼, 거기에는 시인이 의도한 어떤 형이상학적인 내포가 내밀하게 담겨져 있다. 그것은 자연을 원형으로 사유하는, 근원사상과 관련된다. 자연을 우주의 이법이나 질서관으로 인식하는 것은 동양철학이 행해온 오래된 관행 가운데 하나이다. 특히 노장사상

으로 대표되는 자연관은 자연에 대한 그러한 사유구조를 각인시키는 데 중요한 역할을 했다. 자연에 대한 영탄이나 읊조림이 감상을 뛰어넘는 어떤 초월적 지위를 차지하게 된 것도 이와 무관하지 않다. 반면 서양의 자연관은 인간과 대결하는 자리에 있었고, 그 팽팽한 줄다리기가 서구인들의 사유구조를 지배해왔다. 자연의 기술적 지배라는 근대적 담론 혹은 선언이야말로 자연에 대한 인간의 인식이 무엇이었던가를 잘 말해주는 반증이 아닐 수 없었던 것이다.

자연에 관한 서구인의 사유가 긍정적이지 못했다는 것인데, 사실 서구인들의 자연관이 애초부터 부정적이었던 것은 아니다. 가령 서구사상의 근원이 되었던 에덴동산의 신화가 그것이다. 이 에덴으로 표상되는 유토피아의 세계 내에서는 각각의 단위들이 모두 단일한 유기적 실체로 구동되었다. 여기에는 어떤 위계적 층위가 존재하지 않았고, 계통적 분류 또한 가능하지 않았다. 모두가 자연이라는 거대 단위에 묶여 하나의 수레처럼 굴러가고 있었다. 서구의 이러한 긍정적 자연관이 김현승의 그것과 크게 다르지 않음은 다음의 글에서 확인할 수 있다.

나는 인간의 삶 자체를 자연의 流露라고는 생각지 않는다. 그것은 오히려 비평이라고 생각한다. 나는 자연을 있는 대로 받아들이지 않고, 자연에다 어떤 주관적인 해석을 가하고 주관에 의하여 변형시키기를 요구한다. 이런 점에서 나는 동양적이 아니고 서구적이다. 그리고 그것은 기독교적이다. 그리고 그것은 性善說에 입각한 생활이 아니고 原罪說에 뿌리박은 생활임을 나 자신이 언제나 인식하고 있다[21].

　인용문은 자연에 대한 김현승의 사고가 무엇인가를 잘 알게 해주는 글이다. 김현승은 자연을 있는 그대로 받아들이지 않고, 자연에 대해 어떤 주관적인 해석이나 변형을 요구한다고 했다. 이런 점에서 자신은 동양적이 아니고 서구적이며, 또 기독교적이라고 했다. 김현승의 이러한 자연관에서 우리의 주목을 끄는 것은 다음 두가지이다.

　하나는 자연을 그대로 받아들이지 않고 비평적으로 받아들인다는 것이고 다른 하나는 그의 자연관이 기독교적이며 원죄설에 뿌리박고 있다는 것이다. 자연을 비평적으로 응시한다는 것은 자연을 자연그대로 받아들인다거나 그것에 순응한다는 뜻이 아니다. 자신의 처지와 삶의 조건에 맞게 적절하게 변형시킨다는 의미이다. 해석이 전제된 자연이야말로 인공의 자연이 아니겠는가. 그것은 서정적 자아의 정신사적 흐름과 사유의 폭에 따라 얼마든지 변형될 수 있다는 뜻이된다. 이렇게 되면 자연의 이법이라든가 우주의 질서와 같은 동양적인 형이상학적 틀은 무너지게 된다.

　다음은 자연을 원죄설의 연장선에서 보는 시각이다. 원죄란 훼손이 전제된 것이긴 하지만 그 이면에는 유토피아의식이 깔린 사유이기도 하다. 그것이 조직적으로 일어나기 전엔 낙원의 모습을 고스란히 간직하고 있었기 때문이다. 어떻든 원죄적 상황이란 근원적인 것이기에 자기 조절이나 노력만으로 극복하기 어렵다. 따라서 자연을 원죄와 연장선에 놓고 사유한다는 것은 동양에서 말하는 자연의 기능적 의미와는 무관한 것이 된다. 곧 자연이란 근원적으로 훼손된 것이어서 상상적 복원이나 인간적 회개없이는 태초의 모습으로 되돌아

---

21 김현승, 「나의 문학백서」, 『월간문학』, 1970.9.

가기란 거의 불가능하다는 의미가 담겨져 있는 것이다.

원형적 모형으로서의 자연이 아니라 훼손된 실체로서 감각되는 자연이라면, 작품 「아침과 황혼을 데리고 갈 수 있다면」이 말하고자 하는 의도가 무엇인지 쉽게 알 수 있게 된다. 그것은 잃어버린 고향에 대한 상상적 모형으로서의 자연이라 할 수 있다. 시인이 자신의 자연관이 원죄설에 뿌리박고 있는 것이란 이 맥락에서 나온 것이다. 이 작품에서 서정적 자아가 그러한 자연에 대한 애틋한 그리움의 정서를 표명하는 것이나 낭만적 동경의 감수성을 표방하는 이유도 여기서 찾아진다.

김현승의 시에서 자연이 주는 궁극적 의미가 무엇인가에 대해서는 그동안 주목의 대상이 되지 못했다. 자연은 그저 초기시의 한 특성으로 간주되거나 중기 이후에는 고독의 기능적 특성을 보족하는 정도의 의미로만 해석되어 온 것이다. 그러나 김현승의 시에서 자연은 미숙한 자의식을 반영한 소박한 소재도 아니고, 기독교라는 거대 형이상학을 지탱해주는 작은 지렛대도 아니다. 그것은 그의 초기시를 이끌어가는 중심 테마일 뿐만 아니라 이후 그의 평생의 주제였던 고독과 기독교의 세계를 이끌어가는 중심축으로서 기능하는 소재로서 기능한다. 김현승에게 자연은 원체험으로서의 자연, 완결된 인식을 위한 상상적 체험으로서의 자연이라는 의미를 갖고 있기 때문이다.

잃어버린 고향에 대한 신성의 표현으로 자리잡은 자연은 김현승의 시세계에서 초기 이후에도 그 기조가 크게 변하지 않는다. 50년대 후반에 발표된 다음의 시에서도 자연의 의미는 초기와 크게 다르지 않기 때문이다.

시인들이 노래한 일월의 어느 언어보다도
영하 5도가 더 차고 깨끗하다.


메아리도 한 마정이나 더 멀리 흐르는 듯 ---


정월의 썰매들이여,
감초인 마음들을 미지의 산란한 언어들을
가장 선명한 음향으로 번역하여주는
출발의 긴 기적들이여,
잠든 삼림들을


이 맑은 공기 속에 더욱 빨리 일깨우라!


무엇이 슬프랴,
무엇이 황량하랴,
역사를 썩어 가슴에 흙을 쌓으면
희망은 묻혀 새로운 종자가 되는
지금은 수목들의 체온도 뿌리에서 뿌리로 흐른다.


피로 멍든 땅,
상처 깊은 가슴들에
사랑과 눈물과 스미는 햇빛으로 덮은
너의 하얀 축복의 손이 걷히는 날

우리들의 산하여,

더 푸르고 더욱 요원하라!

「新雪」 전문

　인용시는 50년대의 사회성이 일정 부분 반영된 작품이다. "역사들 썩어 가슴에 흙을 쌓으면"이라든가 "피로 멍든 땅", "상처 깊은 가슴" 등에서 빚어지는 음영들이 그러한 역사적 편린의 불편부당성을 암시해준다. 시인은 그러한 역사를 "사랑과 눈물과 스미는 햇빛으로 덮은 / 너의 하얀 축복의 손이 걷히는 날 // 우리들의 산하여, / 더 푸르고 더욱 요원하라!"고 희구함으로써 구원의 상징으로 자연을 인유하고 있다. 자연 속에 빨려들어가 그것에 기투하고 막연히 찬양하던 초기시와는 어느 정도 거리가 있긴 하지만 그럼에도 김현승이 묘파해내는 자연의 궁극적 의미가 이 부분에서 크게 달라졌다고 보기는 어려워보인다. 잃어버린 고향, 선험적 고향으로 의미화되는 자연의 궁극적 의미는 초기와 동일하기 때문이다.

　김현승은 자연을 자신의 주관이 배제된 객관적 상관물로 인식하지 않았다. 그는 자신의 말대로 자연을 비평적으로 사유했다. 비평이란 가치판단을 전제로 하는 것이다. 따라서 사물을 있는 그대로 받아들이지는 않는다. 김현승은 자연을 파편화된 인식의 완결을 위한 매개로 끌어들인다. 그에게 그것은 삶의 본향이었고, 성서적 의미로는 에덴동산과 같은 것이었다. 인간들이 모두 원죄라는 굴레를 뒤집어쓴 존재인 것처럼, 김현승도 여기서 예외는 아니었다. 그렇기에 자연에 대한 시인의 예찬은 삶의 원형질에 대한 회복의지와 굳게 맞물리게 된다. 김현승에게 자연은 우주의 이법이나 철학과 같은 지도원리가 아니라 하나의 유기적 덩어리로 현현하는 태초의 에덴동산, 곧 유토피아와 같은 것이었다.


## 3. 사유와 인식의 매개로서의 가을


　자연과의 완전한 합일이란 층위지워진 경계들의 무화와 불가분의 관계에 놓이는 사항이다. 만약 그러한 경계에의 의식이 조금이라도 잔존한다면 그 합일에의 길이란 요원할 수밖에 없다. 자연과의 일체화를 통해 유토피아에 이르고자 했던 김현승에게 다가왔던 문제들은 바로 이런 것들이었다.

　김현승의 시세계는 해방이후 조금씩 변하기 시작한다. 그 자신의 말을 빌면, 서정적 자아의 시선이 외부가 아니라 내부로 되돌리게 되었다는 것, 그리하여 자연 등에 대한 막연한 관소나 비병이 아니라 내밀한 자의식과의 조우로서의 자연 혹은 대상을 발견하게 된다. 김현승은 일단 그러한 시세계의 변화를 외적 환경에서 찾고 있다. 일제강점기로부터 벗어났으니 민족적 센티멘탈리즘을 바탕으로 한 시작은 더 이상 불가능했다는 것, 그리고 해방이후 심화되던 좌우익의 혼란으로 인해 불온한 현실로 육박해 들어가기 어려웠다는 것 등이 자신의 시세계를 변화시킨 요인으로 꼽고 있다. 그 결과 외계적인 자연이 아니라 인간의 내면에 치중하는 시를 쓰게 되었다고 한다[22]. 그 변화의 결과로 김현승은 이 시기에 씌어진 「눈물」을 제시하고 있다.

더러는
옥토에 떨어지는 작은 생명이고저 ---


흠도 티도,
금가지 않은
나의 全體는 오직 이뿐!


더욱 값진 것으로
드리라 하올 제.


나의 가장 나중 지니인 것도 오직 이뿐!
아름다운 나무의 꽃이 시듦을 보시고
열매를 맺게 하신 당신은,


나의 웃음을 만드신 후에
새로이 나의 눈물을 지어주시다.

「눈물」 전문


　인용시는 죽은 자식이 소재가 된 시인의 전기적 사실이 담겨져 있
는 작품이다. 또 그 자신의 언급대로 서정적 자아의 시선이 자연에서
인간으로, 외계에서 내면으로 옮겨와 있는 작품이기도 하다. 그러나
중요한 것은 서정적 자아의 시선이 단순히 전위되었다는 사실에서

---

22 김현승, 「굽이쳐가는 물 굽이와 같이」, p. 88.

이 작품의 의미를 찾을 수 있는 것은 아니라는 점이다.

우선 김현승은 눈물을 "옥토에 떨어지는 작은 생명"이라고 했다. 이 눈물에 대한 신비화는 "흠도 티도, / 금가지 않은 / 나의 全體는 오직 이뿐! // 더욱 값진 것으로/드리라 하올 제. // 나의 가장 나중 지니인 것도 오직 이뿐!"고 함으로써 더욱 심화된다. 이런 뜻에서 눈물은 두가지 속성을 지닌다. 하나는 시인 자신의 내면에 대한 표상으로서의 눈물이다. 시인의 전기적 사실에서 기인한 것이든 혹은 어떤 반성적 사유에서 기인한 것이든 간에 눈물은 어떤 자의식과 불가분의 상관관계에 놓인다. 따라서 눈물은 인간의 내밀한 자의식의 산물이 된다. 그것을 이런 맥락으로 규정하는 것은 어떤 보편 이상의 의미를 띄지 못한다. 그것의 의미론적 구성은 시인 자신뿐 아니라 누구에게도 동일한 함량으로 다가오는 것이기 때문이다.

그리고 눈물의 또 다른 의미는 재생적 맥락에서 이해할 수 있다. 이는 시인에게 보편화된 의미역을 뛰어넘는 어떤 것이다. 서정적 자아는 "나의 웃음을 만드신 후에 새로이 나의 눈물을 지어주시다"라고 함으로써 눈물을 순환의 맥락으로 풀이하고 있다. 눈물이 그러한 의미로 이해될 수 있는 것은 "아름다운 나무의 꽃이 시듦을 보시고/열매를 맺게 하신 당신은"으로부터도 어렵지 않게 유추해낼 수 있다. 낙화와 열매의 탄생이라는 순환속에서 자연을 이해한 것처럼 눈물의 의미 또한 그 연장선에 놓여 있는 것이기 때문이다.

김현승의 시는 통상 세시기로 구분되고 있는데, 그 잣대로 적용되어 온 것이 신에 대한 서정적 자세였다. 가령, 신을 긍정하거나 부정함으로써 그의 시세계가 확연히 구분되었다는 것이다. 그 결과 김현승의 시세계는 크게 세단계로 나뉘어졌는데, 1930년대 자연예찬의 시기와 1950년대를 전후로 한 신을 부정한 시기, 그리고 고혈압으로 쓰러진 이후 신의 존재를 인정한 시기로 3분 되는 것이다[23]. 물론 김현승의 시세계에서 주제가 차지하는 비중은 큰 것이긴 하지만, 대상을 관조하는 방식에 의해서도 그의 시 세계는 구별할 수 있다. 곧 자연이라는 대상을 관조하는 시기와 이를 내면화해서 자기화하는 시기, 그리고 마지막으로 신으로 표상된 대상을 다시 관조하는 시기가 그러하다. 이 각각의 시기가 신을 정점으로 한 사유구조의 변화와 맞물리는 것은 사실이다. 그러나 그 시적 형상화의 방식에서는 매우 다른 구조를 보여준다. 이를 내면을 통한 또 다른 세계로의 틈입이라 부를 수 있거니와 김현승의 시세계는 「눈물」을 정점으로 내면적 사색의 표백이라는 독특한 철학적 사유구조를 낳게 된다. 김현승의 시세계에서 득의의 소재이자 영역인 '가을' 연작시들이 그 단적인 본보기들이다. 그를 '가을의 시인'이라 부르고 있는 것처럼, 가을 이미지는 김현승과 분리시켜 논의할 수 없는 필수불가결한 대상이다.

> 가을에는
> 기도하게 하소서 ---
> 낙엽들이 지는 때를 기다려 내게 주신
> 겸허한 모국어로 나를 채우소서.
>
> 가을에는
> 사랑하게 하소서 ---

---

[23] 권오만, 앞의 글. p. 390.

오직 한 사람을 택하게 하소서,

가장 아름다운 열매를 위하여 이 비옥한

시간을 가꾸게 하소서.


가을에는 호올로 있게 하소서 ---

나의 영혼,

굽이치는 바다와

백합의 골짜기를 지나,

마른 나뭇가지 위에 다다른 까마귀같이.

「가을의 기도」 전문


이 작품은 김현승을 가을의 시인으로 부르게끔 한 시일 뿐만 아니라 그를 기독교의 시인으로 만든 시이기도 하다. 특히 '기도'라든가, '하소서'에서 보이는 경건한 성격의 담론들이 그러한 종교적 분위기를 더욱 가중 시키고 있다. 이 작품 역시 「눈물」과 마찬가지로 내면의 문제를 다루고 있긴 하지만 그 내면의 상도는 매우 다르다. 「눈물」에서는 시적 자아와 대상의 간극이 거의 발견되지 않지만, 「가을의 기도」는 그 거리가 너무도 확연히 분리되어 있기 때문이다. 「눈물」에서 서정적 자아의 객관적 상관물인 '눈물'이 대지의 한 구성부분 혹은 그 토양이 되는 전일적인 것이라면, 「가을의 기도」는 그런 합일된 관계를 전혀 찾아볼 수 없다. 여기서 그 분리의 매개가 된 것은 '가을'이다.

'가을'은 김현승의 작품에서 계절적 감각을 단순히 전달하는 매개가 아닐뿐더러, 순환의 이미지와 같은 형이상학적 의미와도 무관하다. 가을은 흔히 떨어짐, 사라짐과 같은 소멸의 이미지를 준다. 또 그러한 상실의 이미지들이 인간으로 하여금 고독과 같은 정서를 불러일으키게 하기도 한다. 가을이 주는 그런 조락의 이미지에 비추어볼 때, 시인이 받아들이는 외로움의 정서는 당연한 것이라 할 수 있다. 문제는 그러한 외로움의 원인과 지향성에 있다. 김현승에게 가을은 상실과 외로움의 정서를 불러일으키게 한 매개이지만, 다른 한편으로 보면, 초기에 보여주었던 자연과의 완벽한 합일로부터 떨어져나오게 하는 요인이기도 하다는 점이다. 김현승의 자연관은 예찬 뿐이었고, 총체성에 대한 완벽한 구현뿐이었다. 그 자신의 언급대로 자연은 원죄를 경험한 인간만이 그리워할 수 있는 잃어버린 낙원에 대한 향수의 대상이었다. 그런데 '가을'은 그 잃어버린 낙원으로 가는 길조차 가로막는다. 김현승의 시에서 상실과 조락이라는 '가을'의 그러한 보편화된 이미지를 뛰어넘어 특수한 이미지로 자리하는 근거는 여기서 생성된다. 그는 가을로부터 근원에 대한 훼손의 이미지를 읽어내고 있으며, 에덴 동산의 상실로도 이해하고 있는 것이다.

기도는 성과 속을 구분짓는 인식적 단위이다. 세속적 시공간에 있던 존재가 성스러운 시공간으로 전화하는 순간은 기도에 의해서 가능하다. 그렇기에 그것은 기원의 시간이다. 이러한 행위는 세속된 시공간에 참여하지 않으면서 무한히 회복 가능한 영원한 현재를 구성시킨다[24]. 따라서 기도란 치유의 기능이 있고, 회복의 기능이 있으며, 성스러운 신화적 공간으로 들어가게끔 추동하는 힘이다. 김현승의 기도행위가 의미있는 것은 이 부분에서이다. 그런데 시인이 기도

---

[24] M. 엘리아데, 『성과 속』(이은봉 역), 2001, 한길사, p.103.

한다는 것 자체가 이미 성과 속의 분리가 이루어졌다는 것을 전제하
는 것이기에 속된 공간에서 성스러운 공간으로의 여행이 시작되었다
는 것으로 이해할 수 있을 것이다.

　다음은 성스러운 공간에서의 시적 자아의 변모양상이다. 기도 자
체가 이미 그런 성화된 시공간의 상실과 불가분의 관계에 있음은 이
미 지적한 바 있거니와, 시인은 이 공간으로 가고자 하는 열망에도
불구하고 그곳에서 회복의 시간을 갖지 못한다. "나의 영혼, / 굽이
치는 바다와 / 백합의 골짜기를 지나, / 마른 나뭇가지 위에 다다른
까마귀같이"와 같이 홀로 떨어져 나온 존재로서의 자아를 발견하기
때문이다. 이 구절에서 우리의 주목을 끄는 말은 두가지이다. 하나
가 '마른 나뭇가지'라면, 다른 하나는 '까마귀'인데, 이 둘 모두 고독
을 상징하는 상관물들이다. 육신이 떠나간 메마른 정신의 표명이 마
른 나뭇가지인데, 그것은 감성과 일체화된 정서는 사라지고 사유의
고뇌만이 메아리치는 대상으로 구현된다. 그리고 그 메아리를 듣는
또 다른 주체는 까마귀가 된다. 까마귀 역시 외적 환경과의 조화로
운 관계를 상실하고 고독한 음성만을 기계적으로 되뇌는 고독자일
뿐이다.

　　영혼의 새

　　매우 뛰어난 너와
　　깊이 겪어본 너는
　　또 다른,

참으로 아름다운 것과

호올로 남은 것은

가까워질 수도 있는,

언어는 본래


침묵으로부터 고귀하게 탄생한,


열매는

꽃이었던,


너와 네 조상들의 빛깔을 두르고.


내가 십이월의 빈 들에 가늘게 서면,

나의 마른 나뭇가지에 앉아

굳은 책임에 뿌리박힌

나의 나뭇가지에 호올로 앉아,


저무는 하늘이라도 하늘이라도

멀뚱거리다가,

벽에 부딪쳐

아, 네 영혼의 흙벽이라도 덤북 물고 있는 소리로,

까아욱 --

깍 --

「겨울 까마귀」 전문

인용시는 '마른 나뭇가지'와 '까마귀'의 의미가 좀더 구체화된 작품이다. 김현승은 '까마귀'를 영혼의 새로 규정한 다음, "영혼의 흙벽이라도 덥북 물고 있는" 처절한 고독자로 파악한다. 반면 '마른나뭇가지'는 십이월의 빈들을 지키는 "굳은 책임에 뿌리박힌" 견고한 주체로 인식한다. 여기서 "굳은 책임에 뿌리박힌" 자라는 것은 삶의 조타수, 혹은 인생의 방향타 역할을 할 수밖에 없는, 혹은 그러한 운명을 필연적으로 지닌 자의 고뇌를 표명한 말이다. 따라서 '마른 나뭇가지'는 사유의 극한에서 더 이상의 탈출구를 상실한 서정적 자아의 내포이며, '까마귀'는 그 가지 끝에서 영혼의 마지막 외마디 구원을 외치는, 고독자의 마지막 모습을 표현한 은유이다.

'가을'은 김현승에게 기도의 의미와 청교도적 순결의 자세가 무엇인지 일깨워주는 소재가 아니다. 또 풍성한 결실을 가져다주는 농경적 삶의 서정적 모습도 아니고, 삶의 구경적 성찰을 되새겨주는 매개도 아니다. '가을'은 김현승에게 근원의 상실이며, 유토피아 의식의 상실과 밀접한 연관성이 맺고 있다. 그것은 그에게 고독의 의미가 무엇이며, 그것의 발생론적 배경이 무엇이었는가를 묻게 하는 성찰의 대상이다. 그는 그러한 척박한 상실의 아우라 속에서 성스러운 공간으로 되돌아가고자 하는 의식을 보이지 않는다. 김현승 시의 평생의 주제였던 고독의 의미를 되짚어보고, 이를 자기화는 수단으로 인식하고 있기 때문이다. 김현승에게 가을이라는 소재가 중요한 시사적 의미를 갖는 것은 여기에 그 원인이 있다. 가을은 낙엽이 지고 추운 겨울을 예비하는 단계나 풍성한 결실을 가져다주는 낭만의 계절이 아니다. 김현승은 그러한 황량한 가을의 모습을 낙원의 상실, 그리하여 그 잃어버린 고향을 되짚어 회고하는 반추의 대상으로 인식하고 있었다. 그 사유의 결과가 고독이었다. 이런 맥락에서 김현승 시의 보증수표인 고독은 가을에서 시작되었다고 해도 크게 틀린 말은 아 닐 것이다.


## 4. 고독의 현상학


고독은 유기적 전체성의 감각이 상실될 때 생기하는 정서적 반응이다. 따라서 그것은 사회적 맥락에서 일어날 수도 있고, 정신적인 맥락에서 발생할 수도 있으며, 종교적인 근원에 그 뿌리를 둘 수도 있다. 가령, 잘 알려진 군중 속의 고독은 사회적인 것에, 원초적 고독은 정신적인 맥락에, 구원과 관련된 고독은 종교적인 것에 대응되는 것과 같은 방식이다.

김현승에게 고독의 감각이 어떻게 체득되었는가하는 것은 그의 시세계의 본질과 관련된 것이어서 매우 신중한 답변을 요하는 문제이다. 지금껏 김현승의 시세계에서 고독을 보는 시각은 크게 두가지로 대별되어 왔다. 하나는 그의 고독이 기질상의 문제[25]에서 오는 것이라는 관점과 다른 하나는 서정적 근원으로서 신과의 분리에서 오는 것이라는 관점이다[26]. 기질상의 문제에서 고독을 응시하고 이해하는 수준은 지극히 보편적이고 평범한 것이 아닐 수 없다. 왜냐하면

---

**25** 김윤식, 앞의 글.
**26** 금동철, 「김현승 시의 '고독'과 은유의 수사학」, 『한국현대시인연구』, 새미, 2007.

기질이라는 성격 자체가 매우 특수한 것임에도 불구하고 그것이 보편의 영역을 뛰어넘는 어떤 고유의 것은 되지 못하기 때문이다. 따라서 이 감각은 종교와도 무관하고 어떤 거대 철학의 사유구조 속에 편입되어 논의될 성질의 문제도 아니다.

다음은 서정적 근원으로서의 신과의 분리문제이다. 신은 전일적 성격을 갖는 완벽한 인식적 단위이기 때문에, 그것에 편입되어 내재화된다는 것 자체가 인식의 완결성을 보증받는 일이 될 것이다. 기왕의 연구들은 김현승이 고독을 사유함에 있어 구원을 염두에 두지 않았기에 반기독교적이라고 해석해왔다[27]. 가령, 종교적 인간이라면 누구나 경험하고 체험하게 되는 원죄의 정서와는 거리가 먼 것이라고 이해해 온 것이다. 이런 결론에 이르게 되면, 그의 고독의 문제는 존재론적인 것, 시인 자신의 표현을 빌면 기질적인 것으로 갇혀버리게 된다. 김현승 시의 출발은 자연미의 탐구였고, 그러한 미에의 접근은 원죄설에 입각한 것임은 이미 지적한 바 있다. 그렇기에 삶의 일체성이 구현된 자연에 대한 찬미는 잃어버린 에덴동산으로 되돌아가고자하는 희구와 동궤에 놓이는 것이었다. 그러나 그러한 낙원에의 길이 결코 쉽지 않은 길임은 황량한 가을의 이미지를 통해서 익히 보아온 터이다. '마른 나뭇가지'와 '까마귀'로 표상된 고독자의 처절한 고백이야말로 잃어버린 낙원의 의미를 일깨워주는 시인의 슬픈 초상이 아닐 수 없었던 것이다.

그런데 김현승은 그러한 고독자의 우울한 초상을 어떤 근원이나 기원과 같은 원초적인 대상에 기투함으로써 이를 회복하려하거나 극

---

27 김재홍, 「다형 김현승 연구」, 『한국현대시인연구』, 일지사 1986.

복하려는 노력과는 무관한 행보를 보였다. 그는 성장의 외적 배경으로 남아있던, 그리하여 무의식의 저편에 희미하게 남아있던 종교적 색채를 완전히 사상해버렸기 때문이다. 성서의 탕자와 같이 종교적 인간형이 아니라 세속적 인간형이 되는 파편된 길을 선택했다. 그 노정에 가로놓여 있는 것이 고독이었다. 그렇기에 김현승의 고독은 기독교의 구원이라든가 신의 존재와 먼 것은 당연할 수밖에 없지 않겠는가.

낡은 의자에 등을 대는
아늑함.
문틈으로 새어드는 치운 바람,
질긴 근육의 창호지,
책을 덮고 문지르는 마른 손등,
남을 것이 남아 있다.

뜰 안에 남은
마지막 잎새처럼 달려 있는
나의 신앙,
그러나 구약을 읽으면
그나마 바람에 위태로이
흔들린다
흔들린다.

「겨우살이」 부분

내 목이 가늘어 회의에 기울기 좋고

혈액은 철분이 셋에 눈물이 일곱이기

포효보담 술을 마시는 나이팅게일 ---


마흔이 넘은 그보다도

쪼이 쪼들어

연애엔 아주 失望이고,


눈이 커서 눈이 서러워,

모질고 싸특하진 않으나,

신앙과 이웃들에 자못 길들기 어려운 나 ---.

「자화상」 부분


나는 나의 재로

나의 모든 허물을 덮는다.

나의 모든 기쁨과 슬픔을

나는 한줌의 재로 덮고 간다.


그러나 까마귀여,

녹슨 칼의 소리로 울어다오.

바람에 날리는 나의 재를

울어다오.


나의 허물마저 덮어주지 못하는

내 한줌의 재를
가마귀여,

「재」 부분

인용한 작품들은 신앙에 관해 부정적인 면들을 피력한 시인의 시들이다. 「겨우살이」에서는 지금껏 보지하고 있던 그의 신앙이 마지막 잎새처럼 간등간등하게 남아 있는 위태로운 상태를 보여주고 있다. 그런데 그러한 위태로움이 "구약을 읽으면/그나마 바람에 위태로이/흔들린다/흔들린다"고 함으로써 더욱 극단화된다. 이는 신앙의 자세를 견지해온 종교적 인간이 취할 수 있는 마지막 단계가 아닌가 한다. 반면 「자화상」은 종교가 서정적 자아 속에 육화되지 못하는 현상을 읊은 것으로서, 김현승의 자신의 말대로 기질의 문제를 다룬 작품이다. "내 목이 가늘어 회의에 기울기 좋고"나, "신앙과 이웃들에 자못 길들기 어려운 나"라는 인식은 기질의 문제를 떠나서는 설명할 수 없기 때문이다. 이는 신앙의 문제가 믿음과 같은 의지의 차원이 아니라 성격상의 문제, 곧 기질상의 문제에 속하는 것임을 일러주는 대목이 아닐 수 없다.

「재」는 신앙의 흔적을 '재'라는 소재로 상징한 작품이다. '재'는 불탄 찌꺼기란 통상의 의미를 뛰어넘어 어떤 것을 영원으로 이끌어가는 매개로서의 뜻을 갖는다. 흔히 부패를 막는 수단으로 재가 소용되고 있음을 감안하면, 그것은 영원성의 감각으로 이해해도 무방한 것처럼 보인다. 서정적 자아는 그러한 '재'의 역능을 익히 이해하고, 이를 이용해 '나의 모든 허물', '나의 모든 기쁨과 슬픔'과 같은 순간의 정서 혹은 인간적인 감각을 영원으로 승화시키려 한다. 종교적 구원을 통해 자신의 인식적 한계들을 극복하고자 하는 것이다. 그러나 그 것은 "나의 허물마저 덮어주지 못하는"것이 됨으로써 그 소용적 가치를 상실하고 만다.

「자화상」의 경우처럼, 고독의 문제는 김현승에게 기질상의 문제에 속하는 것일 수도 있지만, 신앙상의 문제에 속하는 것일 수도 있다. 특히 그의 고독이 구원의 문제에서가 아니라 잃어버린 낙원에 대한 향수를 염두에 둔 것이라면, 신앙이외의 다른 인식적 수단으로 고독을 설명하는 것은 불가능해 보인다. 이는 두가지 관점에서 그러하다. 하나는 원죄설에 입각한 고독의 문제이다. 종교적 인간형에 기대면, 모든 인간들은 태어나면서 원죄라는 덫에서 자유로울 수가 없다. 따라서 인간이란 근원적으로 불구화된 존재일수밖에 없게 된다. 그 잃어버린 원상에 대한 그리움에서 촉발되는 것이 고독이기에, 그 정서로부터 자유로울 수가 없는 것이 인간의 숙명이다. 인간의 고독이 원죄의식과 맞물려 있다고 보는 것은 이 때문이다. 두 번째는 낙원의식이다. 물론 이 의식이 원죄와 불가분의 관계에 놓여있는 것이긴 하지만, 김현승의 시를 이해하는 데 있어서 낙원에의 향수라는 이 감각은 매우 의미깊은 영역을 차지한다. 초기시의 특징이었던 김현승의 자연미에 대한 예찬은 잃어버린 낙원에 대한 향수에서 기인한 것이었다. 그렇기에 이는 유토피아 감각과 연결된 것이었다. 이 감각이 있기에, 곧 잃어버린 낙원에의 향수가 있기에, 그 전일적 사유에 대한 그리움이 고독의 정서를 불러일으키게 한 것이다. 따라서 고독이란 반기독교적인 것이 아니라 오히려 철저하게 종교적인 토양에 뿌리를 두고 있는 것이라는 역설이 성립된다고 할 수 있다.

나로 하여금

세상의 모든 책을 덮게 한

최후의 지혜여,

인간은 고독하다!


우리들의 꿈과 사랑과

모든 광채 있는 것들의 열량을 흡수하여버리는

최후의 언어여,

인간은 고독하다!


슬픔을 지나,

공포를 넘어,

내 마음의 출렁이는 파도 깊이 가라앉은

아지 못할 깨어진 중량의 침묵이여,

인간은 고독하다!


이상이란 무엇이며

실존이란 무엇인가,

그것들의 현대화란 또 무엇인가,

인간은 고독하다!

「인간은 고독하다」 부분

이 작품은 인간에게 주어진 고독이 무엇이고, 그것의 발생적 토양
이 무엇인지를 잘 설명해주는 시이다. 고독은 현존하는 진리나 이성

의 영역보다 앞에 있는 것이며, 또 인간의 정서와 욕망보다 초월하여 존재하기도 한다. 뿐만 아니라 인간의 이상이나 실존과 같은 형이상학적 사유보다 우선하기도 한다. "인간은 고독하다"라는 이 선언적 명제를 비껴나거거나 이보다 앞서는 사유란 더 이상 불가능하다는 뜻이다. 그것은 절대적인 것이어서 인간의 제반 행위를 모두 설명하고도 남는, 거의 신의 영역에 올라서 있는 절대 관념과도 같다. 신과 같은 위치에서 인간사의 문제를 조망한다는 것은 어떤 절대적 위치에 올라서지 않고서는 불가능하다. 그렇기 때문에 구원과 같은 신성의 문제는 더 이상 개입할 여지가 없어지게 된다. 이를 두고 비종교적이라 부를 수도 있을 것이고, 신에의 초월 현상이라 부를 수도 있을 것이다.

중요한 것은 구원이 전제된 고독을 의미화하지 않았다는 것, 그리고 고독을 성스러운 공간과 세속적 공간의 팽팽한 긴장관계로 파악하지 않았다는 점이다. 즉 그는 고독을 세속적 공간에서 성스러운 공간으로 되돌아가고자 하는 역동성으로 인식하지 않은 것이다. 김현승은 인간의 본질적 고민을 고독한 존재로 이해하면서 실존의 맥락과는 무관한 선험적인 어떤 것으로 파악했다. 이러한 선험성이야말로 종교의 틀을 뛰어넘는 절대적인 어떤 것이다. 절대적인 것은 상대적인 이해와 맥락을 초월하는 관념이다. 그것은 모든 가역성과 규범성을 뛰어넘는 것이기에 질량의 문제로는 접근이 불가능한 세계이다.

나는 이제야 내가 생각하던
영원의 먼 끝을 만지게 되었다.

그 끝에서 나는 눈을 비비고
비로소 나의 오랜 잠을 깬다.

내가 만지는 손끝에서
영원의 별들은 흩어져 빛을 잃지만,
내가 만지는 손끝에서
나는 내게로 오히려 더 가까이 다가오는
따뜻한 체온을 새로이 느낀다.
이 체온으로 나는 내게서 끝나는
나의 영원을 외로이 내 가슴에 품어준다.

그리고 꿈으로 고이 안을 받친
내 언어의 날개들을
내 손끝에서 이제는 티끌처럼 날려보내고 만다.
나는 내게서 끝나는
아름다운 영원을
내 주름잡힌 손으로 어루만지며 어루만지며
더 나아갈 수도 없는 나의 손끝에서
드디어 입을 다문다 ― 나의 시와 함께.

「절대고독」 전문

인용시는 김현승이 이해하는 고독의 의미가 무엇인지를 잘 말해준
다. 시인이 오랜 실존에의 고뇌 속에서 도달한 곳은 영원에의 감각이
다. 그렇다면 시인이 도달한 영원이란 무엇인가. 통상적인 관점에서

볼 때, 영원이란 불변의 비가역적인 실체이다. 그것은 절대적인 거리에 있는 것이어서 촉감할 수 있는 것이거나 물리적 수단이나 잣대로 규정할 수 있는 것이 아니다. 따라서 이 감각은 세속의 시간을 뛰어넘는 곳에 있는 것이며, 유한한 인간이 도달해야 할 목표이기도 하다. 또 시공간적으로는 에덴의 동산을 의미한다고도 할 수 있다. 그런데 김현승은 영원의 의미를 그렇게 일반화된 감각에서 찾지 않는다. 그에게 영원이란 불변의 비가역적인 실체가 아니라 지금 여기에서 감각할 수 있는 어떤 물질성으로 구현된다. 그렇다면, 영원이 손 끝에 있고, 그것이 만져진다는 것은 무엇을 의미하는 것일까. 만약 그것을 이런 문맥에서 이해하게 되면 그 본래적 의미를 상실하게 된다. 그것은 무한이 아니라 유한이며, 구원이 아니라 실존의 양상을 띠기 때문이다.

유한으로서의 영원이라는 이 역설이야말로 김현승이 탐색해 들어간 고독의 의미가 무엇인지를 잘 설명케 해준다. 우선 그의 고독은 영원으로부터의 일탈에서 얻어진 것이다. 영원이 무한하지 않기에 손 끝에 빈져지는 것이고, 구원의 기능을 상실했기에 별들은 흩어져 빛을 잃을 수밖에 없을 것이다. 뿐만 아니라 그것은 지극히 세속적인 공간 속에 편입해 들어온 유한한 실체로서 존재할 뿐이다. "내가 만지는 손끝에서/나는 내게로 오히려 더 가까이 다가오는/따뜻한 체온을 새로이 느낀"다는 감각이야말로 영원의 의미가 어떤 위치에 까지 이르렀는가 하는 것을 잘 일러주는 대목이 아닐 수 없다. 영원으로부터 일탈되고, 구원으로부터 떨어져 나온 존재이기에 당연히 고독할 수밖에 없지 않은가. "나는 내게서 끝나는/아름다운 영원을/내 주름 잡힌 손으로 어루만지며 어루만지며/더 나아갈 수도 없는 나의 손끝에서/드디어 입을 다문다"는 생과 사의 동시성, 영원과 순간의 동시성이 김현승 고독의 실체이다.

김현승이 감각하는 고독은 신성의 부정이 전제된 것이긴 하지만, 그러나 기독교적인 것과 분리시켜 논의해서는 곤란하다고 할 수 있다. 이 고독은 초기시의 자연미에 대한 예찬의 연장선에 놓여 있는 것이고, 가을의 이미지와 불가분의 관계를 맺고 있기에 그러하다. 서정적 주체는 이 모든 가정 속에서 고독의 의미를 찾고 그 속에 육박해 들어가 있긴 하지만, 낙원을 상실한 고독한 산책자의 유현한 발걸음 속에서 이해된다. 마치 신에 대한 절대적 죄를 범하고 에덴동산에서 쫓겨난 인간처럼, 그의 고독에의 산책은 원죄에 몸부림치는 존재의 슬픈 고뇌로 풀이해야 한다는 것이다. 그러한 고독은 완벽한 자연에서 시작되어 가을이라는 일탈의 계절을 지나 지금 여기의 '마른 나뭇가지' 위에서 실존의 고뇌에 몸부림치는 '까치'의 음성 바로 그것이었던 것이다.


## 5. 원점회귀단위로서의 자연


김현승의 초기시는 자연미의 예찬에 있었다. 이 자연에 대한 예찬은 시인의 언급대로 식민지 현실의 외적 상황에서 온 것이기도 하고, 형이상학적인 틀에서 오는 것이기도 하다. 그러나 그것이 어떤 모양새를 띤 것이든 김현승은 자연을 유토피아의 공간으로 받아들이고 이를 사유했다는 사실이다. 좀더 구체적으로는 기독교적인 의미에서의 에덴 동산으로 이해했던 것으로 보인다. 김현승이 자연을 이렇게 받아들인 것은 시뿐만 아니라 자신의 글에서도 이를 표나게 강조하고 있기 때문이기도 하다. 그는 자연을 있는 그대로의 자연보다는 비평적 자세로 자연을 응시했고, 경우에 따라서는 원죄설에 뿌리를 둔 신앙적 관점으로 이해했다.

김현승의 시들은 중기에 이르면, 초기에 보여주었던 자연관이 많은 변화를 겪게 되는데, 그러한 변모들은 가을 이미지를 통해서 잘 드러나게 된다. 시인에게 가을은 결실의 계절이라거나 충만의 계절이라는 기존의 통념을 뛰어넘어 의미화된다. 가을은 일탈의 이미지이고, 또 인식론적 불확실성을 추동하는 이미지로 구현되기 때문이다. 이를 서정적 자아와 대상과의 분리로 이해하거나 신과의 분리로 해석되기도 한다. 어떻든 가을은 에덴동산에서 추방된 탕자가 실존의 고뇌에 몸부림하는 과정으로서의 의미공간을 제공하는 매개가 된다. 김현승의 시에서 독특한 이미지로 의미화되는 '마른 나뭇가지'와 '까마귀'는 그 좋은 본보기들이다.

김현승 시의 주된 주제가 고독임은 익히 알려진 바 있지만, 이러한 감각에 이르게 된 것은 '마른 나뭇가지에서 우지짖는 까마귀'의 울음 속에서 형성된 것이다. 시인이 이러한 고독에 이르게 된 경로를 신의 부정이라든가 영원의 부정을 통해서 형성된 것으로 이해되어 왔다. 구원이 전제되지 않는 고독이기에 이러한 평가들이 전혀 근거가 없는 것은 아니라고 할 수 있다. 그런데 이런 이해 방식을 전적으로 받아들일 경우, 초기 시의 자연예찬과 중기시에서 중점적으로 묘파되는 고독의 의미가 제대로 살아나지 않는다. 뿐만 아니라 시인의 정신사적 흐름을 일관성 있게 설명해 줄 수 있는 매개가 부족한 것 또한 사실이다. 그리고 말기 시에서 다시 드러나는 자연미의 예찬과 신성의 긍정에 대한 설명 역시 명쾌하게 제시되지 않는다. 가령, 신앙 긍정을 보인 후기 시의 대표작 하나를 살펴보자.

> 하느님이 지으신 자연 가운데
> 우리 사람에게 가장 가까운 것은
> 나무이다.
>
> 그 모양이 우리를 꼭 닮았다
> 참나무는 튼튼한 어른들과 같고
> 앵두나무의 키와 그 빨간 뺨은
> 소년들과 같다.
>
> 우리가 저물 녘에 들에 나아가 종소리를
> 들으며 긴 그림자를 늘이면
> 나무들도 우리 옆에 서서 그 긴 그림자를
> 늘인다.

「나무」 부분

인용시는 김현승이 말기에 쓴 작품으로 자연의 의미와 신의 가치가 무엇인지를 잘 일러주는 작품이다. 신성에 대한 서정적 긍정이 돋보일 뿐만 아니라 자연과 인간의 완벽한 조화 또한 의미있게 제시해 준 작품이기도 하다. 창조의 주체인 하느님의 긍정적 모습이 제시되어 있고, 인간과 자연의 완벽한 조화내지는 합일의 세계가 펼쳐져 있는 것이 이 작품의 특색이다.

김현승은 후기에 이르러 이렇게 다시 자연에 대한 예찬의 세계로 되돌아왔다. 자연미의 긍정에서 시작하여 가을이라는 일탈의 세계, 신성의 부정에 따른 고독의 세계를 거쳐 자연의 긍정적 가치를 다시 발견한 것이다. 이는 마치 집을 나간 탕자가 잃어버린 고향을 다시 찾는, 성서에 나오는 탕자의 고향발견 구조와 같은 맥락을 보여준다. 그리고 성서의 영원한 3대서사인 에덴동산의 유토피아와 추방, 그리고 타락, 다시 회복이라는 구조와 곧바로 맞물려 있는 것이기도 하다. 이런 관점에서 보면, 자연은 김현승의 시에서 원점회귀 단위가 된다고 할 수 있다. 그는 자연에서 시작되어 다시 자연으로 되돌아오게되는 데, 그러나 회귀구조 속에 견고히 자리잡았던 성찰과정이 가을과 고독의 지대였던 것이다. 따라서 자연은 김현승의 시를 이해하고 그의 고독의 궁극적 의미를 일깨워주는 매개일 뿐만 아니라 정신사적 흐름을 일관성있게 설명해주는 근본 매개라 할 수 있을 것이다.

# 박봉우시의 근대성 연구

한국 시의 근대성과 반근대성

## 1. 박봉우 시를 보는 한 관점

박봉우(1934~1990)는 한국 현대시사에서 예외적인 존재이다. 그가 이렇게 아웃사이더적인 존재로 대접받는 이유는 그의 문단적 위치와 무관하지 않다. 익히 알려진대로 그는 전후의 시인이다. 1956년「휴전선」으로 데뷔했으니까 그는 전후 세대이면서 문단의 신세대이기도 했다. 그렇다면 전후세대란 무엇이고 문단의 신세대란 무엇인가. 또 전후시단과 박봉우의 시세계와는 어떤 함수관계를 갖고 있는 것일까.

전후 한국 시단의 조류는 모더니즘과 전통주의, 그리고 자연파로 일컬어지고 있는 청록파 등 세 그룹으로 나뉘어져 있었다[1]. 이들 그룹들은 각기 그 나름의 경향과 사유를 갖고 전후의 현실을 읽어내고 이를 작품화했다. 즉 세기의 전환 속에서 이들이 감내해냈던 문학적 반응들은 제각기 정당성을 확보하면서 독자적 위치를 차지하고 있었던 것이다. 박봉우가 전후 시단에서 이웃사이더로 취급받는 이유도 이런 문단적 흐름에서 기인한다. 박봉우는 문단의 그러한 두가지 흐름과는 일정한 거리를 두고 있었기 때문이다. 그를 아웃사이더로 부르는 첫 번째 이유가 여기에 있다.

그리고 그는 금단의 영역으로 알려진 남북의 문제를 '휴전선'이라는 이름으로 처음 언급한 문단의 기린아였다. 승공통일과 북진통일만이 최상의 가치로 여겨지던 불임의 시대에 남북을 하나의 동족으

---

1 한형구, 「1950년대의 한국시」, 『1950년대 문학 연구』, 예하, 1991.

로 인식하는 사유야말로 가장 전위적인 일이 아닐 수 없었다. 이는 적어도 최인훈의 『광장』보다 몇 년은 앞서 있는 매우 선진적인 것이었다. 이런 예외성내지 전위성이 박봉우를 문단의 아웃사이더로 만든 두 번째 이유였다.

박봉우에 대한 기존의 평가들 역시 이 부분에 집중되었다[2]. 분단에 대한 인식과, 그 선지적 예견에 대한 과도한 성찬의 담론들은 이 아웃사이더를 시사적 흐름의 중심으로 틈입해 들어오게 한 결정적 계기를 만들었던 것이다.

분단에 대한 실질적 인식과 통일에 대한 제반 외연의 확장들이 80년대에 들어 본격적으로 이루어진 점을 감안하면, 박봉우의 「휴전선」이 갖는 중요한 함의는 아무리 강조해도 지나치지 않을 것이다. 분단에 대한 인식과 언급만으로도 용공으로 몰리던 시대였기에 박봉우의 그러한 담론들은 그만큼 그 자신만이 갖는 득의의 영역이었기 때문이다. 박봉우는 분단의 문제를 그 스스로가 감당해야할 평생의 과업으로 받아들였다. 그리하여 마지막 시집 『딸의 손을 잡고』에 이르기까지 분단과 통일의 문제는 그의 시세계에서 중심 테마가 되었다.

이렇듯 분단문제를 처음 언급한 시인으로 박봉우를 꼽는데 있어서 반대할 이유가 전혀 없다. 실제로 그만큼 분단 문제에 대해 시종일관한 작가를 찾을 수 없는 것이 현실이기 때문이다. 그에 대한 이러한 자리매김은 분단에 대한 시대인식이 시대의 유행이나 문단적 흐름에 편승된 것이 아니라는 점에서 더욱 의미가 있다. 아무런 여과없이 시

---

2 남기혁, 「박봉우 초기시 연구」, 『한국현대시의 비판적 연구』, 월인, 2001.
　윤종영, 「박봉우 시정신의 전개양상」, 『대전어문학』 12집, 1995, 2.

대의 유행에 젖어 그에 편승한 작품을 생산한 경우들을 쉽게 볼 수 있었기 때문이다.

그러나 박봉우는 예외적인 존재였고, 기존의 평가 역시 그러한 예외성에 초점이 맞추어져 있었다. 그럼에도 그에 대한 이러한 과도한 의미부여들이 어떤 구체적인 근거라든가 문예학적 흐름 속에서 검토된 것은 아니었다. 전후 시단에는 선이 분명한 굵은 흐름이 있었고, 박봉우의 분단인식 역시 그 뚜렷한 선들과 마주한 또 다른 흐름을 갖고 있었다. 기존의 연구자들은 박봉우의 그 분명한 선만을 따로 떼어내어 시사적 자리매김을 하려 했기에 어느 정도 한계가 있었다. 그의 시를 모더니즘과 전통주의, 그리고 청록파라는 문단의 흐름과 거리가 있는, 그리하여 분단에 관한 인식이라는 현실주의의 또다른 중심축으로 설명하려 했던 것이다. 이렇게 되면 박봉우의 시들은 50년대의 특성인 현실을 추상화했다든가 관념화했다든가하는 반리얼리즘적 사유를 뒤엎는 것이 된다. 그렇기 때문에 그의 시세계만이 갖는 득의의 영역이 존재한다는 것이다.

박봉우의 시가 현실에서 사유되고 그 뜰에서 길러신 것이라는 섬에 대해서는 옳은 지적이라 할 수 있다[3]. 특히 이데올로기의 차가운 물결 속에 현실을 추상화할 수밖에 없었던 전후의 상황에서 현실을 구체화한 작가가 박봉우뿐이라는 사실에 대해서도 별다른 이견이 없다. 그럼에도 그의 작품세계를 현실주의적 경향만으로 해석하기에는 몇가지 아쉬움이 남는다. 그 가운데 하나가 그의 시에서 드러나는 근대성의 사유[4]와 거기서 직조되는 작품과의 상관관계이다. 그의 시

---

3 권오만, 「박봉우 시의 열림과 닫힘」, 『시와시학』, 1993년 겨울.

들은 철저하게 현실적인 것에 뿌리를 두고 있긴 하지만, 그 기반은 좀더 심화된 형이상학적 사유의 깊이를 요하는 문제와 깊이 관련이 되어 있다. 대부분의 연구자들은 이 점에 대해서는 외면해 왔다. 그리고 두 번째는 분단에 대한 박봉우의 상황인식에 관한 것이다. 이는 물론 분단 인식과 그 초월, 그리고 정향이라는 80년대식 사유의 외연으로까지 확장시켜 볼 문제는 아니다. 그럼에도 여기에 녹아들어가 있는 전쟁에 대한 인식은 쉽게 간과될 수 있는 사안은 아니라고 생각된다.

익히 알려진 대로 한국전쟁은 근대의 맥락으로 해석할 수도 있고, 미소 양대강국의 세력 확장과정에서 빚어진 왜곡된 이데올로기의 전파과정에서 일어난 것으로 이해될 수도 있다. 그만큼 한국전쟁은 근대성의 맥락에서도 자유롭지도 못하고, 냉전이데올로기부터도 자유롭지 못하다. 박봉우의 시들은 이 매개항 속에 놓여 있다. 그의 대표작 「휴전선」은 그 복합관계에서 형성된 산물이다. 이는 단지 분단이라는 인식을 했다는 상황논리만을 들이대기에는 많은 아쉬움을 남기는 부분이 아닐 수 없기에 보다 세밀한 검토가 필요한 부분이다.

---

4 박봉우의 시에 드러나는 근대성에 대해 언급한 사람으로 정한용이 있다. 그런데 그 역시 박봉우 시의 주된 특색을 리얼리즘적 경향으로 놓고, 몇몇 작품에서 보이는 모더니티가 박봉우의 작품세계에서 예외적인 사례로 있을 뿐이라고만 언급하고 있다. 정한용, 「휴전선에 피어난 진달래 꽃」, 『시와시학』, 1993년 겨울.

## 2. 근대를 항해하는 나비의 세가지 형태
## ―김기림, 김규동, 박봉우의 경우

박봉우에게 전쟁은 이중적인 속성을 갖는 것이었다. 전쟁의 한 끝에 근대성의 연결고리가 있었다면, 다른 한쪽에는 이데올로기가 연결되어 있었기 때문이다. 따라서 전후에 씌어진 박봉우의 시들을 해석하는 데 있어서 그 어느 한쪽을 사상하고 접근하는 것은 불가능한 일이다. 그의 시들은 그만큼 근대성의 맥락과 밀접한 상관관계를 갖고 있었던 것이다. 그러한 관계를 보여주는 대표적인 작품이 바로 「나비와 철조망」이다.

'나비'를 근대라는 형이상학과 연결시켜 이해한 경우로 박봉우가 처음은 아니다. 그 이전에 김기림이 있었다. 그는 '나비'를 인유하여 근대를 이해하고 해석했다. 본디 '나비'는 '새' 일반의 경우와 달리 비상의 이미지라든가 절대적 승화의 이미지와는 거리가 먼 경우이다. 날개가신 동물 중에서 가장 연약하고 순수한 모양새를 간직한 것이 '나비'이기 때문이다. 그렇기에 근대라는 폭주 기관차를 설명하는데 있어, 그 안티테제로서 나비만큼 좋은 소재도 없었을 것이다. 그것은 여러 시인들에게 근대를 알려고 하는 주체이기도 하고, 그럼으로써 근대의 성패와 명암을 일러주는 것이기도 했다. 김기림의 시에 처음 등장한 나비가 이후 여러 시인들의 작품 속에서 근대에 응전해나가는 독특한 '나비의 계보학'을 만들어내는 계기도 여기서 그 원인을 찾을 수 있다.

① 아모도 그에게 水深을 일러 준 일이 없기에
　힌 나비는 도모지 바다가 무섭지 않다.


　靑무우밭인가 해서 나려 갔다가는
　어린 날개가 물결에 저러서
　公主처럼 지쳐서 도라온다.


　三月달 바다가 꽃이 피지 않어서 서거푼
　나비 허리에 새팔란 초생달이 시리다.

김기림, 「바다와 나비」 전문


② 현기증 나는 활주로의
　최후의 절정에서 흰 나비는
　돌진의 방향을 잊어버리고
　피 묻은 육체의 파편들을 굽어본다


　진공의 해안에서처럼 과묵한 묘지 사이사이
　숨가쁜 Z기의 백선과 이동하는 계절 속
　불길처럼 일어나는 燐光의 조수에 밀려
　흰 나비는 말없이 이즈러진 날개를 파닥거린다.
　(중략)
　신도 기적도 이미
　승천하여 버린지 오랜 유역---
　그 어느 마지막 종점을 향하여 흰 나비는

> 또 한 번 스스로의 신화와 더불어 대결하여본다
>
> 김규동, 「나비와 광장」 전문

　근대로의 무단항해가 어떤 결과를 가져오는가 혹은 어떤 영향을 미치는가에 대해 ①의 경우만큼 극명하게 보여주는 경우도 없을 것이다. 가장 흔한 도식으로 설명하자면, 나비는 근대에 대한 무한 동경자이다. 근대가 어떤 순기능과 역기능을 가져왔는지에 대해 나비에게 일러준 존재는 없기에 "흰 나비는 도모지 바다가 무섭지 않"고 인식한다. 오히려 "청무우밭인가 해서 내려가는" 희망의 숨결만이 파란 무밭의 표면에 굉장한 속도로 퍼져나갈 뿐이다. 나비가 알고 있는 근대가 막연한 동경의 대상일수밖에 없었다는 것은 계몽주의자 김기림에게는 어쩌면 당연한 인식이었을 것이다. 중세의 암흑과 무지로부터 탈출하는 르네쌍스와 그 정신을 열렬히 환영했던 사람이 그였기 때문이다. 그에게 근대란 전지전능한 신과 같은 것이었다[5]. 따라서 근대에 대한 맹목적 추종의 정신이 나비의 눈을 통해서 선망의 그물로 펼쳐진 것이 「바다와 나비」의 주제이다.

　작품 ②는 김규동의 「나비와 광장」이다. 전쟁 직후에 씌어진 시이니까 김기림의 그것에 비하면 20여년 뒤의 작품인 셈이다. 이 시는 김기림의 「바다와 나비」와 비교하여 몇가지 다른 특색을 보이고 있다. 그러한 차이점은 30년대의 모더니즘과 50년대의 그것이 상호 다른 것과 동일한 연장선에 놓이는 것이기도 하다. 흔히 30년대의 모더니즘은 불구화된 현실에서 만들어진 것으로 알려져 있다. 가령

---

5　이에 대해서는 송기한, 「김기림 문학 담론에 나타난 과학과 유토피아 의식」, 『한국현대문학연구』18집, 2005,12. 참조.

자본주의의 발생론적 구조로 볼 때, 이때의 모더니즘은 아직 생성의 배경이 제대로 갖추어지지 않았다는 것이며, 따라서 그것은 사회의 현실과 구조적 상동성을 갖지 못했다는 것이다. 반면 50년대의 모더니즘은 30년대의 그것과 달리 자본화가 어느 정도 진행되었다는 것, 그리하여 모더니즘이 등장할만한 좋은 토양을 제공했다는 점에서 차이점을 갖고 있는 경우이다. 이 두 시기의 차이점을 고스란히 대변이라도 하듯이, 김기림의 '나비'와 김규동의 '나비'는 곧바로 대응되어 있다.

김규동의 '나비'는 근대의 제반 현상을 속도라는 측면에서 잘 읽어내고 있다. 속도는 근대를 상징하는 말이다. 50년대의 경우는 더욱 그러한데, 가령, "전신처럼 가벼웁고/불안한 속력은 어디서 오나"(박인환, 「기적인 현대」)라든가, "오늘도 성난 타자기처럼 질주하는 국제열차"(김경린, 「국제열차는 타자기처럼」) 등이 그러한 본보기들이다. 「나비와 광장」이 주목하는 것도 이 속도에 관한 것이다. "숨가쁜 Z기의 백선", "불길처럼 일어나는 燐光" 등 이 작품에는 거침없이 질주하는, 제동장치 없는 근대의 자동차들이 등장한다. 이는 불구화된 모더니즘 혹은 관념화된 모더니즘에서는 발견할 수 없는 근대의 구체적인 제반 현상들이 아닐 수 없다. 이러한 구체성들은 김기림의 「바다와 나비」에서는 찾아보기 힘든 인식들이다. 근대의 편린들은 이렇듯 1950년대 들어 보다 명확한 모양새를 갖고 현실의 수면위로 떠오르고 있었던 것이다.

지금 저기 보이는 시푸런 강과 또 산을 넘어야 진종일을 별일 없이 보낸 것이 된다. 서녘 하늘은 장밋빛 무늬로 타는 큰 눈의 창을 열어 – 지친 날개를 바라보며 서로 가슴 타는 그러한 거리에 숨이 흐르고

모진 바람이 분다.
그런 속에서 피비린내 나게 싸우는 나비 한 마리의 생채기. 첫 고향의 꽃밭에 마지막까지 의지하려는 강렬한 바라움의 향기였다.

앞으로도 저 강을 건너 산을 넘으려면 몇 마일은 더 날아야 한다. 이미 날개는 피에 젖을 대로 젖고 시린 바람이 자꾸 불어간다 목이 빠삭 말라버리고 숨결이 가쁜 여기는 아직도 싸늘한 적지.

벽, 벽 --- 처음으로 나비는 벽이 무엇인가를 알며 피로 적신 날개를 가지고도 날아야만 했다. 바람은 다시 분다 얼마쯤 날면 아방我方의 따스하고 슬픈 철조망 속에 안길.

이런 마지막 '꽃밭'을 그리며 숨은 아직 끝나지 않았다 어설픈 표시의 벽. 기旗여 ---

「나비와 철조망」 전문

인용시는 김규동의 '나비'를 잇는 박봉우의 「나비와 철조망」이다. 이 작품에서 '나비'는 가볍게 날지 않는다. 꽃을 찾아가는 낭만의 '나비'도 아니고, 근대라는 푸른 청무우밭을 막연히 선망하는 존재도 아니다. 그렇기에 그의 비행은 순조롭지도 않고 경쾌하지도 않다.

그 앞에는 "모진 바람이 불기도"하고, "피비린내나게 싸워야 하는" 현실이 가로놓여 있을 뿐이다. 또 "저 강도 넘어야 하고 산도 넘어야 하는" 난관에 봉착하기도 한다. 그 앞에 놓여진 것은 온통 가시밭길 뿐이다. 그리하여 그의 날개는 온통 피범벅이가 된 채 현상되어 나타난다.

박봉우의 '나비'는 근대와 싸우는 자이면서 이데올로기에 대항하는 자이다. 그런 면에서 이 작품은 가장 전후적인 현실을 담고 있는 시라고 할 수 있다. 왜 그러한가는 다음 두가지 이유에서 그러하다. 50년대의 한국전쟁은 양가적 특성을 갖는 것이라 했다. 하나가 근대성의 맥락이라면 다른 하나는 이데올로기적인 맥락과 관련된다. 그렇기에 한국전쟁은 중층적 성격을 갖는다. 전쟁이 근대 과학문명의 총아에 의해 수행되는 것이라는 점을 강조하게 되면, 굳이 전쟁의 그러한 이중성에 대해 주목할 필요가 없을 것이다. 그러나 한국전쟁은 냉전체제의 재편과정에서 이루어진 것이기에 근대성의 구조 속에서 모두 설명할 수 없는 부분이 내재된다. 「나비와 철조망」은 근대의 그러한 이중성으로부터 자유롭지 않다. '나비'의 한 끝에 근대가 있다면, 다른 한쪽에는 이데올로기가 있었기 때문이다. 이 '나비'는 막연한 동경자로서의 김기림의 '나비'도 아니고, '속도'를 인식하는, 근대의 해석자로서의 김규동식 '나비'도 아니다. 박봉우의 '나비'는 근대를 가장 충실하게 구현하고 한국적 전후를 가장 잘 대변하는 '나비'이다. 박봉우의 '나비'는 그렇게 차질되어 있는 것이다.

## 3. '피묻은 나비'가 만들어낸 근대성의 두가지 양상

　박봉우가 만들어낸 문단적 궤적이 하나의 유파를 형성하지 않음으로써, 그는 문예학적 흐름으로부터 예외적인 존재로 받아들여져 왔다. 앞서 지적한 것처럼, 그는 전후의 커다른 문단적 흐름인, 모더니즘이나 청록파를 포함한 전통주의와는 무관한 존재로 인식되어 온 것이다. 이러한 결과는 분단에 대한 올곧은 인식이라는 박봉우의 뚜렷한 세계관에 그 원인이 있다. 그는 분단의 시인일만정 모더니스트도 전통주의자도 될 수 없었다는 것이다. 그러나 이러한 이해는 한두 작품 속에서 얻어지는 편견에 불과하다는 점이다.

　이런 맥락에서 박봉우는 다른 어느 경우의 시인보다 철저한 모더니스트였다는 가설이 성립하게 된다. '후반기'의 그룹의 일부 모더니스트처럼 그는 유행에 가까운 멋의 늪에 빠지지도 않았고, 현실에 대해 피상적으로 인식하지도 않았다. 그의 현실인식은 지극히 구체적인 사실에서 출발했다. 이를 50년대 모더니스트의 특징이라고 한다면, 박봉우 앞에 나설 시인은 거의 없어 보인다. 그러한 그의 현실인식을 보여준 것이 '나비'의 제반 모양새였다. '나비'는 전후 한국의 현실을 온몸으로 겪었다. 이 과정에서 그의 '나비'는 전쟁이 남긴 피폐한 현실에서 두가지 적과의 싸움을 준비했다. 하나가 분단이라는 가시적인 현실이었다면, 다른 하나는 근대의 피날레인 비가시적 문명이었다.

　근대성에 대한 박봉우의 인식이 관념에 기초한 것이 아닐 경우, 분단의 문제가 그의 시선에 들어오는 것은 자연스런 일이었을 것이다.

그것은 근대의 여러 현상이나 문제점 등을 인식한다는 것 자체가 지극히 현실적인 동기에서 출발할 수밖에 없었기 때문이다. 또한 그의 근대에 대한 인식이 이중적인 것이었던 바, 그 한 끝에 걸려 있는 것이 이데올로기에 관한 것이었다. 따라서 전쟁과 그 결과에서 얻어진 분단이야말로 박봉우에게 가장 첨예한 문제 가운데 하나로 인식되는 것은 당연했을 것이다. 분단에 관한, 혹은 휴전선에 관한 그의 인식은 이런 연결고리로부터 나온 것이다.

산과 산이 마주 향하고 믿음이 없는 얼굴과 얼굴이 마주 향한 항시 어두움 속에서 꼭 한 번은 천동 같은 화산이 일어날 것을 알면서 요런 자세로 꽃이 되어야 쓰는가.

저어 서로 응시하는 쌀쌀한 풍경. 아름다운 풍토는 이미 고구려 같은 정신도 신라 같은 이야기도 없는가. 별들이 차지한 하늘은 끝끝내 하나인데---우리 무엇에 불안한 얼굴의 의미는 여기에 있었던가.

모든 유혈은 꿈같이 가고 지금도 나무 하나 안심하고 서 있지 못할 광장. 아직도 정맥은 끊어진 채 휴식인가 야위어가는 이야기뿐인가.

언제 한 번은 불고야 말 독사의 혀같이 징그러운 바람이여. 너도 이미 아는 모진 겨우살이를 또 한 번 겪으라는가 아무런 죄도 없이 피어난 꽃은 시방의 자리에서 얼마를 더 살아야 하는가 아름다운 길은 이뿐인가.

산과 산이 마주 향하고 믿음이 없는 얼굴과 얼굴이 마주 향한 항시 어

두움 속에서 꼭 한 번은 천동 같은 화산이 일어날 것을 알면서 요런 자
세로 꽃이 되어야 쓰는가.

「휴전선」 전문

　인용시는 박봉우의 데뷔작이자 그를 '휴전선'의 시인으로 만든 문
제작이기도 하다. 이 작품이 나오던 시기는 반공주의라든가, 흑백논
리만이 온 사회를 뒤덮던 때이다. 따라서 하나의 통일된 조국을 외치
는 것만으로도 불온시되던 시절이었기에, 이 작품은 거의 파격에 가
까운 시라고 할 수 있다. 우선 이 시를 지배하고 있는 시적 정조는 긴
장감이다. "산과 산이 마주 향하고 믿음이 없는 얼굴과 얼굴이 마주
향한 항시 어두움 속에서 꼭 한 번은 천동 같은 화산이 일어날 것을
알면서 요런 자세"로 있어야 하는 분위기야말로 그러한 긴장감의 정
점이 아닐 수 없다.

　다른 하나는 그런 긴장감의 연속과 대비되어 나타나는 통일에의
열망 혹은 의지이다. 전쟁이 남북한 사이에 끼친 영향은 일일이 열거
될 수 없을 정도로 많다. 이 가운데 하나가 남북 사이에 형성된 통일
불능감이다. 통일은 하나의 민족이라는 단순한 감상에 의해서는 실
현될 수 없는 것임을 한국전쟁은 처절하게 일러주었다. 그렇기에 하
나의 별을 노래하거나 고구려 혹은 신라와 같은 정신을 모색하면서
통일운운하는 것은 지극히 소박한 인식이 아닐 수 없었다. 게다가
50년대는 전쟁의 휴유증으로 반공주의가 넘쳐나던 시기이고, 남쪽
에 의한 일방적인 통일만 전부일 뿐, 상호 합일의 정신이나 수평적
관계란 거의 인정되지 않았던 시기였다. 그러한 시대적 분위기였기
에 박봉우의 분단 인식이 갖는 의미는 통일이라는 그러한 금기의 벽

을 누구보다 먼저 무너뜨렸다는 점에서 찾아진다. 그는 4·19보다 먼저 통일의 함성을 외쳤다. 그것이 그의 시인으로서의 선지자적인 국면이 돋보이는 부분이 아니었을까.

전쟁은 근대 문명과 분리시켜 논하기 어려울만큼 불가분의 관계를 맺고 있다. 모더니즘이 발생할 수 있는 가장 좋은 토양이 전쟁이었다는 사실이 이를 반증해준다[6]. 한국전쟁을 근대성의 사유 속에서 이해하고 해석할 수 있는 근거도 여기에 있는데, 이에 기댄다면, 「휴전선」을 이 맥락으로 읽어내는 것은 자연스런 일이다. 그럼에도 박봉우의 시에서 황무지적 현실이나 휴머니즘과 같은 것, 혹은 지식인의 자의식적 분열과 같은, 모더니즘 일반에서 흔히 볼 수 있는, 근대에 대한 반성적 사유들은 거의 읽혀지지 않는다. 이러한 이유들이 그를 근대성의 맥락으로부터 멀리 있게 한 요인이었을 것이다. 한국전쟁은 문명의 총아가 대결한 것이었지만, 다른 한편으로는 이데올로기의 맥락으로부터 자유롭지 않은 전쟁이었다. 말하자면 복합적인 것이 한국전쟁의 특성이었던바, 박봉우가 주로 인식하고 주목한 부분은 문명적인 측면보다는 이데올로기적인 것에 보다 가까가 가 있었다. 따라서 그에게 가장 크게 다가왔던 근대의 맥락은 휴전선으로 표상된 남북의 현실이었음은 자연스런 귀결이지 않았을까. 그렇기에 「휴전선」을 비롯한 분단인식을 드러낸 그의 시들을 반근대성의 맥락으로부터 분리시켜 논의하는 것은 단견이라 할 수 있다. 박봉우가 인식한 '휴전선'은 근대와 이데올로기가 만난 현장이었고, 그 처절한 모순이 실현되는 공간이었기 때문이다.

---

6 포크너(P. Faulkner), 『모더니즘』(황동규역), 서울대 출판부, 1985, pp. 18-19.

모더니즘의 궁극적 목표가 근대에 대한 안티테제에 놓여 있다는 것은 너무도 뻔한 일이다. 계몽의 유혹이 근대의 수레바퀴를 이끌어 가는 손잡이라고 한다면, 계몽의 좌절은 그 수레바퀴를 멈추게하는 제동장치와 같은 것이다. 계몽의 기획이 성공적인 것이었다면, 그리하여 그것이 신을 대신할 유토피아적 비전을 지상에 제시했더라면, 계몽의 좌절이나 모더니즘과 같은 반성적 사유들은 애초부터 설 자리가 없었을 것이다. 그러나 현실은 정반대의 경우였고, 여기저기서 계몽의 한계에 대한 경고음이 울리기 시작했다. 전쟁이란 그 불행한 울림의 단적인 증거가 아닐 수 없었다. 박봉우의 나비가 싸워야 했던 것도 화려한 빛을 가져다 준 문명의 겉면이 아니라 그 어두운 이면들이었다. 박봉우의 시에서 모더니즘의 흔적은 단순한 궤적이나 파편으로 남아있는 것이 아니라 그의 사유의 전반을 지배하는 전면적인 것으로 스며들어 있었다. 근대와 그 물화된 현실의 피폐성에 대한 인식은 초기 산문이었던 다음의 글에서도 잘 나타나 있다.

> 오늘의 현대시는 메카니즘의 혼잡한 상황과 세계 두 사상의 조류 속에서 한 「지성의 신음」이 멸망해 가느냐 그렇지 않으면 어떤 건강한 바람을 불어주느냐 하는 단계에 있습니다. 다시 말하면 전쟁의 공포와 고도로 발달하는 기계문명에서 인간의 존엄성이 어떻게 발현되어야 할 것인가 하는 빛나는 지성의 눈이 요구되는 가장 무서운 시대가 우리 앞에 장벽처럼 놓여있다는 것입니다. 이런 어려운 시대를 타개하는 것은 온 인류의 긴급한 문제이며 무엇보다도 지성인들의 의무며 무거운 책임이 아닐 수 없습니다.[7]

인용문에서 그가 전후의 부조리를 문제삼은 것 중 하나가 기계문명이다. 그것은 전쟁의 공포를 야기하는 주체일 뿐만 아니라 지상의 존재들로 하여금 빛나는 지성의 눈을 요구케하는 중요한 매개가 된다. 물론 그러한 문명비판에서 찾아야 할 것은 인간의 존엄성이다. 그런데 현대문명의 당면과제가 물질문명의 반성과 인간의 존엄성에 있다는 이러한 인식은 시인이 진단한 '철조망'으로 표상되는 현실인식의 세계와는 매우 다른 영역에 놓여 있는 것이다. 이는 그의 근대성에 대한 사유가 이데올로기의 영역과 구별되는 또 다른 영역에서 직조되고 있다는 단적인 예에 해당된다.

박봉우는 전쟁 직후 얻어진 사유의 절망과 인식의 통일을 동일 민족의 훼손과 통일의 좌절과 같은 현실적인 영역에서만 탐색하지 않았다. 그는 문명의 문제와 같은 비가시적인 형이상의 사유에서도 인식의 톱니바퀴를 만들어가고 있었던 것이다. 그러한 사유들은 엘리어트식의 황무지 정신과 같은 것으로 표출되기도 했고, 자신의 세계관을 형성하기 위한 축이 되기도 했다. 그는 자신의 작품을 모더니즘과 같은 문예학적 흐름 속에서 굳이 편입시키려 하지 않았고, 또 이를 표나게 언명하지도 않았다. 이런 잠재화된 목소리들이 그를 근대성이라는 사유의 틀 속에서 해방시켜 이해해 왔는데, 그러나 이는 실상과 전혀 다른 것이었다. 그의 그러한 인식을 대변하는 시들을 보면 이는 금방 확인된다.

---

7 박봉우, 「신세대의 자세와 황무지의 정신」, 『한국전후문제시집』, 신구문화사, 1964, p. 367.

산이 아니면 찔레꽃이 넝쿨진 절벽 위에서 지금 막 적지를 향하여 조용히 서 있는 사격수는 생각해보는 것이 아닌가.

저곳은 핏자국의 광장. 어느 일요일 배암들이 모여서 지랄을 하다가도 어느 틈에 떨어지는 문명의 총알로 하루살이 같은 것이 되지 않겠는가.

나는 어째서 나같이 비슷하게 생긴. 어머니 어머니를 아는 놈을 죽여 놓고 너털웃음을 웃게 마련인가 차라리 저 풀잎들이 돌멩이들이 인간을 비웃는 소리가 아닌가.

꽃병. 꽃병 하나를 가운데 두고 두 여인이 보다 고운 꽃을 따서 제 모양을 아름답게 만들어. 일천의 나비를 부르고---. 여기에서 전쟁은 신록같이 눈뜬 것이 아닌가.

슬픈 휴전인가 강을 건너는 다리는 무너졌는가 여기도 거기도 다숩고 정다운 내 얼굴인 것. 피가 넘쳐흐르는 내 가슴을 꺾고 얼마나 살아보라는 야위움인가.

조용히 서 있는 사격수는 어두움에서도 오는 달을 보며 몹시 쓸쓸한 채 또 한놈을 죽이고 이겨야 한다는 천치의 미소일 뿐. 존엄한 음악의 종언에 이젠 그 따시한 눈물마저 잃었는가.

「음악을 죽인 사격수 – 음악의 가슴」 부분

인용시는 「음악을 죽인 사격수」 연작시 가운데 하나인 '음악의 가슴' 부분이다. 이 작품 역시 전쟁의 상흔과 그 영향으로부터 자유로운 시는 아니다. "어머니를 아는 놈을 죽일 수밖에 없는" 전쟁의 냉엄한 현실이 드러나 있고, "한놈을 죽이고 이겨야 한다는 천치의 미소"와 같은 아이러니컬한 현실이 있기 때문이다. 이렇듯 이 작품을 이끌어가는 기본 주조는 전쟁이다. 그러나 그 이면을 꼼꼼히 들여다보면 이 정황만이 전부가 아님을 알게 된다. 전쟁의 비극만으론 설명하기 어려운 근대의 어두운 그림자를 이 작품에서 어렵지 않게 읽어낼 수 있기 때문이다.

근대적 삶의 조건이 무엇이냐 물을 경우, 이에 대한 답을 내리는 것은 쉬운 일이 아니다. 여기에는 무수히 많은 해답들이 제반 현실적 여건과 조응하면서 얻어질 수 있기 때문이다. 그럼에도 가장 중요한 것 한 가지를 꼽으라면, 인간적 삶의 조건 개선이라 할 수 있을 것이다. 인간이란 무엇이고 또 그 궁극적 삶의 가치가 무엇인가에 대한 탐색은 인류 역사 이래로 끊임없이 제기되었던 난제였다. 그렇기에 중세적인 신을 대신하고 새롭게 등장한 근대에 대해 많은 기대를 예감한 것은 사실이었다. 그러나 그것에 반비례해서 실망 또한 대단히 큰 것이었다. 가령 전쟁같은 것은 인간의 삶의 질을 향상시키기 위한 근대의 이상을 송두리째 부정해버렸다. 전쟁은 새로운 삶의 조건을 획득한다는 미명아래 시도되긴 했지만, 그 결과는 예상된 그것을 송두리째 부정하는 것으로 나타났다. 그것은 인용시에서처럼 "어느 일요일 지랄하는 배암들을" 어느 순간 "하루살이" 존재로 만들 정도로 공포스러운 상황으로 만들어버린 것이다. 그러한 부정적 삶의 조건을 가능케 했던 매개가 바로 '문명의 총알'이다.

'문명의 총알'은 과학의 또다른 이름이고, 근대의 저주스러운 이면이다. 박봉우는 그러한 근대의 공포를 자연과 비자연의 대립이라는 단순한 도식을 통해서 적나라하게 제시하고 있다. '풀잎들과 돌멩이들이' '인간을' 비웃는 소리로 희극화한다든가 자연의 '존엄한 음악의 종언'에 이제 따스한 눈물조차 잃어버리는 상황을 대비함으로써 문명과 비문명의 대립이 가져온 비극성을 일깨우고 있는 것이다.

박봉우의 시에서 보이는 이러한 근대성의 제반 양상이 실상 새로운 것도 아니고, 또 처음 제기된 것도 아니다. 문명의 비생태주의적 역능과 그 안티테제는 동시대에 활동했던 전봉건 시인에 의해서도 이미 이해된 바 있기 때문이다. 뿐만 아니라 30년대의 모더니스트들에게도 이러한 인식적 사유와 그 발전적 지향모델들은 얼마든지 간취해낼 수 있다. 그럼에도 박봉우의 시에서 드러나는 근대성의 사유들이 가치있고 의미있는 것은 무엇일까. 이는 두가지 국면에서 그 의미가 있는 것으로 판단된다.

하나는 그의 시가 철저하게 근대성과 그 구조 속에 편입되어 있다는 점이다. 이는 기왕의 연구자들이 거의 외면했던 부분들인데, 만약 그의 시들이 모더니즘과 어느 정도 거리를 갖는 것이라고 한다면, 전쟁의 진정한 의미도, 문명의 진정한 의미도 밝혀질 수 없있을 것이다. 그러나 이러한 국면들은 박봉우의 시에서 매우 본질적인 영역에 해당하는 부분이기에 전면적인 검토가 요구되는 부분이다.

그리고 다른 하나는 그의 근대성들이 전쟁과 불가분의 관계에 놓여있다는 것, 그리하여 근대에 대한 그의 사유들이 한국의 전후 현실을 매우 올곧게 반영하고 있다는 점이다. 50년대 전후의 현실은 근대와 반근대의 이항대립보다는 근대의 제반 모순에서 저질러지는 근대의 어두운 그림자와 냉전체계에서 빚어지는 이데올로기의 대립이라는 중층적 복합구조를 보인 사회였다. 그렇기에 문명과 전쟁이라는 두가지 항이 매개되지 않고는 전후의 현실을 올바로 이해하는 것은 불가능한 일이 될 것이다. 그러나 박봉우는 자신의 작품들에 그러한 이중성, 곧 근대의 불행한 단면과 냉전체계의 이데올로기적 편향이라는 두가지 테제를 작품화하는 데 있어서 매우 예외적인 사례를 보여주었다. 그것이 박봉우가 인식한 전후 한국 사회에서 길어올려진 근대성의 근본 의의였다고 할 수 있을 것이다.

## 4. 역사를 향해 나아가는 모더니티의 전략

박봉우의 시들이 근대성의 맥락과 밀접한 상관관계에 놓여 있는 것이라면, 그 발전적 사유구조가 무엇인가에 대해서도 궁금해지지 않을 수 없다. 여기서 근대의 발전적 사유구조라고 부른 것은 모더니즘 일반이 흔히 지향해 왔던 구조체의 모형에 관한 것을 말한다. 부조리한 현실 속에서 얻어지는 치열한 자의식이 뻗어나아가는 여로들은 모더니스트들마다 제각각 다른 방향을 보여주었기 때문이다. 1930년대에 등장했던 모더니스트들이 분열된 자의식의 인식적 통일을 위해 끌어들였던 대표적 모델은 자연에 관한 것이었다. 범우주적 자연의 질서 속에서 '서정적 자아'의 위치란 무엇이고, 또 그 질서 속에서 자아가 어떤 방향성을 취할 것인가 하는 문제들은 모더니스트들이 당면한 최대의 관심사였다. 이는 문명과 자연의 이분법이라는 근대의 어두운 그림자를 대변하는 것이며, 또 그러한 이분법 속에서 어떻게 단일화된 질서로 다시 편입될 것인가의 문제와도 연결되는 것이었다. 그리하여 인식의 완결을 위한 그 대부분의 결말들은 인간화된 자아를 어떻게 자연적 자아로 귀속시킬 것인가 하는 사색의 고민으로 끝을 맺어 왔다.

한국 근대시사에서 자연에 관한 그러한 기능적 가치를 처음 발견한 사람은 정지용이었다. 물론 그 이전에도 가람 이병기가 있긴 했다. 그러나 가람은 난초의 향이라는 보다 관념화된 방식을 통해서 자아의 멸각이라는 목적을 달성했다[8]. 그렇기에 그의 근대의 초극방식은 자연의 이법을 선취한다는 추체험의 영역과는 거리가 있었다. 반면 정지용의 경우는 자연을 하나의 원리나 이법으로 받아들이면서 소위 인간적인 것과 자연적인 것의 통일내지는 완결을 꾀했다. 보다 정확하게는 자연속에 인간적인 것을 끌어들여 이를 일체화시켰다. 오직 전체화된 하나의 자연만이 지구상에 펼쳐진다는 것, 그리고 그 단일화된 사유구조만이 분열된 자의식을 초월할 수 있다는 것이 정지용이 도달했던 근대의 초극방식이었던 것이다[9].

근대를 하나의 문열로 보고 그로부터 봉합의 사유로 나아간다는 점에서 보면, 박봉우가 펼쳐보인 근대성의 전략도 이전의 모더니스트들과 하나도 다를 것이 없다. 그의 사유구조 역시 통합의 상상력을 지향하고 있기 때문이다. 박봉우의 첫시집 『휴전선』에서 보이는 완결의 이미지라든가 통합의 이미지 등이 그 단적인 본보기들이 된다.

---

8 송기한, 「난초 향기의 마취력과 근대적 대응」, 『한국현대작가논총』, 한국현대작가학회, 2008, 9.

9 대표적인 작품이 「백록담」이다. 정지용은 이 시에서 인간적인 것과 자연적인 것이 어떻게 하나로 합일되어 가는가 하는 과정을 시적 화자의 등산을 통해서 잘 보여주고 있다.

그러나 분열된 사유를 완성해가는 그의 시적 여로가 기존의 모더니스트들이 보여준 길과 비슷한 상상력을 갖는 것이라 해도 작품 속에 드러난 구체적인 단면들을 면밀히 검토해보면, 현격한 차이가 있는 것이 사실이다.

전쟁은 너무 아름답게 슬프구나 별보담도 많은 인류의 수많은 목숨들을 비웃는 하나의 너불거리는 기폭을 보아라 아우성치는 소리를 어서 들어보아라 문명이란 얼마나 눈물나게 퇴폐한 어설픔인가 이 거친 도시를 모두 다 휩쓸고 찬란한 종언을 어서 어서 알려다오.

제대로 향기 넘치는 꽃밭이 또 하늘이 전쟁과 불안도 없는 한창 기쁨으로 흐르는 세계. 어떠한 가로놓인 벽이라도 오면 순수한 포옹으로, 헤쳐주고 마는 너그러운 자비와 아무런 것도 바라지 않는 한 생명의 통일된 너른 광장의 외침이여.

(중략)

누구도 가보지 못한 원시림에서 어떠한 길과 어떠한 이야기와 어떠한 꽃들이 무성히 피어 있다고 믿을 것인가 그것들은 언젠가는 꼭 알아야 할 수난자의 무한한 미소여 ---

「바다의 사상과 미소」 부분

전후 사회에 대한 박봉우의 인식은 작품 「휴전선」에서 보듯 지극히 현실적인 것에서 출발한다. 현실에 대한 이런 부조리한 자의식들은 개인적인 불안이나 그 테두리내에서 머물렀던 30년대의 모더니스트들과 뚜렷이 구별되는 점이다. 그의 불안은 근대라는 관념 속에서 얻어진 것이 아니라 지금 여기의 현실 속에서 얻어진 것이다. 그렇기에 개인의 자의식 내에서 발생할 수 있는 고독이라든가 소외와 같은 내적 감정 등은 찾아볼 수가 없다. 모두 현실 속에서 길러진 불안한 상황과 자의식들 뿐이다. 이런 감수성들이 전쟁으로부터 기인한 것은 물론이거니와 그는 그런 인식들 속에서 좀더 색다른 방식으로 완결의 정서를 만들어낸다.

우선, 인용시를 지배하고 있는 근본 정서는 전쟁이다. 그는 이를 통해서 전쟁의 비극성과 그것을 가능케 했던 문명의 도구성이라든가 퇴폐성을 문제삼고 있다. 이는 사회적 맥락이 차단된 채 도시적 우울 등을 읊는 자폐적 고립주의와는 분명 다른 모습이다. 시인의 불안은 개인사라든가 근대의 역사라는 외부의 충격에서 헤어나오지 못하는 내적 감수성과는 거리가 멀다. 그의 불안은 지극히 현실적인 동기인 전쟁으로부터 온 것이다. 따라서 인식의 통일이나 완결을 향한 그의 모색 역시 전쟁과 분리시켜 논의하기는 어려운 면이 있다.

모더니스트들이 보여주었던 인식의 완결이라는 테제는 인용한 작품 「바다의 사상과 미소」에서도 쉽게 발견해낼 수 있다. 그 역시 꽃밭과 하늘, 혹은 원시림 같은 것에서 찾고 있기 때문이다. 문제는 그러한 정서에 도달하는, 혹은 전쟁으로부터 피폐화된 정서를 회복하는 방식에 있을 것이다. 박봉우는 기존의 모더니스트들이 보여주었던 것처럼 인간화된 자아를 소멸시킴으로써 통합된 자연을 희구하지 않았다. 그는 전쟁과 그 안티테제인 자연을 제시하고 이를 그리움의 정서로 치환시켰다. 그가 탐색한 원시림은 수난자의 무한한 미소가 궁극적으로 도달해야 할 곳이었다. 물론 이때의 원시림이란 온존한 질서와 이법이 구현되는 자연의 영원한 모습일 것이다. 이는 회복이나 재생의 정서에 가까운 것이다.

전후의 황폐화된 현실 속에서 불구화된 자아를 일체화시키는 일이 모더니스트로서 꼭 필요한 인식수단 가운데 하나이다. 그러나 그 피폐화된 현장 속에서 완결된 자아의 모습만을 탐색하기에는 현실이란 너무 급박하게 움직여 간 것은 아니었을까. 혹은 전후의 현실과 비교해 볼 때, 치열한 자기 모색을 하는 일이 지나친 사치나 관념으로 비춰지는 것은 아니었을까. 그것이 어떤 원인에 있는 것이든 인식의 완결을 향한 박봉우의 탐색은 지극히 현실적인 동기에서 발생했다는 것, 그리고 그 여정은 재생의 사유로 귀결되었다는 점에서 그 시사적 의미가 있는 것이었다.

헐어진 도시 또 헐어진 벽 틈에 한 줄기 하늘을 향하여 피어난 풀잎은 무엇을 의미하는가.

봄, 봄, 봄인가 그렇지 않으면 가을을 말하는 것인가. 모질게 부비고 부비며 혼 있는 자세여.

강물도 흐르고 바람도 스쳐가며 나무들이 손짓하는 그리고 해와 별들도 --- 이 영토 위에 조용히 오는 풍경. 살고 싶은 것이나 새롭고 싶은 것인가.

살벌한 틈사구니에서 모질게 부비고 부비고 피어나는 내 가슴의 휴전지대에서 너를, 너를 울리는 나, 나는 무엇인가.

바다. 너는 그 섬에서 노래를 들으리라 무엇을 의미하는 풀잎의 소리
를. 한 포기 꽃이 제대로 피어나는 통일을 영토를 세계를 ---


헐어진 도시에 아직은 창. 창은 있는가 병들고 시들은 봄이나 가을이
란 그런 계절이 우리는 없어도 고목 속에 이젠 피어야 할 너를, 너를 울
리고 창을 향해야 하지 않겠는가.

「신세대」 전문

『휴전선』에 실린 박봉우의 시 「신세대」이다. 이 작품의 주된 주제
역시 재생과 회복이다. "헐어진 도시 또 헐어진 벽 틈에 한 줄기 하늘
을 향하여 피어난 풀잎은 무엇을 의미하는가"라는 이 표명이야말로
박봉우가 지향하는 사유의 끝이 어디인가를 잘 말해주는 대목이다.
황폐화된 도시의 틈 속에서 자라난 풀잎은 재생과 회복의 관점이외
에 달리 설명할 방법이 없다. 뿐만 아니라 이 '풀잎'은 단지 재생이라
는 관념 속에서만 머무는 것이 아니라 시대를 이끌어가는 힘이기도
하나. 그것은 "병들고 시들은 봄이나 가을이란 그런 세월이 우리는
없어도 고목 속에 이젠 피어야 할" 창이기 때문이다. 이 창은 단지 빛
을 안으로 빨아들이는 소생의 이미지에서 그치는 것이 아니라 '고목'
속에서 '너'를 피워 올려야하고 죽어있는 '봄과 가을'의 기능을 본래
대로 돌려놓아야 할 의무가 있다. 이는 근대라는 불안 속에서 내적
자의식을 통일해가는 관념적 운동방식과는 전혀 다른 경우이다.
　박봉우가 보여주었던 근대성의 전략과 그 의미화는 지극히 현실적
인 동기에서 출발했다고 했다. 그러한 동기들이 근대성에 대한 그의
사유를 내적 자의식으로부터 벗어나게끔 했다. 이는 기존의 모더니

스트들이 보여주었던 국면과는 매우 다른 영역에 놓이는 것이었다.

그 연장선에서 또 하나 주목해야 할 부분이 그의 시에서 드러나는 역사성에 관한 부분이다. 가령, 신라와 고구려 같은 것이 그것이다. 박봉우는 휴전선을 초월할 인식의 매개로 신라라든가 고구려 같은 역사시대를 자신의 작품 속에 끌어들였다. 물론 이런 사유양상을 보인 경우로 그가 처음은 아니다. 이미 50년대에 활동한 시인가운데 역사를 작품화한 시인으로 서정주가 있기 때문이다. 서정주는 자신의 영원성의 현실적인 사례가운데 하나를 신라와 신라정신에서 찾은 바 있다. 물론 그가 찾은 신라는 역사적인 계기나 어떤 구체성의 연장선에서 도입한 것은 아니었다. 그는 영원성이라는 자신의 시철학을 확립해들어가는 과정에서 신라를 찾은 것이고, 그 신라라는 역사적 실체는 자신이 그려놓은 영원성의 연장선에 놓여있는 것이었기 때문이다[10]. 따라서 서정주의 신라정신에서 어떤 현실적인 동기나 역사적인 의미를 찾는 것은 매우 어려워 보이는 것이 사실이다.

그러나 박봉우의 역사성은 서정주의 경우와는 매우 다른 곳에서 출발한다. 그의 역사에 대한 시적 작업은 인식의 통합을 탐색해나가는 여정에서 획득된 것이다. 자신의 시철학을 위해서라거나 어떤 성채를 만들어놓고 이를 보족하거나 하는 차원에서 시도된 것은 아니었다. 근대를 인식하고 이에 맞서는 박봉우의 전략은 지극히 현실적인 동기에서 시작되었다. 그러한 동기들이 자연과 같은 관념이나 형이상학의 세계가 아니라 '신라'같은 역사적 실체와 만나게 했다. 한국 모더니즘 시사를 일별할 경우, 이 부분은 아무리 강조해도 지나치

---

**10** 송기한, 『한국 전후시와 시간의식』, 태학사, 1996. 참조.

지 않을 것이다. 그리고 그것이 박봉우가 만들어낸 한국적 모더니즘의 고유한 영토가 아닐까 한다.

무성한 저를 잊어버린 것들 앞에 어쩌자고 돌아와서 오늘도 흘러가는 목숨 일그러진 꽃병과 빈 의자들이 있고 금간 창, 슬픈 눈동자가 해바라기를 닮은 폐허에서 '운명 교향악'을 듣고 있는 것이 아닌가.

무질서하게 부서진 벽돌담에도 끝끝내 피 어린 한 포기의 싱싱한 풀잎, 전차들이 무지하게 짓밟고 사라져버린 자국에도 가난한 꽃들은 웃고 희망에 젖는 것. 내가 겨눈 마지막 총을 버리고 먼 신라를 생각하는 것은 꿈과도 같이 아득한 이야기인가.

음악은 흘러가고 또 음악은 남아서. 이렇게 찢기고 사처 입은 마음의 모습을 --- 너는 보는가 우리 어머니와 형제.누이들이 이 빈 자리에 다행히도 살아와서 울고 있을 때 나는 무어라고 소리할 것인가 --- 괴로운 이 아기가 아닌가 모두 그것은 ---

타버린 빈자리 --- 무수한 빈자리에 돌아와 앉을 빛깔들의 모습을 더듬을 날 그들의 이야기는 어느 '꽃밭'과 어느 '창'들을 가지고 고요히 앉을 것인가 그날의 황무지에는 해도 미소하고 우리의 가슴의 음악실에는 진정 하나로 된 환한 바다가 밀려오고 눈부신 해동기가 열리어 오지 않겠는가.

「음악을 죽인 사격수 – 음악의 창, 꽃밭, 눈」 전문 박봉우는 이미 분단된 현실을 읊은 「휴전선」에서 "고구려 같은 정신과 신라 같은 이야기"에 대해 언급한 바 있다. 인용시에서도 마찬가지로 그는 신라에 대해 이야기 하고 있다. "내가 겨눈 마지막 총을 버리고" "먼 신라를 생각하는 것은 꿈과도 같이 아득한 이야기" 밖에 되지 못하는가 자탄하면서 실재화된 역사의 구체성을 자신의 작품 속에서 끌어들이고 있는 것이다. 그렇다면, 그는 왜 이 지점에서 신라와 고구려와 같은 역사시대를 이야기하여야 했고 또 이를 작품화했을까. 물론 시인이 말하고자 하는 일차적인 의도는 통일을 염두에 둔 것으로 이해된다. 전쟁의 결과로 얻어진 대립과 분단을 무화할 좋은 매개로, 통일 시대를 장식한 이들 국가만큼 좋은 대상도 없기 때문이다. 그리고 두 번째는 반서양적인 동기이다. 물질문명이라든가 기계문명이라는 것이 서양속에 뿌리내린 것이라는 사실을 감안하면, 반근대성의 사유가 반서양적인 것과 불가분의 관계에 놓인다는 점은 충분히 이해할 만하다. 그 연장선에서 박봉우 자신도 우리 고유의 사상이라든가 동양적인 감수성에 대해 특별히 강조 한 바 있다.

서구정신은 하나의 실연에서 '베르테르'를 자살시켰습니다. 동양정신은 하나의 불우했던 '춘향'을 결말엔 행복하게 이끌었습니다. 이런 두 정신 속에서 우리 현대시는 고민하고 방황하지 않을 수 없었습니다. 여기에 한 시인의 존재와 자세는 무엇보다도 필요한 것입니다. 우리가 아무리 난해한 황무지에서 지성을 신음하면서 하나의 의미를 지닌 기를 올리고 산다 하여도 우리는 우리대로의 고유한 사상이 표현되지 못한다면 우리의 시행위는 이미 지상에서 박탈되어버린 것으로 단정할 수 밖에 없습니다[11].

시인의 반근대성 전략이 막연한 반서양주의에 그 토양을 둔 것이라는 오해를 피해갈 수는없어 보이지만, 모더니즘의 서구적 역사에 비추어보면, 그의 동양사상에로의 경사는 어느 정도 납득할만한 부분이 있다. 가령, 엘리어트의 경우가 그러하다. 그는 분열된 인식의 완결을 위한 귀착점으로 영국 정교를 꼽았고, 그 정신과 시대를 자신의 시세계로 받아들였다. 중세의 천년왕국 또한 모더니스트들의 궁극적 귀향점이었다는 사실을 이해하면 박봉우가 탐색해낸 "고구려 같은 정신이나 신라같은 이야기"가 전혀 허황된 테제가 아님을 알 수 있게 된다. 오히려 그의 이 같은 인식이 서양의 경우와 대비해보면, 매우 독창적이기까지 하다. 그는 모더니즘의 여로를 동양정신과 우리의 고유한 사상에서 찾은 것은 매우 이례적인 사례이기 때문이다.

그리고 마지막 세 번째는 모더니즘의 현실적인 동기이다. 한국 모더니즘 시사에서 구조체를 지향하는 모델이 대개는 자연과 같은 비역사적인 실체에 집중되어 있음은 이미 보아온 터이다. 종교와 같은 것들이 종종 인유된 적이 있긴 하지만, 그 대부분은 역사적 구체성과는 거리가 먼 것들이었다. 또 경우에 따라서는 서양적인 색조들로 뒤덮여 있기까지 했다. 앞에서 박봉우의 근대성은 복합구조를 갖는 것이라 했다. 특히 그러한 복합성들은 역사와 이데올로기 모두를 포함하는 영역에서 걸러진 것이었다. 근대라는 비가시적인 영역과 역사라는 가시적인 영역이 만들어낸 것이 그의 현실인식이었다. 현실 속에서 솟아난 분열적 감수성이 통합을 위한 거대한 발을 옮길 때, 그에 걸맞는 영역이 조응하는 것은 당연한 일이 아닐까. 따라서 자연과

---

11 박봉우, 앞의 글, .p.368.

같은 관념이 아니라 역사와 같은 현실이 감각될 수밖에 없음 또한 당연한 일이 아닐까.

박봉우의 신라정신과 고구려 정신은 이렇게 생성된 것이다. 물론 그에게 신라정신이 구체적으로 무엇이고, 고구려와 같은 서사문법이 정확히 무엇인지 그 실체가 자세히 나타나 있는 것은 아니다. 서정주의 경우처럼, 건강한 삶의 모델로서 신라라든가 질마재 같은 토속적 영원성들이 박봉우의 시들에게서는 자세히 편입되어 나타나지 않는 것이다. 그가 이들 국가를 내재화하고 언표화한 것은 우리 민족 사이에 면면히 내려오고 있는 어떤 심연에 호소하고 있는 측면이 매우 강한 것이 사실이다. 따라서 지극히 선언적인 차원에서 머무르고 있는 것이 그의 신라정신이 갖는 한계라 할 수 있다. 그럼에도 그의 역사정신은 모더니즘의 한국적 토양을 새롭게 개척했다는 점에서는 매우 중요한 시사적 의미가 있는 경우이다. 한국의 모더니즘은 이제 관념 일반도의 철학에서 벗어나 새로운 구체성의 단계로 나아가게 된 것이다. 자연과 같은 평범한 주제가 더 이상 모더니즘의 통합적 전략이 아니라는 것, 그런 일반화된 모더니즘의 통상적 사례에서 벗어날 수 있다는 전범적 경우를 박봉우는 아주 특별나게 신라라는 정답을 통해서 보여준 것이다. 그것이 전후 한국 모더니즘 시사에서 갖는 궁극적 의의라 할 수 있다.

## 5. 내성에의 회귀와 리얼리즘적 현실로의 분출

첫시집『휴전선』이 간행된 이후, 두 번째 시집『겨울에도 피는 꽃나무』에 이르게 되면,박봉우의 열정은 많이 움츠러든 양상을 띄게 된다. 이런 현상을 두고 현실의 벽에 대한 점진인 인식에서 찾기도 하고, 첫 번째 시집의 피로한 여행에서 오는 진통에서 찾기도 한다. 박봉우 자신도 이러한 변화에 대해 어느 정도 인정하는 편이었다.[12] 특히 그는 두 번째 시집의 특색을 "하나의 단계를 넘기 위한 어설픈 진통"으로 규정한 바 있다. 모더니즘의 전반적인 전략에서 볼 때, 이 말이 시사하는 의미는 매우 큰 것이라 할 수 있다.

우선,『겨울에도 피는 꽃나무』에서 보이는 내성의 세계는 통일에 대한 좌절의 심리에서 온 것일 수도 있다. 전쟁을 겪긴 했어도 당시의 분위기는 금방 손에 들어올듯한 통일에 대한 기대나 환상이 사회의 한편에 남아있는 것은 부인할 수 없는 사실이었을 것이다. 그러나 그러한 기대감은 단지 기대 이상의 의미를 갖지 못했다. 처절한 전쟁의 결과가 말해주듯 통일은 감상의 차원에서는 결코 이루어질 수 없다는 사실을 일러주었기 때문이다. 『휴전선』에서 보여주었던 박봉우의 열정이 두 번째 시집에서 수그러든 것은 여기에 그 원인이 있을 것이다. 현실의 벽에서 오는 이런 좌절들이 그의 시선을 내부로 끌어들이게 한 것으로 보인다.

---

12 그는 제1시집의 특색을 한 시인으로서 가질 수 있는 시인의 자세로 규정한 반면, 제2시집을 하나의 단계를 넘기 위한 어설픈 진통으로 이해하고 있다. 그만큼 이 두시집이 갖는 편차는 큰 것이었다. 위의 글, p. 369.

꽃밭은 없는가 우리가 잠을 자고 가도 좋을 그런 꽃밭은 없는가 우리의 심장을 익은 해와 같이 태워도 좋을 사랑이란 집은 사랑이란 집은 영영 없는가.

(중략)

이러한 풍랑치는 자리에 신의 눈은 없는가. 우리를 돌봐줄 신의 손은 없는가 황량한 저 들판이 신의 눈이다. 질서없이 몰아쳐오는 성난 파도 같은 저 바람이 신의 손이다. 끝없는 사랑을 위하여 죽어가는 날개 위에 무덤 무덤인들 병은 아닌가.

하늘도 땅도 하나라고 부르고만 싶은데 우리가 잠을 자고 가도 좋을 토요일 정오의 꽃밭은 없는가 심장을 익은 해와 같이 태워도 좋을 사랑이란 집은 없는가. 우리 목마른 아쉬움을 들어줄 천대해도 좋을 그런 집마저 없는가. 옷을 벗어도 말갛게 옷을 벗고 몇 날이고 굶은들 정든 땅 정든 이야기 정든 얼굴 있으면 --- 얼마나 아름다운 사랑을 위해서 눈감아도 좋은 것일까

꽃밭은 없는가 차라리 병실이라도 없는가 핏덩어리로 산화된 전우의 날개를 묻어줄 한 주먹 고향 흙과 그런 양지의 산맥도 없는가 어쩔 수도 없는 날개를 시체 그대로 버리고 날아가야만 하는 또 하나 젊은 날개의 슬픔을 너는 모른다. 죽은 혼이여 네가 부를 신의 이름이 여기 날고 있다. 멀어진 꽃밭을 찾아 병실을 찾아 억세게 날으고 있는 헐어진 고층탑에 마지막까지 남은 산만한 깃발. 아름다운 반항을 눈떠보는 것은 나의 것인가.

「사수파」 부분

이 작품의 어조는 초기 시의 그것과 비교할 때, 매우 움츠러들어있다. 미래에 대한 낭만적 열정도 사라졌고, 유토피아에 대한 가열찬 희구도 희석되어 있다. 이 작품을 지배하고 있는 정조는 현실 속에서 이루어지지 못한 것에 대한 깊은 페이소스만이 남아 있을 뿐이다. 통일과 같은 거대 담론은 거의 사라진 채 자아의 회한만이 서정의 틀 속에서 회오리 치고 있는 것이다. 이런 변화는 "하늘도 땅도 하나라고 부르고만 싶은데", 현실은 그렇지 못한 데서 오는 좌절에 그 원인이 있을 것이다. 이와 관련에서 우리가 특히 주목해서 보아야 할 곳이 "이러한 풍랑치는 자리에 신의 눈은 없는가. 우리를 돌봐줄 신의 손은 없는가"하는 부분이다. 신이란 완전무결한 존재라는 일반의 의미를 넘어서서 한계에 부딪친 인간이 기댈 수 있는 마지막 대상이다. 신을 부르짖는다는 것, 그것은 서정적 자아를 짓누르는 불안을 치유할 수 없는 방법이 지상에는 더 이상 존재하지 않는다는 것을 의미한다. 이렇듯 분단을 인식하고 통일에 대한 열망으로 점철되었던 시인의 응전은 여기서 종결되고 마는 것이다.

시인의 이러한 좌절은 일차적으로는 현실의 벽에서 오는 것이다. 감상적인 열정만으로 해결될 수 있을 것으로 보였던 믿음이 더 이상 나아가지 못할 때, 이로 인한 좌절이 시인으로 하여금 내성의 테두리에 머물게 한 것이다. 전후의 현실과 그 이후 전개된 제반 양상을 고려하게 되면, 박봉우가 인식했던 낭패감들은 충분히 이해될만한 것들이다. 그럼에도 내성으로 경도된 그의 세계관을 현실의 벽만으로 이해하는 데는 몇몇 아쉬운 점이 남는다. 그 가운데 하나가 문예학적 맥락이다. 익히 알려진대로 모더니즘은 현실에 대한 올곧은 응시와 그로부터 얻어지는 치열한 자의식을 기반으로 하고 있는 사조이다.

문명의 거대한 힘이 느껴질 때, 서정적 자아의 불구화된 의식이 정비
례된다는 사실은 문예학의 일반화된 도식이 아닌가. 이런 도식을 받
아들이게 되면, 두 번째 시집에서 보여주었던 박봉우의 내성적 성향
들이 단지 전후라는 현실의 벽에서 오는 것만이 아님을 알게 된다.

> 나에겐, 나의 주변에서는
> 나를 애무해주는
> 그늘이라곤 없는 칠월의 회색지가 있을뿐,
>
> 음악과 회화와
> 그리고 육체의 썩어가는
> 조각에서 느끼고 싶었던 모든
> 의미들을
> 안개낀 머나먼 항만에
> 보내드리고 싶다.
>
> 슬픈 종일을 느끼게 하는 나를.
> 이 육체를
> 녹슬은 철조망의 사슬에
> 나비처럼 두고 싶은
> 불모의 영토가 있을 뿐.

「회색지」 부분

　서정적 자아의 주변에 남아 있어서 그를 위로해 줄 대상은 아무 것도 없다. 있다면 "그늘이라곤 없는 칠월의 회색지" 뿐이다. 명암이 없는 '회색지'야말로 박봉우가 처한 현재의 인식을 잘 대변해주는 것이 아닐 수 없다. 그것은 칠월의 푸르른 색채감도 없을뿐더러 만물을 소생시키는 생성의 힘조차 상실한 상태이기 때문이다. 시인과 대면하고 있는 것은 육체의 썩어가는 조각뿐이다. 이런 자의식은 외적 대상과의 소통을 상실한 데서 오는 자아의 자폐감에 그 원인이 있다. 출구를 상실한 자아가 할 수 있는 일이란 생산적 기반이 전혀 없는 '불모의 영토' 속에 갇혀 유폐적 상태에 놓이는 일이다.

　박봉우의 이런 시적 모색들은 그의 언급대로 '하나의 단계를 넘기 위한 어설픈 진통'에 해당될 것이다. 그런데 이 진통 역시 이중적이고 복합적인 것이라 할 수 있다. 전후 그가 보여주었던 근대성의 맥락이 복합적이었던 것처럼,『겨울에도 피는 꽃나무』에서 드러난 내성화된 담론 역시 중층적인 것이다. 그 이유는 그러한 내성화가 통일에 대한 막연한 감상주의와 연계된 것이기도 하고, 모더니즘의 자의식적 분열과 연관된 것이기도 한 때문이다. 그럼에도 시인의 내성화를 설명하는데 있어 후자의 경우가 보다 더 큰 의미로 다가오는 것은 아닌가. 이런 판단을 하게 된 배경에는 제 3시집『사월의 화요일』이후부터 드러난 시인의 변화된 세계관 때문이다. 이 시집은 4·19혁명을 소재로 한 시들로 구성되어 있는데, 여기서 그는 현저하게 리얼리즘적 입장으로 선회하게 된다. 이는 모더니즘의 세계관을 가진 시인들이 나아가게 되는, 리얼리즘에로의 여정을 보여주었다는 점에서 매우 주목되는 부분이 아닐 수 없다.

우리의 숨막힌 푸른 4월은
자유의 깃발을 올린 날.

멍들어버린 주변의 것들이
화산이 되어
온 하늘을 높이 높이 흔들은 날.

쓰러지는 푸른 시체 위에서
해와 별들이 울었던 날.

시인도 미치고,
민중도 미치고,
푸른 전차도 미치고,
학생도 미치고,

참으로 오랜만에,
우리의 얼굴과 눈물을 찾았던 날.

「소묘·33」 전문

　　인용시는 4·19의 감격과 환희를 담은 「소묘」 연작시 가운데 하나
이다. 마치 김수영이 그랬던 것처럼, 박봉우도 이 혁명의 감격과 의
미를 "멍들어버린 주변의 것들이" "화산이 되어/온 하늘을 높이 높이
흔들은 날"로 표현하고 있다. 이는 내성화된 자아와 외적 대상의 적
극적인 만남이다. 이 과정에서 내성화된 자아는 대상 속에 소멸되어

외면화된 세계만을 형성하게 된다. 이런 전화과정이 있기에 『겨울에
도 피는 꽃나무』의 소극적인 세계가 의미가 있는 것이다.

　현실에 대한 관심과 이에 대한 의미화는 여기서 그치지 않고 박봉
우에게 있어 필생의 과업으로 다가오게 된다. 그는 분단의 시인답게
이 문제를 줄기차게 환기시키고 이를 작품화했을 뿐만 아니라 현대
사의 고비마다 그 정점에 서 있었기 때문이다.


　　진달래꽃이 훤하게 필 무렵
　　수백리 길
　　어린 소는 팔려가야 한다.


　　소의 눈동자는
　　현대 한국
　　눈물이 글썽거린다.


　　빚 때문에 팔아야지
　　대학 등록금 때문에 팔아야지


　　붉은 입술들이
　　진달래꽃보다 붉게 핀
　　서울이라는 명동
　　어느 한 구석의 땅 한 평
　　몇 천만 원의 금덩어리라는데,
　　저놈의 논과 밭은

빚만 늘어가는 땅.


이젠 농사고 지랄이고 그만두고

서울에 가서 지게벌이라도하면서

흰쌀이나 한 봉지씩 사들고

애국이나 해야지


진달래꽃이 훤하게 필 무렵

소는 누구를 위해

수백리 길로 팔려가는 현실파.


우리들의 얼굴이 붙은 봄은

언제, 언제

언제 풀리나.

「팔려가는 봄」 전문

　박봉우의 제4시집 『황지의 풀잎』에 실린 시이다. 경제개발 5개년 계획과 그에 따른 산업화과정에서 배태된 부정성 등을 담고 있는 시이다. 공업화에 의한 농업의 희생, 도시 집중과 물화된 현실, 황금 만능주의 등 60년대 한국 사회가 앓고 있는 병리적 현상을 이렇게 적나라하게 읊을 수 있다는 것 자체가 놀라운 일이 아닐 수 없다. 독점자본의 개발논리에 따른 피폐화된 현실, 그리고 점증하는 독재의 암울한 그림자 속에서 이렇게 깨어있는 양심을 말할 수 있는 경우를 찾아보기란 쉬운 일이 아니기 때문이다. 4·19라는 외적 계기에 의해 분출되기 시작한 시인의 내적 웅어리는 이만큼 강렬한 것이었다.

사회를 향한 박봉우의 비판적 발언들은 여기서 멈추지 않았다. 유신독재가 지배하던 70년대에도 계속 이어졌고, 80년대 광주의 비극에 대해서도 비판의 화살을 보냈다. 그는 "피바다가 되어도 / 피바다가 되어도 / 나는 바보처럼 / 웃고만 있었다"(「광주」)면서 광주의 비극에 무기력했던 자기 자신을 자책했다. 그러는 한편으로 그 가해자들의 처절한 총소리에 대해선 한 방울의 눈물로 대신하려 한 슬픈 자의식을 드러내기도 했다[13].

그의 이러한 현실정향성들은 어떤 한 계기에 의한 것이 아니라 휴전 직후 끊임없이 모색되어온 자기 승화의 결과이다. 그는 서정시가 내적 테두리에 머무는 것을 강력히 반대하면서 시가 시대의 소명에 맡은 바 임무를 다해야 한다고 믿었다. 그러한 믿음들이 모더니즘의 치열한 현실탐색 정신과 맞물리면서 더욱 신념화되고 구체화되었다. 그 결과가 4·19에 대한 시적 형상화였고, 60년대의 황폐화한 농촌 현실에 대한 인식과 70~80년대의 민주화운동에 대한 작품화로 지속되었다.

---

13 가령, 다음과 같은 시가 그러하다. "어데선가/총 한 방울/하늘을/쳐다보았다/거기/별꽃 같은 것이/날아가고 있었다/저/총소리는/누구 것인가/나는 고개를 숙이며/한 방울의 눈물을 흘렸다"(「해 저무는 벌판에서」 부분)

## 6. 복합적 근대성이 갖는 시사적 의미

박봉우는 전후에 등단한 신인이다. 신인이란 세대론적 감각에서 볼 때, 구세대에 비해 몇가지 자유로운 점이 있다. 그 하나가 이전 시대에 저질러졌던 윤리적 부담으로부터 한발짝 물러설 수 있다는 점이다. 전후의 상황은 해방직후의 그것과 연속성을 갖는다. 기존의 많은 문인들이 과거의 업보로부터 자유롭지 못할 때, 신인이었던 박봉우는 자신감있게 자신만의 발언을 쏟아낼 수 있었다. 특히 그것이 대사회적인 발언일 경우, 과거의 질곡은 더더욱 중요할 수밖에 없는데, 박봉우의 휴전선에 대한 적극적, 선진적 인식들은 그 연장선에 놓여 있는 것이다. 그는 과거의 덫으로부터 멀리 떨어져 있었기에, 가장 첨예했던 당시의 문제점들에 대해 여과없이 발언할 수 있었던 것이다.

박봉우의 그러한 과감성들은 전후 시단의 기린아라든가 제3의 새로운 사조로서 아낌없는 갈채를 받아왔다. 남들이 건드리지 못한 영역에 대해 앞서 나갈 수 있다는 것은 한편으로는 신선한 일일 뿐만 아니라 또 선구자적인 일이기도 하다. 그러나 그의 선진적인 사유를 담고 있는 시들에 대해 뿌리없는 찬사란 또다른 모래성을 쌓는 일에 불과할 뿐이다. 중요한 것은 얼마나 정확하게 그의 작품들에 대해 가치평가하고 문학사적 자리매김을 내리는 데에 있을 것이다.

우선 지적해야 할 것은 그의 시들이 근대성의 맥락과 밀접한 관련이 있다는 사실이다. 전쟁은 문명의 그늘 속에서 진행되는 것이기에 이를 이 맥락과 분리시켜 논의하는 것은 하등 의미없는 일이다. 한국

전쟁은 일차적으로 근대적 징후와 그 틀 속에서 발생한 전쟁이다. 뿐만 아니라 그것은 냉전체제의 강화에 따른 이데올로기적 성격이 강한 전쟁이기도 했다. 말하자면 한국전쟁은 복합성을 갖는 전쟁이었던 바, 이러한 성격들은 박봉우의 시에서도 고스란히 반영되어 나타난다. 그의 시의 한끝에는 근대성이 걸려있었고, 다른 한끝에는 이데올로기가 걸려 있었다.

박봉우는 근대에 대해서는 '나비'로서 대응했는 바, 그 나비의 한쪽 날개는 근대의 어두운 그림자가 다른 한쪽의 날개에는 이데올로기의 산물인 피가 묻어 있었다. 또한 그의 대표시 「휴전선」도 그러한 복합성의 산물로 얻어진 것이다.

박봉우는 끊임없이 현실에 대해 치열한 모색과 탐색을 했고, 그 과정에서 대사회적 시선을 잃고, 내성화의 길로 접어들기도 했다. 그것이 첫시집 이후의 일이었다. 그런데, 이런 내적 담론화는 모더니즘의 발전구조상 당연한 수순이어서, 4·19와 같은 대사회적 사건을 맞이하는 예비적 단계로 받아들여진다. 그의 현실비판의 시들은 치열한 사의식의 모색의 결과이며, 이는 모더니즘의 행로와도 정확히 맞아 떨어지는 부분이기도 하다. 요컨대 박봉우는 전후를 대표하는 훌륭한 모더니스트였다. 그는 현실주의자도 아니었고, 섣부른 통일을 읊은 어설픈 낭만주의자도 아니었다. 그는 역사의 참여자로서 항상적인 담론의 설계자로 남아있었으며, 그 설계의 궁극에는 역사의 준엄한 목소리가 배어있었다. 박봉우는 이 목소리가 주는 경계에 대해 자각했고, 그것을 자신의 시속에 담아내려 했다. 그의 복합적 모더니티가 갖는 궁극적 의의는 바로 여기에 있었던 것이다.

한국 시의 근대성과 반근대성

# 찾아보기

## ● 인명색인

## ● 작품명색인

## ● 일반색인

## 저자 ㅣ 송기한

충남 논산 생
서울대학교 국어국문학과 졸업
동 대학원 졸업. 문학박사. 문학평론가
UC Berkeley 교환교수(2011~12)
현재 대전대학교 국어국문학과 교수

• 주요 저서
『한국 전후시와 시간의식』
『문학비평의 욕망과 절제』
『한국 현대시의 서정적 기반』
『한국 현대시사 탐구』
『고  은』
『시의 형식과 의미의 유희』
『1960년대 시인연구』
『21세기 한국시의 현장』
『한국 현대시와 근대성 비판』
『한국 현대시와 시정신의 행방』
『개화기 시가 사전』 등

# 한국 시의 근대성과 반근대성

초판 인쇄 ㅣ 2012년 3월 28일
초판 발행 ㅣ 2012년 4월  9일

저    자   송기한

책임편집   윤예미

발 행 처   도서출판 지식과교양
등록번호   제 2010-19호
주    소   서울시 도봉구 창5동 262-3번지 3층
전    화   (02) 900-4520 (대표)/ 편집부 (02) 900-4521
팩    스   (02) 900-1541
전자우편   kncbook@hanmail.net


ⓒ 송기한 2012 All rights reserved. Printed in KOREA

ISBN  978-89-94955-75-9   93810                            정가 27,000원

저자와 협의하여 인지는 생략합니다. 잘못된 책은 바꾸어 드립니다.
이 책의 무단 전재나 복제 행위는 저작권법 제98조에 따라 처벌받게 됩니다.

이 도서의 국립중앙도서관 출판도서목록(CIP)은 e-CIP홈페이지(http://www.nl.go.kr/ecip)에서
이용하실 수 있습니다. (CIP제어번호: CIP2012001450)